Stefan Schumacher

Kladderadatsch

Verlorene Jahre

Roman

Bibliografische Information der Deutschen Nationalbibliothek:
Die Deutsche Nationalbibliothek verzeichnet diese Publikation in der Deutschen Nationalbibliografie; detaillierte bibliografische Daten sind im Internet über http://dnb.dnb.de abrufbar.

© 2021 Stefan Schumacher
Kontakt: wikinger@posteo.de
Korrektorat: Sabine Maria Steck
Covergestaltung: Marc Westermann
unter der Mitwirkung von Ole, Tess, Liv, Mareike, Kim & Horst
Herstellung und Verlag: BoD – Books on Demand, Norderstedt
ISBN: 978-3-7526-0350-7

für Imke

„Together we stand, divided we fall"

Roger Waters

Prolog: Was für ein Kladderadatsch

Ich lebe im Zwergenland. Mein Leben bewegt sich zwischen Playmobilfiguren, Pixi-Büchern und Kinderliedern. Mareike hat heute Zeugniskonferenzen. JJ haben Magen-Darm-Grippe, seit zwei Tagen und, was schlimmer ist, zwei Nächten. Mareike ist im Bad und hat die Tür hinter sich abgeschlossen. Jan hat gerade zum zweiten Mal heute *die Abgabe*[1] gemacht. Meine Nerven liegen blank, ich habe die letzten Nächte kaum geschlafen und komme tagsüber nicht vor die Tür. Ich blicke in den großen Wandspiegel im Flur und mir gefällt nicht, was ich sehe. Mein Gesicht wirkt grau, die Ringe unter den Augen sind unübersehbar und mein Bauch quillt über den Hosenbund.

Die Tür geht auf und Mareike erstrahlt wie eine Erscheinung im Türrahmen. Es ist nicht zu verkennen, was sie eine halbe Stunde lang im Bad gemacht hat. Das elegant-sportliche himmelblaue Kostüm mit dem kurzen Rock steht ihr ausgezeichnet. Sie sieht bezaubernd aus und ganz tief in meinem Innern regen sich letzte, längst verschüttete Ahnungen meiner Männlichkeit. Mareike fuchtelt wild mit den Händen herum, da der Nagellack noch nicht trocken ist. Im Vorübergehen bemerkt sie knapp, ich solle nicht auf sie warten, da sie nach der Zeugniskonferenz noch in dieses schicke Restaurant gehen würden. Der neue Referendar gäbe dort seinen Einstand.

Von dem Restaurant habe ich gehört. So ein eleganter Schuppen in der Vorstadt mit vornehmen Kellnern, die dort *Ober* hei-

---

[1] So sagten Ole und Horst früher als Jugendliche, wenn sie ein bisschen zu viel Bier oder Ähnliches getrunken hatten und sich danach hatten übergeben müssen.

ßen, und winzig kleinen Portionen auf den Tellern. Kurz wundere ich mich, denn Einstände kenne ich sonst nur in Kneipen oder Kantinen. Von dem Referendar habe ich auch schon gehört: jung, attraktiv, smart und ein Held, weil er sooo kinderlieb ist und außerdem wirklich etwas ganz Besonderes in so einem Frauenberuf. Mareike klemmt sich ihre Lederjacke unter den Arm, greift nach den Autoschlüsseln und verschwindet durch die Haustür. Ich stehe wie angewurzelt da und starre der Vision hinterher. Im Kinderzimmer höre ich Jule würgen.

Nach sieben Pixi-Büchern und einem Pfund Salzstangen sind die Kinder endlich eingeschlummert und ich habe mich mit einem Glas Wein auf das Sofa zurückgezogen, sozusagen in Bereitschaft. Unfähig, irgendetwas Sinnvolles zu tun, blättere ich wahllos in einer von Mareikes Frauenzeitschriften. Dabei stoße ich auf einen seltsamen Artikel über die Evolution des männlichen Geschlechts. Darin lerne ich, dass das Weibliche eigentlich zuerst da war und der Mann eine Mutation der Frau ist. Na ja, das ist jetzt etwas verkürzt wiedergegeben, aber angesichts meiner letzten Tage kann ich mir das durchaus vorstellen.

Über den Artikel muss ich dann wohl in einen traumlosen tiefen Schlaf gefallen sein, denn als ich erwache, ist es dunkel und meine Frau steht vor mir. Sie sieht gar nicht mehr so elfenhaft aus. Die Haare sind zerzaust und die Wimperntusche ist verschmiert. Sie wirkt leicht angetrunken und ein wenig überdreht. Ganz offensichtlich ist irgendetwas geschehen, von dem ich ahne, dass es der Anfang von etwas ist, das nicht gut für mich ausgehen wird.

10

Teil 1: Vorher

Kapitel 1: Gontscharow 40

Wir sitzen im *Gontscharow*. Die blonde Kellnerin mit dem langen Pferdeschwanz und dem roten Rock unter der Schürze bringt zwei weitere Biere und Horst erzählt schon seit einer halben Stunde vom Abitreffen am letzten Samstag.

„Ole, da hast du echt was verpasst. Es waren fast alle da, und es fühlte sich an wie eine Reise in unsere Jugend."

Zwanzig Jahre[2] ist es nun her, dass wir an der Keksschule unser Abitur bestanden haben. Seitdem ist viel passiert, zu viel, wie mir scheint. Ich habe keine Lust auf Zeitreise gehabt, und schon gar nicht auf das übliche Gehabe und Geprotze darüber, was man alles Tolles im Leben erreicht hat.

Das letzte Treffen vor zehn Jahren hat mir vollends genügt. Alle waren super erfolgreich, glücklich und mit Ende zwanzig auch noch ganz frisch. Die Jungs alle stolz wie Bolle auf ihre Jobs im mittleren Management, wie sie es nannten. Die Mädchen meist immer noch schön und einige von ihnen bereits verheiratet.

„Weißt du, was aus Bettina geworden ist?", reißt Horst mich aus meinen trüben Gedanken.

„Welche Bettina?"

„Na, Bettina Hilbert natürlich. Kennst du doch, die war mit uns in der Grundschule", erwidert Horst. „Die ist bereits zum zweiten Mal geschieden, ist Sozialarbeiterin bei der Stadt und leitet ein Ausstiegsprojekt für Prostituierte. Sie war sehr zutraulich und wir haben uns eine ganze Weile unterhalten."

---

[2] Ole und Horst sind also so ungefähr 40 Jahre alt und haben schon oft das *Gontscharow* besucht, wovon noch die Rede sein wird.

„Interessant", murmle ich, obwohl es mich nicht die Bohne interessiert, was irgendeine Bettina von früher heute so macht.

„Mann, Horst, lass mich doch mit den ollen Kamellen in Ruhe. Das interessiert mich alles nicht. Das ist hundert Jahre her, und heute sind alle super erfolgreich und glücklich verheiratet und haben so niedliche Kinder …"

„Olle Kamelen? Sag mal, sind wir in Köln oder wie?", unterbricht er mich. „Bei Köln fällt mir ein: Weißt du, wer jetzt in Köln lebt?"

Horst ist nicht zu bremsen. Mich interessiert auch nicht, wer in Köln lebt. „Na, ungefähr eine Million Kölner", antworte ich.

„Klar, auch", lässt sich Horst nicht beirren, „aber ich meine eine ganz spezielle Kölnerin."

Irgendwie läuft das hier alles in die falsche Richtung.

Unsere Biere sind leer, was Horst auch schon bemerkt hat. „Fräulein, noch zwei Bier bitte!", ruft er der Kellnerin zu, die gerade an unserem Tisch vorbeikommt.

„Jetzt hör doch mal auf mit deinem Fräulein, das ist ja peinlich!", platzt es aus mir heraus.

„Was bist du denn heute so empfindlich, Ole?"

Tja, was bin ich denn heute so empfindlich?

„Ich bin nicht empfindlich. Es ist mir nur peinlich, wenn du die nette Kellnerin dumm anmachst."

„Ah, verstehe. Du hast ein Auge auf sie geworfen", antwortet er trocken.

„Wie viele Biere hattest du, Horst? Die Kellnerin ist knapp halb so alt wie ich, außerdem bin ich verheiratet."

Die Kellnerin kommt, knallt die Biere auf den Tisch und verschwindet wortlos.

„Tut mir leid, jetzt hab ich sie vergrault", lacht er. „Was ist mit dir und Mareike?"

„Nix. Was soll sein?", frage ich.

„Ole, wie lange kennen wir uns? Sind es schon 30 Jahre?"

„Fast", antworte ich. „Ja, du hast recht. Mit Mareike ist es so wie immer. Aber das ist ja das Schlimme. Irgendwie stecken wir in einer Sackgasse. Es geht nicht vor und nicht zurück. Ich weiß auch nicht, wie ich das beschreiben soll."

Horst runzelt die Stirn, macht ein ernstes Gesicht und holt tief Luft, aber ich komme ihm zuvor.

„Wer lebt denn nun in Köln?"

Horst zögert: „Hab ich vergessen."

„Willst du mich verarschen?", frage ich genervt.

„Lass mal gut sein, ist jetzt nicht der richtige Moment dafür."

„Wofür?" Ich ahne, wen er meinen könnte. „Helga?"

„Ja, genau die. Sie arbeitet dort beim WDR und macht Reportagen. Und hin und wieder moderiert sie eine Radiosendung. Ich habe sie sogar letztens mal im Radio gehört, war so eine Kochsendung."

Helga war meine erste Freundin. Sie hat immer wunderbar gerochen, selbst beim Abitreffen vor zehn Jahren noch. Damals hatte sie gerade die Journalistenschule abgebrochen und war die einzige kleine Erfreuung bei dem Treffen.

„Was macht der Wald?", wechsle ich schnell das Thema, bevor ich mich in mehr oder weniger erotischen Träumen mit Helga verliere.

„Der letzte Sturm hat ihm ordentlich zugesetzt, aber langsam erholt er sich wieder. Nur die Borkenkäfer machen mir Sorgen …"

So genau wollte ich es auch wieder nicht wissen. Horst liest offenbar in meinem Gesicht, denn abrupt bricht er seinen Vortrag ab und fragt: „Und wie laufen die Maschinen?"

Darüber wollte ich nun auch nicht sprechen, aber Horst lässt mich da nicht mehr raus.

„Ich hab's so satt", klage ich. „Im Büro gehen sie mir alle furchtbar auf die Nerven, allen voran mein Chef. Der müllt mich mit Mandaten zu und hält mir immer die Möhre vor die Nase, dass ich ja demnächst zum Partner in der Kanzlei aufsteigen könnte. Und alle meine Mandate sind so extrem langweilig, das kannst du dir nicht im Ansatz vorstellen", rede ich mich in Rage. „Manchmal denke ich, ich bin nur deshalb Patentanwalt geworden, weil ich Calvins Vater so cool fand. Bescheuert, nicht wahr?"

Horst versteht sofort, dass ich auf den Comicstrip *Calvin und Hobbes*[3] anspiele und erwidert: „Na ja, ich fand die Ents im *Herrn der Ringe*[4] immer so toll und bin sicher nur deshalb Förster geworden."

Nun muss ich doch grinsen, bin mit meiner Litanei aber noch nicht zu Ende.

„Es ist alles so sinnentleert und frustrierend, am liebsten würde ich alles hinschmeißen und was komplett anderes machen. Nur was könnte das sein?"

„Mensch, Ole, so schlimm?"

„Schlimmer!", erwidere ich.

„Weia, wie es scheint, hast du eine fiese Daseinsermüdung."

---

[3] *Calvin und Hobbes* ist ein Comicstrip von *Bill Watterson.*

[4] *Der Herr der Ringe* ist ein Roman von *John R.R. Tolkien.*

Er hält inne und deutet auf die Box oben in der Ecke, aus der sich die ersten Takte von *Heroes*[5] in den Raum ergießen.

Nach einem kurzen Moment nehme ich seinen Gedanken auf. „Ja, passt schon. Ich fürchte, ich habe mich ziemlich verlaufen in meinem Leben. Schon allein deshalb hatte ich so überhaupt gar keine Lust auf Abitreffen. Was habe ich denn schon vorzuweisen?"

„Na ja, Abitreffen ist ja kein Schaulaufen der Eitelkeiten. Zumindest nicht nach zwanzig Jahren. Ich fand die Leute ziemlich geerdet. Die meisten haben inzwischen auch üble Sachen erlebt: Einige sind geschieden, andere haben den Job verloren und nach Angeberei war den wenigsten zumute."

Jetzt fängt er schon wieder damit an. Langsam bin ich genervt davon. „Und, was macht Sonja Sonntag?", frage ich, um Horst zu ärgern.

Er schüttelt den Kopf. „Der bin ich konsequent aus dem Weg gegangen. Aber Fabian hat sie gleich angesprochen, stand ja damals schon auf sie. Inzwischen heißt sie übrigens Sonja Tuchel, so wie der Fußballtrainer. Offenbar hatte sie die Nase gestrichen voll davon, wegen ihres Namens veralbert zu werden, und so hat sie ihren Geburtsnamen hinter sich gelassen, so wie du damals. Was sie macht, habe ich vergessen, interessiert mich auch nicht. Aber noch mal zu dir, kann ich etwas für dich tun, mein Guter?"

„Klar, du könntest mir ein neues Leben kaufen. Ich weiß nur nicht so recht, welches Modell ich bevorzuge. Vielleicht reicht aber auch schon eine Tüte Lebenshunger", antworte ich.

---

[5] Der dritte Song auf dem gleichnamigen Album „Heroes" von dem unvergessenen *David Bowie*.

„Stets zu Diensten, ich schau mal, was ich da machen kann", meint Horst, deutet auf die Box und ergänzt: „Noch einmal Helden sein, nur für einen Tag."

C3ဆ၁

Das mit Horst und mir ist eine lange Geschichte. Alles begann in den letzten Wochen meiner Grundschulzeit, als eines Morgens die Lehrerin mit ihm in die Klasse kam. Sie stellte sich vorn hin und ihn als Horst und unseren neuen Mitschüler vor.

Das war etwas seltsam, da wir in knapp vier Wochen zuerst in die Ferien und dann auf unsere neuen Schulen gehen würden. Horst war mit seinen Eltern zugezogen, und so musste er seine verbleibende Grundschulzeit bei uns absitzen. Der Klassenraum war proppenvoll und der einzige freie Platz war der neben mir in der letzten Reihe.

Seit Kurzem hatten die Mädchen in der Klasse entschieden, dass Jungs nun doof seien, und so wollte sich keines mehr neben mich setzen. Das war seinerseits doof, denn ich hatte meine gesamte Schulzeit hindurch neben Mädchen gesessen, und so saß ich seit den Osterferien allein.

Neben einem Jungen zu sitzen, wäre mir irgendwie schräg vorgekommen. Aber das sollte sich schnell ändern, denn die Lehrerin nickte mir kurz zu und bedeutete Horst, sich neben mich zu setzen.

Horst war schon mit zehn irgendwie cool, und ich fühlte mich ein wenig unwohl und klein neben ihm. Das sollte sich erst später etwas ändern. In der großen Pause gingen wir auf den Hof.

„Und wohin wird es dich nach den Sommerferien verschlagen?", fragte er.

„Auf das Gottfried Wilhelm Leibniz Gymnasium!", antwortete ich etwas zu stolz, denn ich hatte es trotz eher mäßigem Einsatzes tatsächlich geschafft, eine Gymnasialempfehlung zu bekommen, und schrieb dies einer bislang verborgenen Begabung für was auch immer zu.

„Eine exzellente Wahl, mein Guter. Auch ich habe mich für die Keksschule entschieden." Noch bevor ich den Witz verstand, fuhr er fort. „Und wer von den Pfosten hier wird noch den Weg zu akademischen Ehren, Ruhm und unverschämtem Reichtum einschlagen?"

Mein Gesichtsausdruck muss wohl sehr deutliches Unverständnis signalisiert haben, sodass er ergänzte: „Glotz nicht wie ein Pferd, mein Vater sagt immer solche Sachen."

Ich zeigte auf ein paar Mädchen und sagte deren Namen: Bettina Hilbert, eine 1a-Streberin, die häufig den letzten Satz der Lehrerin wiederholte und dafür meist ein Lob einstrich. Sonja Sonntag, die wirklich so hieß, schon damals sehr schön war und immer sehr kurze und bunte Röcke trug. Und Lilly Ciccioli, deren Vater aus Italien stammte und dem die damals einzige Pizzeria in der Gegend gehörte.

Aber Horst hörte gar nicht richtig zu. Damals interessierte er sich nicht für Mädchen. Auch das sollte sich bald ändern. Neben uns beiden gab es noch zwei weitere Jungs, die wir nach den Sommerferien wiedertreffen würden.

Aber Horst war schon beim nächsten Thema. „Spielst du Fußball?"

Überrascht von dem abrupten Themenwechsel stammelte ich herum. „Äh, ja, ne, eigentlich …"

„Also was jetzt? Ein schlichtes Ja oder Nein würde schon genügen."

„Ähm, eher nein."

„*Eher* nein. Ich verstehe, du hast Humor. Gut so, da bin ich beruhigt. Ich hatte schon befürchtet, du wärst auch so ein Pfosten, der sich für alberne Ballspiele interessiert. Und was machst du so?"

„Ähm, tja, was man so macht eben ..."

Er fiel mir ins Wort. „Ich meine, was dich interessiert."

Da musste ich nicht lange nachdenken. „Comics. Alles, aber vor allem Marvel-Comics. Die Avengers, die Fantastischen Vier und natürlich Captain America."

„Respekt, Alter, das ist ja echte Hochkultur. Und was sind deine Lieblingsfiguren?"

Auch da musste ich nicht lange nachdenken. „Der Silver-Surfer und Ant-Man!"

„Interessante Kombination, offenbar habe ich es bei dir mit einem *Exzentriker* zu tun."

Pause.

„Keine Ahnung, was das ist, aber mein Vater bezeichnet die interessanteren Leute, die er kennt, immer so."

So ging es noch eine Weile weiter. Es stellte sich heraus, dass auch Horst gern Comics las und sich ziemlich gut auskannte, Fußball hasste, Mädchen blöd fand, Giraffen liebte und seine Mitmenschen in *Pfosten* und *Exzentriker* einteilte; später sollten noch *Lappen* dazukommen. Als die Klingel das Ende der Pause ankündigte und wir wieder hinein gingen, legte er etwas theatralisch, wie ich fand, seinen Arm um meine Schulter.

„Ach Ole, ich glaube, das hier ist der Beginn einer langen Freundschaft!"

Und er sollte recht behalten.

℘)℘

Die Kellnerin holt unsere leeren Gläser und fragt, ob wir noch etwas möchten.

„Wir wollen zahlen", antworte ich, bevor Horst weitere Biere ordern kann. Horst schaut auf seine Armbanduhr und murmelt: „Schon so spät."

„Time is running fast, when you're amused, wie der Brite zu sagen pflegt", erwidere ich in nicht ganz korrektem Englisch und lache. Vor dem Laden verabschieden wir uns herzlich.

„Melde dich, sobald mein neues Leben da ist", gebe ich ihm mit auf den Weg.

„Wird direkt zu dir nach Hause geliefert, lass dich überraschen", antwortet er, steigt auf sein Fahrrad und fährt davon.

Ich habe unterdes vergessen, wo ich das Auto abgestellt habe, und brauche eine Weile, bis es mir wieder einfällt.

Zu Hause finde ich einen Zettel auf dem Küchentisch. Mareike muss morgen früh raus, wollte nicht auf mich warten und ist schon zu Bett gegangen. Gut, dass ich immer *bis in die Puppen* schlafen kann, denke ich enttäuscht.

Sei's drum, ich nehme mir ein Bier aus dem Kühlschrank, setze mich aufs Sofa und stelle mir *neue Leben* vor.

Vielleicht wäre mein Leben mit Helga anders geworden. Sie roch immer so gut, und irgendwo habe ich gelesen, dass das ein Zeichen dafür ist, dass man genetisch gut zusammenpasst und sehr gesunde Kinder bekommt.

Das klappt aber wohl nur dann, wenn beide sich gegenseitig gut riechen können, und da fällt mir ein, dass ich Helga nie gefragt habe, wie ihr mein Geruch gefällt. Zudem habe ich vergessen, Horst zu fragen, ob Helga allein in Köln wohnt oder ob sie Mann und Kinder hat.

Unser Sofa ist so ein plüschiges, in dem man leicht versinkt, und so dämmere ich ein wenig weg und träume davon, wie ich nach Köln fahre, an Helgas Tür klingle und sie einfach frage, ob sie schon oder noch einen Mann hat und ob sie nicht zusammen mit mir ein neues Leben anfangen möchte. Sie strahlt, fällt mir um den Hals und ruft, dass sie genau darauf schon seit mehr als zwanzig Jahren wartet. Und dann brennen wir durch nach St. Tropez und sie moderiert im französischen Radio Kochsendungen. In Französisch war sie immer gut und St. Tropez war damals unser Traumziel.

Irgendetwas reißt mich aus meinen Träumen. Es ist die Klospülung. Offenbar ist Mareike wach. Ich habe aber so gar keine Lust, sie jetzt zu treffen, deshalb verhalte ich mich still und versinke noch tiefer in den Kissen. Das mit Helga ist vielleicht doch keine gute Idee. Immerhin haben wir uns damals getrennt – wieso, habe ich vergessen.

Zudem würde das mein eigentliches Problem wohl auch nicht lösen: *Daseinsermüdung*, wie Horst es treffend beschrieben hat. Ich könnte kündigen, Herrn Dr. Bürger seine Mandate vor die Füße werfen und etwas ganz Neues machen. Blöd nur, dass ich nahezu nichts anderes kann. Außer kochen, das kann ich wirklich.

Giovanni hat mir alles beigebracht, was er konnte, und er konnte ganz schön viel. Und er wusste auch immer Rat, vor allem in Lebens- und Liebesdingen. Dummerweise ist Giovanni der zweitletzte Mensch, den ich jetzt um Rat fragen könnte, obwohl er sicher helfen würde. Vielleicht sollte ich ein Restaurant eröffnen.

Oder doch lieber mit Sarah ein neues Leben anfangen? Sarah ist unvorstellbar schön, geistreich und belebend. Sie wohnt auch nicht in Köln, sondern hier um die Ecke und überhaupt wäre sie perfekt für mich. Dummerweise ist sie die Ehefrau meines zweitbesten Freundes und bislang konnte ich nicht das geringste Anzeichen dafür entdecken, dass sie sich über ein höfliches Maß hinaus ausgerechnet für mich interessieren könnte. Das macht die Sache nicht einfacher. Und ob Sarah Lust hätte, ihren Job in der Philharmonie aufzugeben, um in meinem Restaurant zu kellnern, scheint mir jetzt nicht so überaus wahrscheinlich.

Also doch lieber mit Mareike weitermachen? Wahrscheinlich ist das auch nicht schlechter als mit Helga oder Sarah. Aber genügt dieses *auch nicht schlechter*?

Einerseits haben wir kein Problem miteinander, andererseits haben wir aber auch *wenig* miteinander und noch weniger gemeinsam.

Meine Gedanken schweifen ab und ich dämmere schon wieder weg. Vielleicht wird es doch langsam Zeit, ins Bett zu gehen. Mareike ist sicher schon wieder eingeschlafen.

Im Bad blicke ich ernst in den Spiegel und bekleckere meinen Schlafanzug mit Zahnpasta.

„Was ist los mit dir, Ole?", flüstere ich meinem Gegenüber zu. Und tief in meinem Inneren verschüttet fällt mir nur ein Mensch ein, der mir das sagen könnte.

Jemand, der immer wusste, was ich wollte, oder zumindest, was gut für mich war.

Kapitel 2: Schwanger

Der Streifen ist milchig-grau und er bleibt es auch. Mareikes Gesichtszüge hingegen erstrahlen zu einem hellen Leuchten.

„Ich bin schwanger!", stößt sie hervor. „Ich bin tatsächlich schwanger", und starrt dabei gebannt auf diesen Teststreifen.

„Wie kommst du darauf?", frage ich nüchtern. „Du hast vor zehn Minuten auf dieses Ding gepinkelt und seitdem ist es grau, es war grau und es bleibt grau. Auf der Packung ist ein Bildchen, da ist der Streifen rot, tiefrot. Also wie kommst du darauf, dass du schwanger bist?"

„Eine Frau spürt so was!", stellt sie kategorisch fest. „Dafür brauchen wir keinen Test."

Frauen, selbst die meine, haben mitunter eine seltsame Argumentationsweise. Als ihre Regel zehn Tage überfällig war, meinte sie, das hätte nichts zu bedeuten. Nach zwölf Tagen war sie immer noch entspannt und meinte, es sei vollkommen ausgeschlossen, schwanger zu sein, sie spüre so etwas. Ich fragte mich im Stillen, woher eine Frau spüren könne, nicht schwanger zu sein, wenn sie noch niemals schwanger gewesen war.

Um ihrer etwas schrägen Argumentation noch eins draufzusetzen, meinte sie dann heute, sie brauche sofort einen Schwangerschaftstest, um zu erfahren, was sie sowieso schon wisse, nämlich, dass sie nicht schwanger sei.

„Wo sollen wir denn jetzt, mitten in der Nacht, einen Schwangerschaftstest herbekommen?", fragte ich, als sie schon unseren Altpapierstapel durchwühlte, um nach dem wöchentlichen Werbeblättchen mit der Liste der Notdienstapotheken zu suchen.

Ich versuchte, ihr zu erklären, dass es sich hier ganz sicher nicht um einen Notfall handle und es demnach keinen Grund gäbe, mitten in der Nacht durch die halbe Stadt zu fahren, einen armen, kurz vor der Pensionierung stehenden Apotheker aus seinem wohlverdienten Schlaf zu klingeln, um einen Schwangerschaftstest zu kaufen. Aber es nützte nichts, in solchen Fällen ist Mareike vollkommen mitleidslos.

Der Apotheker hatte sich sein Schicksal selbst ausgesucht, er hätte ja auch jeden beliebigen anderen Beruf ergreifen können und schließlich verdiente er sein Geld damit.

Auch ich hatte mir mein Schicksal selbst ausgesucht und so fuhr ich mitten in der Nacht durch die halbe Stadt, klingelte einen armen, kurz vor der Pensionierung stehenden Apotheker aus seinem wohlverdienten Schlaf und kaufte ihm einen Schwangerschaftstest ab. Er hatte wohl in den Jahren seines Berufslebens so viele Nachtdienste gehabt, dass er sich nicht einmal über mein Ansinnen wundern wollte.

Und so steht sie nun da, meine Mareike, mit einem Schwangerschaftstest in der Hand, der zweifelsfrei keinerlei Schwangerschaft anzeigt, streicht sich mit versonnenem Blick über ihren nahezu überhaupt nicht vorhandenen Bauch und vermeint, schwanger zu sein.

Und sie hat recht. Frauen spüren so etwas. Eine Woche später hat sie ihre Regel immer noch nicht. Stattdessen werden ihre Gesichtszüge weicher. Das glaube ich zumindest zu erkennen, denn auch Männer, zumindest sensible Männer, erkennen es, wenn mit ihrer Frau eine Veränderung vor sich geht.

Andererseits kann ich es nicht wirklich glauben, da wir schon seit einigen Jahren auf jedwede Art von Verhütung verzichten und bislang nichts Derartiges passiert ist. Und so habe ich mir alle weitergehenden Gedanken verboten. Sowieso weiß ich nicht so recht, was ich davon halten soll.

Gerade eben kommt sie vom Frauenarzt zurück. Sie strahlt mir schon an der Tür entgegen und fällt mir um den Hals.

„Ole, es ist amtlich: Wir bekommen ein Baby!"

Ich drücke sie fest an mich und bin verwirrt. Irgendwie war es zu erwarten, andererseits übersteigt das meine Vorstellung. Mareike zieht eine Flasche Champagner aus ihrer Tasche und überreicht sie mir feierlich.

„Sollten wir Alkohol jetzt nicht besser vermeiden?", stottere ich hervor.

Sie lacht. „Na ja, zumindest *ich* sollte. Die Flasche habe ich eben gekauft und wir werden sie trinken, sobald unsere Tochter auf der Welt ist!"

„Tochter?", stammle ich weiter. „Kann man das jetzt schon erkennen?"

Mareike prustet los. „Mensch Ole, was ist denn los mit dir? Natürlich kann man das *nicht* erkennen, ich bin in der fünften Woche. Aber ich muss da nichts erkennen. Ich weiß, dass es ein Mädchen wird. Eine Frau spürt so etwas."

Bislang habe ich mir keine Gedanken darüber gemacht, was besser wäre: ein Junge oder ein Mädchen. Die Leute sagen ja immer *Hauptsache, gesund.*

Klar, da kann man nicht widersprechen, aber irgendwie scheint mir das schon ein zentraler Unterschied zu sein, ob man den Rest seines Lebens mit einem Sohn und später einem Mann oder einer Tochter und später einer Frau zu tun hat. Mit einem Sohn müsste ich wahrscheinlich später Fußball spielen, und ich hasse alle Arten von Ballsport. Aber wahrscheinlich ist das heute gar nicht mehr so wie früher.

„Freust du dich denn gar nicht?", reißt mich Mareike aus meinen wirren Gedanken.

„Doch, schon, es kommt nur alles so plötzlich", erwidere ich und Mareike lacht wieder.

„Wieso das denn? Wir haben doch letzte Woche den Schwangerschaftstest gemacht. Also ich freue mich total. Hatte schon gedacht, das würde bei uns nie mehr klappen. Stell dir vor, wir beide und ein Kind!"

Wie fast immer habe ich Mareikes Euphorie nichts entgegenzusetzen und so langsam springt die Begeisterung auf mich über. So nehme ich sie bei der Hand und ziehe sie in die Küche.

„Ich habe gekocht. Dein Lieblingsnudelgericht!"

Auf dem Tisch stehen zwei Kerzen und zwei große Pasta-Teller. Mareike tut überrascht, obwohl sie weiß, dass ich heute extra früher aus dem Büro nach Hause gekommen bin, um sie zu empfangen.

Der Abend verläuft romantisch wie schon sehr lange nicht mehr. Statt Wein trinken wir Maracuja-Saft, aber das tut der Stimmung keinen Abbruch. Mareike liebt meine Pasta, ist nicht zu bremsen und schmiedet Pläne. In bunten Farben malt sie unsere Zukunft und wie wir von nun an zu dritt durchs Leben spazieren.

Nach dem Essen hält sie lange meine Hand und schaut mir verliebt in die Augen. Dann steht sie auf, kommt auf mich zu und setzt sich auf meinen Schoß. Bevor ich realisiere, dass sie das seit Jahren nicht mehr gemacht hat, beginnt sie, an meinem Ohr zu knuspern. Dann hebt sie ihren Kopf und ihr Gesicht ist nun ganz nah. Mir wird mulmig zumute und bevor ich mich darüber wundern kann, öffnet sie langsam die Lippen, fährt mit ihrer Zunge sanft darüber und neigt ihren Kopf weiter nach vorn, sodass sich unsere Lippen fast berühren.

Wir kennen uns seit siebzehn Jahren, kommt es mir in den Sinn, aber ich bin aufgeregt wie beim ersten Mal. Mareike zögert noch einen Moment, bevor ihre Lippen sanft die meinen berühren und wir uns lange, leidenschaftlich und ausdauernd küssen.

Irgendwann lösen wir uns notgedrungen voneinander. „Ich liebe dich, aber mir sind beide Füße eingeschlafen."

„Ich weiß und ich denke, du solltest dich hinlegen und deine Füße schonen", kichert Mareike. Sie rutscht von meinem Schoß und haucht mir einen Kuss auf die Wange. „Ich geh schon mal vor. Komm nach, sobald du wieder laufen kannst."

Während ich noch auf dem Stuhl sitze, höre ich sie im Bad herumwerkeln. Ich bin total verschossen und schäme mich, dass ich vor einigen Wochen noch darüber sinniert habe, ob ich nun besser mit Helga oder mit Sarah durchbrennen sollte.

Vielleicht ist das hier mein neues Leben. Bald werden wir mehr gemeinsam haben, als man je gemeinsam haben kann. Meine existenzialistischen Gedanken werden jäh unterbrochen, als ich Mareike aus dem Bad kommen höre.

Etwas mühsam richte ich mich auf, trinke noch einen Schluck Maracujasaft und hinke ins Schlafzimmer. Auf dem Weg fällt mir ein, dass ich morgen früh Horst anrufen und mich für mein neues Leben bedanken muss.

Ich blinzle, die ersten Sonnenstrahlen des Tages kitzeln mich in der Nase. Ich drehe meinen Kopf ein wenig zur Seite. Irgendwo zwischen oberflächlichem Schlaf und dämmriger Wachheit plätschern wirre Bilder durch mein Gehirn. Eine lachende Kinderschar, eine dicke Mareike, ein stolzer Vater, ein schreiendes Baby, ein wunderschönes Mädchen, eine junge Mutter mit Kindern, eine alte Frau. Schwerfällig drehe ich mich auf die andere Seite.

Die Sonnenstrahlen beleuchten Mareikes Gesicht. Die Bettdecke hat sie bis unter ihr Kinn gezogen, sodass nur ihr Kopf und eine zarte schlanke Hand hervorschauen. Ich blinzle wieder und versuche, ihr Gesicht zu betrachten, sehe es jedoch nur verschwommen vor mir. Die ersten Takte von *Purple Rain* sprudeln aus meinem Handy. Zeit aufzustehen.

Einen kurzen Moment später rasselt Mareikes riesiger, altmodischer Aufziehwecker los, der auf ihrem Nachttisch steht und fortwährend und immerzu, Tag und Nacht, ein ohrenbetäubendes Klack-Klack von sich gibt, das im ganzen Raum zwischen den Wänden widerhallt, bis dann irgendwann ein kleines metallenes Hämmerchen in einer wahnwitzigen Geschwindigkeit zwischen zwei oben auf dem Wecker angeschraubten Glöckchen hin und her schwingt, so lange, bis Mareike hinreichend wach ist, um ihren Arm auszustrecken und mich und die Welt von dem Höllenlärm zu befreien – erst dann bin auch ich richtig wach.

Mareike blinzelt und lächelt.

„Guten Morgen, meine Schöne", begrüße ich sie und den Tag.

„Heute so charmant? Was ist los mit dir?", antwortet sie.

„Ich glaub, ich bin verliebt", säusle ich.

Mareike lacht. „Hieß so nicht das Theaterstück, das ihr mal in der Schule aufgeführt habt?"

„Ja, glaub schon, aber das meinte ich gar nicht", entgegne ich etwas konfus, sammle mich aber schnell wieder. „Ich meine, so nah wie heute Nacht fühlte ich mich dir schon sehr lange nicht mehr."

„Das ging mir auch so und ich kann das alles immer noch nicht fassen. Ich habe mir so sehr ein Kind gewünscht, ein Kind von dir und mit dir. Vielleicht ist das unsere Chance, wieder mehr zueinander zu finden und unseren Weg weiter gemeinsam zu gehen."

Bevor ich etwas erwidern kann, springt Mareike einem spontanen Impuls folgend aus dem Bett.

„Ups, ich bin zu spät. Gelieve te vergeven – ich muss zur Schule, wir reden später."

Einer Gazelle ähnlich, verschwindet sie im Bad. Ich falle zurück in mein Kissen und vergegenwärtige mir noch einmal ihre Worte.

Später im Büro sitze ich am Schreibtisch und blicke durch das Fenster auf die Stadt, genauer gesagt, auf den weniger schönen Teil davon, den ich von hier aus sehen kann. Ich bin erschöpft, verwirrt und kann mich nicht konzentrieren. Irgendwie bin ich überwältigt von der Nacht und von der neuen Mareike, die eigentlich wie die alte ist, aber irgendwie auch nicht.

Hat sie vielleicht recht, ist das Baby unsere Chance, wieder zueinander zu finden?

Aber ist es fair, diesem kleinen Wesen gleich zum Start die ganze Verantwortung für das Glück seiner Eltern aufzubürden?

Meine Gedanken pendeln zwischen Euphorie – schwanger, ein Baby, neues Leben – und der Bedeutungsschwere dieses Ereignisses: Wir erwarten ein neues Leben, werden Eltern, werden vielleicht selbst erwachsen, werden eine richtige Familie.

Sogleich überfällt mich eine gewisse Panik. Bekommen wir das hin? Kann ich das leisten: Vater sein? Das Verhältnis zu meinem eigenen Vater war nie ganz leicht, und ich fürchte sehr konkret, nicht wirklich zu wissen, wie ich es besser machen sollte als er.

Als junger Mensch suchte ich immer nach anderen Vater-ähnlichen Figuren und fand sie auch in gewisser Weise in Bert oder Giovanni. Aber genügt das? Warum gibt es eigentlich keine Vater-Schule?

Mir fällt ein, ich muss Horst anrufen und mich für mein neues Leben bedanken, obwohl ich nicht weiß, ob es wirklich das ist, was ich mir ausgesucht hätte.

„Hi Alter, danke für mein neues Leben", rufe ich ins Telefon. Horst versteht natürlich nicht recht, also kläre ich ihn auf.

„Mareike ist schwanger, wir werden Eltern und ich werde Vater!"

Horst ist überrascht, reagiert aber souverän.

„Schön, dass es schon geliefert wurde. Ich hoffe, ich habe das Richtige für dich ausgesucht."

CB§D

Damals nach den Sommerferien trafen wir uns auf der Keksschule wieder. Alle aus meiner Grundschulklasse, die es auf das Gymnasium geschafft hatten, kamen in die 5a. Horst und ich setzten uns nebeneinander und versuchten, die anderen aus unserer Grundschulklasse nach Möglichkeit zu ignorieren.

Das gelang uns so lange ganz gut, bis wir anfingen, uns für Madchen zu interessieren. Die Nachmittage verbrachten wir meist in dem kleinen Park neben unserer Schule. Oft lagen wir auf der großen Wiese und sprachen über Musik oder Filme oder Comics.

Wie fast alle Zehnjährigen hatten wir die *Beatles* geliebt, aber nach und nach dann *richtige Musik* entdeckt, wie Horst sich ausdrückte. Ich fand das ein bisschen gemein den *Beatles* gegenüber, aber ich verstand, was er meinte.

Wenn es regnete, gingen wir zu Horst. Er wohnte in einem Haus nicht weit von der Schule entfernt und hatte ein großes Zimmer. Vor allem aber hatte er Zugriff auf alle Arten von Musik, denn sein Vater war ein großer Musikliebhaber. Er hatte sogar ein eigenes Musikzimmer, in dem jedoch keine Instrumente zu finden waren, sondern eine sehr edle und teure Stereoanlage mit vier Lautsprecherboxen, die jeweils ein ganzes Stück größer waren als wir damals, sowie eine unvorstellbare Plattensammlung. In dem Raum gab es keine Möbel bis auf einen alten schweren Sessel auf einem hölzernen Podest in der Mitte des Zimmers.

Als ich Horsts Vater kennenlernte, fand ich ihn ein wenig verrückt, war aber zugleich auch fasziniert. Er muss so um die vierzig gewesen sein, hatte langes braunes Haar, das ihm auf die Schultern fiel, trug stets sehr schmal geschnittene Jeans, niemals Socken, und ausnahmslos T-Shirts von irgendwelchen Rockbands. In allem war er vollständig anders als mein Vater. Bei unserer ersten Begegnung trug er ein verwaschenes T-Shirt, auf dem ein Bild mit einem brennenden Zeppelin zu sehen war.

Auf meine Nachfrage erklärte mir Horst später, dass es das Cover des ersten Albums der Band *Led Zeppelin* darstellte.

Horsts Vater reichte mir die Hand.

„Hallo, du musst Ole sein. Hab schon viel von dir gehört." Bevor er weitersprach, strich er sich eine Haarsträhne aus dem Gesicht. „Ich bin Albert, aber sag einfach Bert zu mir."

„Guten Tag, Herr Konoplyanka", erwiderte ich verdutzt.

„Ole, wenn wir Freunde werden wollen, und das wollen wir bestimmt, dann sollten wir gleich zum *du* übergehen." Dann verschwand er grinsend in seinem Musikzimmer.

Horst verdrehte die Augen und zog mich in sein Zimmer.

„Ein wenig verrückt, mein Alter, aber sonst ein gutes Typ. Er erträgt es nicht gut, älter zu werden, deshalb zieht er diese Jugendlichen-Show ab."

Horsts Zimmer war riesig im Vergleich zu meinem und er hatte eine Musikanlage und einen eigenen Fernseher. Hier schauten wir zusammen *Star Trek – The next generation* und flogen zusammen mit *Captain Picard* und *Commander Data* durch die Galaxis. Die meiste Zeit jedoch zappten wir uns durch diverse Musiksender, vor allem MTV, und lernten die wunderbare Welt der Musik jenseits der *Beatles* kennen.

Mit der Zeit entwickelten wir große Leidenschaften für *Depeche Mode*, die *Simple Minds*, *The Cure*. Dave Gahan, Jim Kerr und Robert Smith waren unsere neuen Helden. Wir *genossen das Schweigen, lebten den neuen goldenen Traum* und *lernten, dass Jungs nicht weinen.*

Das Genialste jedoch, was wir damals erlebten, waren *Faith no more* live at the Brixton Academy. Wir hatten das Konzert in voller Länge und Schönheit auf MTV gesehen und waren über alle Maßen beeindruckt. Das war pure Energie und große Kunst und der Höhepunkt für uns war der Moment, wo Mike Patton mit dem Helm eines englischen Bobbys auf dem Kopf beim Finale von *Epic* über die Bühne stampfte.[6]

Wichtiger als sein Zimmer war Horst jedoch der riesige Garten, in dem er sich die allermeiste Zeit aufhielt. Im hinteren Teil, ziemlich weit weg vom Haus, hatte er ein geräumiges Zelt aufgebaut, in dem er fast den ganzen Sommer hindurch übernachtete.

An den Wochenenden sowie in den Ferien kam ich gern dazu. Lange, bevor der Spruch von einem Outdoor-Shop als Werbeslogan populär gemacht wurde, lebte Horst sein Lebensmotto *Draußen zu Hause.*

An dem Tag, an dem ich Horsts Vater kennengelernt hatte, schaute am Abend seine Mutter in seinem Zimmer vorbei und fragte, ob wir etwas essen mochten. Das mochten wir und taten es in den folgenden Jahren noch sehr oft.

Und so saßen wir zu viert am Küchentisch und aßen gemeinsam. Das kannte ich von zu Hause nicht, da mein Vater immer erst spät von der Arbeit kam. Horsts Mutter stellte sich als Victoria vor, meinte aber, ich könne auch Frau Konoplyanka sagen, wenn mir das lieber wäre.

Horsts Vater, also Bert, rollte die Augen und nahm sich noch eine Scheibe Brot aus dem Korb.

Unwillkürlich musste ich lachen.

„Heißen Sie beide wirklich Victoria und Albert?"

Jetzt mussten die anderen drei auch lachen.

„Ja, drollig, nicht wahr?", meinte Horsts Mutter. „Und früher nannte mein Mann mich auch *seine Königin*, aber das ist schon lange her."

---

[6] Siehe zum Beispiel: (ab 2:40) https://www.youtube.com/watch?v=dTB2qDd1yGg&list=PLA633DB280076FED9&index=8

Ziemlich falsch, aber dafür sehr laut, begann Bert einen alten Song von den *Kinks* zu singen.

„Land of my Victoria, land of hope and gloria …", bis wir alle vor Lachen unter dem Tisch lagen.

„Und woher stammt Ihr Nachname?", fragte ich neugierig, als wir uns alle wieder beruhigt hatten.

„Das ist eine lange Geschichte", führte Bert aus. „Mein Vater, also Horsts Opa, stammt ursprünglich aus der heutigen Ukraine und war im Krieg mit der sowjetischen Armee nach Deutschland gekommen. Hier traf er meine Mutter und ist dann aus Liebe gleich hiergeblieben."

Später erzählte Horst dann auch noch, wie er zu seinem Vornamen gekommen war.

„Mein Opa lebt im Ruhrgebiet und hatte dort früher eine Kneipe, in der mein Vater quasi aufgewachsen ist. Die Kneipe befand sich direkt gegenüber einem Stahlwerk und der Stadtteil hieß daher *Stahlhausen*. Die Straße hieß irrigerweise Alleestraße, obwohl es dort weit und breit keinen Baum gab. Im Ruhrgebiet heißen nicht alle, aber so ziemlich fast alle Männer *Horst*. Und aus einem nostalgischen Impuls heraus, wie mein Vater das nannte, wollte er seinen Erstgeborenen gern *Horst* nennen. Meine Mutter war damit natürlich nicht einverstanden, sie hatte sich bereits für *Leander* entschieden. Meine Eltern lösten das Problem auf ihre Weise und spielten eine Runde Schnick-Schnack-Schnuck. Mein Vater gewann drei zu zwei, und so nannten sie mich *Horst*. Bis zum heutigen Tag bin ich meinem Vater über alle Maßen dankbar dafür, dass er gewonnen hat."

Nach der langen Rede boxte er seinem Vater freundschaftlich gegen die Schulter, während seine Mutter drohend ihren Finger in die Luft hob.

„Vorsicht, Freundchen, sonst erzähle ich deinem Freund, wie dein zweiter Vorname lautet."

Das tat sie dann aber doch nicht.

Erst viele Jahre später bei der feierlichen Abiturvergabe, als Horst als Erster aufgerufen wurde, erfuhr ich seinen vollen Namen: *Horst Leander Konoplyanka.*

Kapitel 3: Pärchen-Abend

Wir sitzen im Auto. Mareike fährt. Ich hasse Auto fahren und vermeide es, so gut es geht. Mareike liebt Auto fahren und selber fahren. Sicher deshalb, weil es auf Vlieland, wo sie aufgewachsen ist, keine Autos gibt und Mareike zum ersten Mal mit sechzehn in einem Auto saß. Und so fährt sie auch.

Ich klammere mich an die Halteschlaufe über meinem Kopf und mir ist leicht schwindelig. Das hat sicher mit ihrer Fahrweise zu tun, aber auch mit meiner neuen Verliebtheit. Sie ist wunderschön hinter dem Lenkrad und seit sie schwanger ist, sehe ich sie mit anderen Augen.

Dabei sieht man noch nichts. Ich bilde mir ein, ihre Wangen wären rosiger als sonst. Überhaupt wirkt sie glücklich und ganz bei sich und ich genieße es und starre sie an.

„Was ist", fragt sie. „Was schaust du so?"

„Nichts ist", erwidere ich. „Ich schaue dich nur an."

„Genieß es, solange ich noch nicht völlig aus dem Leim gegangen bin. Bald hast du nur noch ein dickes Muttertier bei dir zu Hause sitzen und dann guckst du mich sicher nicht mehr an – zumindest nicht so wie jetzt."

„Wieso – wie gucke ich denn jetzt?"

„Du weißt genau, was ich meine!"

Ich erröte und komme ins Grübeln. Wie wird das wohl, wenn erst unser Kind auf der Welt ist? Wird sich zwischen uns alles ändern? Werde ich das *Muttertier* noch so sexy finden?

Mareike bremst abrupt, ich kippe nach vorn.

„Was ist?", presse ich hervor.

„Die Ampel ist gerade auf Rot gesprungen."

„Na und? Das stört dich doch sonst auch nicht."

„Sehr witzig. Das nächste Mal kannst du selber fahren."

Das sagt sie immer, setzt sich dann aber beim nächsten Mal doch wieder ganz selbstverständlich ans Steuer.

Wir fahren zu Sarah und Fabian. Fabian war mit mir auf dem Gymnasium in derselben Stufe. Ich hatte nie viel mit ihm zu tun, kannte ihn kaum. Er war ein übler Streber, in allen Fächern sehr gut, vor allem in Mathe, Physik und all den anderen Horrorfächern. Dazu trug er Cordhosen und war in der *Jungen Union*. Wir anderen fanden das irgendwie eklig. Beides, Cordhosen und die *Junge Union*.

Trotz beidem hatte Fabian einen ungeahnten Schlag bei den Frauen. Die allerschönsten Mädchen unserer Stufe standen Schlange, um eine Audienz bei ihm zum nachmittäglichen Mathelernen zu bekommen, und er nutzte das gnadenlos aus. Mit Bedacht und vortrefflichem Geschmack wählte er jene Mädchen, denen er einen kurzen, aber für die nächste Matheklausur ausreichenden Blick in seine verschwurbelten Hirnwindungen gewährte.

Tatsächlich gelang all jenen, denen er seine Gunst gewährte, mindestens eine drei in der nächsten Mathearbeit. Wir anderen konnten es nicht glauben, waren über alle Maßen neidisch auf ihn und malten uns in bunten Farben aus, was er wohl nach dem Mathelernen mit den Mädchen machte.

Als wir in der zwölf waren – manche der älteren Lehrer nannten das noch Unterprima – und uns für sehr links hielten, wollten die Jungs vom Ortsverband der *Jungen Union* eine Basisgruppe der *Schüler Union* an unserer Schule gründen. Eine Woche lang hingen überall die Einladungszettel zur Gründungsversammlung herum und wir überlegten, was wir wohl tun könnten, um den guten Ruf unseres ehrwürdigen Gymnasiums zu verteidigen.

Horst war damals Schülersprecher und fühlte sich besonders dafür verantwortlich, in der Sache etwas zu unternehmen. Und Horst hatte einen Plan, sammelte ein paar Gleichgesinnte um sich, und so enterten wir mit einem Dutzend langhaariger Kiffer die Gründungsversammlung in einem Klassenraum.

Die Cordhosen-Träger waren nur acht und Fabian war einer von ihnen. Die Versammlung verlief dann ganz anders, als sie es erwartet hatten, und dafür genauso, wie Horst es geplant hatte: Zuerst wurde die Basisgruppe gegründet und dann ließ Horst sich auch gleich zum Vorsitzenden wählen.

Dann wurden drei Anträge gestellt, die auch sofort eine Mehrheit bekamen. Zuerst wurde entschieden, dass die neue Basisgruppe der *Schüler Union* sich für die Legalisierung von Cannabis einsetzen sollte. Als zweites wurde die Unvereinbarkeit der gleichzeitigen Mitgliedschaft in der neu gegründeten Basisgruppe und der *Jungen Union* beschlossen. Bevor es dann aber zu den ersten formalen Ausschlussverfahren kommen konnte, bekam der dritte Antrag auf sofortige Auflösung der Basisgruppe eine ausreichende Mehrheit. Damit war das Thema Geschichte, der Ruf unserer Schule gerettet, und Horst prahlte noch Jahre später damit, dass er für ganze zehn Minuten Vorsitzender einer Basisgruppe der *Schüler Union* gewesen sei.

Beim 10-jährigen Abiturtreffen trafen wir Fabian wieder. Zunächst erkannten wir ihn gar nicht. Erst als irgendein vermeintlich unbekannter Typ die Sache mit der Basisgruppe erzählte, wurden wir aufmerksam. Tatsächlich war es Fabian. Anstatt Cordhose trug er nun Jeans und eine Nickelbrille und erzählte die Geschichte noch viel lustiger, als wir sie in Erinnerung hatten.

Horst hörte sich das eine Weile aufmerksam an, erkannte ihn und wurde sauer.

„Ey, du Pfosten! Du warst damals auf der anderen Seite bei den Typen von der *Jungen Union.*"

Fabian schenkte ihm ein überhebliches Grinsen. „Klar doch, daher weiß ich es noch so genau."

Später erzählte er, dass er nur wegen Nicole dabei gewesen war. Sie war gut in Mathe und daher auf die übliche Art nicht zu bekommen. Daher versuchte er es auf diese Art, was wohl auch geklappt hatte. Zumindest waren die beiden bis zur nächsten Mathearbeit ein Paar.

Fabian hatte tatsächlich Mathematik studiert und schrieb nun an seiner Doktorarbeit. Horst fragte, ob er Arzt werden wolle, und Fabian verdrehte die Augen. Ich hatte mein Studium beendet und bereits einen Job und fühlte mich deshalb etwas überlegen. Im Laufe des Abends lernten wir uns näher kennen, und irgendwie war er ein guter Typ.

Die Cordhosen hatte seine Mutter ihm vorgeschrieben und uns hatte er wegen unserer Coolness beneidet. Sagte er jedenfalls, aber vielleicht wollte er auch nur nett sein. Auf jeden Fall tauschten wir Telefonnummern aus und trafen uns mal wieder. Im Laufe der Jahre entwickelte sich daraus eine echte Freundschaft zwischen uns dreien, wobei immer allen klar war, dass Horst und ich irgendwie Zwillinge waren und Fabian unser *neuer* Freund. So waren wir nun seit zehn Jahren zu dritt unterwegs und auch als Ehemänner trafen wir uns häufiger zu dritt oder zu Pärchen-Abenden.

Mareike bremst schon wieder und wir sind da.

Vor der Tür streiten wir kurz, wer die Weinflasche überreichen soll. Ich drücke mich immer davor und Mareike weigert sich theatralisch, *meinen* Freunden unser Geschenk zu überreichen, macht es dann aber doch.

Sarah öffnet uns die Tür und ich bin geblendet. Seit ich Sarah kenne, bin ich ein bisschen verliebt in sie, vielleicht weil sie so ganz anders ist als Mareike. Sarah hat braunes Haar, ist schlank und eher klein und sehr anmutig. Sie hat eine wunderbare Art, sich zu bewegen, wirkt immer etwas ätherisch und zerbrechlich.

Eigentlich ist sie eine Ballerina. In ihrer Jugend besuchte sie ein Gymnasium, an dem man parallel zum Abitur eine Tanzausbildung machen konnte, und so ging sie nach der Schule zu einer Tanzcompanie. Aus mir nicht näher bekannten Gründen verließ sie diese nach einem halben Jahr. Fabian hatte mal angedeutet, der Ballettmeister hätte sie belästigt, was wohl in der Branche nicht ganz unüblich wäre. Nach einem weiteren Versuch in einer kleinen Companie und zahllosen Bewerbungen bei renommierteren Ensembles verfiel sie in tiefe Verzweiflung.

Nach einem Jahr der Krise und Selbstfindung, wie sie es nannte, begann sie ein Musikstudium. Im Alter von sechs Jahren hatte sie angefangen, Cello zu spielen, und nach einem Dutzend erfolgloser Aufnahmeprüfungen bekam sie doch noch einen Studienplatz an einer mittelmäßig renommierten Musikhochschule.

Heute spielt sie Cello im Symphonieorchester unserer Stadt und ist strahlend schön. Immer, wenn ich Sarah sehe – wirklich *immer* und ich kann nichts dagegen tun – kommt mir ein sehr früher Song von Udo Lindenberg in den Sinn: *Du spieltest Cello in jedem Saal in unserer Gegend, ich saß immer in der ersten Reihe und fand dich so erregend.*

Sarah lächelt uns freundlich zu, bedankt sich für den Wein, gibt uns je zwei Küsschen auf die Wange und bittet uns herein. Sie trägt einen knöchellangen dunkelblauen Rock aus einem leichten, seidigen Stoff, dazu eine cremefarbene Bluse mit Rüschen. Fabian kommt und umarmt uns beide. Er trägt eine Schürze, auf der *Chefkoch* steht und in der er ein wenig albern aussieht.

„Hast *du* heute gekocht?", frage ich ihn.

Er lacht laut auf. „Nein, keine Sorge! Sarah hat gekocht und wollte sich noch eben umziehen. Ich halte derweil nur die Töpfe warm und rühre die Soßen um. Hallo schoonheid, je ziet er weer prachtig uit vandaag," ergänzt er an Mareike gewandt.

Mareike lacht und ich schaue überrascht.

„Seit wann kannst du Niederländisch?"

„Gar nicht", antwortet er. „Aber gestern hat mir ein Kollege, dieses neue selbstlernende Übersetzungsprogramm[7] gezeigt, an dem er mitarbeitet, und das habe ich dann gleich mal ausprobiert."

„Das klang ziemlich richtig und sauber ausgesprochen", lobt Mareike ihn.

Fabian bedankt sich für das Kompliment und deutet auf eine offene Tür. „Sarah und ich brauchen noch einen Moment in der Küche, geht doch schon mal ins Wohnzimmer."

---

[7] Das Übersetzungsprogramm gibt es wirklich. Siehe: www.deepl.com. Wer mag, kann damit (kostenlos) die niederländischen Zitate in diesem Buch ins Deutsche übersetzen.

Mareike fragt, ob sie vielleicht helfen könne, und verschwindet mit Fabian in der Küche.

Im Wohnzimmer treffe ich die Söhne des Hauses. Jarne, der jüngere der beiden, hat sich mit einem Buch in einen der Sessel gekuschelt.

„Na, Großer, was liest du?", frage ich gespielt locker.

Jarne hebt den Kopf. „Hi Ole, lange nicht gesehen." Er klappt das Buch zu, hebt es in die Höhe und zeigt mir die Vorderseite. *Caius' Abenteuer im alten Rom.*[8]

„Eine gute Wahl, das habe ich vor langer Zeit auch gelesen. Muss echt alt sein."

Jarne nickt nur und vertieft sich wieder in das Buch. Auf dem Sofa liegt Ben. Wegen der Kopfhörer, die er trägt, hat er das Gespräch nicht mitbekommen und mich erst jetzt bemerkt.

„Na, Ben, wie gefällt es dir auf der Keksschule?", frage ich, obwohl ich nicht weiß, ob er mich hört, da die Kopfhörer nach wir vor auf seinen Ohren kleben.

„Ganz okay!"

Offenbar hat er mich doch gehört.

„Und was hörst du gerade?", versuche ich, etwas Schwung in unsere Unterhaltung zu bringen.

„*Linkin Park*", antwortet er knapp und ergänzt noch: „Hybrid Theory."

„Cooles Album, schon älter, aber immer noch gut", schwurble ich unbeholfen herum. „Zu blöd, dass *Chester Bennington* tot ist", fällt mir noch ein und ich komme mir gleich ziemlich bescheuert vor.

Aber Ben ist da offenbar entspannt.

---

[8] Ein sehr schönes Buch für Kinder von *Henry Winterfeld.*

„Klar, aber noch blöder ist, dass sie seitdem kein Album mehr veröffentlicht haben."

Das Gespräch läuft deutlich in die falsche Richtung und mir fällt auch nichts mehr ein, was ich noch sagen könnte.

Zum Glück befreit mich Sarah, indem sie zum Essen ruft und die Jungs auffordert, nun die *Phase zwei* anzugehen. Keine Ahnung, was sie damit meint, aber die Jungs scheinen zu verstehen, erheben sich schwerfällig von ihren Plätzen und verschwinden im hinteren Teil des Hauses. Vielleicht ist das mit Mädchen doch einfacher, denke ich, muss mich aber gleich wieder korrigieren, wenn ich an die Mädchen meiner Jugend denke.

Das Essen ist fabelhaft. Wir sitzen am großen Holztisch, der ohne Tischdecke auskommt und auf dem unzählige Kreise von zahlreichen Trinkgelagen zeugen. Sarah trägt kleine weiße Perlenohrringe und ihr langes braunes Haar offen. Sie hat sich nicht geschminkt, zumindest nicht erkennbar. Nur ihre Fingernägel glänzen rosa, wenn sie das Weinglas an ihren Mund führt und ihren kleinen Finger ein ganz klein wenig abspreizt.

„Wie läuft es denn im Orchester?", fragt Mareike.

Sarah verzieht das Gesicht. „Furchtbar, frag nicht! Aktuell proben wir das Cellokonzert von Edward Elgar. Das ist eigentlich ganz schön, aber in der letzten Probe kam die Solistin dazu und die ist wirklich schrecklich."

Sarah erkennt die Fragezeichen in unseren Gesichtern und führt weiter aus.

„Sie ist ein internationaler Star und findet sich ganz toll. Deshalb muss sie uns Tuttischweine auch nicht weiter beachten."

Mareike lacht los. „Tuttischweine? Was ist das denn?"

„So nennt man die Musiker, die keine Soli haben und daher immer *alle*, also *Tutti* spielen", erläutert Fabian.

„Und warum *Schweine*?", frage ich.

„Na, weil die Solisten sie so behandeln", erwidert Sarah genervt, beruhigt sich aber gleich wieder. „Ach, das stimmt so auch nicht. In der letzten Saison haben wir das erste Klavierkonzert von Johannes Brahms aufgeführt, mit Hélène Grimaud am Klavier, und die war supernett zu uns allen. – Mögt ihr noch Wein?"

„Lieber noch etwas Maracujasaft", antwortet Mareike, und Sarah verschwindet in der Küche, um Saft und Wein zu holen. Ihre Bewegungen sind so geschmeidig, dass ich meinen Blick nicht von ihr lassen kann, bis ein Tritt unter dem Tisch mich aus meinen erotischen Gedanken reißt. Mareike grinst mich breit an.

„Was gibt es bei dir Neues, Fabian?", fragt sie.

Er zögert kurz, setzt aber dann doch zu einem seiner berüchtigten Kurzvorträge an. Fabian ist Geschäftsführer einer kleinen Softwarefirma und ein Experte für sogenannte *künstliche Intelligenz*, auch *KI* genannt. Die Firma unterstützt und berät Unternehmen der Finanzdienstleistungsbranche bei sogenannten *Data Science Projekten*. Aktuell leitet er ein spannendes Projekt, wo es um *maschinelles Lernen* geht.

Unsere Gesichter drücken offenbar deutliches Unverständnis aus, daher erklärt er uns.

„Konkret versuchen wir, Maschinen das Lernen beizubringen", sagt er.

„Da haben wir ja einiges gemeinsam", wirft Mareike ein. „Ich bringe Kindern das Lernen bei."

Fabian lacht. „Na, dann hoffe ich mal, dass das bei dir besser klappt als bei mir. Mit den Maschinen ist das nämlich sehr viel komplizierter, als man so meint. Ich spreche bei meinen Maschinen daher meist von *künstlicher Dummheit.*"

Sarah ist inzwischen wieder bei uns und schenkt Saft und Wein nach.

„Hat Fabian von seinem Kongress erzählt?", fragt sie in die Runde.

Fabian hebt die Hände in die Höhe, als geniere er sich ein wenig, aber Sarah lässt nicht locker.

„Okay, dann erzähle ich das eben. Fabian ist auf einen großen internationalen KI-Kongress als Redner eingeladen. Aber nicht als irgendein Redner, sondern als Keynote-Speaker in der großen Plenary!"

„Hört sich gut an, aber was ist das?", frage ich.

„Bei *Rock am Ring* würde man wohl *Headliner* sagen", erläutert Fabian.

Bevor ich weiter fragen kann, wechselt er schnell das Thema. „Wieso warst du eigentlich nicht beim Abitreffen?"

Weil ich mich nicht mit den *Headlinern* messen wollte, denke ich im Stillen, zucke aber nur mit den Schultern. „Keine Lust."

„Da hast du aber echt was verpasst. Die waren alle supernett und ich hatte einige interessante Gespräche. Weißt du, was aus Helga geworden ist?", versucht er, sich interessant zu machen.

„Klar, die ist beim Radio und moderiert Kochsendungen beim WDR", antworte ich genervt.

Aber Fabian lässt sich nicht beirren. „Ja, das macht sie aber nur so nebenbei, wegen Geld und so. Eigentlich macht sie Reportagen fürs Fernsehen. Habt ihr die Doku über diesen Fußballmanager aus dem Ruhrgebiet gesehen, der später dement geworden ist? Eine unglaubliche Reportage, bei der mir Schauer über den Rücken gelaufen sind. Die hat Helga gemacht."[9]

Das wusste ich nicht und davon hatte Horst auch nichts erzählt.

„Wer ist Helga?", möchte Sarah wissen.

„Helga war Oles erste Freundin. Von ihr hat Ole das Küssen gelernt", erklärt Mareike und lacht.

Sarah fragt nach Mareikes Schule und Mareike erzählt von ihren Problemen mit Eltern, die ihre Kinder für hochbegabt halten und auf einen Test drängen.

„Ihr könnt euch das nicht vorstellen. Früher gab es diese Tests vielleicht alle zwei Jahre einmal, und allein im laufenden Schuljahr hatte ich bereits acht davon, von denen jedoch sieben keinerlei Hochbegabung erkennen ließen. Aber die Eltern lassen nicht locker und glauben allen Ernstes, mit dem Test wäre etwas nicht in Ordnung."

Ben und Jarne erscheinen, inzwischen in ihren Schlafanzügen, im Esszimmer, um *Gute Nacht* zu sagen.

Als die beiden wieder verschwunden sind, schüttelt Mareike den Kopf. „Die beiden gehen einfach so ins Bett?"

„Alles eine Frage der Erziehung", prahlt Fabian, muss aber gleich lachen. „Ist natürlich Quatsch. Wir haben sie bestochen: Wenn sie anstandslos und ohne zu maulen zu Bett gehen, was sie sonst nie tun, dann dürfen sie noch lesen oder Musik hören, solange sie wollen."

---

[9] Das stimmt natürlich nicht. Im echten Leben ist diese großartige Reportage von der Fernsehjournalistin Stephanie Schmidt.
Siehe auch: https://www.zdf.de/dokumentation/37-grad/rudi-assauer-ich-will-mich-nicht-vergessen-100.html

Sarah nimmt den Faden wieder auf und fragt: „Und was wird nun mit der Rektorenstelle?"

„In gut einem Jahr geht unsere Rektorin in Pension und dann stehen die Chancen nicht schlecht, dass ich als Konrektorin ihre Nachfolgerin werde."

„Das wäre ja großartig, das hast du dir doch immer gewünscht."

„Klar," erwidert Mareike. „Aber mal sehen, was bis dahin ist."

Sie zwinkert mir zu. Es ist Zeit für die große Mitteilung. Gestern Abend haben wir noch diskutiert, wer es erzählen soll. Ich meinte, sie solle es tun, schließlich sei sie schwanger und nicht ich. Mareike meinte jedoch, ich solle es erzählen, schließlich seien es meine Freunde und nur ein bisschen ihre. Also haben wir Streichhölzer gezogen und ich habe wie immer das kürzere bekommen.

Ich hatte auch Schnick-Schnack-Schnuck vorgeschlagen, aber wir hatten uns nicht einigen können, ob wir mit oder ohne Brunnen spielen.[10]

Und so ist es nun an mir, mit dem Dessert-Löffel an mein Weinglas zu tippen, ein bedeutungsschweres Gesicht zu machen und die frohe Botschaft zu verkünden.

Spontan bricht großer Jubel aus. Sarah und Fabian springen auf, gratulieren und umarmen uns herzlich und scheinen sich wirklich für uns zu freuen. Als wir wieder sitzen, wollen sie alles ganz genau von uns erfahren: In welcher Woche wir sind, seit wann wir es wissen, wie es uns damit geht, dass es doch

---

[10] In Holland spielt man Schnick-Schnack-Schnuck offenbar ohne Brunnen.

noch passiert ist, ob wir vorher wissen möchten, ob es ein Mädchen oder ein Junge wird?

„Es wird ein Mädchen!", platzt Mareike heraus.

„Kann man das schon so früh erkennen?", fragt Fabian verwundert.

„Eine Frau spürt das", entgegnet Mareike und Sarah stimmt ihr zu.

„Ich habe auch beide Male gespürt, dass es ein Mädchen werden würde."

Mareike braucht einen Moment, um zu verstehen, als sie unser Grinsen wahrnimmt, aber dann muss sie auch lachen.

„Und wie wollt ihr das machen, mit der Betreuung und so? Eure Eltern wohnen doch weit weg", möchte Sarah wissen.

„Darüber haben wir uns noch nicht so wirklich Gedanken gemacht", erwidert Mareike und ich frage mich, welche Gedanken man sich da wohl machen könnte. „Wie habt *ihr* das organisiert?", fragt sie, die Sarah und Fabian damals noch kaum kannte.

„Ich war beide Male erst in Mutterschutz und dann in Elternzeit. Bei Ben hat Fabian ja noch promoviert und bei Jarne hatte er gerade seinen ersten Job. Jeweils nach zwei Jahren sind dann beide in die Kita. Auf den ersten Blick passte das gut, weil ich vormittags Probe und abends Konzerte hatte, aber es war natürlich extrem anstrengend, dazwischen Haushalt und Kinder zu regeln. Zeit zum Üben fand ich natürlich so gut wie gar keine mehr und so bin ich immer noch ein Tuttischwein", schließt Sarah ihre Ausführungen.

Ich bemerke, wie Mareike unruhig auf ihrem Stuhl hin und her wippt, und auch mir wird gerade etwas klar, das Fabian dann auch gleich ausspricht.

„Und was wird dann aus der Rektorenstelle?"

Stille.

Daran haben wir tatsächlich bislang nicht gedacht. Eigentlich war immer klar, dass Mareike das auf jeden Fall wollte und ich sie dabei in jeder Hinsicht unterstützen würde, aber jetzt ist natürlich alles anders.

In die Stille hinein fängt Fabian völlig unvermittelt wieder an, über das Abitreffen zu sprechen. Er beklagt noch einmal, dass ich nicht dort war, schließlich hätten wir auf unsere zehn Jahre währende Freundschaft anstoßen können. Dann erzählt er von Sonja Sonntag.

„Heißt die wirklich so?", fragt Sarah.

„Inzwischen nicht mehr, sie hat geheiratet und heißt jetzt Sonja Tuchel."

„Das habe ich schon von Horst erfahren", erwähne ich. „Und jetzt ist es wirklich mal gut mit den alten Geschichten."

Doch Fabian ist nicht zu bremsen. „Und eure Lilly ist tatsächlich mit diesem Christian verheiratet und hat auch zwei Kinder."

„Lilly? War die auch da?", bricht es aus mir heraus und ich fürchte, es klang etwas schrill. Auf jeden Fall blicken mich beide Frauen besorgt an.

„Klar. Hat Horst das nicht erzählt?", fragt Fabian unschuldig.

„Nein, hat er nicht!" Horst ist so ein Arsch, quatscht mich den ganzen Abend voll mit dem ganzen Retrozeug und erwähnt Lilly mit keinem Wort.

„Wer ist denn diese Lilly?", möchte Sarah wissen und Fabian erklärt es ihr.

„Lilly war eine Art Berühmtheit in unserer Stufe. Noch in der Mittelstufe war sie schon die Freundin des Schülersprechers.

Vor allem aber gehörte sie zu den drei *Unzertrennlichen*: Lilly, Horst und Ole waren so etwas wie die *Fantastischen Drei*. Mit fünfzehn hatten sie es tatsächlich geschafft, unbemerkt die Oberstufenfete zu entern, und auch später machten die drei mit spektakulären Aktionen von sich reden."

„Ole, ist alles in Ordnung mit dir?", fragt Mareike ein wenig besorgt.

Ich bin wohl unvermittelt leichenblass geworden. Und es ist rein gar nichts in Ordnung mit mir.

CB&O

In der Grundschule hatte ich kaum je ein Wort mit Lilly gewechselt. Zu Beginn der Dritten war sie aus der Parallelklasse zu uns gewechselt und hatte bei uns nie so richtig Fuß gefasst. Die Mädchenfreundschaften waren alle schon verteilt. Sie war freundlich, schüchtern und fiel nicht weiter auf.

Zu ihrem zehnten Geburtstag fuhr ihr Vater in der großen Pause mit einem VW-Bus auf den Schulhof und es gab für uns alle eine kleine frische Pizza. Das war spektakulär und machte Lilly ein klein wenig beliebt, aber da war die Grundschulzeit schon fast zu Ende.

Auf der Keksschule war sie dann in unserer Klasse, aber auch hier blieb sie eher für sich. In den Pausen turnte sie meist allein an den Geräten oder stand am Rand und schaute den anderen Mädchen beim Gummitwist zu. Horst und ich blieben auch eher für uns, aber wir waren wenigstens zu zweit.

Unsere erste Begegnung hatten wir im Vorraum zum Fahrradkeller und die war dann auch ganz und gar typisch für Lilly.

Wie in jeder Klasse gab es auch bei uns ein paar Schlägertypen, von denen einer besonders herausstach: Thorsten. Er war schon dreizehn, ein Jahr länger auf der Kcksschule und gleich nach dem zweiten Jahr sitzen geblieben. So war er zu Beginn unseres zweiten Jahres in unsere Klasse gekommen und hatte gleich klargestellt, wer hier das Sagen hatte. Thorsten war breit wie ein Schrank und unglaublich stark. Meist liefen zwei bis drei schmale Typen hinter ihm her und bildeten sich ein, eine Gang oder so etwas zu sein. Thorstens Eltern waren sehr reich, wohnten in einer Villa am Stadtrand und morgens wurde er von seiner Mutter im dicken Mercedes zur Schule gebracht. Das klingt jetzt sehr klischeehaft, aber genau so war es wirklich.

Für uns andere war es vollkommen rätselhaft, wie er es auf das Gymnasium geschafft hatte, denn er war unvorstellbar dumm und gleichzeitig beängstigend brutal – eine üble Kombination. Diskutieren oder gar streiten ließ sich mit ihm nicht, meist bekam man eine gelangt oder Schlimmeres. Ich war ihm bislang nicht weiter aufgefallen, aber Horst hatte sich infolge seiner großen Klappe schon ein paar Ohrfeigen von ihm eingefangen.

Schlimmer noch als die Gewalt aber waren seine Drohungen, die wir erfahrungsgemäß durchaus ernst nahmen. Über die Mädchen machte er sich in einem fort lustig und beleidigte sie, aber niemand von uns traute sich, etwas dagegen zu tun. Es war echt die Hölle!

Unsere letzte Hoffnung war, dass er vielleicht wieder sitzen bleiben würde und wir ihn los wären. Bis dahin verhielten wir uns unauffällig. Horst und ich verbrachten daher die große Pause meist im Vorraum zum Fahrradkeller. Vom Schulhof führte eine schmale Treppe herunter zur Tür in den Keller. Davor gab es eine kleine Ecke, in der wir uns trafen und weitgehend unentdeckt blieben, weil während der Pause niemand zu seinem Fahrrad wollte.

In einer dieser Pausen jedoch entdeckte uns Lilly. Sie trug einen kurzen Jeansrock und hatte ihre langen blonden Haare zu zwei Zöpfen geflochten. Das war merkwürdig, denn eigentlich trug sie damals nur Hosen und die Haare offen.

Oben von der Treppe rief sie zu uns herunter. „Was macht ihr denn da unten?"

Wir sagten ihr, sie solle uns in Ruhe lassen und sich verziehen. Aber sie war neugierig und hartnäckig und fragte noch einmal, diesmal etwas lauter. Und dann war sie auch schon die halbe Treppe zu uns heruntergekommen. Wir winkten sie zu uns und erklärten ihr die Situation: dass wir hier ungestört sein wollten, vor allem von Thorsten und seinen Schlägern, und dass sie bitte kein Aufsehen erregen solle.

Sie verstand sofort. „Also versteckt ihr euch hier? Was seid ihr denn für Lappen?", rief sie noch ein bisschen lauter.

Jetzt wurde es uns zu bunt. Wir fühlten uns beleidigt, was sicher auch ihre Absicht gewesen war. Trotzdem machten wir noch einen Versuch, ihr zu erklären, wie gefährlich Thorsten war.

„Gefährlich? Seid ihr blöd? Der ist doch ein Pfosten, wie er im Buche steht!"

Genauso hatte es Horst kürzlich auch formuliert.

„Ihr müsst euch mal eins merken, ihr beide: Dumme Jungs sind nicht gefährlich, schlaue Jungs sind es. Obwohl, wenn ich euch so anschaue...", ergänzte sie.

War das wieder eine Beleidigung? Erst gestern hatte Thorsten sich noch über Lilly lustig gemacht und ihren Vater beleidigt, weil er aus Italien stammte. Wie sich später herausstellte, hatte das irgendetwas in Lilly ausgelöst.

„Ich zeig euch mal was, Jungs. Passt gut auf!", sagte sie und ging die Treppe wieder hoch. Oben angekommen winkte sie und rief lautstark über den gesamten Schulhof. „Ey, Thorsten, du Pfosten, komm mal zu uns!"

Unvermittelt ging mein Puls in die Höhe und sogleich vernahm ich polternde Schritte von oben. Dann sah ich Thorsten auf dem Treppenabsatz stehen. Allein, ohne seine Gang.

„Lilly, du alte Itaker-Schlampe, was willst du von mir?"

Lilly war zu uns die Treppe heruntergekommen und rief zu ihm hoch. „Komm *du* doch runter, wenn du was willst!"

Ich hatte Lilly noch den Mund zuhalten wollen, aber sie hatte meine Hand weggeschlagen und kicherte nun.

Das war unser Ende!

Horst stand leichenblass in der Ecke und bekam, wie danach nur noch dreimal in seinem ganzen bisherigen Leben, keinen Ton heraus. Ich hatte noch einen Funken Lebenswillen und versuchte, Lilly zu beruhigen, aber die lachte nur laut, als Thorsten zu uns herunterkam.

Er war fast so breit wie die Treppe und ruderte mit den Armen. Dann brummte er etwas Unverständliches und schlug Lilly kräftig ins Gesicht.

Aus einem Impuls vollkommener Lebensverachtung heraus und ohne jede Absprache stürzten Horst und ich uns zeitgleich auf Thorsten, obwohl sonnenklar war, dass wir auch zu zweit nicht den Hauch einer Chance gegen ihn haben würden.

Und sofort hatten wir beide auch schon ein paar heftige Schläge abbekommen.

Lilly war unterdes ein paar Stufen hochgelaufen, und während wir dachten, sie würde weglaufen, fing sie aus vollem Hals an zu schreien. Sie kreischte mit einer unglaublichen Lautstärke, und sofort kamen alle möglichen Schüler angelaufen. Inzwischen hatte Thorsten uns beide am Boden und wollte gerade noch mal mit der Faust ausholen, als er wie von Geisterhand in die Höhe gehoben wurde.

Tatsächlich hatte unser Sportlehrer ihn am Schlafittchen gepackt. Er strampelte und schlug um sich, und auch der Lehrer bekam noch einiges ab, bevor Thorsten sich ein bisschen beruhigte und von weiteren Lehrern in Gewahrsam genommen wurde.

Später saßen wir zu viert beim Direktor. Horst und ich waren ziemlich lädiert, hatten zerzaustes Haar und ein paar blaue Flecken. Ich hatte zudem noch ein blaues Auge. Schlimmeres war nicht passiert und erstaunlicherweise fühlten wir uns irgendwie gut.

Lilly hatte verweinte Augen und eine knallrote Wange, und auch der Sportlehrer, der die Schlägerei beendet hatte, sah ein wenig mitgenommen aus.

Auf Nachfrage des Direktors, was sich denn zugetragen habe, erzählte Lilly ihm eine anrührende Geschichte: Thorsten habe sie unter einem Vorwand in den Vorraum des Fahrradkellers gelockt, ihr dann unter den Rock gefasst und sie als *Itaker-Schlampe* beschimpft.

„Und wenn Ole und Horst nicht gekommen wären, um mir zu helfen, weiß ich nicht, was noch passiert wäre", fügte sie schluchzend hinzu.

Der Lehrer bestätigte dann noch, wie heldenhaft Horst und ich versucht hätten, Lilly zu beschützen, und wie er ebenfalls von Thorsten geschlagen worden sei. Das genügte dem Dircktor völlig, sodass Horst und ich nicht in die Verlegenheit gebracht wurden, irgendetwas zu den Erklärungen beizutragen.

Später standen wir draußen und warteten auf unsere Eltern, die uns abholen sollten. Lilly schaute sich um, ob wir auch wirklich allein wären. Dann wischte sie sich die Tränen aus den Augen und strahlte uns beide an.

„Jungs, den sind wir für immer los. Und er wird gewiss nie wieder eine Italienerin beleidigen!"

Natürlich war Lilly keine Italienerin, aber wir verstanden, was sie meinte. Überhaupt dämmerte mir so langsam, was das alles sollte: die Zöpfe, der Rock, der Kellervorraum.

„Und, was haben wir gelernt?", fragte sie schließlich.

„Dumme Jungs sind nicht gefährlich, schlaue Jungs sind es."

„Oder schlaue Mädchen", erwiderte Horst, der endlich seine Sprache wiedergefunden hatte.

Thorsten kam nicht wieder zurück an unserer Schule. Lillys Vater hatte wohlwollend von einer Strafanzeige abgesehen, unter der Bedingung, dass Thorsten die Schule sofort verlassen würde. Den ganzen Ruhm ernteten Horst und ich. Selbstlos hatten wir Lilly gerettet und die Klasse von ihrem schlimmsten Schläger befreit. Bei der nächsten Wahl wurde Horst dann auch zum Klassensprecher gewählt. Lilly überließ uns die Ehre und spielte weiter das naive Opfer.

Eine Woche später luden Lillys Eltern Horst und mich sowie unsere Eltern in ihre Pizzeria ein, um ihre Helden zu feiern, wie sie sagten. Wir bekamen Pizza und Cola, so viel wir wollten, und verbrachten einen wunderbaren Abend zusammen.

Nachdem die letzten Gäste gegangen waren, setzten sich Lillys Eltern zu uns an den Tisch und erzählten von Italien und wie sie sich kennengelernt hätten und wie Lillys Vater ins kalte Deutschland gezogen sei, um hier eine Pizzeria zu eröffnen, und wie Lillys Mutter erst gar nicht begeistert gewesen sei, im Restaurant zu bedienen, denn eigentlich sei sie Lehrerin, aber als Lilly gekommen sei, wäre beides nicht mehr gegangen und sie habe ihren Job aufgegeben und sei inzwischen sehr glücklich darüber, den ganzen Tag über bei ihrem Mann zu sein.

Und immer wieder stießen sie auf ihre Helden an, und Lillys Vater zwinkerte uns zu, und Horst und ich waren mächtig stolz. Erst viele Jahre später erfuhren wir, dass Lilly sich das alles zusammen mit ihrem Vater ausgedacht hatte, und endlich verstanden wir, was er mit seinem Zwinkern gemeint hatte.

Kapitel 4: Erlebnisse und Entscheidungen

Im Winter nach den Weihnachtsferien, nicht lange nach der Sache mit Thorsten im Vorraum des Fahrradkellers, fiel der erste Schnee. Und anders als in den Jahren davor, hörte es auch erst einmal nicht auf, zu schneien. Am Tag, nachdem die Schule wieder begonnen hatte, war genügend Schnee liegen geblieben und Lilly, Horst und ich hatten uns für den Nachmittag zum Schlittenfahren verabredet.

In unserem Keller fand ich meinen alten, kleinen Schlitten, den ich seit Jahren nicht mehr benutzt hatte, und zog los. Nicht weit von der Schule gab es einen Spielplatz mit einer großen Wiese und einem Hügel in der Mitte. An einer Seite war er ziemlich steil und daher fürs Rodeln ideal geeignet. Dort trafen wir uns. Lilly besaß keinen Schlitten, aber Horst hatte einen noch von seinem Vater. Er war zwar ziemlich klapprig und sehr alt, aber groß.

Nachdem wir einige Male den Berg heruntergesaust waren und Lilly abwechselnd unsere Schlitten überlassen hatten, kam Horst auf die Idee, unsere Zeiten zu stoppen. Er besaß eine damals sehr moderne Quarzuhr, mit der das gut ging. Am Ende des Hangs gab es eine einige Zentimeter hohe Kante, die wir als Ziellinie festlegten und über die man noch ein Stück weiterflog, nachdem man sie passiert hatte. Und so wechselten wir uns ab und stoppten unsere Zeiten.

Ich lag knapp in Führung, als Horst meinte, aus physikalischer Sicht müsse man schneller sein, wenn mehr Gewicht auf dem Schlitten sei. Keine Ahnung, ob das stimmte, aber wir probierten es sogleich aus und fuhren zu zweit auf Horsts großem Schlitten. Und tatsächlich unterboten wir meine Bestzeit um fast zwei Sekunden. Nachdem Horst zusammen mit Lilly die Zeit noch einmal knapp unterboten hatten, waren Lilly und ich an der Reihe.

Gemeinsam zogen wir Horsts Schlitten den Berg hoch und stellten ihn, oben angekommen, in die Startposition. Da stand sie vor mir, schenkte mir ein strahlendes Lilly-Lächeln und hob einen Daumen in die Höhe. Von der Kälte leuchteten ihre Wangen rot und ihre blonden Locken lugten unter der Kapuze hervor. Sie setzte sich vorn auf den Schlitten, ich setzte mich dahinter und umfasste ihre Hüften. Ihre cremeweiße Daunenjacke war voller Schnee und fühlte sich sehr weich an.

Um besser sehen zu können, reckte ich meinen Kopf ein Stück nach vorne, sodass unsere Gesichter nun ganz nah nebeneinander waren. Für einen Augenblick spürte ich ihre Wange an meiner und dann ging es auch schon los. Wir stürzten den Hang hinunter, Lilly jubelte und riss ihre Arme nach oben. Ich hielt sie ganz fest und als wir die Kante überquerten, hörte ich ein lautes Knacken.

Im selben Moment kippte der Schlitten zur Seite und wir flogen beide in hohem Bogen in den Schnee. Als Horst bei uns ankam und besorgt fragte, ob alles in Ordnung sei, fühlte ich mich ein wenig benommen und hielt Lilly immer noch fest an den Hüften. Zuerst half Horst ihr auf die Beine, dann zog er mich aus dem Schnee hoch. Lilly war ein wenig blass im Gesicht, aber sonst war uns beiden nichts weiter passiert.

Lilly fand als erste die Sprache wieder und fragte nach der Zeit. Horst hob den Daumen.

„Neuer Rekord!", meinte er und sammelte die Trümmer seines Schlittens ein.

Lilly jubelte, dann klopfte sie mir auf die Schulter. „Glückwunsch, Ole, wir haben gewonnen. Und danke, dass du mich
die ganze Zeit über festgehalten hast, wer weiß, wo ich sonst
gelandet wäre."

Da der Schnee weiter fiel und es nicht tauen wollte, legten wir
zusammen und kauften einen neuen großen Schlitten. Und so
trafen wir uns noch oft am Hang und fuhren um die Wette.

Lillys und meine Bestzeit wurde nie mehr unterboten.

ՏᎧᏟᏞ

Nur ein klein wenig verspätet erreiche ich die *Schauburg*. Mit
einer kleinen Flasche Cola in der Hand steht Mareike im Foyer
und betrachtet aufmerksam die Plakate alter Filme, die hier an
den Wänden hängen. Als sie mich entdeckt, lächelt sie und hält
die zwei Eintrittskarten in die Höhe, die sie schon für uns gekauft hat.

Ich umarme sie und streichle kurz über ihren fast nicht vorhandenen Bauch, wie ich es jetzt immer tue, um unser Kind zu
begrüßen. Im Foyer verlieren sich noch zwei weitere, etwas jüngere Paare. Eine Einlasskontrolle gibt es hier nicht und so betreten wir den Kinosaal und setzen uns irgendwo in der Mitte auf
sehr alte und ein wenig gammelige Polstersitze.

Von außen wie von innen ist die *Schauburg* deutlich in die
Jahre gekommen. Früher, als es noch ein ganz gewöhnliches
Kino war, besuchten Horst und ich fast jede Woche die spektakuläre und weit über die Stadtgrenzen hinaus bekannte Sonntagsvorstellung. Für zwei Mark und immer um elf Uhr sahen
wir dort genau die Kinofilme, die uns als Jugendliche interes-
sierten und faszinierten. Nur pünktlich musste man sein, denn

außer in den Sommerferien war die Sonntagsvorstellung fast immer ausverkauft.

Seit einigen Jahren ist die *Schauburg* ein alternatives Programmkino mit Filmen, die, wenn überhaupt je, vor ein oder zwei Jahren aktuell waren. Das kommt uns zupass, da wir immer, wirklich immerzu alle aktuellen Filme, die uns interessieren könnten, aus irgendwelchen uns völlig unbekannten Gründen verpassen.

Heute läuft ein Film, der schon vor längerer Zeit in den Feuilletons der Zeitungen ausgiebig besprochen wurde und den seltsamen Titel „303" trägt.[11] Eigentlich ist es ein Roadmovie, in dem zwei junge Menschen, Jule und Jan, in einem Mercedes 303 Camper von Berlin quer durch Europa nach Portugal unterwegs sind, dabei in einem fort ausgesprochen philosophische Gespräche führen und sich dabei näherkommen. Mareike und mich erinnern die beiden ein wenig an uns beide, genauer gesagt, an eine frühere Version von uns beiden.

Zumindest meint Mareike das, als wir nach dem Film gemeinsam im *Tick-Tack* sitzen und eine wunderbare Spinatlasagne genießen. Eigentlich hatte ich das *Gontscharow* vorgeschlagen, aber Mareike meinte, das wäre Horsts und meine *Burg* und außerdem gefielen ihr die Kellnerinnen dort nicht, was ich verstehen kann.

Mareike hat der Film gefallen und auch ich bin schon lange nicht mehr so tief eingesunken im Kino. Abgesehen natürlich von allen Marvel-Filmen[12], vor allem den Avengers, aber das ist nichts, was ich mit Mareike schauen kann.

---

[11] Ein Film von Hans Weingartner mit den wunderbaren Schauspielern Mala Emde und Anton Spieker. Siehe auch: http://303-film.de

[12] The Avengers, Age of Ultron, Infinity War.

Nachdem wir die Geschichte hinlänglich besprochen und festgestellt haben, dass uns die beiden dann doch nicht so sehr an uns erinnern, hebt Mareike ihr Glas.

„Ich denke, wir sollten unsere Tochter *Jule* nennen!", verkündet sie ein wenig feierlich.

Auch ich hebe mein Glas mit Maracujasaftschorle, da ich nach dem Abend bei Sarah und Fabian entschieden habe, aus Solidarität mit Mareike für die kommenden Monate auch auf Alkohol zu verzichten, und entgegne: „Und wenn es ein Junge wird, nennen wir in *Jan!*"

Bevor Mareike einen Einwand vorbringen kann, stoße ich mit ihr an und ergänze: „Beschlossen!"

Da dies nun geklärt ist, spreche ich mutig das andere wichtige Thema an. In den letzten Tagen nach dem Pärchen Abend sind Mareike und ich um einander herumgeschlichen wie zwei Tiger, die sich belauern, und hatten nach einer günstigen Gelegenheit gesucht. Vorsichtig beginne ich meine Argumentation, die ich mir zurechtgelegt habe.

„Meine liebe Mareike, ich weiß, wie wichtig es dir ist, Rektorin an deiner Schule zu werden, und es tut mir unendlich leid …"

„Was tut dir leid?", unterbricht sie mich brüsk. „Dass ich nun nicht mehr Rektorin werden kann, weil ich ein Kind erwarte?"

Ich nicke nur, während sie fortfährt:

„Mein lieber Ole, ich fürchte, du hast übersehen, dass die Stelle erst in einem Jahr frei wird, und bis dahin wird Jule bereits auf der Welt und die Zeit meines Mutterschutzes vorbei sein."

Die Fragezeichen in meinem Gesicht deutet sie richtig.

„Hast du dich eigentlich mal gefragt, warum *ich* allein dafür zuständig sein sollte, unsere Tochter großzuziehen?", fragt sie ein wenig zu laut, wie ich finde, bevor ich etwas einwenden kann.

Darauf weiß ich natürlich ziemlich genau eintausend plausible Antworten, aber bis auf die eine, dass dies doch seit mindestens zehntausend Jahren die Bestimmung der Frau als solche sei, habe ich der Frage nicht wirklich etwas entgegenzusetzen.

Mareike lächelt nur und meint, dass es folglich höchste Zeit sei, mit den nächsten zehntausend Jahren zu beginnen, wo die Männer zeigen könnten, was sie in dieser Hinsicht draufhätten.

Meine Einwände und ausgefeilten Argumentationen hinsichtlich der ökonomischen Verhältnisse und über den Mann, der das Geld nach Hause bringt, zerschmettert sie kalt lächelnd mit dem lapidaren Hinweis, dass *sie* diejenige von uns beiden sei, die als Beamtin über einen sicheren Arbeitsplatz und mithin über ein regelmäßiges Einkommen verfügt.

Mareike ist Grundschullehrerin und somit das Argumentieren mit uneinsichtigen kleinen Jungen gewöhnt.

„Ole, bevor du hier weiter wirres und unausgegorenes Zeugs absonderst, möchte ich dir sagen, dass ich unter gar keinen Umständen einfach so die kommenden Jahre zuhause bleiben werde, um mich von morgens bis abends um unsere Tochter zu kümmern!", stellt sie schließlich kategorisch fest.

Sie scheint ein wenig wütend und ich bin ziemlich ratlos.

„Und wie stellst du dir das vor?"

Nun lächelt sie mich freundlich an, obwohl ich nicht weiß, ob ich ihr trauen kann.

„Na ja, da gibt es mehrere Möglichkeiten, wie zum Beispiel eine Tagesmutter, die sich um Jule kümmert. Oder eine Kindertagesstätte, die auch Kleinkinder aufnimmt. Das Beste wäre jedoch ..." Sie macht eine Pause und ich ahne schon, was nun kommt.

Und tatsächlich.

„Das Beste wäre sicher, wenn *du* in Elternzeit gingest, um dich vorwiegend um unser Kind zu kümmern."

Wenn ich ehrlich wäre, würde ich ihr sagen, dass ich darüber tatsächlich auch schon nachgedacht habe und die Idee auf den zweiten Blick sogar ganz verlockend finde. Meinen Job habe ich ziemlich satt und die Kanzlei hasse ich.

„Ole", flüstert sie nun zuckersüß, „sei ehrlich, deinen Job hast du doch ziemlich satt und die Kanzlei hasst du. Da wäre es doch eine gelungene Abwechslung, das alles mal für eine Weile hinter dir zu lassen."

Da hat sie natürlich vollkommen recht und ihre Analyse ist, wie immer, messerscharf und stringent. Aber das kann ich natürlich nicht so einfach zugeben. Stattdessen starte ich noch einen letzten Versuch und weise ganz allgemein auf unsere ökonomischen Verhältnisse hin.

Aber das Spiel ist längst verloren und Mareike lacht nur laut auf.

„Entspann dich mal. Unser Haus ist bezahlt, unser Sparbuch prall gefüllt und schließlich gibt es ja da noch dieses Elterngeld vom Staat."

Gern würde ich jetzt darauf hinweisen, dass *prall gefüllt* in der deutschen Sprache im Zusammenhang mit einem *Sparbuch* nicht ganz die passende Formulierung ist, aber Mareike hasst es, wenn ich ihr Deutsch korrigiere, also spare ich mir diesen letzten kleinen, hilflosen Triumph; zudem klingt es drollig, wie ich finde.

„Okay, ich gebe auf", erwidere ich matt. „Ich nehme das mal mit und überlege, welcher deiner drei Vorschläge geeignet erscheint, unser Problem zu lösen."

Mareike rollt mit den Augen. „Welche drei? In Frage kommt nur der letzte. Die anderen dienten nur dazu, dir den Eindruck zu vermitteln, du hättest eine Auswahl. Und hör bitte auf, mit mir wie mit einem deiner Mandanten zu sprechen."

Sie scheint zufrieden und lächelt mich auf ihre ganz eigene Mareike-Weise an, genauso wie bei unserer ersten, genau genommen, zweiten Begegnung.

ⓄⒿⓈⓆ

Horst und ich hatten gerade das vierte Semester an der Uni hinter uns[13] und zum zweiten Mal diese wunderbaren, nicht enden wollenden Semesterferien und so machten wir *Interrail*. Früher sagte man das so: *Ich mach Interrail*. Konkret hieß dies: Man kaufte für eine Unmenge an Geld ein Ticket bei der Bundesbahn, mit dem man einen ganzen Monat lang kreuz und quer durch Europa fahren konnte.

Meist tat man das dann auch: kreuz und quer durch Europa fahren, ohne Pause, nie länger als höchstens einen Tag an einem Ort, denn man hatte ja (viel) dafür bezahlt, sich in diversen Zügen aufhalten zu dürfen. Nach den Ferien prahlte man dann vor den anderen Interrailern, wie viele Kilometer man *gemacht* hatte: *viertausend Kilometer, zweimal rund um Mitteleuropa* oder

---

[13] Ole und Horst sind hier ungefähr 23 Jahre alt und haben schon so einiges erlebt, wovon später noch die Rede sein wird.

so ähnlich. Horst und ich waren eher gemütlich drauf, wir kamen nur bis Holland.

Anfangs waren Lilly und Christian noch dabei, aber in Brüssel hatten wir uns getrennt, da die beiden unbedingt noch bis Portugal wollten, um einmal im Atlantik zu schwimmen, wie sie sagten. Horst und ich bogen nach Norden ab, um einmal in der Nordsee zu schwimmen, wie wir sagten.

Außerdem waren wir ganz froh, Christian endlich los zu sein. Er behandelte Horst und mich immer noch wie kleine Jungs, nur weil er drei Jahre älter war und kurz vor dem Ende seines Tiermedizin-Studiums stand. Lilly meinte, er fühle sich immer etwas unterlegen, da Horst richtige Medizin studierte. Wenn das stimmte, so schaffte Christian es sehr gut, das vor uns zu verbergen.

Lilly vermissten wir schon ein bisschen, vor allem, nachdem die beiden in Brüssel in den Zug nach Paris gestiegen waren und Lilly uns aus dem Fenster heraus so lange Kusshände zugeworfen hatte, bis der Zug nur noch ein kleiner Punkt am Horizont gewesen war. Horst meinte später, Lilly wäre bestimmt viel lieber mit uns weitergefahren, aber ich hatte gewisse Zweifel an seiner These.

Wie sich an ihrem Namen unschwer erkennen lässt, ist Mareike in Holland geboren. Und tatsächlich wirklich in der Provinz *Holland*, also nicht in den Niederlanden, obwohl – das natürlich auch. Sie kommt von der kleinen friesischen Insel *Vlieland* mitten in der Nordsee.

Diese Insel ist so winzig, dass man ohne Mühe zu Fuß an einem Tag drum herumgelaufen ist. Der Holländer läuft natürlich nicht, sondern fährt mit dem *fiets*, und damit braucht man keine zwei Stunden. Sonntags fährt der Vlieländer mit dem fiets von dem einzigen Ort der Insel, der sinnigerweise *Oost-Vlieland* heißt – das soll suggerieren, dass es auch noch mindestens ein West-Vlieland gibt – quer über die Insel (nicht nach *West-Vlieland*, das gibt es nämlich nicht[14]), sondern zum *Posthuis*, was natürlich kein Posthaus ist, sondern ein Restaurant, genauer gesagt, was man in Holland dafür hält.

Hier isst der Holländer dann mindestens zwanzig *Poffertjes* und radelt dann wieder schön nach Hause, das immer in *Oost-Vlieland* ist – selbst für den Besitzer des Posthuis.

Mareike kommt aus Vlieland, genauer gesagt, aus *Oost-Vlieland* und das sieht man ihr auch an. Und wäre sie infolge der Verquickung einer Reihe von Zufällen, von denen einige durchaus mit mir zu tun haben, keine deutsche Grundschullehrerin geworden, so hätte sie ohne weiteres den Talentwettbewerb für die neue *Frau Antje* gewinnen und ihren Lebensunterhalt mit Werbung für holländische Butter verdienen können.

Mareike ist auf Vlieland geboren und lebte dort mit ihren Eltern und ihren zwei wunderschönen Schwestern so lange, bis sie der Liebe wegen die Insel endgültig verließ. Und das hatte vor allem darin seinen eigentlichen Grund, dass Horst und ich schon nach sehr kurzer Zeit keine Lust mehr auf überfüllte Bummelzüge und den ganzen Interrailquatsch hatten und in einer niederländischen Stadt namens *Harlingen* einfach den Zug verließen.

---

[14] Um etwaigen Einwänden erfahrener Holland-Urlauber Vorschub zu leisten: Irgendwann vor der letzten oder vorletzten großen Nordseesturmflut hat es wohl tatsächlich mal ein West-Vlieland gegeben – aber das ist für diese Geschichte hier nicht weiter von Bedeutung.

Dort fanden wir es eigentlich sehr hübsch und fühlten uns wohl zwischen den Grachten und dem Meer. Sehr schnell fiel uns jedoch auf, dass in Harlingen den Tag über sehr viele gut gelaunte Menschen unterwegs, aber offenbar nur auf der Durchreise waren. Wir fragten uns, wo die wohl alle hinwollten. Ganz im Westen des Ortes fand Horst einen Hafen, von dem aus mehrmals täglich dicke fette Fähren losfuhren. Dem ausgehängten Fahrplan entnahmen wir, dass man entweder nach *Terschelling* oder nach *Vlieland* fahren konnte, beides sagte uns nichts.[15]

Kurz entschlossen nahmen wir am kommenden Morgen die erste Fähre und die brachte uns nach *Vlieland*. Später fragte ich mich oft, wie mein Leben wohl verlaufen wäre, wenn das erste Schiff nach *Terschelling* gefahren wäre.

Da wir nur einen Tagesausflug planten, ließen wir Horsts kleines Zweier-Zelt sowie unsere Schlafsäcke und Isomatten in einem Schließfach im Hafen und reisten mit *kleinem Gepäck*.

Nach einstündiger Überfahrt landeten wir im Hafen von Oost-Vlieland, von dem wir damals nicht wussten, dass es der einzige Ort der Insel war. Direkt am Hafen gab es einen kleinen Eisladen, der aber noch geschlossen hatte, und einen Fahrradverleih. Dort liehen wir uns kurzerhand ein Tandem, und nachdem wir uns geeinigt hatten, wer zuerst vorn fahren durfte – ich – fuhren wir los, hielten aber gleich wieder an. Zum einen war es gar nicht so einfach, gemeinsam die Balance zu halten, und zum anderen war uns jetzt erst aufgefallen, dass wir keine Ahnung hatten, wo wir hinwollten und wie wir dort hinkämen.

---

[15] Man beachte bitte: Es gab noch keine Handys. Klar, heute würde man das mal schnell googeln und dächte dann zumindest, man wisse Bescheid.

Der ein wenig muffelige Holländer vom Fietsverhuur erklärte es uns.

„Jongens, blijf gewoon naar het westen gaan, je komt waar je maar wilt."

Inzwischen lange genug in Holland unterwegs, verstanden wir ungefähr, was er meinte: Wir sollten einfach nach Westen fahren. Das taten wir dann auch und schnell merkten wir, dass es sowieso nur einen Weg raus aus dem Ort gab. Hinter dem Ortsausgang ging es ein kleines Stück bergauf und wir traten kräftiger in die Pedale. Plötzlich hörten wir ein knirschendes Quietschen und von da an traten wir nur noch ins Leere. Die Kette des Tandems war gerissen, wie wir sofort fachmännisch feststellten. Das fing ja gut an, vielleicht hätten wir doch besser auf dem Festland bleiben sollen.

Da wir wussten, dass sich eine gerissene Kette nicht so einfach unterwegs reparieren ließ, sahen wir ein, dass wir zurück in den Ort laufen und das Tandem schieben mussten. Fluchend und unter den hämischen Blicken der Einheimischen schoben wir unser Tandem also zurück zum Fietsverhuur.

Der muffelige Holländer lachte uns schon von Weitem entgegen.

„Nou, jongens, konden jullie de weg niet vinden?"

Keine Ahnung, was das hieß, aber es klang irgendwie hämisch.

„Kette kaputt", antwortete ich knapp, was er sofort verstand, woraufhin er uns mit der Hand ein Zeichen gab, wir sollten das Tandem nach hinten in die Werkstatt schieben.

Was sie hier Werkstatt nannten, war eine Rumpelkammer mit allerlei kaputtem Werkzeug, das kreuz und quer überall herumlag. An einer der Wände waren Halter und Regale befestigt, die jedoch offenbar schon sehr lange nicht mehr benutzt worden waren. Eines der Regale diente lediglich als Ort für einen kleinen Lautsprecher, aus dem ein leiser Song zu hören war.

In Mitten dieses Chaos stand SIE. Sie trug einen schmutzigen Overall, dessen ursprünglich blaue Farbe man nur erahnen konnte, hatte uns ihren Rücken zugewandt und tanzte ganz versunken zu „Grace" von *Jeff Buckley*[16], wie ich sofort erkannte. Ihr langes blondes Haar hatte sie zu einem Zopf gebunden, der an ihrem Rücken entlang bis zu ihrem Po reichte.

Ich schob das Tandem in die Werkstatt und räusperte mich. Sie drehte sich um und schaute mürrisch drein, da wir sie offenbar gestört hatten. Dann deutete sie mit einer schmutzigen Hand erst auf mich und danach auf das Tandem. Sie war ungefähr in unserem Alter und auch in ihrem Gesicht fanden sich Spuren von Schmutz, als hätte sie die ganze Nacht über an kaputten Rädern geschraubt und dazu getanzt.

„Kette kaputt", sagte ich laut und sie lächelte zum ersten Mal.

„Wie habt ihr das denn hingekriegt? Ihr habt das Tandem vor einer halben Stunde bekommen und da war es noch nagelneu!"

Na ja, das war ganz offensichtlich gelogen, dennoch fragte ich: „Du sprichst Deutsch?"

Sie lachte wieder. „Wir sprechen hier alle Deutsch, wir verraten das nur nicht gleich!"

Mit einem Griff hatte sie mir das Tandem abgenommen und fachmännisch an zwei Seilen befestigt, die von der Decke baumelten. Horst hatte die ganze Zeit im Türrahmen gestanden und schaltete sich erst jetzt ein.

„Kann man es reparieren?"

---

[16] Der zweite Song des gleichnamigen Albums von *Jeff Buckley*.

„Natürlich kann man das, dauert zehn Minuten", antwortete sie und hatte bereits eine neue Kette aus irgendeiner Ecke hervorgeholt. „Seid ihr zum ersten Mal auf Vlieland?", fragte sie dann.

Wir nickten und staunten, wie sie flink und ohne hinzusehen die neue Kette befestigte und spannte. Ehe wir die Unterhaltung fortsetzen konnten, hatte sie das Tandem bereits wieder von den Seilen genommen und mir in die Hand gedrückt.

„So, fix und fertig. Ihr könnt weiterfahren, aber bitte diesmal mit ein bisschen mehr Gefühl!"

„Das ging aber schnell", erwiderte ich verblüfft.

Aber sie grinste nur. „Flinke Hände, schnelles Ende!"

Und so fuhren wir wieder nach Westen und ich hatte die Frau aus der Werkstatt fast vergessen, aber irgendwie dann doch nicht. Schon bald erreichten wir das Posthuis, wo wir erst mal Pfannkuchen aßen und uns auf der Terrasse die Sonne ins Gesicht scheinen ließen. Auf dem Rückweg tauschten wir die Plätze und hatten zunächst wieder etwas Mühe mit dem Gleichgewicht. Alles in allem gefiel uns unser Ausflug aber extrem gut, vor allem die Dünenlandschaft hatte es uns sehr angetan.

Kurz vor Oost-Vlieland bogen wir dann nach Norden ab und fuhren direkt auf den Strand zu. Der lag hinter einer Düne, sodass man ihn nicht gleich sehen konnte. Wir parkten das Tandem vor der Düne, gingen einen kleinen Hügel hoch, und als wir oben waren, stockte uns der Atem.

Vor uns lagen die Nordsee und ein unvorstellbar breiter Strand mit feinem weißem Sand, wie wir ihn nur in der Südsee erwartet hätten, wenn wir dort schon einmal gewesen wären.

In Harlingen und auf der Fähre hatten wir nur das Wattenmeer gesehen, aber dies hier war nun das echte Meer.

Nur war es richtig weit weg. Wie die Kinder liefen wir kreischend den Hügel hinunter und warfen uns in den Sand. Dann liefen wir den weiten Weg bis zum Wasser, zogen Hose und T-Shirt aus und stürzten uns in die Fluten. Danach saßen wir im Sand und schauten schweigend in die Wellen.

„Ich glaube ja nicht, dass es am Atlantik spektakulärer sein kann als hier", sagte Horst nach einer Weile. „Wie wäre es, wenn wir ein paar Tage hier blieben? In Oost-Vlieland gibt es sicher eine Jugendherberge", ergänzte er.

Ich war einverstanden, und tatsächlich hatten sie auch noch zwei freie Betten in der Jugendherberge.

Nachdem wir uns eingerichtet hatten, schlenderten wir zum Hafen. Dort gab es einen Fischwagen, an dem wir *Kibbeling met Patat* kauften und auf der Hafenmole sitzend verspeisten. Danach habe ich für lange Zeit nicht wieder so lecker gegessen.

Nach dem Abendessen fuhren wir wieder zum Strand und hier begegnete uns eine fast mystische Abendstimmung. Einige wenige Menschen liefen am Strand entlang, und in den Dünen saßen kleine Grüppchen und einzelne Paare und schauten dabei zu, wie die Sonne im Meer versank.

Na ja, zumindest stellten sie sich das vor, denn eigentlich war die Sonne fast vollständig hinter einer Wolke verschwunden und daher kaum zu sehen. Horst und ich hockten uns in den Sand und hingen, jeder für sich, seinen eigenen elegischen Gedanken nach.

Ein leises Singen und Gitarrenspiel erweckten uns aus unseren Gedanken. Ein Stück oberhalb in den Dünen saß eine kleine Gruppe von Leuten im Kreis. Horst erhob sich, deutete mit dem

Kopf in die Richtung, aus der die Musik kam, und wir schlenderten langsam darauf zu.

Im Näherkommen erkannten wir vier junge Frauen. Eine von ihnen spielte auf der Gitarre und die anderen sangen, oder besser gesagt, summten vor sich hin. Als sie uns sahen, winkte uns eine von ihnen zu, die anderen öffneten den Kreis und wir setzten uns dazu.

Bereits damals war mir die Besonderheit des Augenblicks überaus klar und ich wusste genau, dass man solche Dinge nur mit Anfang zwanzig erlebt.

Wir summten ein wenig mit und kamen dann langsam ins Gespräch. Zwei der vier Frauen kamen von der Insel, die beiden anderen waren zu Besuch hier. Sie sprachen ziemlich gut Deutsch, weil sie es, wie sie erzählten, in der Schule als zweite Fremdsprache gelernt hatten. Eine der vier fragte, ob wir etwas trinken mochten, und holte aus einer Kühltasche zwei Flaschen *Heineken* Bier hervor.

Offenbar entwickelte sich das hier alles in eine sehr gute Richtung und während ich mir die vier Frauen genauer anschaute und noch überlegte, welche mir wohl am besten gefiel, blieb mein Blick an jener hängen, die uns herbeigewinkt hatte.

Ihr sehr langes blondes Haar fiel offen über ihre Schultern bis tief über ihren Rücken. Sie trug ein blaues Sommerkleid mit weißen Blumen und ein kurzes schwarzes Bolerojäckchen über den Schultern, hatte sehr schmale Hände und lange feingliedrige Finger. Als ich in ihr Gesicht sah und die unzähligen, winzigen Sommersprossen um ihre feine Nase herum eingehend betrachtete, stutzte ich und mir schwante, wer sie war.

Und da war es plötzlich und zum allerersten Mal nur für mich auf ihr Gesicht gezaubert: Das ihr ganz eigene Mareike-Lächeln, bei dem der rechte Mundwinkel immer ein klein wenig höher ist als der linke und ihre Augen wie Scheinwerfer erstrahlen und in einem hellen, grünlichen Blau glänzen.

৪৩৫

Und jetzt, siebzehn Jahre später, schenkt sie es mir wieder, ihr ganz eigenes Mareike-Lächeln, das ich in den letzten Monaten, vielleicht Jahren, oft vermisst habe. Und irgendwie, denke ich, ist es das wert; ist es jede Sekunde wert, die ich mit ihr zusammen sein kann und mit unserem Kind. Und irgendwie bin ich erleichtert, dass wir eine Lösung für das Rektoren-Problem gefunden haben, und freue mich auf die neue Zeit.

Ich blinzle und muss niesen und erwache. Die Sonne scheint mir ins Gesicht. Es ist Samstag und ich realisiere nicht sofort, dass ich eigentlich weiterschlafen kann. Mein Handy zeigt fünf vor sieben, ich drehe mich um, doch an Schlaf ist nicht mehr zu denken.

Die Überlegungen, mit denen ich am Abend zuvor eingeschlafen bin, sind sofort wieder da: Ich soll also meinen Beruf aufgeben und mich um das Baby kümmern, Windeln wechseln, Brei kochen, zum Babyschwimmen gehen, auf den Spielplatz und zum Kinderarzt.

Irgendwie klingt das alles sehr fremd und fern. Ich habe studiert, einen angesehenen Beruf, eine Karriere und nun soll ich alles hinwerfen. Okay, Mareike hat auch studiert – Grundschullehramt. Sie ist also quasi prädestiniert für die Kindererziehung.

Ich schlummere wohl doch kurz ein. Träume von kleinen, niedlichen Kindern, die auf meinem Bauch rumhüpfen. Als ich wieder erwache, ist meine Empörung verflogen. Irgendwie hat die Idee auch etwas Verlockendes: drei Jahre nicht ins Büro. Freiheit pur, kein Chef, keine Konferenzen, morgens kein Wecker, kein Leistungsdruck, Freizeit im Übermaß.

Vor mir liegt ein *Meer an Zeit*.

Aber was fange ich mit all der Zeit an? Ich komme ins Grübeln. Klarinette lernen! Das ist es, das wollte ich schon immer. Woody Allen spielt Klarinette. Jeden Donnerstag in einem Club in New York. Das habe ich zumindest in einer von Mareikes Zeitschriften gelesen.

Also Klarinette. Ich nehme mir vor, gleich am Montag bei der Musikschule anzurufen.

Oder ein Buch schreiben. Das ist auch cool. So ein Bestseller. Als Schüler habe ich kleine Geschichten geschrieben, die waren auch irgendwie ganz passabel. Doch dann hatte ich angefangen, echte Literatur zu lesen, und danach fand ich meine Sachen doch nicht mehr so passabel.

Wie geplant rufe ich am Montagvormittag gleich nach meiner Ankunft im Büro bei der Musikschule an. In der Telefonzentrale wissen sie nicht so recht, an wen sie mich vermitteln sollen. Anfänger-Unterricht, Blasinstrumente, für Kinder?

Nein, für einen Erwachsenen. Ich werde an die Fachbereichsleiterin vermitteln. Sie hat Haare auf den Zähnen, das kann ich durchs Telefon sehen.

„Anfänger-Unterricht? Klarinette? Für Ihr Kind?"

„Nein, für mich. Mein Kind ist noch gar nicht auf der Welt."

„Für Sie? Und ab wann?"

„Am besten ab sofort, denn ich habe nur drei Jahre Zeit."

„Na, so schnell geht das aber nicht."

Die Dame bestellt mich zu einer Probestunde im kommenden Monat – bei ihr selbst. Ich fürchte, es wird nicht ganz so leicht mit dem Woody Allen der Patentanwälte.

Am Abend telefoniere ich mit Horst. Das hatte ich die ganze Woche vor mir hergeschoben, denn ich war fest entschlossen gewesen, ihn wegen der Sache mit Lilly und der Abifete zusammenzuscheißen, traue mich dann aber doch nicht.

Ich erzähle ihm auch nichts von Mareikes Ideen und meinen Gedanken. Nur von meinen Buchplänen lasse ich etwas durchblicken.

Horst, der sich nur vage an meine Pubertätsgeschichten erinnert, meint: „Schreib am besten etwas, wovon du was verstehst!"

Na super, sehr hilfreich. Aber wovon verstehe ich etwas? Europäisches Patentrecht, davon verstehe ich etwas. Aber reicht das für einen Bestseller?

Nudeln machen, darin bin ich auch gut. Also nicht Nudeln kochen, das kann jeder – Nudeln machen, im Sinne von *herstellen*. Fertigpasta kommt mir nicht ins Haus. Ich besitze drei Nudelmaschinen, eine davon ist technisch anspruchsvoller als eine Kurbelwellenanlage, deren Patentierung ich kürzlich durchgesetzt habe. Ich beherrsche alle drei wie eine italienische Mamma. Überhaupt beherrsche ich die hohe italienische Küche. Das habe ich alles bei Giovanni gelernt. Also Nudeln – aber das reicht höchstens für ein Essay. Oder vielleicht ein italienisches Kochbuch.

Kapitel 5: Oberstufenfete

Im Frühjahr nach dem langen Winter kam die Kirmes in unsere Stadt und Horst hatte die Idee, zu dritt dorthin zu gehen. Bislang hatte ich die Kirmes immer mit meinen Eltern zusammen besucht, aber nun, mit dreizehn, fand ich das irgendwie peinlich. Immerhin waren wir jetzt Teenager.

Und so trafen Horst und ich uns an einem Nachmittag und holten Lilly zu Hause ab. Sie wohnte mit ihren Eltern in einer Wohnung über der Pizzeria *Giovanni* und wartete vor dem Haus auf uns. Wir liefen gemeinsam zur Kirmes, deren verlockender Lärm schon von Weitem zu hören war.

Lilly hatte sich über unsere Einladung gefreut, und so unternahmen wir wieder einmal etwas gemeinsam. Horst und ich hatten unsere Spardosen geplündert und waren entschlossen, alle Karussells auszuprobieren.

Und das taten wir dann auch. Lediglich bei der Achterbahn musste ich passen, da ich mir nicht vorstellen konnte, dass das mit dem Looping wirklich funktionieren würde. So fuhren Horst und Lilly allein und waren danach beide etwas blass um die Nase. Zum Glück waren sie nicht herausgepurzelt. Aber beim Autoscooter, der Geisterbahn und dem Kettenkarussell war ich wieder dabei.

Am Musikcenter trafen sich die Jugendlichen, die kaum älter, aber bereits viel reifer waren als wir. Die Jungs alle sehr cool mit Gel in den Haaren und die Mädchen geschminkt und in kurzen Kleidern. Ich schaute mir das fasziniert aus der Ferne an und freute mich darauf, in ein paar Jahren auch dabei zu sein, bis Lilly und Horst mich irgendwann weiterzogen, denn für eine Fahrt reichte unser Geld dann doch nicht mehr.

An der Losbude zogen wir nur Nieten, die Zuckerwatte war sehr süß und am Schießstand wollten sie uns nicht schießen lassen, weil wir dafür angeblich zu jung wären. Dabei hätten wir gern eine Rose für Lilly geschossen. Die meinte, ein Lebkuchenherz fände sie sowieso schöner, und so legten Horst und ich unsere letzten Geldstücke zusammen, um für Lilly eines zu kaufen. Am Ausgang der Kirmes fanden wir auch einen Wagen mit einer großen Auswahl. Nur, Lilly konnte sich nicht entscheiden, was darauf stehen sollte. Irgendetwas mit Liebe schien ihr irgendwie peinlich. Horst wurde ungeduldig und meinte, sie würde es ja sowieso aufessen.

Aber Lilly sagte, sie würde es nicht essen, sondern aufbewahren, als Erinnerung an einen wunderbaren Nachmittag mit ihren beiden besten Freunden. Und schließlich fand sie ein Herz mit der Aufschrift *Freunde für immer* und das schenkten wir ihr. Sie hängte es sich um ihren Hals und so liefen wir fröhlich nach Hause.

ℰ︶ℭ

Horst und ich sitzen im Gontscharow. Er bestellt sein siebtes Bier und hat schon leicht glasige Augen.

„Mensch, Alter, das haut mich echt vom Stuhl! Und du meinst das wirklich ernst?"

Das *Gontscharow* ist unsere Lieblingskneipe bereits seit der Zeit, als wir das erste Mal in Kneipen gingen, obwohl wir das nicht wirklich durften. Im *Gontscharow* gibt es plüschige Sofas und Sitzbänke an der Wand. Die eine Seite besteht aus einer langen Fensterfront, durch die man einen weiten Blick über die Stadt hat.

Es liegt im zweiten Stock eines älteren Hauses und ist nur über zwei schmale Stiegen erreichbar, was dem einen oder anderen angeschickerten Gast beim Verlassen des Hauses schon arge Probleme bereitet hat – so auch uns.

Der Wirt, den man nur äußerst selten mal zu Gesicht bekommt[17], ist berühmt für sein begnadetes Recruiting hinsichtlich seines Bedienpersonals. Tatsächlich schafft er es seit mehr als fünfundzwanzig Jahren, denselben Typ Frau als Kellnerin einzustellen. Fast immer sind es junge Studentinnen der nahegelegenen Universität, die hier bedienen. Wüsste ich es nicht besser, würde ich schwören, dass hier seit einem Vierteljahrhundert dieselben Frauen servieren.

Die Blonde mit dem langen Pferdeschwanz und dem orangefarbenen Rock unter der Schürze bringt das Bier und wendet sich lächelnd zu mir.

„Für dich auch noch was?"

Wenn sie den Mund öffnet, wird eine kleine Zahnlücke zwischen den beiden oberen Schneidezähnen sichtbar, die mich an irgendwen erinnert, ich weiß nur gerade nicht, an wen, und die ich irgendwie sexy finde. Der Blick, mit dem sie mich ansieht, und die lockere Art, mit der sie mich einfach so duzt, obwohl ich knapp doppelt so alt bin, macht mich ein wenig konfus, sodass ich nicht gleich antworte und dann nur ein knappes „Nein" herausbringe.

Das Lächeln verschwindet und sie auch, wobei sie im Weggehen noch kurz mit ihrem Po wackelt, was mich dann völlig aus der Fassung bringt.

---

[17] Tatsächlich hatten Ole und Horst über die Jahre nur eine einzige Begegnung mit dem Wirt, aber das ist eine andere Geschichte.

Horst scheint von all dem nichts mitbekommen zu haben, und wiederholt noch einmal seine Frage von zuvor.

„Und du meinst das wirklich ernst?"

Ich zögere. „Na ja, wieso sollte ich das nicht ernst meinen?"

„Na, weil du ein Mann bist?"

„Was hat das damit zu tun?"

„Na, vieles oder sogar alles. Das ist Verrat! Verrat am Prinzip Mann", ruft er ein bisschen zu laut.

Am Nachbartisch schaut ein Typ mit langen Haaren zu uns rüber und gleich wieder weg.

„Mann, Horst, so ein Bullshit, was du da absonderst. Du solltest kein weiteres Bier mehr bestellen."

„Meinst du, mein Hirn fällt aus wegen drei Bier?"

„Es sind sieben!", antworte ich.

„Zählst du mit?", fragt er mit gespielter Entrüstung.

„Nein, du Vollhorst, da sind sieben Striche auf deinem Deckel."

„Nenn mich nicht Vollhorst – das ist eine unzulässige Verballhornung meines ehrwürdigen Namens! Und von einem, der Fruchtsäfte trinkt und freiwillig ins Windelpraktikum gehen will, lasse ich mich schon gar nicht beleidigen!"

Er winkt die Kellnerin herbei.

„Fräulein, noch ein Bier für mich und einen Traubensaft für meinen Freund." Dann schüttelt er den Kopf und starrt auf den Tisch. „Schon schlimm genug, dass du deinen Namen damals einfach so weggeworfen hast", murmelt er.

„Ich habe gar nichts weggeworfen. Ich habe meinen Namen eingetauscht, weil mir Mareikes besser gefiel", erwidere ich.

„*van de Meer*, so heißen irgendwelche kiffenden Künstler, aber keine Patentanwälte."

Über die *kiffenden Künstler* muss ich lachen.

Das *Gontscharow* ist nach einem russischen Schriftsteller benannt und der Wirt ist vielleicht ein Fan. Vor einigen Jahren hat Horst mal ein Buch von ihm in der Stadtbücherei gefunden und ausgeliehen. Es hieß *Oblomow* und handelte von einem faulen russischen Adligen, der dem Müßiggang anhängt, die meiste Zeit auf seinem Sofa sitzt und die Dinge auf den kommenden Tag verschiebt. Ich fand das Buch so langweilig wie Oblomow sein Leben.

Die Kellnerin kommt und knallt das Bier auf den Tisch.

„Die Fräuleins sind da drüben in den Schaufenstern!" Sie deutet mit der Hand zum Fenster, hinter dem die Stadt nur noch schemenhaft zu erahnen ist.

Horst versteht nicht recht, was sie meint, doch bevor er eine leidvolle Diskussion vom Zaun brechen kann, setze ich mein charmantes Lächeln ein und strahle die Kellnerin an.

„Du musst ihm verzeihen, mein Freund meint das nicht so, schon gar nicht nach dem siebten Bier."

Während die Kellnerin immer noch beleidigt abzieht, brummelt Horst vor sich hin.

„Welche Fräuleins meint die eigentlich?"

Horst ist heute wirklich nicht ganz bei sich, aber bevor ich ihm antworten kann, sagt er mit überraschend klarer Stimme: „Ich hab Lilly getroffen."

Stille.

Seine Worte verhallen im Raum und ich werde unruhig.

„Auf der Abifeier, ich weiß", rufe ich etwas schrill.

Der Typ mit den langen Haaren am Nachbartisch schaut schon wieder etwas genervt herüber. Erst jetzt bemerke ich die zwei jungen, sehr blonden Frauen, die bei ihm sitzen und die mir vorher nicht aufgefallen waren.

„Woher weiß du das?", fragt Horst überrascht.

„Fabian. Er hat es mir neulich erzählt, da du es ja nicht für nötig befunden hattest, mir das zu berichten. Wieso erzählst du es mir jetzt?"

„Weil ich ein schlechtes Gewissen habe deswegen. Ein paar Tage später hat sie mich angerufen und wir haben uns verabredet und dann war ich bei ihr – zum Tee", antwortet Horst.

Ich werde sauer. „Und warum erzählst du mir das *jetzt*?"

„Mann, Ole, es geht ihr echt dreckig. Sie ist auch wieder schwanger und Christian ist so ein Arsch. Er betrügt sie in einem fort und lässt sie mit der ganzen Scheiße allein. Und …"

Bevor er Luft holt, unterbreche ich ihn. „Was heißt denn *auch wieder* schwanger? Wieso *auch* und wieso *wieder*? Mareike ist das erste Mal schwanger, also vielleicht *auch*, aber nicht *wieder*! Und was hat das überhaupt miteinander zu tun?"

„Mensch, Ole, jetzt krieg dich wieder ein. Ich sage doch nur, dass es Lilly, *unserer* Lilly, schlecht geht. Sie braucht uns!"

„Mich braucht sie bestimmt nicht!"

Horst starrt mich besorgt an und ich bekomme einen Kloß im Hals und fühle mich plötzlich ganz elend.

CঞSO

Wir waren fünfzehn und schon einige Jahre gemeinsam auf der Keksschule. Lilly, Horst und ich waren inzwischen dicke Freunde geworden. Horst meinte zwar, das ginge gar nicht, mit einem Mädchen befreundet zu sein, doch Lilly bewies uns täglich, dass das nicht stimmte. Sie war unser bester Kumpel und wir verbrachten alle Nachmittage miteinander.

Meist saßen wir unter einer dicken Eiche in dem kleinen Park neben der Schule und beredeten die wichtigen Dinge des Lebens. Später schwänzten wir die eine oder andere Schulstunde, um auch schon vormittags dort zu sein, vor allem dann, wenn etwas Wichtiges anlag.

Und es lag etwas sehr Wichtiges an: Die geplante Oberstufenfete.

Einmal im Jahr fand in der Aula die große Fete mit viel Musik und noch mehr Bier statt. Die Oberstufenfeten der Keksschule waren legendär – so dachten wir zumindest damals – und zogen auch Schüler der umliegenden Schulen an. Dummerweise war die Oberstufenfete, wie der Name schon andeutet, den Oberstufenschülern vorbehalten und wir waren dummerweise erst in der neunten Klasse oder in der Obertertia, wie man damals noch sagte. Der Zugang wurde streng kontrolliert und zwar von den Lehrern, die man nicht gut bestechen konnte.

Aber wir mussten unbedingt dahin. Einmal war es das Coolste, was wir uns damals vorstellen konnten. Vor allem aber hatte sich Lilly ganz heftig in Christian verliebt. Christian war schon achtzehn und zu Beginn des Schuljahres in die Schülervertretung und dann gleich zum Schulsprecher gewählt worden. Jahre später sollte Horst ihm nachfolgen. Seit der Schülerversammlung war Lilly wie von Sinnen und schwärmte von Christian in einer Weise, wie man es nur mit fünfzehn kann.

Christian war groß, schlank, hatte blondes langes Haar und einen kleinen Bartansatz. Er redete schlau daher und war bei Lehrern und Schülern gleichermaßen beliebt. Horst und mir war er irgendwie suspekt, irgendwie nicht echt, halt zu perfekt.

Aber Lilly war fest entschlossen, dass Christian ihr erster Freund sein sollte. Sie hielt uns lange Vorträge, dass man bei der Wahl des ersten Freundes oder der ersten Freundin nicht wählerisch genug sein könne, denn die erste Beziehung, wie sie sagte, präge einen für den Rest seines Lebens.

Damals ahnte niemand, wie sehr sie in ihrem Fall recht behalten sollte.

Wir liebten Lilly auf eine unschuldige Weise. Vor einiger Zeit hatten Horst und ich angefangen, uns für Mädchen zu interessieren. Lilly war unterdes reifer und noch schöner geworden, aber es herrschte eine stille Übereinkunft zwischen uns dreien, dass unsere Freundschaft sehr viel wertvoller war, als dass wir sie fahrlässig aufs Spiel setzen würden.

Zudem war uns bewusst, dass wir nun mal dummerweise zwei Jungs und nur ein Mädchen waren und daher immer einer übrig wäre. So war es sonnenklar, dass wir Lilly bei ihrem Werben um Christian nach Kräften unterstützen würden, und die Oberstufenfete war die beste Gelegenheit für sie, Christian auf sich aufmerksam zu machen.

Nur wie sollten wir in die Aula kommen? Das besprachen wir ausführlich, aber die naheliegenden Ideen wie zum Beispiel, sich schon morgens hinter der Bühne zu verstecken und bis zum Abend dort auszuharren, waren allesamt nicht wirklich praktikabel.

Wie so oft in solchen Fällen kam Horst auf die Lösung. Neben den Toiletten im Untergeschoss gab es eine Stahltür, die als Notausgang diente. Die Tür war nicht abgeschlossen, ließ sich jedoch nur von innen öffnen. Wir mussten also nur jemanden finden, der uns am Abend heimlich die Tür öffnete und hereinließ. Hierfür waren Horsts Kontakte in die Oberstufe nützlich, denn er spielte als einziger Mittelstufenschüler in der Schul-schachmannschaft. Für drei Becher Bier erklärte sich einer sei-ner Mannschaftskollegen bereit, uns um fünf nach acht die Tür von innen zu öffnen.

So blieb noch das Problem, dass wir eigentlich um zehn Uhr abends zu Hause zu sein hatten, aber das lösten Horst und ich auf die übliche Weise, indem wir behaupteten, wechselseitig beieinander zu übernachten, und dann bei Horst im Zelt schlie-fen.

Unsere Eltern fielen immer wieder darauf herein – so dachten wir damals zumindest. Jahre später erzählte mir mein Vater, dass sie uns das niemals abgenommen und meist sehr genau gewusst hatten, was wir stattdessen taten.

Lilly hatte das Problem nicht. Sie erzählte einfach ihrem Va-ter, dass sie unsterblich verliebt und die Oberstufenfete ihre al-lerletzte Chance sei, endlich einen Freund zu kriegen und sie ansonsten den Rest ihres Lebens unglücklich sein würde.

Das wollte ihr Vater natürlich nicht, und nach unserer Zusi-cherung, dass Horst und ich auf Lilly achtgeben würden, hatte er nichts dagegen.

Blieb für Lilly noch die Herausforderung, wie sie als eine un-ter einigen hundert anderen Leuten Christians Aufmerksam-keit erregen könnte. Da konnten wir ihr nicht wirklich helfen. Aber Lilly war ganz selbstbewusst und meinte, sie hätte schon eine Idee und wir sollten uns überraschen lassen.

Und so war alles geregelt und der Tag konnte kommen. Ich hatte eine neue Jeans und war beim Friseur gewesen. So machte ich mich zeitig auf den Weg, zuerst Horst und dann Lilly abzuholen. Unterwegs traf ich Fabian und Dirk, die in meiner Parallelklasse waren. Wir hatten zusammen Religion und kannten uns vom Sehen.

Sie fragten, wo ich hinwolle, und staunten nicht schlecht, als ich erzählte, dass ich Backstage-Karten für die Oberstufenfete hätte. Das war zwar gelogen und sie zweifelten auch ein wenig an meinen Worten, aber ich fühlte mich gleich um einiges älter und reifer – was damals noch erstrebenswert schien.

Horst stand schon vor der Tür und strahlte. Er hatte eine alte Lederjacke von seinem Vater abgestaubt, sich eine Ladung Gel in die Haare geschmiert und es dann hochgeföhnt. Wir fühlten uns wie James Dean: cool und lässig und bereit für das pralle Leben.

In der Pizzeria *Giovanni* gab es auch einen Notausgang, durch den wir direkt in die Küche gelangten, in der Lillys Vater seine Pizzen backte. So war Horst auch auf die Idee gekommen, wie wir in die Aula gelangen würden.

Lillys Vater begrüßte uns herzlich und wir setzten uns auf ein altes Weinfass, das in einer Ecke stand. Mit ein paar frischen Pizzabrötchen und zwei Cola versorgt warteten wir auf Lilly.

Ihr Vater zog uns ein bisschen auf. „Na Jungs, bereit für das große Abenteuer?"

Wir lachten und kauten und tranken und taten cool. Lilly ließ auf sich warten und Horst wurde ein wenig unruhig, denn wenn wir zu spät kämen, gäbe es keine Chance mehr, durch den Notausgang zu kommen.[18] Nach einer gefühlten Ewigkeit kam Lilly in die Küche, um sich von ihrem Vater zu verabschieden.

---

[18] Ein Problem, das infolge der Erfindung des Mobiltelefons heute leicht zu lösen wäre, aber damals das abrupte Ende der Aktion bedeutet hätte.

Aber war das wirklich unsere Lilly? Wir trauten unseren Augen nicht. Sie trug ein dunkelblaues knielanges enges Kleid mit weißen Punkten und Perlmuttknöpfen am Ausschnitt. Ihr blondes Haar hatte sie zu einem Mittelscheitel geteilt, mit einer Spange zur Seite geklemmt und schulterlang nach außen geföhnt. An beiden Handgelenken trug sie zarte Armreifen aus Silber und ihre Fingernägel glänzten in einem grellen Rot.

Dazu strahlte sie, wie nur Lilly es konnte.

„Na, Jungs, wie sehe ich aus?", meinte sie an uns drei gerichtet.

Horst und mir stand der Mund weit offen und wir hatten nur eine vage Ahnung davon, was sich da gerade in unserem Hormonhaushalt abspielte.

Der erste, der sich fasste, war Lilys Vater, der sie in seine Arme schloss. „Mein großes schönes Mädchen", flüsterte er.

Noch bevor wir etwas sagen konnten, nahm Lilly uns beide an die Hand und zog uns durch den Notausgang aus der Küche. Ihr Vater rief uns lachend hinterher.

„Passt auf meine Lilly auf und liefert sie wohlbehalten um Mitternacht wieder hier ab. Andernfalls bekommt ihr es mit der Camorra zu tun!"

Vor der Tür ließ Lilly uns los, öffnete eine winzige Handtasche, nahm einen Lippenstift heraus und malte sich die Lippen in der Farbe ihrer Fingernägel an.

So stand sie vor uns, unser Kumpel Lilly, und mit einem Mal fiel uns ein, wer sie war, oder besser sein wollte.

Bis ins kleinste Detail sah sie aus wie die junge Gwen Stefanie, die Sängerin von *No Doubt*.

Erst kürzlich hatten wir sie auf MTV in dem Video zu ihrem Hit *Don't speak* gesehen.[19]

Lilly kannte den Text auswendig und hatte das Lied mitgesungen. Horst hatte dazu Luftgitarre gespielt und ich den Takt auf dem Tisch geschlagen. Das Lied hatte uns gefallen, vor allem aber die wunderbare Gwen Stefanie, die ich auch heute noch liebe.

Und nun ahnten wir, was Lilly vorhatte.

Bei der Vorstellung der Kandidaten für die Schülersprecherwahl hatte Christian auf die Frage nach seiner Lieblingsband nämlich ohne zu zögern *No Doubt* geantwortet und Lilly hatte gleich erkannt, dass Christian wohl weniger an der Musik als an der Sängerin interessiert war.

Horst fasste sich wieder und schlug Lilly kameradschaftlich auf die Schulter. „Mensch Lilly, was für ein abgefahrener Plan!"

Ich fragte: „Wo hast du dieses wunderbare Kleid her?"

„Selbstgenäht", lachte sie. „Wir Italienerinnen sind gut darin."

Die Sache mit dem Notausgang klappte problemlos und Horst verschwand mit dem Schachspieler, um ihm drei Bier auszugeben. Lilly und ich schlenderten locker und möglichst unschuldig dreinschauend in die Aula. Diese war schon gut gefüllt, im Hintergrund lief Musik und auf der Bühne war eine Schülerband dabei, ihre Instrumente aufzubauen.

Wir postierten uns vorn an der Bühne, da wir nicht recht wussten, was wir sonst hätten tun sollen. Horst kam zu uns und brachte drei Becher Bier mit. Wir stießen an, tranken und die

---

[19] Siehe zum Beispiel (ab 0:37):
https://www.youtube.com/watch?v=TR3Vdo5etCQ

Band kam auf die Bühne. Der Gitarrist und der Bassist waren Schüler unserer Oberstufe. Den Schlagzeuger kannten wir nicht.

Es erklang ein bekanntes Gitarrenriff und der Bass setzte leise ein. Aber es gab keinen Sänger. Nun setzte auch der Schlagzeuger ein. Die Schülerband nannte sich *Fusion* und spielte eine Cover-Version von *Scary Monsters* von David Bowie. Das hörte sich ziemlich gut an, obwohl Horst und ich Bowie eher mäßig fanden,[20] und auch Lilly stand nicht auf Bowie, was in dieser Zeit für eine Gymnasiastin höchst ungewöhnlich war.

Das Lied war zu Ende, der Applaus mäßig. Danach folgte ein müder Song, den ich nicht kannte, und die Jungs auf der Bühne fingen an, mir fast ein wenig leidzutun.

Dann erklang ein Hammerriff, der durch Mark und Bein ging. Ich erkannte es sofort, mir fiel nur nicht ein, was es war. Fast sofort setzte das Schlagzeug ein und der Bass kam dazu. Die Leute in der Aula hörten auf, sich zu unterhalten, und kamen in Bewegung. So ging das noch ein paar Takte, dann brachen die drei plötzlich ab und für einen Moment war es fast still im Saal.

Dann kam SIE auf die Bühne: ein großes schlankes Mädchen, nein, eine Frau mit langem braunem Haar. Sie trug einen kurzen schwarzen Lederrock zu schwarzen Strümpfen, ein weißes Top mit Spaghetti-Trägern und strahlte in die Menge. Horst grinste mich von der Seite an.

Applaus brandete auf und von hinten drängten mehr und mehr Leute in die Halle. Die Frau hob kurz eine Hand und auf

---

[20] Bowies wahres Genie erkannten Horst und Ole erst viele Jahre später.

ihr Zeichen hin begannen die drei wieder, auf ihre Instrumente einzudreschen. Nach wenigen Takten setzte ihr Gesang ein.

Hatte mich ihr Anblick schon voll und ganz in den Bann gezogen, so gab mir ihre Stimme den Rest. Mir flogen die Ohren weg und ich muss wohl sehr blass geworden sein, wie Horst mir später berichtete.

Sie sang, nein, sie schrie, sie tanzte und ihre Haare flogen umher. Ihre Energie schwappte in die Halle und die Leute begannen zu tanzen und zu toben. Lilly und Horst hopsten um mich herum und ich konnte meinen Blick nicht von der Frau lassen.

Der Song endete mit einem krachenden Gitarrensolo und einem letzten Schrei. Der Jubel war unbeschreiblich. Es war *Barracuda* von *Heart*, schon ein paar Jahre älter, aber ich kannte es aus der Musiksammlung von Horsts Vater.

Es folgten *Walk like an egyptian* von den *Bangles* und noch ein paar weitere ruhige Songs. Den fulminanten Abschluss bildete *Purple Rain* von *Prince*[21] und die wunderbare Frau auf der Bühne gab noch einmal alles.

Am Ende verbeugte sie sich, winkte und warf Kusshände in die Menge, die beständig weitersang: *Purple Rain, Purple Rain*. Ich sang lautstark mit und konnte nicht mehr damit aufhören.

Irgendwann hakten Lilly und Horst mich von beiden Seiten unter, schoben mich an die Seite und wir setzten uns auf den Boden. Horst erzählte mir später, ich wäre völlig außer mir gewesen, hätte glasige Augen und eine raue Stimme gehabt. Offenbar war das alles viel zu viel für mich gewesen: Bier, Hormone und Adrenalin. Lilly blieb bei mir und Horst besorgte eine Cola. Langsam kam ich wieder zu mir .

---

[21] Prince' wahres Genie war ihnen schon damals sehr bewusst.

„Wer ist sie?", stammelte ich.

Horst versprach, es herauszufinden, und verschwand wieder. Inzwischen wurde die Bühne für eine andere Band umgebaut. Lilly saß die ganze Zeit neben mir, sagte kein Wort und hielt meine Hand.

Es folgte *The Swamp*, eine stadtbekannte Band, die ruhigere, aber selbstgeschriebene Lieder spielte. Diese Musik gefiel mir nicht wirklich, störte aber auch nicht. Inzwischen standen wir wieder vor der Bühne. Die Halle war nun sehr voll und stickig.

Irgendwo hinter uns entdeckte ich Christian in der Menge. Ich stieß Lilly an und deutete auf ihn. Sie nickte nur lächelnd, als hätte sie die ganze Zeit im Blick, wo er sich aufhielt.

Horst kam und verkündete, was er herausgefunden hatte.

„Das Mädchen", er sagte wirklich *Mädchen*, „ist Teresia Hanemann aus der Dreizehnten. Leistungskurse Mathe und Musik. Einer meiner Schachkollegen ist mit ihrem Bruder befreundet."

The Swamp spielten ihren letzten Song *Running backwards*, den ich nicht schlecht fand. Soweit ich den Text verstand, handelte er von einem Mann, der sich darüber wundert, dass alle um ihn herum immerzu rückwärtslaufen und überhaupt alles, auch die Zeit, rückwärtsläuft, und der Song endet mit *they take me away in their ambulance*.

Nachdem die Band den letzten Song gespielt und niemand nach einer Zugabe verlangt hatte, legte ein DJ Platten auf und es wurde getanzt. Mit gespielt strengem Ton wies Lilly Horst an, bei mir zu bleiben und auf mich achtzugeben, sie müsse sich frischmachen und etwas erledigen. Dann verschwand sie für eine Weile.

Ich hatte mich ein wenig erholt und wir tanzten nun auch. Als wir Lilly wiedersahen, sah sie tatsächlich frischer aus. Sie hatte sich frisiert, die Lippen neu rot angemalt und erinnerte wieder sehr an Gwen. Sie bewegte sich auch so, als sie zu uns auf die Tanzfläche kam, hielt etwas Abstand zu uns und hob kurz den Daumen. So wussten wir, dass alles nach Plan lief. Christian tanzte ein Stück weit von ihr entfernt. Inzwischen war es viertel nach Elf und es wurde langsam Zeit. Der DJ machte seine Sache gut und spielte nicht die beste, aber *gut* tanzbare Musik.

Dann war es soweit. Nach dem fulminanten *Container Love* von *Phillip Boa and the Voodooclub*, auf das wir leidlich herumgehüpft waren, wurde es kurz still und dann erklangen die magischen Worte.

„You and me, we used to be together ..."

Lilly hatte es tatsächlich geschafft, den DJ zu überreden, *Don't speak* von *No doubt* zu spielen und sie bewegte sich sofort und mit ihrer ganz eigenen Lässigkeit auf Christian zu.

Nun hellwach beobachteten wir die Szene genau.

Unmittelbar vor seiner Nase tanzte sie, wie sie es von der echten Gwen gelernt hatte. Dabei wandte sie ihm zunächst nur ihren Rücken zu. Christian konnte sie nicht übersehen und wirkte zunächst irritiert, dann zunehmend angetan. Erst gegen Ende des Lieds zeigte sie ihm ihr Gesicht.

Als der Song zu Ende war, griff Christian nach Lillys Hand und zog sie sanft zu sich. Sie ließ es geschehen, reckte ihren Kopf nach vorn und flüsterte etwas in sein Ohr.

Wir konnten es nicht hören, aber sie sagte nur *don't speak*, wie sie uns später erzählte. Dann riss sie sich los und verschwand in der Menge. Überrascht zögerte Christian einen kurzen Moment und lief ihr nach, hatte sie aber bereits aus den Augen verloren.

Horst und ich blieben noch zehn Minuten in der Aula und behielten Christian im Blick. Er suchte noch eine Weile nach Lilly und holte sich dann ein Bier. Auf mich wirkte er wie angeschossen und genauso fühlte ich mich auch.

Dann verließen wir die Halle durch den Notausgang, wo Lilly auf uns wartete. Wir berichteten ihr kurz, wie Christian nach ihrem Abgang nach ihr gesucht hatte. Lilly lächelte selig.

Horst verstand nicht recht. „Bist du zufrieden und wie geht es nun weiter?"

„Alles im Plan. Christian ist nun angefixt und bald folgt Phase zwei. Aber erst einmal lassen wir ihm etwas Zeit, sich über seine Gefühle klar zu werden."

Wir nahmen Lilly in die Mitte und gingen Arm in Arm in Arm, lachten wie die Kinder. Zwischendurch führten wir den Pharaonen-Tanz auf, sangen *Walk like an egyptian* und am Ende grölten wir lauthals und immer wieder *Purple Rain*. Pünktlich lieferten wir Lilly zu Hause ab.

„Jungs, das ist das pralle Leben. Und jetzt geht es erst richtig los", verkündete sie zum Abschied.

„Liebste Lilly, besser hätte ich es nicht ausdrücken können – wir wünschen dir eine geruhsame Nacht", erwiderte Horst.

Ich nickte nur.

In den folgenden Jahren besuchten wir noch oft die Oberstufenfete der Keksschule, aber so spektakulär wie beim allerersten Mal wurde es nie wieder.

৪১৩

„Alles okay, Ole?", reißt mich Horst aus meinen Gedanken und seine Stimme ist überraschend klar. „Du bist plötzlich ganz blass."

„Nennt er sie immer noch Gwen?", frage ich müde.

„Ja, macht er. Mann, Ole, ich könnte heulen, wenn ich daran denke, wie alles angefangen hat!"

Kapitel 6: Überraschungen

„Elternzeit?" Der Chef runzelt die Stirn. Er versteht nicht recht, schaut verwirrt, erst mich an, dann aus dem Fenster und dann wieder zu mir. „Elternzeit", sagt er noch einmal, diesmal eine Spur lauter. „Das ist doch was für Frauen!", stößt er dann plötzlich laut hervor.

Seine Worte hallen im Büro nach. Ich sacke ein Stück zusammen und irgendwie bin ich von meinem Vorhaben plötzlich nicht mehr ganz so überzeugt.

Ich gebe mir einen Ruck. „Sie wissen ja, meine Frau ist auch berufstätig und da gibt es ja nun auch dieses Elterngeld, Sie haben sicher davon gehört", verkünde ich mit fester Stimme.

„Ach so, das meinen Sie", fällt er mir ins Wort. Dabei lehnt er sich entspannt zurück in seinen Sessel, seine Gesichtszüge entspannen sich und er ringt sich ein Lächeln ab. „Sie meinen diese zwei *Papa-Monate*, von denen alle reden. Manche sagen auch *Wickelpraktikum*, was uns diese Familienministerin damals eingebrockt hat, sozusagen zwei Monate bezahlter Urlaub."

Diesmal unterbreche ich ihn. „Nein, das verstehen Sie falsch – es ist nämlich so: Wir bekommen ein Baby und ich werde für drei Jahre zu Hause bleiben und mich um das Baby kümmern, bis wir einen Platz in einem Kindergarten bekommen haben."

Der Chef wird blass und sinkt in seinem Sessel zusammen, als hätte jemand die Luft aus ihm gelassen. „Und wer soll in der Zwischenzeit Ihre Arbeit machen? Man findet heutzutage doch keine guten Leute mehr", stößt er leise hervor.

Nachdem es nun endlich raus ist, fühle ich mich besser und erlange meine allseits bekannte und geschätzte Gelassenheit wieder. „Danke für das Kompliment."

Der Chef guckt verdattert.

„Diese Referendarin vom letzten Jahr hat ihre Sache doch recht gut gemacht", fahre ich fort. „Und kürzlich hat sie ihr Examen bestanden und ist auf Arbeitssuche, soweit ich weiß. Vielleicht rufen Sie die mal an. Und in drei Jahren bin ich ja auch wieder da."

Der Chef sitzt nun reglos in seinem Sessel. „Eine Referendarin? Eine *Frau*? Und wenn die nun auch schwanger wird?", stößt er hervor.

Ich denke mir *Na vielleicht hat sie ja einen kinderlieben Mann*, sage es aber nicht, sondern verlasse das Büro.

Als ich die Geschichte später Mareike erzähle, schüttet sie sich aus vor Lachen. Sie hält sich ihren nun deutlich sichtbaren Babybauch und gluckst vor sich hin.

„Da wäre ich zu gern dabei gewesen. Und was hast du danach gemacht?"

„Danach bin ich glücklich und erleichtert in eine lange Pause gegangen und habe mir einen Döner an der Bude an der Ecke besorgt, den ich auf einer Bank in dem kleinen Park vor dem Büro genüsslich verspeist habe."

Nach der Pause war an Arbeit nicht mehr zu denken. Meine Konzentration war völlig dahin und ich sah alles um mich herum mit anderen Augen. Ähnlich einem Besucher schlenderte ich durch die Gänge zu meinem Büro und nahm die Kollegen, denen ich begegnete, wie Fremde wahr. Schon jetzt ging mich das hier alles nichts mehr an.

Nach einem sehr frühen Feierabend fuhr ich in den Großmarkt[22] und kaufte für ein Festessen, das ich für heute Abend
geplant hatte, ordentlich ein.

Nach dem festlichen Drei-Gang-Menü mit viel Maracujasaft
sitzen wir beide nun satt und zufrieden an unserem Tisch. Mareike bedankt sich noch ein weiteres Mal und lobt das Essen
überschwänglich.

„Du weißt doch noch, was morgen ist?", meint sie schließlich.

„Klar doch", antworte ich. „Morgen sehe ich zum ersten Mal
unser Baby im Fernsehen. Habe mir den Vormittag extra freige-
nommen."

Fabian hatte mir dringend geraten, beim ersten Ultraschall
auf jeden Fall dabei zu sein. Er meinte, das sei ein Erlebnis, das
man nicht wieder vergisst. Und er sollte recht behalten.

Mareike liegt ganz entspannt auf einer dieser schmalen Liegen,
wie es sie nur noch in alten Arztpraxen gibt. Ich sitze auf einem
viel zu kleinen Hocker daneben. Die junge Gynäkologin trägt
einen Pferdeschwanz und keinen Kittel, sondern ein Trikot der
italienischen Fußballnationalmannschaft und pinselt Mareike
den Bauch mit etwas Schmierigem ein. Dabei lächelt sie ein wenig versunken und schaltet dann einen winzigen Schwarz-
Weiß-Monitor an, der über ihr an der Wand befestigt ist.

Ich recke meinen Hals in die Höhe, aber noch ist nichts zu sehen.

So jung die Ärztin ist, so alt erscheinen mir ihre Gerätschaften.
Sie holt irgendwo ein seltsames Gerät hervor, das wie ein alter
Fön aussieht und mit einem dicken Kabel am Monitor befestigt

---

[22] Die Karte für den Großmarkt hatte Horst besorgt. Und er verriet niemanden, wie er da rangekommen war.

ist. Erst, als sie damit durch die Paste über Mareikes Bauch hin und her gleitet, fängt der Bildschirm an, zu flackern. Nun schaut sie gespannt auf den Monitor und murmelt etwas Unverständliches vor sich hin. Überhaupt hat sie bis auf eine knappe Begrüßung noch gar nicht gesprochen.

Der Bildschirm zeigt ein unwirkliches Schneegestöber und erinnert mich an lang zurückliegende Kindertage und unseren ersten Schwarz-Weiß-Fernseher mit einer Zimmerantenne obendrauf. Zu sehen ist hier wirklich rein gar nichts. Soviel zum Thema *Erlebnis, das man nicht vergisst.*

Die Ärztin fährt mit dem Gerät auf und ab und wirkt unterdes ein bisschen ratlos, als suche sie etwas, das sie aber nicht finden kann.

„In welcher Schwangerschaftswoche sind sie gerade?", fragt sie Mareike mit sehr hoher Stimme.

Ehe diese antworten kann, erscheint ein sehr kleiner Schatten auf dem Bildschirm und die Frau Doktor ist erleichtert.

„Na, da haben wir es ja doch!"

Ich erkenne nichts, ahne aber, dass sie wohl unser Kind meint. Ich erwarte nun irgendwelche Erklärungen von ihr, was dort auf dem Bildschirm genau zu sehen ist, aber sie sagt nichts. Stattdessen fährt sie weiter mit dem Gerät auf Mareikes Bauch hin und her.

Jetzt wäre der passende Moment, zu fragen, wann denn der richtige Arzt käme, denke ich, halte mich aber zurück, denn nun zieht sie die Augenbrauen hoch und legt ihre Stirn in Falten. Mareike lässt das alles stoisch über sich ergehen und wirkt vollkommen entspannt.

Das Bild verändert sich, alles wird noch ein bisschen dunkler, und der Teenager, der sich hier als Ärztin ausgibt, stößt plötzlich ein *Seltsam* hervor und dreht an einem der drei kleinen Regler an dem Monitor.

„Ist etwas nicht in Ordnung? Sind wir etwa doch nicht schwanger?", frage ich ungeduldig und ein wenig besorgt.

Meine Liebste neigt den Kopf weg von dem Monitor und sieht mich fragend an.

Anstatt zu antworten ruft die Ärztin: „Das ist ja eine Überraschung!"

Überrascht bin ich tatsächlich, aber vor allem von ihrem seltsamen Verhalten.

Sie zögert einen Moment und rückt dann endlich raus mit der Sprache.

„Ja, herzlichen Glückwunsch! Sie sind schwanger."

Na, das wussten wir schon, aber was dann kommt, ahnten wir nicht im Ansatz, als sie sehr schrill, wie ich finde, ergänzt.

„Sozusagen ganz besonders schwanger, denn es sind gleich zwei. Sie bekommen Zwillinge!"

Stille.

Ihre Worte hallen im Raum nach. Mir wird schwindelig und sofort ist mir bewusst, dass ich in meinem bisherigen Leben erst ein einziges Mal so überrascht war. Ich starre auf den Bildschirm.

Okay, wenn man genau hinsieht, dann könnte man meinen, dort zwei Schatten zu sehen, aber Zwillinge? Das hieße ganz konkret, tatsächlich *zwei* Kinder zu bekommen, und zwar auf einmal. Mir erscheinen zwei vollkommen gleich aussehende kleine Jungen vor meinem inneren Auge.

Als nächstes schießt mir durch den Kopf, dass ich unbedingt die Frau von der Musikschule anrufen und die Klarinetten-Probe-Stunde absagen muss. Ich fühle mich betrogen, irgendwie ganz ordentlich verarscht – wir hatten ein (!) Kind geplant, aber doch nicht zwei! Wie soll das denn gehen?

Die Ärztin erläutert noch allerlei Medizinisches, spricht von Risiken und speziellen Untersuchungen und zeigt auf die Schatten auf dem Monitor.

Ich bekomme von all dem nichts mit. Zum Abschluss erwähnt sie eher beiläufig, dass so etwas, auch gerade in unserem Alter, gar nicht so selten sei.

Was meint sie wohl mit *in unserem Alter*? Ich bin noch keine vierzig! Aber irgendwie hat sie wohl recht, von Zwillingen, also dass es so etwas gibt, habe ich auch schon gehört.

Mareike ist, wie immer in solchen Situationen – obwohl wir eine *solche* genau genommen noch nie erlebt haben – sehr cool und pragmatisch.

„Na ja, so ersparen wir uns später wenigstens die Entscheidung über ein zweites Kind!"

Na super, da bin ich ja wirklich erleichtert.

Auf dem Heimweg im Auto schweigen wir uns zunächst an. Dann bricht es aus mir heraus.

„Was machen wir denn jetzt? Wie soll das funktionieren?"

Mareike zieht ihre Schultern nach oben. „Het komt wel goed."

„Fegt dich das denn überhaupt nicht an?", frage ich ratlos.

„Ja doch, natürlich, ich bin auch überrascht. Wir bekommen Zwillinge. Aber davon geht die Welt nicht unter. Und klar mache ich mir Sorgen wegen der Geburt, aber wir haben hier eine Uniklinik, wo die sich mit so etwas auskennen, das wird schon alles gut ausgehen", führt sie aus.

„Das meine ich gar nicht", erwidere ich und merke sofort, dass das sehr unsensibel klingt und auch ist. Aber ich bin nicht mehr zu bremsen. „Ich hatte mich auf eine schöne entspannte Zeit mit *einem* Baby gefreut, und ich hatte Pläne. Und nun sind es zwei und ich wette, zwei Babys machen auch doppelt so viel Stress und Arbeit. So war das nicht verabredet! Du wirst demnächst Rektorin und ich sitze daheim und kann sehen, wie ich mit allem klarkomme."

Das ist eine präzise Analyse der Situation, wie ich finde. Das findet Mareike jedoch gar nicht und nun ist sie richtig wütend.

„Mensch, Ole, jetzt komm mal wieder runter und hör auf, rumzujammern. Deine Elternzeit war doch nicht als langer Urlaub geplant, so drei-Jahre-Ferien-mäßig. Dir muss doch klar sein, dass da Arbeit auf dich zukommen wird. Aber gleichzeitig kommt doch auch ein riesiges Glück auf uns zu, und jetzt sozusagen *doppeltes Glück*."

Sie scheint sehr zufrieden mit dieser hübschen Formulierung und schaut mich an wie einen ihrer Erstklässler, der die Matheaufgabe nicht verstanden hat. Und ich fühle mich so klein und von oben herab behandelt wie schon sehr lange nicht mehr.

◌ЗЄ◌

Seit der Oberstufenfete waren zwei Wochen vergangen und es wurde Zeit für *Phase zwei*, wie Lilly sich ausdrückte. Die Keksschule hatte zwei Schulhöfe, die strikt voneinander getrennt waren. Einen für Unter- und Mittelstufe vor dem Gebäude und einen für die Oberstufe dahinter, und dieser war streng tabu für uns, denn dort wurde damals geraucht.

Die Lehrer achteten peinlich genau darauf, dass wir uns nicht auf den falschen Schulhof verirrten, und so hatten wir in der

Zwischenzeit weder Teresia noch Christian gesehen oder etwas von ihnen mitbekommen. Zweimal hatte ich von Teresia geträumt, und wie aussichtslos es auch sein mochte, ich musste sie kennenlernen.

Lilly war da wesentlich entspannter und strahlte eine beeindruckende Zuversicht aus, dass es mit Christian schon klappen würde. Horst hingegen schüttelte nur den Kopf und meinte, es wäre allein taktisch sehr viel klüger, sich auf gleichaltrige Kandidatinnen zu konzentrieren.

Lilly hatte unterdes Informationen über Christian gesammelt und dabei auch ein wenig über Teresia erfahren. Sie waren beide in der Oberprima und würden im kommenden Frühjahr ihr Abi machen. Christian hatte wohl keine Freundin, zumindest hatte von jenen, die Lilly befragt hatte, davon niemand etwas mitbekommen.

Zunächst hatte sie sich auf Horsts Schachspielerkollegen konzentriert. Später war ihr aufgefallen, dass einige unserer Oberstufenschüler gern mal in der Pizzeria *Giovanni* eine Pizza aßen. Seit Neuestem kellnerte sie manchmal dort und besserte ihr Taschengeld auf.

Sie nannte es ihre *Christian Investigation* und wusste bald gut Bescheid über Christian: was er mochte und was nicht, wo er wohnte und sogar, wie er sich seine Zukunft vorstellte. Er liebte Tiere, hatte eine Katze und Goldfische und am Wochenende fuhr er häufig zu einem Reiterhof, wo er und seine Schwester ein Pferd stehen hatten.

Nach dem Abitur wollte er Tiermedizin studieren und Lilly war ganz hingerissen davon und fand es äußerst bemerkenswert, dass er als Mann das Reiten liebte, was sie sonst nur von ein paar Mädchen unserer Klasse kannte. Und sie träumte davon, später mit ihm irgendwo auf dem Land zu leben, und wenn er nachts raus müsste, um einer Kuh beim Kalben zu helfen, würde sie mit einem heißen Kaffee auf ihn warten.

Ein bisschen fies wies Horst darauf hin, dass die Kühe heutzutage in Mastbetrieben in riesigen Ställen gehalten würden und sie wohl zu viele Folgen von *Der Doktor und das liebe Vieh*[23] gesehen hätte. Im Übrigen kenne er niemanden, der so sehr Stadtmensch sei wie sie. Ich fand, er hätte recht, aber Lilly ließ sich nicht beirren.

Sie hatte herausgefunden, dass Christian nicht nur Schülersprecher, sondern auch Redakteur der Schülerzeitung *Leibniz Kurier* war.

„Und die Chefredakteurin vom *Leibniz Kurier* ist – Trommelwirbel – Teresia Hanemann!", verkündete Lilly, als wir am Nachmittag unter unserem Baum saßen. „Und so ist nun klar, was wir zu tun haben: Wir machen bei der Schülerzeitung mit!"

Lilly hatte noch in Erfahrung gebracht, dass sich die Redaktion immer mittwochs um fünf in der Schule traf.

Horst war skeptisch und hatte nicht so wirklich Lust auf Schülerzeitung. Ich eigentlich auch nicht, aber die Aussicht, ganz nah neben Teresia zu sitzen, sie zu riechen und die neuesten Artikel mit ihr durchzugehen, fand ich ausgesprochen verlockend.

Horsts Einwand, wir könnten doch gar nicht schreiben, also echte Artikel, meinte er, wischte Lilly in ihrer typischen Art beiseite.

---

[23] Eine BBC-Serie über den Tierarzt *James Herriot*, die in den Achtzigern im ZDF lief und die Lilly und Victoria liebten.

„Soweit ich informiert bin, hast du eine Eins in Deutsch und schreibst die besten Aufsätze in der Klasse, und Ole schreibt hin und wieder bemerkenswerte Erzählungen."

Das war allerdings völlig übertrieben. Ich hatte mal ein paar Kurzgeschichten versucht, hatte sie aber nur Lilly und Horst je gezeigt, und sie hatten zwar höflich applaudiert, schienen aber nicht wirklich überzeugt.

Doch Lilly blieb hartnäckig, und so trafen wir uns an einem Mittwochnachmittag zu unserer ersten Redaktionssitzung im Büro der Schülervertretung der Keksschule. Lilly hatte Teresia nach der Schule abgepasst und uns bei ihr angemeldet, und diese hatte freundlich reagiert und gemeint, sie bräuchten dringend Nachwuchs.

In meiner neuesten Jeans und einem karierten Hemd versuchte ich, eine elegante Lässigkeit auszustrahlen. Zu meiner Überraschung hatte sich Lilly eher unauffällig angezogen; ebenfalls in Jeans und einem schlabberigen Pullover hatte sie ihr Haar zu einem Pferdeschwanz gebunden.

An der Tür begrüßte uns ein älterer Schüler und meinte, wir sollten uns auf eines der Sofas in der hinteren Ecke setzen. Dort saßen wir drei nun nebeneinander und schauten uns erwartungsfroh um.

Hier waren wir noch nie gewesen und es wirkte alles irgendwie sehr beeindruckend. In dem ausgedienten Klassenraum standen alte Sofas, ein paar Schränke und alte Schulbänke herum. In der Ecke gab es einen Kühlschrank und daneben ein paar Kisten mit Getränken.

Die anderen Redakteure trudelten langsam ein, begrüßten einander lässig und setzten sich zu uns. Vor den Sofas stand ein Tisch mit ein paar Stühlen davor.

Christian kam, grüßte lässig in die Runde und setzte sich auf einen der Stühle. Zuletzt kam Teresia in den Raum, setzte sich neben Christian und eröffnete die Redaktionssitzung.

Uns schien sie gar nicht bemerkt zu haben. Erst als es darum ging, die Entwürfe der Artikel für die nächste Ausgabe in Gruppen zu besprechen, meinte sie, wir sollten uns einfach irgendwo dazu setzen, zuhören und lernen, wie das so ablief. So saßen wir ein wenig verloren und hörten den anderen bei ihren Diskussionen über ihre Artikel zu.

Teresia saß allein am Tisch und kritzelte etwas in ihr Notizbuch. Sie hatte eine zerschlissene Jeans an und ihr Haar zu einem Knoten gebunden und hochgesteckt. Zudem trug sie eine Brille mit dicken schwarzen Rändern und erinnerte nur noch sehr entfernt an die spektakuläre Frau auf der Bühne.

Von meiner Kaltblütigkeit selbst überrascht ging ich irgendwann zu ihr, setze mich möglichst lässig neben sie und begann ein Gespräch.

„Ich hab dich auf der Oberstufenfete auf der Bühne gesehen – starker Auftritt!"

Sie zögerte. "Oberstufenfete? Wie bist du denn da reingekommen?"

„Wir haben uns reingeschmuggelt", antwortete ich.

Sie lachte. „Clever. Und das nur, um mich auf der Bühne zu sehen?"

Mir wurde warm. „Nein, davon wussten wir ja vorher nichts." Irgendwie lief das Gespräch in die falsche Richtung. „Aber, hätte ich das vorher gewusst, dann …"

Teresia unterbrach mich. „Lass mal gut sein, ich versteh schon."

Aber ich war nicht mehr zu bremsen. „Wie du *Barracuda* gesungen hast, das war gigantisch, und *Purple Rain* …"

Aus den Augenwinkeln beobachtete ich, wie Christian nun neben Lilly saß. Das spornte mich irgendwie an und dann hörte ich mich fragen: „Wollen wir mal irgendwo was zusammen trinken gehen?"

Horst schüttelte den Kopf. „Mensch, Ole, du bist echt ein Experte. Wie bist du denn auf den Spruch gekommen?"

Nach der Redaktionssitzung saßen wir drei unter unserem Baum im Park und besprachen die Ereignisse.

„Das habe ich kürzlich in einem Film gesehen und bei dem Typen hat das super funktioniert", stammelte ich, noch nicht wieder ganz bei mir. „Und irgendetwas musste ich ja machen, denn ich ahnte schon, dass dies sicher meine letzte Redaktionssitzung sein würde."

„Die Typen waren aber auch zu blöde. Und behandelt haben sie uns wie die Kinder", bestätigte Lilly.

„Und dann?", wollte Horst wissen.

„Nichts. Na ja … Teresia zögerte kurz und fing an zu lachen. Und dann sagte sie, *Du kannst dir eine Cola aus dem Kühlschrank holen. Und bring mir auch eine mit.* Das habe ich gemacht."

Lilly seufzte und ich sprach weiter.

„Dann haben wir angestoßen, jeder einen Schluck getrunken, und schließlich sagte sie, *Jetzt haben wir beide mal was zusammen getrunken, wenn auch nicht irgendwo,* und noch während der letzten Worte fing sie lauthals an zu lachen."

„Wie gemein", rief Lilly und strich mir mit der Hand zärtlich über die Wange.

Und Horst ergänzte: „Was für eine fiese Schnecke!"

Ihre Solidarität tat mir gut. Nach Teresias Spruch war ich aus dem Raum gestürmt und auf den Hof gelaufen. Dort hatten Lilly und Horst mich schnell eingeholt und in die Mitte genommen und wir waren schweigend in den Park gegangen.

„Und wie ist es bei dir gelaufen?", fragte Horst an Lilly gerichtet.

„Ach, ganz gut. Es hat eine Weile gedauert, bis er mich erkannt hat. Dann setzte er sich zu mir und wusste nicht so recht, wie er anfangen sollte."

„Er wollte also nichts mit dir trinken gehen?", warf Horst ein, aber Lilly verdrehte nur die Augen und ich gab Horst einen Tritt.

„Er fragte, wie mir der Auftritt von *Fusion* auf der Oberstufenfete gefallen hätte, woher ich meine schönen Augen hätte und ob ich Lust hätte, am kommenden Samstag mit ihm zu einem Konzert im Jugendheim zu gehen, dort würden *Fusion* wieder auftreten und sein Bruder würde den Bass spielen und Teresia würde singen, aber das wisse ich ja, und ob er mich Gwen nennen dürfe … Hätte ich ihn nicht unterbrochen, würde er vermutlich immer noch reden."

„Und wie hast du ihn gestoppt?", fragte ich.

„Ich habe meinen Zeigefinger zu meinen Lippen geführt, *don't speak!* geflüstert und ihm meine Telefonnummer auf den Arm geschrieben. Und dann sah ich, wie du aus dem Raum liefst und bin gleich hinterher."

Ganz offenbar hatte Lilly es wieder sehr viel geschickter angestellt, aber Christian hatte nicht wirklich souveräner reagiert als ich, fand ich.

„Sag mal, Lilly, hast du dir das alles eigentlich auch wieder zusammen mit deinem Vater ausgeklügelt wie damals die Sache mit Thorsten?", fragte Horst.

Lilly lächelte zuckersüß. „Nein, diesmal kommen die Ratschläge von meiner Mutter. Sie kennt sich gut aus, schließlich hat sie einen feurigen Italiener verführt. Und dagegen ist das mit Christian eine leichte Übung, sagt sie. – Und was Teresia angeht, du weißt: Sie war es nicht wert und hat dich nicht verdient!", ergänzte sie an mich gerichtet.

Ich nickte nur, denn das hatte ich eigentlich schon geahnt, als sie den Raum betreten hatte. Ihr Geruch war nämlich gar nicht gut gewesen. Sie hatte vor der Sitzung schnell noch eine geraucht, deshalb war sie auch als Letzte hereingekommen.

Vom *Leibniz Kurier* erschien dann noch genau eine Ausgabe, danach wurde er eingestellt.

Kapitel 7: Küssen lernen

Ich stehe im Blumenladen. Zwar hasse ich Blumenläden, aber es muss sein. Die Szene im Auto nach der Ultraschalluntersuchung ist ein paar Tage her, und die habe ich genutzt, mich ungefähr einhundert Mal bei Mareike zu entschuldigen. Aber meine Dämlichkeit war zu groß, als dass selbst eintausend Entschuldigungen genügen würden, und so folge ich einem der zahllosen Ratschläge meines Freundes Giovanni und versuche es mit Blumen.

Vor mir sind noch zwei ältere Damen, von denen die erste sich nicht recht entscheiden kann, ob es Tulpen oder doch lieber Veilchen sein sollen. Als sie sich dann endlich für Nelken entschieden hat, verschwindet die Blumenverkäuferin nach hinten, um den Strauß zu binden.

Meiner Erfahrung nach dauert das immer sehr lange und ich fragte mich schon häufiger, ob es wirklich so viel Akribie und Ausdauer erforderte, einen Blumenstrauß zu binden, oder ob die Verkäuferin die Gelegenheit nutzt, in Ruhe einen Kaffee zu trinken oder eine Zigarette zu rauchen. Da *hinten* durch einen Vorhang vom Verkaufsraum abgetrennt ist, bleibt es auch heute ein Geheimnis.

In dem Laden ist es kalt und feucht. Ich sehe ein, dass das gut für die Blumen ist, für mich jedoch nicht. Aber auch das gehört zur Buße dazu. Ein Blumenstrauß, der seine Wirkung erzielen soll, muss nicht nur hinreichend bunt und teuer, sondern auch mannhaft erkämpft worden sein.

Und so stehe ich hier und warte, während die andere Dame, die noch vor mir dran ist, sich die Zeit damit vertreibt, das umfängliche Angebot genau zu sichten, um ihrer Entscheidung ein sicheres Fundament zu geben. Das brauche ich nicht, da ich die Blumenwahl stets der Blumenverkäuferin überlasse, denn die hat das ja gelernt und sie muss nur wissen, wie teuer der Blumenstrauß sein soll.

Nach gefühlt zwei Stunden verlasse ich den kalten und feuchten Blumenladen mit einem üppigen Blumenstrauß. Der Laden könnte nun eigentlich für den Rest des Tages schließen, da der Tagesumsatz der Vortage sicher schon jetzt deutlich überschritten ist.

Aber es hat sich gelohnt! Der Blumenstrauß sowie ein Dutzend weiterer Entschuldigungen entfalten ihre Wirkung und Mareike ist versöhnt. Sie freut sich wirklich auf die Zwillinge und auch ich fange an, mich an den Gedanken zu gewöhnen.

Im Internet habe ich erfahren, dass die Wahrscheinlichkeit für Zwillinge tatsächlich mit dem Alter der Frau steigt, und dass zweieiige Zwillinge weit häufiger vorkommen als eineiige. Was *wir* bekommen, habe ich in der Aufregung nicht mitgekriegt, aber Mareike meint, es seien wohl zweieiige, die sich dann auch nicht ähnlich sehen würden.

Das eigentliche Problem bei Zwillingsgeburten ist aber wohl die Geburt selbst, bei der es häufiger Komplikationen geben kann als bei *normalen* Geburten. Das ist natürlich irgendwie logisch und daher hätte meine erste Sorge Mareike und den Kindern gelten sollen. Stattdessen hatte ich mich zu allererst um mich selbst gesorgt.

Das ist eigentlich nicht typisch für mich und mir nun besonders peinlich, aber Mareike ist wieder nett zu mir und trägt es mir nicht nach. Stattdessen erinnert sie mich daran, dass heute Abend zum ersten Mal unser Geburtsvorbereitungskurs stattfindet und sie sich noch dafür umziehen muss.

Mir ist nicht wirklich klar, was mich dort erwartet, und ich habe eigentlich auch keine Lust, hinzugehen, aber das behalte ich lieber für mich.

Wir sind es, die für die gute Stimmung sorgen. Nach der etwas gezwungenen Vorstellungsrunde, wir waren als letzte dran, lehnen sich alle Anwesenden ganz entspannt zurück und sind erleichtert.

Die Blondine neben mir, sie ist höchstens fünfundzwanzig, streichelt verträumt über ihren nicht vorhandenen Babybauch. Ihr etwas muffig dreinblickender Freund, ein ehemaliger Student der Informatik, trägt ein verwaschenes T-Shirt mit dem Logo der Band *Linkin Park* und ein breites, etwas schadenfrohes Grinsen im Gesicht.

Lediglich Sabine, die Leiterin, schaut für einen Moment mitleidig und hilflos drein, fängt sich aber gleich wieder und ruft fröhlich ein *na, es gibt Schlimmeres* aus.

Ich weiß nicht, was sie sich vorstellt. Die anderen offenbar auch nicht. Alle sind sehr erleichtert, dass sie nur *ein* Kind bekommen. Gegen uns erscheinen ihnen all ihre Sorgen und Ängste gleich ganz klein und viel weniger bedrohlich.

Die Stunde verläuft dann doch ganz gut. Wir erfahren Neues zu Schwangerschaft und Geburt und lernen paarweise Entspannungs- und Atemübungen. Ich genieße es, die Übungen zusammen mit Mareike zu machen und ihr dabei ganz nah zu sein.

Am Ende des Abends gibt Sabine uns allen noch einen Tipp mit auf den Weg.

„Macht euch bitte klar: Wenn das Baby erst mal da ist, dann seid ihr nie wieder allein – oder zumindest für eine sehr lange Zeit.

Deshalb rate ich euch: Macht vorher noch einmal all die Dinge, die euch wichtig sind!"

Damit entlässt sie uns und wünscht uns eine schöne Woche.

Der Heimweg sowie der restliche Abend verlaufen dann noch sehr harmonisch. Mareike findet den Gedanken, nie wieder allein zu sein, sehr schön und tröstlich und stellt sich vor, wie wir beide sehr alt sind und unsere dann erwachsenen Kinder uns besuchen und sich um ihre alten Eltern kümmern werden.

So weit in die Zukunft denke ich nicht und eigentlich bin ich hin und wieder gern mal allein.

Wir essen noch eine Kleinigkeit, bevor wir ins Bett gehen. Dort fange ich sofort an, an Mareike herum zu knuspern, merke aber gleich, dass sie sehr zurückhaltend darauf reagiert.

„Bist du immer noch sauer auf mich?", frage ich.

„Nein, Ole, aber ich möchte heute nicht mir dir schlafen. Das fühlt sich da unten alles so anders an", antwortet sie und streicht mir zärtlich über die Wange.

„Schon okay, ich dachte nur an Sabines Ratschlag, noch einmal die Dinge zu tun, die uns wichtig sind", entgegne ich unschuldig.

Mareike muss lachen. „Du bist witzig."

Schön, dass sie mich wieder witzig findet, obwohl *das* gar nicht witzig gemeint war. Offenbar sind wir schon jetzt nicht mehr allein, und so kuscheln und knutschen wir noch ausgiebig, was auch schön ist.

„Mein Lieber, du bist wirklich der beste Küsser der Welt, das habe ich mir schon damals in den Dünen auf Vlieland gedacht", flüstert Mareike nach einer Weile in mein Ohr. „Das hat dir diese Helga echt gut beigebracht, denn so etwas muss man beim ersten Mal gleich richtig lernen."

Nun gut, genau genommen, hat sich das mit dem *Küssen lernen* damals ein klein wenig anders zugetragen, aber das verrate ich ihr heute nicht.

෫෯෮

Seinen sechzehnten Geburtstag feierte Horst im großen Stil bei sich zu Hause. Victoria hatte in der Küche ein tolles Büfett vorbereitet und er hatte zwei Räume des Kellers leergeräumt und in einem davon alte Matratzen verlegt. Ich hatte ihm dabei geholfen und anschließend waren wir einkaufen gegangen. Im Supermarkt hatten wir zwei Kästen Bier und auch noch Softgetränke erworben und diese auf den Gepäckträgern unserer Fahrräder zu ihm nach Hause geschoben.

Danach trugen wir noch seine Musikanlage in den Keller und stöpselten die Boxen an. Schließlich machten wir uns an die Planung des Musikprogramms. Dabei konnten wir uns nicht recht einigen.

Ich bevorzugte mehr die harten Sachen. Horst eigentlich auch, aber heute, meinte er, wären die ruhigeren Songs angezeigt. Schließlich wolle er später auf jeden Fall knutschen. Er hatte auch schon ein paar Ideen, wer dafür in Frage käme.

Ich fand die Idee auch ganz reizvoll, hatte aber noch niemanden konkret dafür ins Auge gefasst. Mit Teresia war ich fertig, aber auch wenn nicht, war es natürlich undenkbar, dass eine achtzehnjährige Oberstufenschülerin zu einem sechzehnten Geburtstag kommen würde.

Ebenso wenig, wie es Christian getan hätte, was Lilly sicher auch etwas bedauerte.

Stattdessen hatte Horst ausnahmslos alle Mädchen unserer Klasse eingeladen. Als Klassensprecher, meinte er, könne er es sich nicht erlauben, einzelne Mädchen auszuschließen. Und dazu hatte er noch vier Alibi-Jungs aus der Klasse und drei weitere aus seiner Schach-AG eingeladen.

Als erste kam Lilly. Sie hatte einen großen Karton mit einer blauen Schleife mitgebracht. Sie gratulierte Horst, überreichte ihr Geschenk, gab ihm einen Kuss auf die Wange, nahm sich ein Bier und setzte sich auf eine der Matratzen.

„Na, das habt ihr hier ja gemütlich eingerichtet!"

Horst wurde ein bisschen rot, gab mir ein Bier, nahm sich selber eins und stieß mit uns an. Er wollte etwas sagen, aber Lilly kam ihm zuvor.

„Jungs, ihr wisst Bescheid. Der Kinderkram ist nun vorbei, jetzt geht's richtig los und in diesem Lebensjahr wird es endlich klappen mit eurer ersten Freundin."

Ich murmelte mehr so vor mich hin. „Aber du bist doch unsere Freundin."

Horst rollte die Augen und Lilly sprach ganz leise, obwohl niemand da war, der hätte lauschen können.

„Mein lieber Ole, neben meinen Eltern seid ihr mir die wichtigsten Menschen unter der Sonne und ich werde euch beide immer lieben. Aber ihr wisst: Mein Herz gehört Christian!"

Dann klingelte es und sie lief nach oben, um die ersten Gäste zu begrüßen.

Nach und nach kamen tatsächlich alle Mädchen unserer Klasse und die Alibi-Jungs. In dem einen Raum wurde getanzt, in dem anderen saß man auf den Matratzen.

Zwischendurch gingen wir nach oben in die Küche, um vom Büffet zu naschen. Wie sich in den folgenden Jahren noch häufiger bestätigen sollte, fanden die besten Partys immer in der Küche statt.

So war es auch heute.

Victoria und Albert waren noch vor den ersten Gästen verschwunden. Horst hatte ihnen von seinem Taschengeld Karten fürs Kino geschenkt.

Irgendwann war das Bier alle und Lilly und ich fuhren mit den Fahrrädern zur nächsten Tankstelle, um neues zu holen.

Auf dem Weg stichelte sie. „Und, hast du dir schon eine ausgesucht?"

„Ich werde erst in sechs Wochen sechzehn."

Lilly lachte. „Na, dann hast du ja noch ganz viel Zeit."

Zurück bei Horst verstauten wir die Bierflaschen im Kühlschrank in der Küche, nahmen einen Teller vom Stapel und bedienten uns noch einmal am Büffet. Die Küche war proppenvoll und ich stand mit meinem Teller am Rand. Plötzlich war Lilly verschwunden, dafür stand Helga vor mir und lachte mich an.

„Ach, auch hier?"

„Ehrensache!", erwiderte ich.

Sie hob ihre Bierflasche und wollte mit mir anstoßen. Ich hatte meine auf dem Schrank hinter mir abgestellt und wollte danach greifen. Dabei stellte ich mich so blöd an, dass die Flache umkippte und das Bier über den Schrank lief.

Helga fing an zu lachen und reichte mir ein Tuch. Während ich versuchte, das Bier aufzuwischen, war sie plötzlich verschwunden.

Ich fluchte.

Das war ja ein toller Einstieg. Tatsächlich hatte ich Helga auf meiner Liste gehabt. Sie war nicht so schön wie Sonja Sonntag und natürlich nicht Lilly, aber sie hatte eine schöne Stimme und eine gewisse Eleganz.

Sonja war sowieso außerhalb meiner Reichweite und zudem ganz oben auf Horsts Liste; die anderen Mädchen kamen eigentlich alle in Frage, aber keine stach so wirklich heraus und Lilly war sowieso tabu.

Nachdem ich alles notdürftig aufgewischt und den Lappen irgendwo entsorgt hatte, stand Helga wieder vor mir. Diesmal mit zwei Flaschen Bier in der Hand. Sie reichte mir eine.

„Hier, für dich. Ich schlage vor, wir fangen noch mal ganz von vorne an."

Ich nickte.

„Ach, auch hier?", fragte sie lachend.

„Ehrensache!" erwiderte ich.

Wir hoben die Bierflaschen, stießen an, tranken einen kräftigen Schluck und prusteten laut los.

„Na, geht doch", meinte sie. „Wo ist denn deine Leibgarde?"

Ich verstand nicht und schaute wohl fragend drein.

„Na, ich glaube, ich habe dich noch nie mehr als drei Schritte fern von Lilly und Horst gesehen."

Hörte ich da etwa einen Schimmer Eifersucht durchklingen? Das stimmte mich hoffnungsfroh. Ich hob meine Arme in die Höhe, drehte meinen Kopf hin und her und erwiderte: „Siehst du einen der beiden hier irgendwo?"

„Nee", meinte sie. „Und das ist vielleicht meine Chance."

Dann nahm sie mich bei der Hand und lief mit mir in den Keller hinunter. Am Fuß der Treppe stand Lilly, die breit grinste, als wir an ihr vorbeikamen.

Helga zog mich in den Raum, in dem getanzt wurde. Für die Kuschelmusik war es wohl noch zu früh, wie ich gleich bemerkte. Aber das war mir ganz recht, denn ich war irgendwie enttäuscht und gleichzeitig auch wieder erleichtert, dass wir nicht in dem Matratzenraum gelandet waren.

So hüpften und sangen wir zur Musik von den *Simple Minds*, *Depeche Mode* und später *No Doubt*. Horst und die meisten der Mädchen waren um uns herum und Helga berührte immer wieder wie zufällig meine Hand. Sie tanzte ausgelassen, ließ ihre Haare fliegen und hatte sichtlich Spaß. Lilly war nirgends zu sehen, was mir jetzt gerade ganz recht war.

Und dann kam Phase zwei, wie Horst es nannte. Er hatte sich geschickt und unauffällig direkt vor Sonja Sonntag in Position gebracht und auf sein Zeichen hin, endete der laufende Song mittendrin abrupt und es erklangen die ersten Takte *Stairway to heaven* von *Led Zeppelin*. Sein Kumpel aus der Schach-AG, der sich gerade als DJ versuchte, hatte schnell die Platte gewechselt.

Wir hatten das vorab ausführlich diskutiert. Beide waren wir Fans von *Led Zeppelin*, obwohl die Band nicht ganz unserer Generation entsprach. Horsts Vater hatte alle Platten von ihnen und dann alles noch einmal auf CD. Mit großem Stolz und etwas Pathos lieh er uns gern zumindest seine CDs – an seine Platten ließ er niemanden heran.

Ausgerechnet *Stairway to heaven* mochten Horst und ich beide eigentlich nicht so sehr, aber Horst erklärte mir, dass man auf *Heartbreaker* oder *The Lemon Song* nicht Klammerblues tanzen könne. Genau genommen konnte man dazu eigentlich gar nicht tanzen.

Horst ergriff sofort die Initiative und nahm Sonja in den Arm, um sich mit ihr im Klammerblues zu üben. Die Kollegen aus der Schach-AG fanden ebenso schnell eine Partnerin. Einige Mädchen schlenderten an den Rand oder verließen den Raum, die anderen Paare drehten sich um uns herum. Nur ich stand steif und unschlüssig vor Helga, die mich verlockend anlächelte.

Oder grinste sie etwa?

Unvermittelt machte sie einen Schritt auf mich zu, beugte ihren Kopf nach vorn, legte ihren Mund an mein Ohr und flüsterte: „Wenn wir weiter hier stehen, ist der Song gleich zu Ende."

Endlich entkrampfte sich mein Hirn und ich nahm sie in den Arm. Sie legte ihre Arme um meine Schultern und wir begannen, uns langsam im Kreis zu drehen. Irgendwie lief das heute alles erfreulich gut.

Sollte Lilly vielleicht doch recht behalten? Helga fühlte sich in meinen Armen sehr gut an, ihre Bewegungen waren geschmeidig und sie roch wunderbar.

Nach diesem Abend sollte eine lange Zeit vergehen, bis ein anderes Mädchen in meinen Armen wieder so gut riechen würde.

Kurz bevor der sanfte Teil von *Stairway to heaven* in den eher rockigen überging, wechselte der Song zu *Love hurts*, was sich dann wenig später auch für Horst bewahrheiten sollte.

Nazareth war nun gar nicht unsere Zeit, aber Horsts Vater hatte uns den Song ans Herz gelegt. Von den anderen kannte ihn niemand, aber er war perfekt geeignet zum Blues tanzen.

„Das habt ihr euch ja toll ausgedacht!", flüsterte Helga in mein Ohr, und ich strich, inzwischen bis über beide Ohren verknallt, mit meiner Hand sanft über ihren Rücken.

Als nächstes folgten *Eternal Flame* von den *Bangles* und *Wicked Game* von *Chris Isaac*.

Das sollte der Höhepunkt werden. Hier würden die Mädchen nur so dahinschmelzen, hatte Horst gemeint, und wir hätten freie Bahn, was immer er damit meinte.

Neben uns hatte einer der Schachspieler angefangen, mit Bettina rum zu knutschen.

Einige der Mädchen tanzten nun miteinander.

Nur bei Horst lief es nicht ganz so wie geplant. Auf den Klammerblues hatte sich Sonja noch eingelassen, als Horst jedoch ausgerechnet bei *Wicked Game* versucht hatte, sie zu küssen, hatte sie ihn von sich gestoßen und war aus dem Raum gerannt.

Mit einem Mal stand Horst völlig allein, verlassen und verwirrt auf der Tanzfläche.

Aber nur sehr kurz, denn bevor er die Situation richtig verstanden hatte, war Lilly wie aus dem Nichts aufgetaucht, auf die Tanzfläche gesprungen und hatte sich Horst geschnappt. Nun tanzten sie beide eng umschlungen.

Ich hatte all das nur aus den Augenwinkeln wahrgenommen. Die Details erzählten mir die beiden erst am folgenden Tag.

Inzwischen lief *Just a girl* von *No Doubt* und Helga hatte Durst und wollte eine Pause machen. Sie nahm mich wieder bei der Hand und zog mich in den Raum mit den Matratzen. Dort saßen einige der Mädchen und unterhielten sich und in einer Ecke lagen der Schachspieler und Bettina eng umschlungen auf einer Matratze.

Ich ging hoch in die Küche und holte noch zwei Bier. Auf dem Rückweg sah ich Lilly und Horst im Garten verschwinden.

Helga saß an die Wand gelehnt, wir stießen noch mal an und ich setzte mich zu ihr. Sie lehnte ihren Kopf an meine Schulter und ich nahm wieder diesen wunderbaren Geruch an ihr wahr. Wir sprachen ein bisschen über die Schule. Gerüchteweise hatte sie gehört, dass wir uns auf der Oberstufenparty eingeschmuggelt hatten, und sie wollte alles wissen, was wir dort erlebt hatten.

Ich erzählte es ihr in groben Zügen, ließ jedoch alles über Teresia weg, und sie wirkte einigermaßen beeindruckt. Irgendwann schaute sie auf ihre Uhr und wurde unruhig. Es war fast elf und sie musste dringend nach Hause. Sie wohnte nur drei Straßen entfernt und ich bot an, sie zu begleiten.

So gingen wir Hand in Hand durch die Sommernacht und sie erzählte ein wenig von sich und dass sie mich schon lange irgendwie nett gefunden, sich aber nie getraut hatte, mich anzusprechen, weil Lilly immer über uns wachte, als wären wir ihre Leibgarde. Dann waren wir vor ihrem Haus und verabschiedeten uns.

Wieder zurück auf der Party, war ich glücklich und auch ein wenig entspannter. Nun konnte ich ohne jeden Druck den Rest der Party genießen.

Einige der Mädchen waren schon gegangen und einige abgeholt worden. So blieb nur noch ein harter Kern: die Schachspieler jeweils mit einem Mädchen und wir drei.

Wir tanzten noch lange und diesmal auch auf die härteren Sachen von *Led Zeppelin*. Um halb zwei war es zu Ende und die anderen gingen auch. Lilly, Horst und ich räumten ein wenig auf. Dann holte Horst uns Decken und Kissen und wir übernachteten alle drei auf den Matratzen.

Wir redeten noch über dies und das und bevor wir einschliefen verkündete Lilly: „Na, das war doch schon mal ein guter Einstieg in das spannendste Jahr unseres Lebens!"

Und wie meistens sollte sie recht behalten.

Am späten Vormittag weckte uns Victoria. Sie hatte Brötchen geholt und in der Küche, in der sich keinerlei Spuren einer Party mehr erkennen ließen, ein Frühstück für uns vorbereitet.

Danach räumten wir den Keller auf, brachten die Musikanlage wieder nach oben und Horst gab seinem Vater die geliehenen CDs zurück. Der fragte nur kurz, ob sie geholfen hätten, und zu meiner Überraschung bejahte Horst das.

Hatte ich da irgendetwas verpasst?

Später gingen wir in den Park zu unserem Baum.

„Du hast ihr die Hand gegeben? Das kann ich nicht glauben!"

Es war angenehm, aber nicht zu warm, und wir besprachen die Ereignisse vom Wochenende. Gerade waren wir an der Stelle, wo Helga und ich vor ihrem Haus standen und wir uns verabschiedeten.

Lilly wollte es nun ganz genau wissen.

„Also noch einmal. Ihr seid Hand in Hand bis zu ihrem Haus gelaufen, habt euch unterhalten, sie hat dir Komplimente gemacht und dann wart ihr da und sie stand vor dir und wollte sich verabschieden." Lilly stand auf. „Zeig mir mal genau, wie ihr standet."

Ich zögerte.

„Los komm, steh auf und stell dich so hin wie gestern Abend."

An meiner Stelle sprang Horst auf, aber nicht, um sich vor Lilly zu stellen. „Mir ist warm – möchte noch jemand ein Eis?", fragte er.

Lilly sagte kurz *Ja* und ich nickte nur und Horst ging los in Richtung Eisdiele. Da wir fast alles voneinander wussten, brauchte er nicht zur fragen, welche Sorte wir wollten. Lilly aß am liebsten Stracciatella und Vanille und ich mochte Erdbeere und Himbeere.

Als Horst außer Sicht war, stand ich auf und stellte mich vor Lilly. Sie packte sanft mit ihren beiden Händen meine Schultern.

„Standet ihr so voreinander? Oder näher?"

„Etwas näher", erwiderte ich und machte einen halben Schritt auf sie zu.

So standen wir nun dicht vor einander.

Sie lächelte zuckersüß und sagte in ihrer typischen Lilly-Art: „Mein lieber Ole, pass jetzt bitte genau auf! Wenn ein Mädchen, das nicht wie ein Wochentag heißt, in diesem Abstand vor dir steht und dich so anlächelt, dann möchte sie von dir geküsst werden – nichts anderes. Unter gar keinen Umständen möchte sie, dass du ihr die Hand gibst!"

Irgendetwas machte mich nervös und ich merkte, wie mein Herz heftiger zu schlagen begann.

„Hast du das verstanden?", fragte sie lächelnd.

Ich nickte und spürte, wie ich anfing zu schwitzen.

Lilly hingegen wurde langsam ungeduldig. „Heiße ich wie ein Wochentag?"

Ich schüttelte den Kopf, obwohl ich nicht wirklich wusste was *Ciccioli* übersetzt bedeutet.[24]

Sie fuhr mit ihrer Zunge langsam über ihre Lippen und beugte den Kopf ein wenig vor, so dass unsere Münder nur noch wenige Zentimeter voneinander entfernt waren.

Dann sagte sie leise *Non parlare,* und mir wurde schwindelig und ich schloss die Augen.

Ganz sanft berührten sich unsere Lippen und ich spürte, wie weich ihre waren. Dann öffnete sie ihren Mund, schob langsam ihre Zunge zwischen meine Lippen und wir begannen uns vorsichtig zu küssen.

Mir wurde noch schwindeliger, die Zeit blieb stehen und alles wurde ganz still.

So knutschten wir vielleicht zehn Minuten und ich wollte nie mehr damit aufhören. Dann zog sie langsam ihren Kopf zurück und strahlte mich an.

„Für das erste Mal war das gar nicht schlecht, mein Ole. Mit ein wenig Übung kann aus dir ein richtig guter Küsser werden."

„Lilly, du bist wunderbar, ich liebe dich!", stammelte ich völlig überwältigt vor mich hin.

„Ich weiß, Ole", antwortete sie, „ich liebe dich auch, aber vergiss nicht: Mein Herz gehört Christian!"

Sie zögerte kurz, bevor sie weitersprach.

„Und die nächste Übung im Küssen machst du mit Helga. Sie scheint mir ganz in Ordnung und keine schlechte Wahl für deine allererste Freundin."

---

[24] *Ciccioli* sind Presskuchen aus fettem Schweinefleisch, wie Lillys Vater später einmal erklärte.

Nach einer gefühlten Ewigkeit, wir saßen wieder unter unserem Baum und ich war immer noch völlig aus der Fassung, kam Horst mit drei Eisbechern angeschlendert. Wo war er nur so lange gewesen?

„Hier, was zum Kühlen der Lippen!", sagte er grinsend und reichte jedem von uns einen Becher.

Ich wurde knallrot, wie er mir später erzählte. Plötzlich meldete sich mein Gewissen: Ich hatte Horst hintergangen und stammelte irgendeine wirre Entschuldigung.

Aber er legte mir sanft eine Hand auf die Schulter. „Mach dir keinen Kopf, mein Guter. Es ist alles in Ordnung!"

Lilly saß unter unserem Baum, schleckte genüsslich ihr Eis und wirkte sehr zufrieden mit sich – und mit uns.

Kapitel 8: Gontscharow 16

Am Wochenende nach seiner Geburtstagsfeier – Lilly war über das Wochenende bei ihrer deutschen Oma zu Besuch in der Nachbarstadt – saßen Horst und ich im *Gontscharow*, einer Kneipe in unserer Gegend, wo wir schon einmal gewesen waren. Die Kellnerin mit dem blonden Pferdeschwanz und dem gelben Rock unter der Schürze stellte zwei Bier vor uns ab und musterte unsere Gesichter, sagte aber nichts weiter.

Wir sprachen noch einmal über unsere Erlebnisse auf der Party. Das Thema Sonja umschifften wir dabei geschickt. Mich plagte immer noch das schlechte Gewissen wegen Lilly und ich hatte mir fest vorgenommen, es offen anzusprechen.

Wie fast immer sprachen wir über Musik und waren uns meist einig, welche Bands aktuell zu präferieren waren. Neben unseren üblichen Favoriten entdeckten wir gerade die *Sisters of Mercy*, *Pearl Jam* und ganz neu die damals noch frischen *Smashing Pumpkins*.

Irgendwann hielt ich es nicht mehr aus. „Horst, ich weiß nicht, wie ich es sagen soll. Es ist etwas passiert, das ...", stammelte ich vor mich hin.

Horst unterbrach mich und grinste. „Du meinst, du hast mit Lilly geknutscht."

Ich wackelte mit dem Unterkiefer. „Woher weißt du das?"

„Na ja, zum einen saht ihr beiden ziemlich strubbelig aus, als ich mit dem Eis zurückkam, und zum anderen wusste ich schon vorher, was sie vorhatte."

Ich verstand überhaupt nichts mehr, schon gar nicht, was jetzt noch kam.

„Wir hatten es am Abend zuvor besprochen und fanden beide, es sei wohl die beste Lösung. Es gab nur die kleine Unsicherheit, dass wir nicht wussten, was mit dir und Helga war. Aber das hast du ja ordentlich verbockt."

Langsam wurde ich sauer. „Kannst du mir das bitte mal genauer erklären?", platzte ich heraus.

Und er erzählte ausführlich, was sich auf der Party zugetragen hatte, bevor und während ich Helga nach Hause gebracht hatte.

Sonjas Abfuhr hatte ihn wohl völlig aus der Fassung gebracht. Lilly hatte so etwas schon befürchtet und ihn daher im Auge behalten. Deshalb war sie auch gleich zur Stelle gewesen, als er verlassen auf der Tanzfläche gestanden hatte. Sie hatte dann ganz eng mit ihm getanzt und nach dem Song waren sie beide im Garten verschwunden.

Das hatte ich noch mitbekommen.

Im hinteren Teil des Gartens, weit weg vom Partygeschehen, hatten sie sich auf eine Bank gesetzt und geredet.

„Ich wollte unter gar keinen Umständen sechzehn Jahre alt sein und noch nie ein Mädchen richtig geküsst haben", erzählte er Lilly auf der Bank und nun mir. „Deshalb musste es unbedingt auf meiner Geburtstagsfeier passieren."

„Und dafür hast du dir ausgerechnet Sonja Sonntag ausgesucht?", fragte ich kopfschüttelnd.

„Genau das waren auch Lillys Worte im Garten. Aber Sonja ist nun mal das allerschönste Mädchen unserer Klasse oder sogar unserer Stufe."

„Bist du in sie verliebt?", fragte ich.

Horst rollte die Augen. „Oh Mann, ich habe ein Dé-jà-vu. Du stellst exakt dieselben Fragen wie Lilly. Nein, ich bin nicht in

Sonja verliebt, aber das ist auch egal. Bei mir ist das nicht so leicht mit dem Verlieben. Okay, ich finde jedes zweite Mädchen wunderschön, aber verlieben geht nicht so einfach. *Der Ole,* sagte ich zu Lilly, *der ist in einem fort verliebt, aber ich ..."*

„Wie meinst du das denn?", unterbrach ich ihn.

„Mann, Ole, merkst du es nicht? Erst bist du völlig außer dir wegen Teresia, kurze Zeit später bist du vernarrt in Helga und, sei ehrlich, mit der Kellnerin in dem gelben Rock unter ihrer Schürze würdest du auch sofort ohne zu zögern mitgehen."

Nun gut, da hatte er nicht ganz unrecht, die Kellnerin hatte es mir auch irgendwie angetan. Sie war sehr süß, aber sicher fünf Jahre älter und damit noch jenseits von Teresia, für die wir auch nur kleine Jungs gewesen waren.

„Siehste?", erriet er meine Gedanken. „Aber mir ging es nur ums Küssen. Und das verstand Lilly dann auch und meinte, wenn es weiter nichts sei, dann könne *sie* vielleicht helfen."

Mir schwante gerade einiges, als er fortfuhr.

„Und dann hat sie sich zu mir gebeugt und vorsichtig angefangen, mich zu küssen. Und so knutschten wir eine Weile draußen auf der Bank und es war wunderbar. Aber das weißt du ja nun selber. Danach war ich überglücklich, bekam aber sofort ein furchtbar schlechtes Gewissen, wegen dir oder wegen deiner – keine Ahnung. Aber Lilly meinte in ihrer Lilly-typischen Art, sie würde sich schon darum kümmern, also um dich. Und sie weihte mich in ihren Plan ein: Wir dachten uns schon, dass du bei Helga nicht zum Zug kommen würdest. Dass du ihr, anstatt sie zu küssen, die Hand geben würdest, darauf sind wir natürlich nicht im Traum gekommen", sagte er lachend. „Und so dachten wir uns, wenn zwischen dir und Lilly dasselbe passieren würde wie zwischen ihr und mir, dann wären wir alle drei wieder *auf gleicher Höhe* und niemand könnte sich ausgeschlossen fühlen."

Ich wusste nicht gleich, was ich davon halten sollte, und fragte mich, was wohl geworden wäre, wenn Helga und ich uns vor dem Haus geküsst hätten. Aber so genau wollte ich das gar nicht wissen. Stattdessen interessierte mich etwas anderes.

„Verrätst du mir noch, wo du das Eis hergeholt hast? Du warst mindestens eine halbe Stunde weg."

„Na ja, das gehörte zum Plan. Ich durfte nicht zu schnell wieder zurück sein, daher bin ich dreimal ganz um den Park geschlendert und habe euch beobachtet und erst, als alles klar war, bin ich zur Eisdiele."

„Und was ist nun mit Sonja?", fragte ich noch.

„Nix. Mit der bin ich fertig. Lilly sagt, mit einem Mädchen, das wie ein Wochentag heißt, kann das nichts werden."

„Zumindest ihre Eltern haben Humor", lachte ich erleichtert.

„Und was wird nun mit Helga?", fragte Horst noch, bevor wir bei der süßen Kellnerin unser Bier bezahlten.

„Weiß nicht. Die Woche über war sie recht kühl zu mir, aber am nächsten Donnerstag sind wir zum Schwimmen verabredet", antwortete ich.

„Und bist du in sie verliebt, Ole?"

„Glaub schon. Auf jeden Fall aber habe ich einen riesigen Bammel davor, sie zu küssen. Was mache ich denn, wenn sich das nicht so gut anfühlt wie mit Lilly?"

„Darüber habe ich auch schon nachgedacht", grinste Horst, „und ich denke, das sollten wir beide so schnell wie möglich herausfinden!"

Seit unserer angeblichen Rettungsaktion bildeten wir uns ein, wir würden Lilly beschützen. Dabei war es genau andersherum: Sie beschützte uns und war stets zur Stelle, wenn es notwendig war. Und so hatten wir gerade noch rechtzeitig, wie wir fanden, zum ersten Mal ein Mädchen geküsst. Dass es dasselbe war, störte uns beide nicht, sondern verband uns irgendwie noch mehr miteinander.

Kapitel 9: Erste Liebe

Nicht lange nach Horsts Geburtstagsparty wurde Helga meine erste Freundin.

Die letzten Tage waren sehr warm gewesen und so verabredeten Helga und ich uns zum Schwimmen. Ich holte sie zu Hause ab und wir fuhren gemeinsam mit unseren Fahrrädern zum Freibad. Sie trug ein Sommerkleid, dessen rotes Oberteil in ihrem Nacken mit einer Schleife zusammengehalten wurde, und von ihren Hüften fiel der Stoff in vielen verschiedenen Rottönen in langen Bahnen bis zu ihren Fußgelenken. Ich fand sie sehr elegant darin und konnte meinen Blick nicht von ihr lassen. Ich selber hatte eine kurze Hose an und kam mir ein wenig albern, wie ein kleiner Junge, darin vor.

Vor dem Freibad stellten wir die Räder in die letzten freien Ständer, zeigten unsere Jahreskarten vor und suchten nach freien Umkleidekabinen, was sich als schwierig erwies, da es recht voll war. Als Helga dann doch eine offene Tür gefunden hatte, rief sie und winkte mich zu sich. Dann zog sich mich kurzerhand in die Kabine und schloss die Tür hinter mir.

Mir war ein wenig mulmig zumute und es wurde nicht besser, als sie sich umdrehte, mir ihren Rücken zuwandte und mit einem gekonnten Griff die Schleife ihres Kleids im Nacken löste. Sofort fiel das Kleid, unter dem sie einen Bikini trug, zu Boden. Wie festgewachsen stand ich ganz nah bei ihr und starrte auf ihren Rücken und ihr langes braunes Haar, das über ihre Schultern fiel. Dann drehte sie sich zu mir um und lächelte mich an.

Nun starrte ich auf das rotes Bikini-Oberteil mit kleinen weißen Punkten. Sie lachte kurz auf und fragte ironisch, ob es nicht sinnvoll wäre, wenn ich mich ebenfalls umzöge. Bevor ich etwas erwidern konnte, nahm sie ihre Tasche und öffnete die andere Tür.

„Wir treffen uns im großen Becken", rief sie und verschwand.

Bald fand ich meine Fassung wieder, zog mich schnell um und traf sie kurz darauf im großen Schwimmerbecken. Dort war es nicht so voll wie im Nichtschwimmer- oder im Wellenbecken. Helga hatte sich einen langen Zopf geflochten und war schon ein paar Bahnen geschwommen. Nun wollte sie ein Wettschwimmen mit mir machen.

Horst und ich gingen oft zum Schwimmen und waren beide sehr gut darin. Also willigte ich ein, jedoch nicht, ohne zuvor die Frage nach dem Preis für den Sieger zu stellen. Helga meinte, der Sieger dürfe sich etwas vom Verlierer wünschen. Das gefiel mir und mir fielen da auch gleich eine Menge Dinge ein, die ich mir wünschen könnte. Und so schwammen wir vier Bahnen um die Wette.

Zu meiner Überraschung hatte ich nicht den Hauch einer Chance gegen Helga. Dass sie sportlich war, hatte ich schon gewusst, aber wie rasend schnell und geschmeidig sie durch das Wasser glitt, raubte mir den Atem – was schlecht war beim Schwimmen.

Mit einer halben Bahn Vorsprung schlug sie an, und als auch ich irgendwann ins Ziel kam, jubelte sie, riss ihre Arme nach oben und fiel mir um den Hals. Bevor ich ihr gratulieren konnte, hatte sie sich nach hinten geworfen. Da sie mich dabei immer noch festhielt, glitten wir beide unter die Wasseroberfläche. Ich verlor die Orientierung, griff mit meinen Händen nach ihr und bekam ihre Hüften zu fassen. Während wir ein Stück weiter nach unten glitten, zog sie mich an sich, beugte ihren Kopf nach vorn und drückte ihre Lippen auf die meinen. Zum Glück war ich geübt im Tauchen und hatte noch genügend Luft und nun auch wieder die Orientierung.

Diese verlor ich jedoch gleich wieder, als Helga den Mund ein wenig öffnete. Dabei presste sie ihre Lippen so fest auf meine, dass kein Wasser eindringen konnte, und dann küsste sie mich ausgiebig, bis mir irgendwann doch die Luft ausging.

Nachdem wir wieder aufgetaucht waren, lachte sie und meinte, das wäre ihre Siegerprämie gewesen. Sie hätte schon seit Langem einmal einen Jungen unter Wasser küssen wollen.

„Und ich habe schon seit Langem einmal dich küssen wollen", antwortete ich und küsste sie, nun mit unseren Köpfen über dem Wasser.

Dann plantschten wir noch ein bisschen herum, spritzten uns gegenseitig nass und machten noch einmal ein Wettschwimmen, das ich ebenfalls nicht gewinnen konnte.

„Tja, manchmal verliert man und manchmal gewinnen die anderen", rief sie lachend. „Sagt mein Vater immer, wenn wir wieder einmal ein Volleyballspiel verloren haben",[25] ergänzte sie.

Nun hatte sie einen Wunsch bei mir frei, den sie diesmal nicht sofort einlösen mochte.

Schließlich packten wir unsere Sachen. Obwohl es nun leerer war, teilten wir uns wieder eine Umkleidekabine.

Die kommenden Wochen verbrachten wir viel Zeit miteinander und waren sehr glücklich. Im Französischunterricht saßen wir

---

[25] Dies hat auch der ehemalige Bundesligatrainer Otto Rehagel einmal gegenüber einem verwirrten Reporter nach einem Fußballspiel geäußert.

nun nebeneinander, denn Horst und Lilly hatten sowieso Latein.

Helga spielte Volleyball und ich holte sie hin und wieder vom Training ab. An manchen Wochenenden ging ich zu den Heimspielen, war mächtig stolz auf meine Freundin und bejubelte sie immer, wenn sie den Ball hatte.

Manchmal fuhren wir mit dem Fahrrad zum Kanal und ließen die Beine im Wasser baumeln, gingen zum Schwimmen oder ins Kino. Nur den Park neben unserer Schule versuchte ich zu meiden in der Sorge, dort auf Horst oder Lilly zu treffen.

Lilly und Christian waren inzwischen auch zusammen. Bei dem Konzert im Jugendheim hatte sie ihn endlich erhört. Lilly schwebte seitdem auf Wolke sieben und war fast nur noch mit Christian unterwegs.

Er nannte sie *Gwen* und sie sagte *Chris* zu ihm, weil das besser zu ihm passe, wie sie meinte. Sie verkehrte nun mit den Oberstufenschülern und Christian zeigte ihr *die richtige Welt*, wie sie es nannte. An den Wochenenden nahm er sie mit in angesagte Diskotheken, und in den Schulpausen kam er manchmal zu uns auf den Mittelstufenschulhof, um sich einen Kuss von ihr abzuholen. Als Schülersprecher dürfe er das, wie er sagte.

Lilly war nun mit einem Schlag berühmt in der Schule: die Freundin des Schülersprechers aus der Obertertia.

Wir drei trafen uns nicht mehr ganz so häufig. Zwar sahen wir uns in der Schule und manchmal gingen wir danach in den Park, aber oft waren Lilly und ich anderweitig beschäftigt. Für Horst war es eine schwere Zeit. Nach dem Debakel mit Sonja war er vorsichtig geworden und hatte sich etwas zurückgezogen. Er widmete sich mehr der Schachmannschaft, spielte schon bald am zweiten Brett und gewann fast alle seine Partien für die

Mannschaft. In der Schule hielt er interessante Referate und seine Noten wurden noch besser, als sie es sowieso schon gewesen waren.

Schon bald jedoch war auch meine Honeymoon-Zeit vorbei. Mit Helga hatte ich nun häufiger Streit. Meist ging es um Kleinigkeiten. Heute würde ich sagen, wir lebten uns auseinander, was natürlich nach drei Monaten seltsam klingt. Sie beklagte sich, ich würde mich nicht genügend für sie und das, was sie tat, interessieren.

Dummerweise hatte ich mich verplappert und ihr gestanden, dass ich Ballspiele jedweder Art ziemlich doof fand und eigentlich nur ihr zuliebe zu den Volleyballspielen ging. Das kam natürlich nicht gut bei ihr an.

Richtig in die Luft ging sie aber, wenn die Sprache auf Lilly kam.

„Lilly ist kalt und berechnend und sie bekommt immer alles, was sie will! Möchte sie eine bessere Note, dann hält sie einfach mal ein Referat, und schon ist sie zwei Noten besser. Horst und dich wickelt sie nach Belieben um den kleinen Finger, und wenn sie den Schülersprecher zum Freund haben will, dann bekommt sie auch den."

Das konnte ich natürlich nicht so stehen lassen und wir gerieten heftig in Streit. Ich warf ihr allerlei Dinge vor, an die ich mich zum Glück heute nicht mehr erinnere.

Mit etwas Abstand und bei genauerer Betrachtung lag Helga aber gar nicht so falsch. Lilly wusste damals eigentlich immer genau, was sie wollte und wie sie es erreichen konnte.

Wie sich später erweisen sollte und zu ihrem Unglück, war jedoch das, was sie wollte, nicht immer das, was auch gut für sie war.

ଓଷ

Lilly war noch nicht fertig. Sie musste sich noch frisch machen, wie sie sagte. Und so saß ich wieder einmal auf dem Weinfass in der Küche der Pizzeria *Giovanni* und schaute Lillys Vater dabei zu, wie er den Teig für die Pizzen knetete.

Er machte dies mit so einer Hingabe, dass ich annahm, er würde mich gar nicht bemerken.

Unvermittelt fragte er aber: „Was ist mit Horst?"

„Magen verdorben", antwortete ich. „Der liegt zu Hause im Bett."

„Na, hat er sicher wieder Tiefkühlpizza gegessen. Sollte man nicht machen", gab er lachend zurück. „Und bei dir? Alles im Lack?"

„Im Lack schon, nur der Glanz fehlt", antwortete ich.

Er nickte, ging jedoch nicht weiter darauf ein. Stattdessen wechselte er das Thema.

„Lilly telefoniert wieder mit diesem Christian und irgendwie habe ich ein komisches Gefühl bei ihm. Klar, er ist ein hübscher Bursche, freundlich und nicht auf den Kopf gefallen und bestimmt ein toller Liebhaber. Aber irgendetwas stört mich an ihm. Er wirkt auf mich nicht so wie der Typ *Freund*, auf den man sich verlassen kann."

„Aber dafür hat Lilly ja uns", fiel ich ihm ins Wort.

„Ja klar, und das ist auch toll. Aber was ist, wenn ihr nicht mehr da seid, um auf sie achtzugeben? Wenn ihr vielleicht selber Freundinnen habt?"

„Ach, Herr Ciccioli, da machen Sie sich mal keine Sorgen. Horst und ich werden immer für Lilly da sein, egal was passiert – versprochen!"

Als ich es sagte, war es mir sehr ernst damit und ich war überzeugt, dass es genauso sein würde. Damals ahnte ich nicht, dass ausgerechnet ich derjenige von uns dreien sein würde, der sein Versprechen als erster brach.

„Und was ist mit dir, Ole?", fragte er noch einmal. „Liebeskummer? Doch nicht etwa wegen Lilly, oder?"

„Nein, wegen Helga", antwortete ich.

„Und was ist Helgas Problem, dass sie einem netten Kerl wie dir Kummer macht?"

„Helga ist eifersüchtig auf Lilly. Sie meint, ich hätte Lilly lieber als sie."

„Und? Hat sie recht damit?"

Ich wurde ein wenig rot und fing an zu stammeln. „Nein … oder doch. Na ja, Lilly ist meine allerbeste Freundin, und Helga eben *nur* meine Freundin."

Das klang natürlich völlig bescheuert, aber Lillys Vater verstand, was ich meinte.

„Und Helga findet, dass Lilly beides für dich sein sollte, stimmt's?"

„Ja, so ungefähr. Aber Lilly sagt immer *allerbeste Freundin und Freundin zugleich, das geht nicht*. Außerdem ist da ja auch noch Horst."

„Ach, unsere Lilly. Sie ist schon ein kluges Mädchen, aber von manchen Dingen hat sie keine Ahnung. Natürlich geht das! Ich würde sogar sagen: *Nur so geht das!* Die einzige Art, wie Jungen und Mädchen zusammen sein sollten, ist als allerbeste Freunde *und* als Freunde", führte er aus.

Offenbar schaute ich wohl sehr verwirrt drein.

„Du kannst mir ruhig glauben", fuhr er fort. „Wir Italiener kennen uns aus mit den Frauen. Denkst du, Lillys Mutter ist nur meine Geliebte oder nur die Mutter meiner wunderbaren Tochter? Nein, vor allem anderen ist sie meine allerbeste Freundin!"

„Das klingt wunderschön, aber im Moment geht es nicht mit Lilly und auch nicht mit Helga", erwiderte ich.

„Okay, du hast recht. Solange Lilly in diesen Christian vernarrt ist, müssen wir uns auf Helga konzentrieren. Deshalb noch ein Tipp von deinem Italiener-Freund: Du musst Helga zeigen, dass sie etwas Besonderes für dich ist, und das ist gar nicht so schwer. Es gibt drei einfache Dinge, mit denen du jedes Mädchen um den kleinen Finger wickelst: Komplimente, Blumen und ein gutes Essen."

Bevor ich etwas erwidern konnte fuhr er fort.

„Mach Helga Komplimente, und zwar immer, wenn du sie triffst. Für Komplimente gibt es keine Überdosis. Dann schenk ihr Blumen, egal, ob aus dem Garten oder aus dem Laden. Abgeschnittene Blumen sind nur schön und haben weiter keinen Zweck. Aber das finden Frauen gerade gut. Und schließlich: Lade sie zum Essen ein und koche ihr etwas Leckeres."

Bevor er sich weiter in Rage redete, warf ich ein: „Aber ich kann doch gar nicht kochen?"

Er zog seine Augenbrauen hoch, was bei ihm lustig aussah.

„Das konnte ich früher auch nicht und jetzt mache ich die beste Pizza der Stadt. Und was, glaubst du, ist zwischen früher und heute passiert?"

Bevor ich antworten konnte, sprach er weiter.

„Ich habe es gelernt! Und das kannst du auch. Wenn du möchtest, bringe ich dir bei, wie man mein bestes Nudelgericht kocht." Ich muss wohl gestrahlt haben, denn er ergänzte: „Das, was du so gerne magst."

In dem Moment kam Lilly in die Küche. „Hallo Papa, hallo Ole. Tut mir leid, ich hab gar keine Zeit, ich muss sofort zu Christian, wir wollen …"

Und da war sie auch schon durch den Notausgang verschwunden. Mit kaum verborgener Enttäuschung schaute ich ihr hinterher, aber Lillys Vater reagierte sofort.

„Ich denke, du solltest mit Helga keine Zeit verlieren. Am besten fangen wir gleich an zu üben, Zeit hast du ja jetzt." Damit warf er mir eine Schürze zu. „Zieh das über und wasch dir ordentlich die Hände. Und übrigens, wenn du nun mein Hilfskoch wirst, sag *Giovanni* zu mir."

Schlagfertig, wie ich eigentlich nicht war, erwiderte ich: „Alles klar, Giovanni, ich heiß Ole!"

In den folgenden Monaten verbrachte ich jeweils den Mittwochnachmittag bei Giovanni in seiner Küche und er brachte mir alles bei, was ich wissen wollte. Nicht nur, wie man ordentliche Pizza zubereitete, sondern auch, wie man alle Arten von Nudeln, Tortellini, Ravioli und so weiter selbst herstellte.

Wir wurden ein tolles Team, verstanden uns prächtig, und er brachte mir auch noch viel Wichtiges über das Leben bei. Und das auf seine ganz spezielle italienische Art.

Zunächst fand Horst das noch ganz lustig, aber mit der Zeit war er dann nicht mehr so begeistert davon. Damals begann zwischen uns langsam eine Rivalität um Lilly, und er dachte wohl, ich würde mich bei Giovanni als Schwiegersohn empfehlen wollen.

Auch Lillys Mutter wirkte freundlich, aber ein wenig abweisend auf mich. Vielleicht war ich wie der Sohn, den sie nie hatten, woran sie sich aus irgendeinem Grund schuldig fühlte.

03C3

Das *Gontscharow* wurde renoviert und war für eine Woche geschlossen, und so saßen Horst und ich im *Club*, der eigentlich *Club am Berg* hieß, aber von allen nur *Club* genannt wurde.

Irgendeine Art von Berg war in weiterer Umgebung nicht ausfindig zu machen, daher war der Name sowieso Quatsch, und einen Club stellte man sich auch irgendwie anders vor. Das Schlimmste aber war, dass es dort fast nur männliche Kellner gab. Zu unserm Glück wurde das *Gontscharow* bis zum heutigen Tag nie wieder renoviert.

Ich berichtete Horst von meinem Versöhnungsessen mit Helga.

Mit Giovannis Hilfe war ich nach kurzer Zeit in der Lage, unfallfrei ein paar besondere Nudelgerichte zuzubereiten: echte Spagetti Carbonara mit selbstgemachten Nudeln und einem Geheimrezept für die Soße, dazu Pizzabrötchen mit Kräuterbutter.

Ich war vorbereitet und Helga konnte kommen.

Sie zu mir zu locken oder sie auch nur dazu zu bringen, überhaupt mit mir zu sprechen, erforderte jedoch einigen Aufwand meinerseits. Aber irgendwann gab sie meinem Drängen nach und war bereit, sich von mir einladen zu lassen.

Meinen Eltern hatte ich von meinem Taschengeld Kinokarten spendiert und ihnen geraten, nach dem Kino noch auf eine

Pizza bei *Giovanni* vorbei zu schauen. So hatte ich die Küche für mich.

Helga kam pünktlich und begrüßte mich nur knapp, und ich war mächtig nervös. Aber der Abend wurde ein voller Erfolg.

Zunächst war sie noch ein wenig reserviert, aber das gute Essen und die Flasche Wein, die Giovanni mir für diesen Anlass geschenkt hatte, taten das Ihre. So taute Helga schließlich auf, genoss mein Essen und lobte es überschwänglich.

Ihre Frage, wo ich denn so toll zu kochen gelernt hätte, ließ ich vorsichtshalber unbeantwortet.

Nach dem Essen gingen wir in mein Zimmer und legten uns auf mein Bett. Dort kuschelten und knutschten wir ausgiebig. Sie roch ganz wunderbar und ich war wieder völlig verknallt in sie. Beim Kuscheln war ihr Rock ein wenig hochgerutscht, und ich bekam seltsam verlockende Gedanken, die mich zugleich nervös machten.

„Und, wie weit bist du gegangen?", wollte Horst plötzlich wissen und grinste mich an.

Ich stellte mich dumm. „Was meinst du?"

„Na, bist du bis zu ihren Brüsten vorgedrungen?"

Das war ich tatsächlich, aber das wollte ich Horst nicht unbedingt verraten. Stattdessen erzählte ich ihm von meiner Sorge, sie würde weiter gehen wollen.

Nun stellte Horst sich dumm. „Was meinst du?"

„Ein lustiges Spiel, Horst. Tun wir doch beide einfach mal so, als wüssten wir so überhaupt nicht, wovon der andere spricht", erwiderte ich genervt.

Kurze Pause.

„Mensch, Ole, wenn ich das richtig sehe, versuchen wir beide hier gerade zum ersten Mal über Sex zu reden, und das ist irgendwie schräg, denn ausgerechnet mit mir hast du dir *den* Superexperten auf diesem Gebiet ausgesucht. Meine gesammelten sexuellen Erfahrungen, wenn man das überhaupt so nennen kann, beschränken sich auf fünfzehn Minuten Klammerblues mit Sonja Sonntag und zehn Minuten Knutschen mit Lilly Ciccioli, und das ist ziemlich traurig für einen Sechzehnjährigen, finde ich! Du hast immerhin schon Brusterfahrung."

„Woher weißt du das denn?", fragte ich irritiert.

„Ole, wie lange kennen wir uns? Du musst nicht auf meine Fragen antworten, meist kenne ich die Antwort auch so."

Ich fühlte mich ertappt und bekam den Eindruck, dass dieses Gespräch in die falsche Richtung lief.

„Wenn Lilly hier wäre, wäre das alles viel einfacher", sagte ich nach einer Weile.

„Dann wären wir beide nicht so verkrampft", ergänzte er, „und Lilly könnte uns erzählen, wie die Mädchen das so sehen."

„Korrekt", antwortete ich. „Meinst du, wir werden jemals ohne Lilly klarkommen?"

„Weiß nicht. Aber wir können ja mal nachfragen. Komm lass uns jemanden anrufen."

Ich verstand nicht. „Wen willst du anrufen?"

„Na, jemanden, der das weiß, und noch viel mehr. Lass uns doch mal den dreißigjährigen Ole anrufen."

Ich verstand immer noch nicht, aber Horst hatte bereits aus einem Bierdeckel etwas gebastelt, das entfernt wie ein Telefonhörer aussah, und seinen Zeigefinger in der Luft bewegt, als würde er eine Nummer wählen.

Dann murmelte er „Ring, ring" und hielt mir den Bierdeckel hin.

„Hallo, hier ist Ole 30, was kann ich für dich tun?", näselte er vor sich hin.

„Hallo, hier ist Ole 16, und ich hätte da mal ein paar Fragen", stieg ich auf die Sache ein.

„Kein Problem, mein Guter, schieß los", schallte es aus dem Hörer.

„*Mein Guter* – das würde Ole 30 niemals sagen, das ist so eine typische Horst 16 Formulierung", trat ich kurz aus dem Spiel heraus, fuhr dann jedoch fort. „Ich sitze hier gerade mit Horst 16 im *Club* und wir sprechen über die elementaren Dinge des Lebens …"

„Im *Club*?", unterbrach Ole 30 mich. „Das ist eine ganz schlechte Idee! Mit sechzehn geht man ins *Gontscharow* und mit dreißig übrigens auch."

„Klar, aber das Gontscharow wird gerade renoviert und ist geschlossen", erwiderte ich.

„Stimmt, das hatte ich ganz vergessen, genauso wie dieses Gespräch hier. Aber sag, was ist dein Anliegen?"

„Die Ausgangsfrage ist, ob wir jemals ohne Lilly klarkommen werden, aber eigentlich interessiert uns, wie unser Leben mit dreißig so sein wird."

Ole 30 zögerte einen Moment. „Warum wollt ihr ohne Lilly klarkommen? Sie ist doch immer für euch da und das wird sich sicher auch nicht ändern. Und zu deiner anderen Frage: Mit dreißig ist das ziemlich cool, du hast einen super Job, verdienst einen Haufen Geld, ziehst regelmäßig mit Horst um die Häuser, das *Gontscharow* wird nie wieder renoviert werden, sodass ihr nicht wieder in den *Club* gehen müsst, und du bist mit einer sehr schönen, langbeinigen blonden Frau verheiratet."

„Etwa mit Lilly?", platzte ich heraus und Ole 30 antwortete.

„Ne, die ist mit Horst verheiratet. *Knirsch-Knirsch*, Ole, die Leitung ist plötzlich ganz schlecht – *tuut, tuut, tuut.*"

Horst zuckte mit den Schultern und lachte laut los.

„Zu schade, ich hätte gerne noch gewusst, ob ich Kinder habe", murmelte ich ernst.

„Na, da hätten wir wohl eher Ole 40 anrufen müssen, aber dessen Nummer habe ich nicht."

Kapitel 10: Vlieland

Ich greife meine blaue Reisetasche, schließe die Haustür zwei Mal ab und laufe über den Hof zum Auto. Mareike sitzt am Steuer und trommelt ungeduldig mit ihren Fingern auf dem Lenkrad herum. Sofort nachdem ich in das Auto gestiegen bin, verlassen wir mit quietschenden Reifen die Einfahrt.

Es ist Spätsommer und Mareikes Mutterschutzzeit hat gerade begonnen. In ein paar Wochen wird es soweit sein und Mareike wollte vorher noch einmal ihre Eltern sehen. Deshalb sind wir nun auf dem Weg nach Vlieland.

Eigentlich fand ich das keine gute Idee.

„Und was ist, wenn die beiden früher zur Welt kommen wollen? Auf Vlieland gibt es doch kein Krankenhaus", hatte ich eingewandt.

Aber Mareike war da ganz entspannt. „Da mach dir mal keinen Kopf. Wenn die Wehen einsetzen, dann holen wir die alte Hebamme und machen eine Hausgeburt. Und falls etwas schiefgehen sollte, gibt es ja auch noch den Hubschrauber, der uns ins Krankenhaus nach Sneek fliegt."

Bei der Vorstellung, mit dem Hubschrauber über das Wattenmeer zu fliegen, wird mir schlecht – oder liegt das an Mareikes Fahrstil? Wir sind bereits auf der Autobahn Richtung Norden und Mareike gibt ordentlich Gas.

Die Fahrt über reden wir nicht viel und ich hänge meinen Gedanken nach. Es ist eine Zeit der gespannten Erwartung. Im Grunde ist alles geklärt: Das Kinderzimmer ist eingerichtet, den Geburtsvorbereitungskurs haben wir beendet, die Hebamme ist ausgesucht und an der Uniklinik sind wir angemeldet.

Offiziell sind wir eine *Risikoschwangerschaft*, da wir beide knapp über 40 sind und Zwillinge bekommen. Aber eigentlich geht es Mareike und den beiden soweit gut und es deutet bislang nichts auf etwaige Komplikationen hin. Ein wenig besorgt bin ich dennoch und kann mir immer noch nicht so recht vorstellen, wie das sein wird, bald zu viert zu sein.

Einige Stunden später kommen wir in Harlingen an. Mareike fährt direkt bis vor das Gebäude der Reederei am Hafen.

Dort wartet Piet bereits auf uns. Er winkt uns freundlich zu und umarmt uns beide zur Begrüßung sehr herzlich. Danach holt er unser Gepäck aus dem Kofferraum und bringt es zu dem Gepäckwagen, der hinter der Umzäunung steht. Dann steigt er in unser Auto und fährt winkend davon.

Piet ist ein alter Schulfreund von Mareike, der heute in Harlingen einen großen Parkplatz für Touristen betreibt. Die Schnellfähre mit dem schönen Namen *Tiger* wartet bereits startklar an der Hafenmole auf uns und nach einer knappen Stunde Höllenritt über das Wattenmeer erkenne ich die Silhouette und den winzigen Leuchtturm von Vlieland.

Bei dem Anblick kommt mir wieder dieser seltsame Gedanke in den Sinn, dass die gesamte Insel in den letzten Tagen nur für uns beide wiederaufgebaut wurde, und sobald die Fähre mit uns auf unserem Rückweg außer Sichtweite wäre, würden die Häuser, der Leuchtturm und alles auf der Insel sorgsam abgebaut und irgendwo eingelagert, bis wir irgendwann wiederkommen.

Henk, Mareikes Vater, steht auf der Mole und winkt uns zu, als er uns beim Verlassen der *Tiger* entdeckt. Henk betreibt den

Fahrradverleih direkt am Hafen und Mareikes Eltern wohnen in dem großen Haus hinter der Werkstatt.

Zur Begrüßung haut mir der schweigsame Henk freundschaftlich auf die Schulter und raunt: „Goed gedaan, mijn jongen!"

Bevor ich entgegnen kann, dass ich das nicht allein vollbracht habe, sondern *mein* Beitrag im Gegenteil recht marginal war, sind wir schon zum *Fietsverhuur* geschlendert.

Mareikes Mutter erwartet uns vor dem Haus und freut sich riesig über unseren Besuch. Sie ist sehr viel gesprächiger als ihr Mann und überschüttet uns mit einem Schwall an Fragen. Obwohl ich die niederländische Sprache im Lauf der Jahre ganz gut erlernt habe, fällt es mir schwer, ihr zu folgen. Das muss ich aber eigentlich auch nicht, da alle ihre Fragen direkt an Mareike gerichtet sind.

Später, beim obligatorischen *Thee met appeltaart*, macht sie große Augen, als sie erfährt, dass Mareike wohl demnächst Schuldirektorin werden wird und stattdessen ich mich um die Zwillinge kümmern werde. Henk murmelt etwas vor sich hin, das ich nicht verstehe.

„Vroeger was er een West-Vlieland", antwortet Mareike lachend, was hier die gängige Antwort auf Sprüche der Art *„früher gab es so etwas nicht"* ist.

Als Mareike damals ihren Eltern verkündete, mich, also einen Deutschen heiraten zu wollen, waren die Reaktionen eher zurückhaltend gewesen. Tatsächlich, und das wusste ich vorher nicht, hatten die Deutschen im zweiten Weltkrieg Vlieland erobert und besetzt und die Erinnerung an die Zeit der deutschen Besatzung war vor allem älteren Vlieländern noch sehr präsent.

Daher rührte es, dass Deutsche hier nicht gerade den besten Ruf genossen. Andererseits liegt, meiner Erfahrung nach, *Toleranz* tief im Wesen der niederländischen Nation verankert, und so sind freundschaftliche Beziehungen bis hin zu Ehen zwischen deutschen Touristen und Niederländern oder Niederländerinnen gar nicht so selten.

Zwischen Mareikes Mutter sowie ihren Schwestern und mir hat sich im Lauf der Zeit auch ein recht enges Verhältnis entwickelt. Lediglich Henk wahrt stets eine gewisse Distanz zu mir, obwohl Mareike behauptet, dass er mich insgeheim bewundert, da ich ein echter und diplomierter Ingenieur bin und mich mit Maschinen aller Art und sogar Fahrrädern auskenne.

Nach dem Tee fahren Mareike und ich mit dem Fahrrad zum Strand. Immer, wenn wir auf Vlieland sind, und das waren wir in den vergangenen Jahren häufiger, fahren wir zuerst zu *unserem* Platz.

బ్రా

Über mein offenbar sehr verwirrt wirkendes Gesicht musste sie laut lachen. [26]

„Hast du mich wirklich erst jetzt erkannt?"

„Na ja, genau genommen erkenne ich dich auch jetzt noch nicht", antwortete ich.

„Sehe ich denn so anders aus?", fragte sie und die anderen fingen lauthals an zu lachen. Auch Horst schlug sich theatralisch vor die Stirn.

---

[26] Zur zeitlichen Orientierung sei verraten, dass hier unmittelbar an die Rückblende in Kapitel 4 angeknüpft wird. Ole und Horst sind ungefähr 23 Jahre alt, studieren bereits seit einigen Jahren an der Universität und ihre Interrailtour endete vorzeitig auf der Insel Vlieland. Am ersten Abend treffen sie am Strand vier junge Frauen mit denen sie ins Gespräch kommen.

„Ja, unsere Mareike ist eine echte Verwandlungs... wie sagt man?", bemerkte eine der anderen und Horst half gerne aus. „Verwandlungskünstlerin. In der Tat."

Irgendwie konnte ich immer noch nicht glauben, dass dieses elegante Wesen hier am Strand mit der Frau in dem schmutzigen Overall heute Morgen in der Fahrradwerkstatt identisch war.

So kamen wir ins Gespräch. Mareike studierte damals Geschichte in Leeuwarden[27] und stand kurz vor ihrem Abschluss. Sie verbrachte die Semesterferien bei ihren Eltern auf Vlieland und half tagsüber in der Werkstatt.

Ihre Freundinnen Liv und Tess studierten und wohnten mit ihr zusammen in Leeuwarden und waren auf Vlieland zu Besuch. Kim, die vierte im Bunde, war Mareikes älteste Freundin. Sie war auch auf der Insel geboren und arbeitete damals in dem großen Strandhotel in den Dünen, in dem Liv und Tess ein kleines Doppelzimmer gemietet hatten.

Alle vier waren sie aufgeschlossen und freundlich und schnell entstand eine ganz eigene Chemie zwischen uns.

Dennoch konnte ich meinen Blick nicht von Mareike lassen.

Sie strahlte eine ungeheure Eleganz aus, die ich immer noch nicht mit der Frau in der Werkstatt in Verbindung bringen konnte.

Obwohl ... wenn ich daran dachte, wie sie getanzt hatte, bevor sie uns bemerkt hatte ... Ich fragte mich, ob die Musik wohl ein Zufall oder bewusst gewählt gewesen war.[28]

---

[27] Genau genommen am *Campus Friesland* der Universität Groningen.

[28] Für jene, die sich nicht erinnern: Es war „Grace" von *Jeff Buckley*, was Ole am Vormittag in irgendeiner Weise schicksalhaft vorgekommen war.

Zwischendurch sangen wir immer wieder ein paar Lieder. Tess spielte die Gitarre und gab sie irgendwann an Horst weiter. Dazu tranken wir einige Biere und wunderten uns, dass die eigentlich recht kleine Kühltasche niemals leer wurde.

Die Sonne war inzwischen ganz verschwunden und der Strand recht leer geworden. Irgendwann schlug Horst vor, zum Wasser zu gehen. Liv, Kim und Tess schlossen sich an. Mareike meinte, sie würde auf die Gitarre aufpassen, und lachte dabei.

Ohne dass die anderen etwas davon merkten, umfasste sie ganz kurz und kaum merklich mein Handgelenk und ließ es sofort wieder los. Ich bot daraufhin an, mit aufzupassen, und blieb ebenfalls in den Dünen.

Die vier schlenderten zum Wasser und ich fragte Mareike nach *Jeff Buckley*. Sie verstand sofort und bekannte sich als großer Fan.

„Jammerschade, dass er so jung gestorben ist."

„Und das nach dem allerersten Album", ergänzte ich, „wie reich hätte er die Welt noch mit wunderbarer Musik beschenken können."

Mareike stimmte mir zu und schenkte mir wieder ihr ganz eigenes Mareike-Lächeln.

Die anderen waren am Wasser angekommen, tollten durch die Brandung und spritzten sich gegenseitig nass. Wie Eltern, die ihren Kindern beim Toben zusehen, saßen wir still da, als Mareike plötzlich meine Hand nahm.

Spontan versteifte ich mich ein wenig. Das ging jetzt irgendwie echt schnell. Ehe ich meine Gedanken sortiert hatte, war sie ganz nah an mich herangerückt und ihr Gesicht war nun dirckt vor meinem.

Bevor ich etwas sagen konnte flüsterte sie „spreek niet" und drückte ihren Mund zärtlich und sehr vorsichtig auf meinen. Ihre Lippen schmeckten salzig und ihr Haar roch wunderbar. Es dauerte eine Weile, bis sie ihren Mund vorsichtig öffnete und begann, mich zu küssen.

Mit meiner freien Hand umfasste ich ihre Taille und rückte noch ein Stück näher an sie heran. Dann ließen wir uns nach hinten in den Sand fallen, bis die anderen sich hörbar näherten.

Mareike richtete sich auf, setzte sich wieder in den Schneidersitz und zupfte ihr Haar zurecht. Ich tat es ihr nach und beide schauten wir möglichst unbeteiligt drein.

Die vier kamen uns Hand in Hand entgegen, Tess und Liv hatten Horst dabei in ihre Mitte genommen. Der hatte nasses Haar und Tess reichte ihm ein Handtuch, das sie irgendwoher zauberte. Irgendwann fragte Kim, was oder wo *Lummerland* sei und deutete auf mein T-Shirt. Ich erzählte ihr von *Jim Knopf und Lukas, dem Lokomotivführer*[29], und erklärte, wie bedauerlich ich es fände, dass es dort bislang kein *Hard Rock Cafe* gäbe.

„In Leeuwarden gibt es auch keines", ergänzte Mareike und lachte dabei.

Später saßen wir wieder zu sechst im Kreis. Horst nahm die Gitarre zur Hand und spielte und sang einen alten Paul Weller Song. Zu unser beider Überraschung kannten die vier Frauen den Song und stimmten mit ein. Beim Refrain *You do something to me, something deep inside,* schaute Mareike mir ernst und tief in die Augen und schenkte mir erneut ihr ganz eigenes Mareike-Lächeln, und spätestens da war es endgültig und für alle Zeit um mich geschehen.

---

[29] Von Michael Ende – bekannt vor allem durch die *Augsburger Puppenkiste*.

So sangen, redeten und tranken wir noch eine Weile und irgendwann wurde es doch kalt und wir brachen auf. Tess, Liv und Kim gingen zu ihrem Hotel, das direkt in den Dünen lag.

Für den kommenden Abend verabredeten wir uns an selber Stelle zum Sonnenuntergang.

Mareike hatte ihr Fahrrad am Strandaufgang in der Nähe unseres Tandems abgestellt.

Mareike, Horst und ich fuhren dann den *Badweg* entlang nach Oost Vlieland. Horst fuhr vorn und lenkte, während Mareike und ich uns an den Händen hielten. Mareike erzählte, dass sie den Tag über in der Werkstatt sein würde und wir uns daher erst am Abend mit den anderen treffen könnten. Ein wenig enttäuscht fragte ich, ob ich sie nicht besuchen könne.

Mareike lachte. „Klar kannst du das – komm einfach vorbei. Und diesmal musst du auch nicht extra die Kette des Tandems zerstören, nur um mich zu sehen."

Vor dem *Fietsverhuur* trennten wir uns und wir warteten noch kurz, bis sie winkend im Haus verschwand.

Später lagen Horst und ich in unseren Kojen in der Jugendherberge. Zum Glück waren wir allein auf dem Zimmer, sodass wir in aller Ruhe die Ereignisse nachbesprechen konnten.

Horst war ganz angetan von unserem Vlieland-Ausflug und wir lästerten noch ein wenig über die Interrailer, die durch ganz Europa reisten, obwohl *das Gute doch so nah* lag.

Zudem war er immer noch erstaunt über Mareike und mich.

„Das ist ja mal wieder so eine typische Ole-Aktion. Während ich noch die Lage sondiere und überlege, welche der vier mir am besten gefällt, macht unser Ole sofort Nägel mit Köpfen und nimmt gleich mal eine der Bräute aus dem Rennen."

„Na ja, bleiben ja noch drei für dich", erwiderte ich. „Und übrigens ist es ganz anders, als es scheint. *Mareike* hat Nägel mit Köpfen gemacht, wie du es nennst. Ich konnte gar nichts dafür."

„Oh, du Armer, das tut mir aber leid. Du hast also gar nichts beigetragen, sondern wurdest mit voller Arglist von einer blonden Holländerin verführt", veralberte mich Horst.

„Und welche gefällt dir am besten?", wollte ich noch wissen.

Aber Horst zierte sich und zögerte. „Mal von Mareike abgesehen käme Tess vielleicht in die engere Auswahl. Aber die anderen beiden gefallen mir auch ausgesprochen gut. Und ich habe so das Gefühl, dass alle drei auf mich stehen."

Das Gefühl hatte ich auch.

„Na, dann schauen wir mal, was die nächsten Tage so bringen werden."

Nach einer kurzen unruhigen Nacht mit erotischen und wirren Träumen sowie einem kargen spartanischen Frühstück machten wir uns auf den Weg zum Posthuis – wohin auch sonst?

Vorher musste ich jedoch noch bei Mareike vorbeischauen. Vor dem *Fietsverhuur* stand ihr Vater, als wir mit unserem Tandem auftauchten.

„Na, wieder Kette kaputt?", empfing er uns grinsend.

Ich nickte nur und ging gleich durch in die Werkstatt. Dort schien Mareike schon gewartet zu haben. Sie trug wieder einen blauen Overall, den sie jedoch, offenbar extra für mich, durch einen sauberen ersetzt hatte. Auch ihr Gesicht wirkte wie frisch gewaschen, sodass heute nur ihr Lachen und ihre Sommersprossen zu sehen waren.

Als ich die Werkstatt betrat fiel sie mir gleich um den Hals.

„Hab dich vermisst", rief sie fröhlich aus.

„Ich dich auch", erwiderte ich. „Ich freu mich auf heute Abend, aber das ist noch so lange hin."

„Morgen habe ich frei, dann können wir den Tag über etwas unternehmen", machte sie mich glücklich.

Horst und ich fuhren denselben Weg wie schon am Vortag und die Insel gefiel uns heute noch viel besser. Beide waren wir sehr verliebt, obwohl Horst noch nicht verraten wollte, welche der drei Verbliebenen er sich ausgesucht hatte. Ich vermutete, dass er das selber noch nicht wusste.

Der Abend verlief so ähnlich wie der vorige. Wieder am selben Ort, sangen und tranken, redeten und lachten wir und waren alle sehr glücklich und ausgelassen.

Horst hatte sich offenbar noch immer nicht entschieden und machte allen dreien schöne Augen, was Tess, Liv und Kim wohlwollend erwiderten.

Diesmal liefen wir alle gemeinsam bis zum Wasser, ließen die Gitarre zurück, tollten herum und spritzten uns gegenseitig nass.

Am dritten Abend schliefen Mareike und ich zum ersten Mal miteinander. Kim hatte Spätdienst im Hotel und so waren wir nur zu fünft am Abend am Meer. Eigentlich war es wie an den Abenden zuvor, aber irgendwie war die Stimmung ein wenig ernster und elegischer. Irgendetwas kündigte sich an, wir wussten nur noch nicht, wie sich das alles entwickeln würde.

Irgendwann sagte Mareike, wir würden ein wenig spazieren gehen. Ihr *wir* schloss mich offenbar mit ein und alle anderen aus. Dennoch wollte Liv aufstehen, aber Horst hielt sie mit einer knappen Handbewegung zurück.

Mareike und ich gingen nicht zum Wasser, sondern tiefer hinein in die Dünen, die scheinbar kein Ende nehmen wollten. Schweigend liefen wir Hand in Hand und mir wurde ein wenig mulmig zumute.

An einer bestimmten Stelle, so schien es mir zumindest, blieb Mareike stehen, setzte sich in den Sand und zog mich zu sich herunter. Der Platz war perfekt: Nach drei Seiten durch Dünen verdeckt und nach vorn war der Blick auf das ferne Wasser frei. Mareike fing an, an meinem Ohr herum zu knabbern.

„Ich möchte mit dir schlafen – hier und jetzt sofort", flüsterte sie irgendwann.

Das hatte ich wohl schon vage geahnt, dennoch erschrak ich ein wenig. In so schneller Abfolge hatte ich das noch nicht erlebt: am ersten Abend küssen, am dritten Abend miteinander ins Bett, obwohl hier genau genommen kein Bett in der Nähe war. *Übermorgen wird sie mich wahrscheinlich heiraten wollen,* schoss es mir durch den Kopf.

Dennoch schien mir ihr Wunsch verlockend, und einer schönen Frau soll man ja nichts abschlagen. Seit Helga war ich keine Jungfrau mehr und für alle Fälle auf solche Situationen vorbereitet. Lässig zog ich ein Kondom aus meiner Hosentasche und nickte ihr freundlich zu.

So schliefen wir zum ersten und, wie sich zeigen sollte, nicht zum letzten Mal miteinander in den Dünen am Strand von Vlieland.

Danach lagen wir schweigend im Sand und schauten in den halbdunklen Nachthimmel, der von einem großen, fast vollen Mond und einigen Sternen erleuchtet wurde. Irgendwann sagte sie *„You do something to me, something deep inside"*, lächelte mir zu und küsste mich inniglich.

Schließlich gingen wir zurück zu den anderen. Die saßen noch genauso da, wie wir sie verlassen hatten. Na ja, nicht ganz genauso.

Beim Näherkommen erkannten wir, wie Horst zwischen den beiden saß und je einen Arm um Tess' und Livs Hüfte gelegt hatte. Dabei schauten sie alle drei aufs Meer.

Bei den anderen angekommen fragte Mareike lachend: „Hebben we iets gemist?"

„Die Sonne ist weg", sagte Horst.

„Kommt morgen wieder. War zumindest bislang immer so", antwortete Liv, und alle drei begannen zu lachen.

Dann sangen und redeten wir noch lange und es stellte sich heraus, dass wir einige gemeinsame Interessen und in politischen Dingen ähnliche Ansichten hatten.

Am nächsten Tag fuhren Horst und ich mit der Fähre zurück nach Harlingen, aber nur, um unsere Sachen und vor allem das Zelt aus dem Schließfach am Hafen zu holen und mit derselben Fähre wieder zurückzufahren.

Auf der Überfahrt sprachen wir über Tess und Liv. Er war von beiden gleichermaßen fasziniert. Liv war sehr gebildet und hatte zu allen Themen einen schlauen oder schlagfertigen Kommentar. Tess war witzig und hatte ihre eigene selbstironische Art. Vor allem aber versprühte sie einen fröhlichen Charme, der Horst in seinen Bann zog.

Zurück auf Vlieland zogen wir von der Jugendherberge auf den Campingplatz um, bauten das Zelt auf und richteten uns gemütlich ein. Unterdes hatten wir beschlossen, bis zum Ablauf unseres Interrailtickets auf Vlieland zu bleiben.

Horsts Problem löste sich auf überraschende Weise, als Tess und Liv uns später auf dem Campingplatz besuchten, nachdem sie von einer Radtour zum *Posthuis* zurück waren.

Sie kamen auch gleich zur Sache und erklärten dem sichtlich verwirrten Horst, dass sie ihn beide sehr süß fänden und sich nicht hatten einigen können, wer ihn denn nun bekommen solle.

„Du warst ja schon am ersten Abend tabu für uns", meinte Liv an mich gerichtet. „Das macht Mareike immer so: blitzschnell zugreifen, und wir können uns dann um den Rest streiten." Als Horst sich räusperte, lachte sie. „Entschuldige, das mit dem *Rest* war nicht so gemeint", fügte sie an ihn gerichtet hinzu.

„Wir haben im *Posthuis* überlegt, wie wir das klären. Und dann haben wir *steen-papier-schaar*[30] gespielt. Wie sich später herausstellte war das natürlich gelogen, aber Liv wollte es gern so erzählen.

„Und wer hat gewonnen?", fragte Horst etwas ratlos, aber durchaus gespannt.

„Na, ich natürlich", rief eine strahlende Tess und fiel ihm lachend um den Hals.

Liv wandte sich wieder zu mir. „Ist auch besser so, denn mein Freund in Leeuwarden hätte es sicher nicht so gut gefunden, wenn ich gewonnen hätte."

Der Hinweis auf ihren Freund in Leeuwarden versetzte mir einen Stich, von dem ich damals nicht wusste, was er zu bedeuten hatte, sodass ich es gleich wieder vergaß.

Die kommenden Abende verbrachten wir in ähnlicher Weise, außer dass Horst und Tess, sowie Mareike und ich nun immer

---

[30] Offenbar etwas in der Art von *Schnick-Schnack-Schnuck* (ohne Brunnen).

nebeneinander saßen. Horst und Tess waren sehr verliebt und sie turtelten in einem fort umeinander herum.

Dann kam der Tag, an dem Tess und Liv abreisen mussten, da sie eine Prüfung an der Uni abzulegen hatten, bevor das Semester wieder beginnen würde.

Für unseren letzten Abend zu sechst hatten sich die vier etwas Besonderes einfallen lassen. Tess, Liv und Mareike trugen jede ein flatteriges Sommerkleid aus einem dünnen Stoff, je eines ganz in Orange, Gelb und Grün. Kim trug ihren kurzen weißen Rock, den sie immer trug und dazu ein blaues T-Shirt.

Am Strand angekommen, reichte Mareike Horst und mir jeweils ein T-Shirt mit der Anweisung, wir sollten das anziehen. Wir verstanden nicht recht, was das sollte, taten jedoch, wie uns geheißen. Meines war rot und erheblich zu groß, Horsts lila und auf beiden stand in kleiner schnörkeliger weißer Schrift *Fietsverhuur van de Meer*.

Nachdem Tess ihren alten Fotoapparat auf einem Pfosten platziert hatte, stellten sich die Frauen nebeneinander auf und forderten uns auf, uns daneben an den Rand zu stellen. Horst hatte bereits verstanden und schickte mich auf die andere Seite.

Dann lief Tess zu ihrem Fotoapparat, stellte den Selbstauslöser ein und kam schnell wieder zurück an ihren Platz.

Danach ließ Liv uns ein Stück weit vor ihnen Aufstellung nehmen. Sie hob ihre rechte Hand, tippte sich mit Zeige- und Mittelfinger an die Stirn und sagte „kling", als hätte sie eine Stimmgabel in der Hand. Schließlich hob sie beide Finger in die Höhe und gab den anderen den Einsatz zu einer beeindruckenden Gesangsdarbietung. Mit glockenreinen Stimmen und in Deutsch sangen sie zweistimmig und nur für uns.

„In der Bar zum Krokodil, am Nil, am Nil, am Nil ..."[31]

Horst kannte es in einer Version von den *Comedian Harmonists*[32] von seinem Vater und erklärte mir später den etwas avantgardistischen Text. Wir beide waren schwer beeindruckt und Tess berichtete, dass sie das vor Jahren bei einer Schulaufführung gesungen und damit für Furore gesorgt hätten.

Der Abend wurde besonders schön, auch oder gerade, weil die nahende Abreise über uns schwebte. Horst und Tess waren sehr besonders innig miteinander und gleichzeitig sehr traurig über den bevorstehenden Abschied.

Der Abschied an der Fähre am nächsten Tag war dann sehr traurig. Tess und Horst konnten nicht voneinander lassen und Tess ging als letzte an Bord. Horst stand noch lange auf der Mole und schaute ihr nach, bis die Fähre im Wattenmeer verschwunden war.

Nun waren wir zu viert und hatten nur noch wenige Abende, bis Horst und ich ebenfalls wieder fahren mussten. Die Tage waren eher ruhig und entspannt. Die Insel kannten wir inzwischen wie unsere Westentasche, was nicht wirklich schwer war, und Horst trug stets einen verträumten Gesichtsausdruck.

An den Abenden am Strand spielte Horst nun die Gitarre und Kim blieb stets in seiner Nähe und passte auf ihn auf, wie sie sagte, denn das hatte sie Tess versprochen.

---

[31] Der Song wurde 1927 von Willy Engel-Berger komponiert. Der geniale Text stammt von Fritz Löhner-Beda.

[32] Die Version von den *Comedian Harmonists* ist auch sehr schön, reicht jedoch nicht an die Darbietung von Tess, Liv, Kim und Mareike heran. Siehe zum Beispiel: https://www.youtube.com/watch?v=Ihzj929kYGQ

So kam auch unser letzter Abend schneller, als wir es erwartet hatten. Unser Interrailticket lief ab und auch für uns begann die Uni wieder. Horst musste sich auf sein Physikum vorbereiten und lernte schon seit einigen Tagen immer wieder mal aus einem kleinen Buch, das er stets bei sich hatte.

Irgendwie war mir mulmig zumute. Wie sollte es weitergehen? Tess und Horst wollten sich ganz oft schreiben und er wollte sie bald in Leeuwarden besuchen. Beide waren sie fest entschlossen, sich aus der Ferne zu lieben. Etwas Ähnliches schwebte mir auch mit Mareike vor, und Horst und ich hatten schon Pläne, wie wir die beiden gemeinsam besuchen würden.

Am letzten Abend tranken wir Wein statt Bier, was mir nicht gut bekommen sollte, wie sich später herausstellte. Wir sangen und tranken und eine gewisse Wehmut lag schwer über uns.

Mareike war seltsam distanziert und schien in ganz eigene Gedanken versunken. Bislang hatten wir es versäumt, über die Zukunft zu sprechen, und ich traute mich nicht recht, das Thema anzuschneiden.

Irgendwann nahm Mareike schweigend meine Hand, zog mich hoch und wir gingen in die Dünen. Meine Erwartung auf einen erotischen Abschluss des Urlaubs wurde jedoch enttäuscht. Genau an der Stelle, an der wir das erste Mal miteinander geschlafen hatten, saßen wir nun und redeten.

Genauer gesagt, redete Mareike.

„Ole, ich weiß nicht, wie ich anfangen soll", sagte sie sehr leise, „daher versuche ich es einfach geradeheraus. Mir ist nicht klar, was *du* erwartest, wie es mit uns weitergehen soll, aber du musst wissen: Ich habe einen Freund in Leeuwarden, der dort auf mich wartet."

Stille!

Das Meeresrauschen drang nur sehr leise von Ferne in mein Ohr. Mir wurde übel und sofort bewusst, dass das hier nicht gut für mich ausgehen würde.

Bevor ich etwas sagen konnte, sprach Mareike leise weiter.

„In den letzten Tagen habe ich viel über uns beide und über Cees und mich nachgedacht. Zuerst warst du nur ein harmloser Urlaubsflirt für mich, aber nach und nach wurde mehr daraus, für mich zumindest."

„Mareike, ich liebe dich und ich möchte mit dir zusammen sein", unterbrach ich sie.

„Ich weiß, Ole, aber ich habe dir nie etwas versprochen."

Das stimmte und mir fiel spontan auf, dass sie in der ganzen Zeit niemals von Liebe oder Verliebtsein geredet hatte.

„Cees und ich sind schon lange zusammen und wir haben Pläne, und ich werde ihn nicht verlassen."

Mir kam Livs Bemerkung über ihren Freund wieder in den Sinn, und ich machte noch einen verzweifelten Versuch.

„Aber bei Tess und Horst geht das doch auch."

„Tess ist naiv, zu glauben, dass das klappen könnte. Aber sie ist allein in Leeuwarden und versucht es nun halt mit Horst. Aber bei mir und Liv liegt die Sache anders. Wir haben beide einen Freund. Deshalb hat Liv Horst auch Tess überlassen, obwohl sie ihn echt süß fand."

„Darf ich dir wenigstens schreiben?", fragte ich ratlos. „Nur für den Fall, dass es mit dir und Cees doch nichts werden sollte?"

Aber Mareike hatte sich entschieden. „Nein, Ole, das ist keine gute Idee. Es war wirklich schön mit dir und ich bereue nichts von alledem. Aber morgen wird es vorbei sein und wir werden wieder jeder unseren eigenen Weg gehen." Dabei strich sie sanft über meine Wange. „Dennoch hoffe ich, du vergisst mich nicht ganz so schnell und denkst noch manchmal an die kleine Holländerin, mit der du einen schönen Sommer verbracht hast."

Dann gingen wir zurück zu den anderen beiden, die ebenfalls ein wenig bedrückt aufs Wasser schauten. Später erfuhr ich von Horst, dass Kim ihm erzählt hatte, dass Mareike mit mir Schluss machen würde. Kurze Zeit später fuhren wir zurück zu unserem Campingplatz.

Zum Abschied küsste Mareike mich ein letztes Mal sehr ausgiebig.

„Mein lieber Ole, ich bin nicht so der Typ für dramatische Abschiede, deshalb werde ich morgen nicht zum Winken zum Hafen kommen. So werden wir uns hier und jetzt verabschieden."

Dann küsste sie mich noch einmal kurz und verschwand mit ihrem Fahrrad in der Dunkelheit. Ich hatte die ganze Zeit über bedrückt geschwiegen und es alles über mich ergehen lassen.

Horst hatte sich dezent zurückgehalten. Nun ging er auf mich zu und nahm mich in die Arme.

„Au Scheiße, Mann, das tut mir alles so leid, mein Guter!"

Die Nacht war übel. Zweimal musste ich raus, um hinter dem Zelt die Abgabe zu machen. Zuviel billiger Wein und ultimativer Liebeskummer waren eine toxische Kombination.

Am nächsten Morgen packten wir unseren Kram zusammen, bauten das Zelt ab und machten uns auf den Weg zum Hafen. Horst gab das Tandem am *Fietsverhuur* zurück, weil ich das nicht über mich gebracht hätte.

Während wir auf die Fähre warteten, schaute ich immer wieder hinüber zum *Fietsverhuur*, aber sie kam nicht. Stattdessen kam die Fähre. Wenige Augenblicke, bevor wir einstiegen, stand sie plötzlich vor mir. Sie hatte verweinte Augen, fiel mir um den Hals, drückte mich fest an sich und schluchzte nur.

„Mach's gut, mein Ole, und vergiss mich bitte nicht!"

Bevor ich etwas erwidern konnte, hatte sie sich losgemacht und war schon wieder auf dem Weg zurück zum *Fietsverhuur*. Wie war das noch mit den *dramatischen Abschieden* gewesen? Während ich noch überlegte, ob ich nun wirklich auf die Fähre gehen sollte, zog Horst mich sanft mit sich auf das Schiff.

℘℘

Auf der Rückreise aus Portugal hatte sich Lilly von Christian getrennt. [33]

Nachdem wir aus Vlieland zurückgekommen waren, ging es mir nicht gut. Damals war ich davon überzeugt, nicht einfach nur verliebt zu sein wie zuvor in Helga, Susanne, Vanessa [34] und Anne [35], sondern diesmal die echte, wahre Liebe gefunden zu haben.

Nur mit großer Mühe schaffte ich es, trotz Liebeskummer mein Vordiplom zu bestehen. Da mir ein Tapetenwechsel vielleicht gut täte, zog ich danach vom Studentenwohnheim in eine

---

[33] Na, das war ja irgendwie zu erwarten gewesen. Das wird jedoch erst im späteren Verlauf (in Kapitel 15) wieder aufgegriffen.

[34] Was für ein Durcheinander! Da Ole mal wieder nicht chronologisch erzählt: Vanessa werden wir erst später, in Kapitel 12 kennenlernen, was in der Zeit spielt, bevor Ole Mareike getroffen hat.

[35] Da auch Anne bislang nicht vorkam: Anne war eine Medizinstudentin und Horsts Praktikums-Tutorin, die Ole Trost spendete, nachdem Vanessa sich nach dem Zivildienst von ihm getrennt hatte. Aber das kommt alles erst später.

kleine Anderthalb-Zimmer-Wohnung in einem Altbau mit einem großen Zimmer mit hoher Decke, einer kleinen Küche und einem winzigen Balkon.

Meine Einrichtung war etwas karg und bestand vor allem aus Sachen, die ich beim Sperrmüll eingesammelt hatte. Der einzige Luxus bestand in einem großen, breiten Bett aus weiß gestrichenem Buchenholz mit verzierten hohen Bettkanten, das in der Mitte des Raumes auf einem hölzernen Podest thronte, welches man über zwei Stufen erreichte.

Sofort nach unserer Rückkehr hatte ich begonnen, Mareike zu schreiben. Zunächst noch jeden Monat, dann vierteljährlich und am Ende immerhin noch zu ihrem Geburtstag und immer an dem Jahrestag, an dem wir uns das erste Mal begegnet waren.

Eine Antwort bekam ich nie.

Damals wusste ich nicht, dass sie jeden einzelnen meiner Briefe immer wieder las und sie allesamt wie einen Schatz in einer roten Schachtel sorgfältig aufbewahrte – bis zum heutigen Tag.

ℰℭ

„Alles okay mit dir, Ole? Du wirkst so entrückt", reißt Mareike mich aus meinen Gedanken.

„Alles gut, meine Liebe. Ich dachte nur gerade an die kleine Holländerin, mit der ich hier vor langer Zeit einen schönen Sommer verbracht habe."

Kapitel 11: Abschiede

Nach einer entspannten, erholsamen und ein wenig nostalgischen Woche kehren wir aus Vlieland zurück. Mareike geht es sehr gut und die Zwillinge verhalten sich ruhig. Nun sind es nur noch wenige Wochen bis zum errechneten Geburtstermin, aber Fabian warnte uns, dass diese Berechnungen nur sehr grob und keineswegs verlässlich seien.

Sabines Rat folgend, noch einmal all das zu machen, was uns wichtig ist, haben wir Sarah und Fabian zum Essen eingeladen und Horst ist diesmal auch dabei.

Am Vormittag hatte ich den Großmarkt geentert und den Tag in der Küche verbracht, um ein italienisches Menü vorzubereiten. Es klingelt und alle drei stehen vor der Tür.

Horst überreicht mir eine Flasche Maracujasaft. „Hier Alter, für eine romantische Stunde mit deiner Liebsten."

Sarah umarmt mich herzlich und lang. Ihr Haar riecht wunderbar und ein ganz klein wenig beneide ich Fabian wieder, der strahlend hinter ihr steht und wartet, dass auch er mich endlich begrüßen kann.

Mareike kommt die Treppe herunter und begrüßt unsere Gäste. Den Tisch habe ich festlich gedeckt und nach einem kurzen Warming-Up beginnen wir mit kalten *Antipasti*, für die ich den passenden Wein besorgt habe.

Sarah erzählt von der Aufführung des Cellokonzerts von Edward Elgar am letzten Wochenende, das wir leider verpasst haben. Horst war dort und zeigt sich sehr beeindruckt, obwohl er eher nicht so ein Freund der klassischen Musik ist.

Als *primo piatto* habe ich selbstgemachte Pasta mit Gemüse und Meeresfrüchten zubereitet, was allseits gut ankommt.

Währenddessen und danach reden wir über die Geburt und die Zeit danach.

Schließlich fragt Sarah freundlich: „Wie wollt ihr das denn machen, gerade am Anfang, wenn es sicher besonders stressig sein wird. Ich helfe euch sehr gern, so gut ich kann. Aber die Konzertsaison hat gerade wieder begonnen und da bin ich doch sehr eingespannt."

„Das ist lieb von dir. Aber meine alte Freundin Tess wird nach der Geburt für ein paar Tage zu uns kommen, um die erste Zeit zu überbrücken", erklärt Mareike.

Als der Name *Tess* fällt, hebt Horst eine Augenbraue und rutscht unruhig auf seinem Stuhl hin und her, was Sarah sofort bemerkt.

„Alles ok mit dir, Horst? Oder ist dir die Pasta nicht bekommen?", fragt sie halb ironisch, halb fürsorglich.

Mareike verschwindet und kommt kurz darauf mit einem alten Fotoalbum zurück. Sie blättert es durch und findet schnell das Bild, das sie Sarah hinhält.

„Hier mit dem orangenem Kleid und dem braunen Haar, das ist meine Freundin Tess."

„Das ist aber schon eine Weile her", erwidert Sarah. „Bist du das in dem grünen Kleid?"

Mareike nickt und Fabian schaut ihnen über die Schulter.

„Und Ole und Horst sind ja auch dabei." Nach kurzem Zögern fällt ihm etwas auf. "Das ist ja ausgefuchst: Ihr bildet da einen Regenbogen miteinander."

Horst räuspert sich. „Nun ja, aber erst nachdem ich Ole mit seinem roten T-Shirt auf die andere Seite geschickt hatte", ergänzt er trocken.

Fabian ist ganz begeistert. „Wer hatte denn *die* Idee?"

„Das hat sich meine andere Freundin Liv, hier in dem gelben Kleid, ausgedacht. Sie hat damals Physik studiert und hatte immer solche Ideen", klärt Mareike ihn auf.

„Und was macht diese Liv jetzt?", möchte Fabian noch wissen.

„Die ist jetzt am CERN[36] in Genf", erklärt Horst.

„Echt jetzt?", ruft Fabian, nun wirklich beeindruckt.

Sarah streicht ihm zärtlich über den Arm und lacht. „Ja, das ist sein letzter, unerfüllter erotischer Traum: eine große Frau, die etwas von Mathematik versteht. Stattdessen muss er mit mir vorliebnehmen, der Arme."

Fabian wird ein wenig rot im Gesicht und hat einen entrückten Gesichtsausdruck, bis Mareike ihn aufklärt.

„Horst will dich nur veralbern. Liv ist heute Lehrerin in Groningen."

Fabian hebt eine Faust in die Höhe und droht Horst Prügel an, stimmt dann aber in das allgemeine Gelächter ein.

Als *secondo piatto* habe ich ein traditionelles Geflügelgericht zubereitet: *Pollo alla cacciatora*. Es war Giovannis Meisterstück, an dem ich mich lange versuchen musste, bevor es auch mir endlich gelang.

Während des Essens erzählt Mareike noch, dass Tess und Horst damals ein Paar waren. „Horst, wie lange wart ihr beiden zusammen?"

Horst macht ein kummervolles Gesicht. „Weiß nicht mehr. Auf jeden Fall nicht lange genug!"

---

[36] CERN bezeichnet das berühmte Europäische Labor für Teilchenphysik in der Schweiz und steht für „Centre Européen pour la Recherche Nucléaire".

Für das *Dolce* hat Mareike ein wunderbares Zitronensorbet zubereitet, das einen schönen Abschluss unseres Festmenüs bildet.

Fabian und Sarah bedanken sich überschwänglich und Sarah bemerkt, dass sie noch ein kleines Geschenk für uns haben – oder eigentlich für unseren Nachwuchs. Sie kramt ein Päckchen hervor und überreicht es Mareike, die es gleich auspackt und uns anderen lachend zeigt. Ich beuge mich ein Stück vor und muss genau hinsehen, bevor ich erkenne, was es ist.

Es sind zwei selbstgenähte, sehr süße Butterbrottaschen, eine in Blau und eine in Grün. Und auf beiden ist in schöner, schnörkeliger roter Schrift aufgestickt: *Abi 2035*.

ೞ§ౚ

Am Montagmorgen war Lilly nicht in der Schule erschienen. Wir hatten es erst gar nicht bemerkt, da wir, inzwischen in der Oberstufe, in verschiedenen Kursen unterwegs waren. Erst zur vierten Stunde hatten Lilly und Horst gemeinsam Latein, und da war Horst aufgefallen, dass Lilly fehlte.

Das war äußerst ungewöhnlich, und krank konnte sie eigentlich nicht sein, denn wir hatten den verregneten Sonntag alle drei bei Horst verbracht, gemeinsam für die nächste Klausur in Geschichte gelernt und am Abend noch kurz im *Gontscharow* vorbeigeschaut. Auch nach dem zweiten Bier hatte Lilly noch ganz munter gewirkt.

Als wir endlich in der Oberstufe angekommen waren, hatten wir versucht, möglichst viele der Kurse gemeinsam zu besuchen. Dies war jedoch nicht ganz so einfach, da unsere Interessen etwas auseinander lagen. Aber zumindest konnten wir uns auf den Leistungskurs in Geschichte einigen und in Deutsch und Englisch hatte es uns zufällig ebenfalls alle drei in denselben Kurs verschlagen. Und so genossen wir die Zeit in der Oberstufe, unternahmen immer noch fast alles gemeinsam miteinander und fühlten uns schon sehr erwachsen, was auch stimmte, denn in den vergangenen Monaten waren wir alle drei volljährig geworden.

Horst, der als erster auch *offiziell* erwachsen, also achtzehn, wurde, hatte viel Zeit darauf verwandt, akribisch seine Party zu planen. Die sollte ganz besonders werden und seine Feiern zum sechzehnten (spektakulär) und siebzehnten (gigantisch) weit in den Schatten stellen – was sie dann auch tat. Volljährig würde man ja nur einmal im Leben und das wäre dann auch nicht mehr rückgängig zu machen. Vielleicht würde man, wenn man sehr alt und ein bisschen *Schilli-Schalli im Kopf* war, wie er es nannte, mal entmündigt, aber daran wollte er heute noch nicht denken.

Seinem Opa war dies kürzlich tatsächlich passiert und Horst war darüber mit seinem Vater in einen heftigen Streit geraten.

Kurz nach meinem achtzehnten Geburtstag hatte sich Helga, nachdem wir immerhin zwei Jahre zusammen gewesen waren, von mir getrennt.

„Ich habe es satt und keine Lust mehr, hinter dir herzulaufen und zu versuchen, zwischen Horst, Lilly und dir meinen Platz zu finden", waren ihre Worte gewesen.

Da konnte ich sie sogar ein bisschen verstehen, hatte ich doch stets versucht, die *Dinge*, also Helga auf der einen und Lilly und Horst auf der anderen Seite, strikt zu trennen. Und allzu traurig war ich auch nicht, hatte ich mich doch inzwischen längst in Susanne verliebt.

Susanne spielte zusammen mit Helga in derselben Volleyball-mannschaft, deren Spiele ich mir jedes Wochenende anschauen musste, um Helga meine *Wertschätzung* zu zeigen, wie sie es nannte. Obwohl Susanne sehr klein war und deshalb von man-chen *Krümel* genannt wurde, war sie die Kapitänin der Mann-schaft, was Helga überhaupt nicht passte, da sie sich für die bes-sere Spielerin hielt.

Das war sie vielleicht auch, aber Susanne war beliebt in der Mannschaft und man verzieh es ihr eher, wenn sie sich bei der Trainerin für einen Wechsel einsetzte. So war es in letzter Zeit häufiger vorgekommen, dass Helga mitten im Spiel ausge-wechselt wurde, was sie immer so gar nicht verstand.

Später erfuhr ich, dass das durchaus etwas mit mir zu tun hatte, denn Susanne hatte mich auf ihre *Shortlist* gesetzt, wie sie das nannte.

Susanne war sich ihrer spektakulären Attraktivität sehr be-wusst, die sie dadurch zu steigern versuchte, dass sie ihr sehr langes, eigentlich bräunliches Haar hellblond färbte und meist offen trug. Nur zum Sport flocht sie sich Zöpfe, die sie kunstvoll um ihren Kopf legte und mit dutzenden von Haarklammern be-festigte. Zudem war sie stets geschminkt, auch tagsüber und so-gar bei den Volleyballspielen, was ich von den Mädchen meiner Stufe so nicht kannte. Tagsüber trug sie ein dezentes, unauf-dringliches, aber nicht übersehbares Make-up und am Abend ein auffälligeres, aber nicht zu grelles.

So war sie auch mir schon aufgefallen, wie eigentlich allen he-terosexuellen Jungen, die sich in Sichtweite zu ihr aufhielten und von denen einige eigens ihretwegen zu den meist sehr langweiligen Volleyballspielen auf die Besuchertribüne kamen.

Sie war nicht auf unserer Schule und auf dezente Nachfrage hatte ich von Helga erfahren, dass sie gerade eine Ausbildung zur Erzieherin in einem Kindergarten abgeschlossen hatte und schon zwanzig war. Infolge ihrer geringen Körpergröße trug sie stets Schuhe mit hohen Absätzen, auf denen sie sich elegant und sicher bewegte.

Außer beim Volleyball, wo sie normale Turnschuhe trug und erstaunlich gut spielte, obwohl die anderen Spielerinnen sie um einen Kopf überragten. Fast immer trug sie bunte Röcke und dazu passende farbige Strumpfhosen. Nahezu alle, die sie näher kennenlernen durften, waren sich sicher, dass sie später mal einen Rockstar heiraten würde.

Und so saß ich auf der Tribüne, summte leise „Suzanne" von *Leonard Cohen*[37] – *I've touched her perfect body with my mind* – und war vollkommen eingenommen von der Anmut und Grazie dieses wunderbaren Wesens und träumte davon, ihr ganz nah zu sein.

Und nun war Lilly verschwunden. Nach der Schule waren Horst und ich zu ihr nach Hause gefahren, aber auf unser Klingeln hin hatte niemand aufgemacht. Auch die Pizzeria hatte geschlossen, was um die Uhrzeit jedoch völlig normal war. Später riefen wir bei Christian an, der aber auch nicht wusste, wo Lilly steckte.

Christian studierte inzwischen an der Universität und wie geplant tatsächlich Tiermedizin. Horst und mir gegenüber verhielt er sich immer noch meistens herablassend arrogant. Aus

---

[37] Leonard Cohen kannte Ole ausnahmsweise nicht von Bert, sondern von seinem eigenen Vater, der ein großer Fan von Cohen war.

der Einsicht heraus, dass er uns sowieso nicht loswurde, versuchte er jedoch zumindest, irgendwie mit uns klarzukommen. Ähnlich wie Helga war auch er sehr eifersüchtig auf uns beide; mehr noch auf Horst, was ich nicht wirklich verstand. Aber Lilly versuchte stets, die Wogen zu glätten, in dem sie erklärte, dass ihr Herz nur ihm, also Christian, gehöre.

Horst war inzwischen selbst Schülersprecher geworden und hatte damit Christians Erbe angetreten. Lilly rühmte sich spaßeshalber damit, die historisch einzige Schülerin der Keksschule zu sein, die gleich mit zwei Schülersprechern befreundet sei.

Ich selbst hielt mich fern von solchen Aktivitäten wie der *Schüler-Mit-Verwaltung*, wie das damals hieß. Mir waren die Leute dort ein wenig suspekt, allein schon, weil sie alle gleich oder zumindest ähnlich aussahen mit ihren Baskenmützen, Koteletten und Dreitagebärten.

Zudem lasen alle diesen Existenzialisten-Quatsch á la Albert Camus oder Jean-Paul Sartre. Horst fand das gut und liebte Albert Camus. Noch mehr liebte er jedoch seine erste Freundin Jennifer.

Jennifer gehörte zu den *Realos*, wie wir sie nannten. Das waren jene wenigen Schülerinnen und Schüler, die erst zu Beginn der Oberstufe, meist von der nahe gelegenen Realschule, zu uns kamen, um bei uns ihr Abitur zu machen.

Realos erkannte man sofort daran, dass sie sich in der Schule ständig verliefen und ihren Kursraum nicht fanden, was auch daran liegen mochte, dass die Nummerierung der Kursräume keinerlei Logik oder Reihenfolge aufwies. Und auch sonst waren sie anders als wir anderen; irgendwie ernster und fleißiger, denn sie hatten viel dafür getan, einen sehr guten Realschulabschluss zu erreichen, der sie zu etwas berechtigte, das für uns selbstverständlich war.

In der ersten Woche der Oberstufe gab es eine sogenannte *Orientierungswoche* für die neuen Schüler. Horst, damals noch nicht Schülersprecher, aber schon aktiv in der *Schüler-Milch-Verwaltung,* wie er es nannte, weil dort auch die Schulmilch organisiert wurde, gehörte zu jenen Schülern, die sich um die Neuen kümmern sollten.

Horst nahm das sehr ernst und kümmerte sich sehr intensiv, besonders um Jennifer, in die er sich auf den allerersten Blick sofort unsterblich verliebt hatte, wie er uns später berichtete.

„Eigentlich hatte ich gar keine Lust auf diese Orientierungswoche und ich weiß auch nicht mehr, wie ich auf die Idee gekommen war, mich freiwillig dafür zu melden", erzählte er, als wir später im Park unter unserem Baum saßen. „Aber die gute Tat wird belohnt, wie meine Mutter immer sagt, und so war es auch, als ich SIE in dem kleinen Kreis von hilflosen und scheuen Realos erblickte. Aufrecht und elegant stand sie da und ihre Erscheinung machte den Raum gleich etwas heller. Als ich sie ansprach, schenkte sie mir ein Lächeln, das mich in die Knie gehen ließ, so geblendet war ich von ihrer reinen Schönheit."

Horst war völlig aus dem Häuschen und spontan total verliebt, was sie offenbar sofort bemerkte und auch gleich erwiderte. Und so hatten sie sich noch für denselben Abend verabredet und waren auch sofort zusammengekommen. Jennifer war ein echter Glücksfall für Horst und wirklich eine tolle Frau. Äußerlich gefiel sie mir nicht so sehr. Vor allem ihre knielangen, karierten Röcke erinnerten mich mehr an die Freundinnen meiner Mutter, aber Horst stand auf so etwas. Und so lebten die beiden eine innige Primanerliebe, die erst nach dem Abitur in Turbulenzen geraten sollte.

Am Abend hatten wir immer noch nichts von Lilly gehört, und so war ich nach Hause gegangen. Eben dort angekommen, meldete sich Horst. Lilly hatte gerade bei ihm angerufen und unter Tränen berichtet, dass ihre deutsche Oma in der Nacht gestorben sei. Dann hatte sie ihn gebeten, Christian und mich zu informieren, wo sie sei und dass es ihr nicht gut gehe.

Von ihrer deutschen Oma hatten wir schon viel gehört und Lilly liebte sie sehr. Vielleicht deshalb, weil sie zu ihrer italienischen Oma nur wenig Kontakt hatte, vor allem aber, weil ihre deutsche Oma eine wunderbare und beeindruckende Frau war. Lilly hatte uns oft von ihr erzählt, und obwohl wir sie nie getroffen hatten, war sie uns irgendwie vertraut.

Sie lebte allein in der Nachbarstadt, denn sie hatte sich schon vor vielen Jahren von ihrem trinkenden und immer schlecht gelaunten Ehemann, den sie nur *den Faulpelz* nannte, scheiden lassen und genoss es seitdem über alle Maßen, endlich ihre Ruhe zu haben.

Lilly kannte den Faulpelz nur vom Hörensagen, da sie noch sehr klein gewesen war, als er damals mit unbekanntem Ziel die Stadt verlassen hatte.

Einige Wochen nach meiner Trennung von Helga[38] saßen wir mal wieder im *Gontscharow*. Horst und Jennifer sowie Lilly und ich. Christian musste angeblich für eine Prüfung lernen. Außerdem war ihm das *Gontscharow* zu *prollig*, wie er sagte, und das war irgendwie typisch für ihn, denn er ging lieber in den *Club*.

---

[38] Das war noch, bevor Lillys Oma gestorben war. Ole verheddert sich hier ein wenig im Zeitablauf seines Berichts.

Lilly und Jennifer hatten sich inzwischen angefreundet und so waren wir nun häufiger zu viert unterwegs.

Es war Samstagabend und wir waren guter Dinge und genossen das Leben. Die hübsche Kellnerin mit dem Pferdeschwanz und dem grünen Rock unter der Schürze hatte gerade zwei Biere und zwei Weißweinschorlen gebracht. Wie immer am Wochenende war das *Gontscharow* gut gefüllt und die Kellnerinnen hatten alle Hände voll zu tun. Irgendwann fiel mir einige Tische weiter eine Gruppe von drei jungen Frauen auf, die mir irgendwie bekannt vorkamen.

Als jene, die mit dem Rücken zu mir saß, sich einmal kurz umdrehte, erkannte ich Susanne und mir schwante, dass alle drei mit Helga Volleyball spielten. Als Susanne mich entdeckt hatte, erhob sie sich elegant von ihrem Stuhl und stöckelte lächelnd auf uns zu.

„Hi Ole, schön, dich zu sehen", flötete sie, obwohl wir zuvor nie ein Wort miteinander gesprochen hatten. Dann grüßte sie freundlich in die Runde. „Ich bin Susanne, eine Freundin von Helga."

Was natürlich gelogen war.

„Wo ist denn Helga?", ergänzte sie, wieder an mich gerichtet.

„Wir haben uns getrennt", antwortete ich knapp.

„Oh, das tut mir aber leid", erwiderte sie und ich meinte, ein leichtes Grinsen in ihrem Gesicht zu erkennen, denn das war natürlich auch gelogen. „Ich hatte mich schon gewundert, denn ich hab dich länger nicht mehr auf der Tribüne gesehen. Einen schönen Abend noch", rief sie in die Runde, drehte sich um und ging sehr langsam, wie ich fand, wieder zurück zu den anderen.

„Wer war das denn?", fragte Jennifer, die als erste ihre Sprache wiederfand.

„Das war Susanne, hat sie doch gesagt", antwortete Horst knapp und grinste.

Lilly gluckste und platzte dann mit lautem Lachen heraus, in das die anderen einfielen. Mir war das alles ein wenig peinlich, ich lachte aber mit und erklärte den anderen, dass Susanne die Kapitänin von Helgas Volleyballmannschaft sei und wir uns eigentlich gar nicht kennen würden.

„Na, so wirkte das aber gar nicht. Ich glaube, Barbie steht auf dich, Ole", meinte Lilly und lachte wieder.

Die anderen hatten die Episode schnell wieder vergessen und wir redeten über andere Dinge wie Schule, Musik oder Horsts spektakuläre Geburtstagsparty. Zwischendurch schaute ich immer wieder zu den drei Damen rüber und ärgerte mich ein wenig, Susanne nur von hinten sehen zu können.

Inzwischen war es spät geworden und das *Gontscharow* leerte sich. Auch die Volleyballerinnen bereiteten sich auf den Aufbruch vor, zahlten und zogen ihre Jacken an. Bevor sie gingen, kamen sie jedoch noch zu uns an den Tisch und grüßten knapp.

„Wir wollen noch ins *Nachtwerk*, die neue Disko in der alten Fabrik. Habt ihr nicht Lust, mitzukommen?", fragte Susanne freundlich in die Runde.

Während wir uns noch fragend ansahen, ergriff Lilly die Initiative. „Ja gern, darüber hatten wir auch schon nachgedacht. Fahrt doch schon mal vor, wir kommen dann nach."

„Sehr schön, dann bis gleich", erwiderte Susanne und alle drei verschwanden.

„Wann haben *wir* darüber nachgedacht?", fragte Horst.

„*Ich* hatte darüber nachgedacht, das genügt doch wohl", meinte Lilly nur lapidar.

„Aber für Disko bin ich völlig falsch angezogen", jammerte Jennifer.

Horst beruhigte sie. „Na dann fahren wir kurz bei dir vorbei, du ziehst dich schnell um und wir treffen die anderen im *Nachtwerk*."

Also trennten wir uns vor dem *Gontscharow* und Lilly und ich fuhren mit unseren Fahrrädern zum *Nachtwerk*.

„Na, zufrieden?", fragte Lilly auf dem Weg.

Ich zuckte mit den Schultern, aber Lilly ließ nicht locker.

„Ole, ich versichere dir: Barbie steht auf dich! Und du scheinst mir auch nicht abgeneigt, so oft, wie du zu ihr rüber geschaut hast. Ich denke, nach der netten, aber eher soliden Helga wird Barbie dir ganz guttun. Wird sicher eine interessante Erfahrung."

Ich verstand nicht, was sie meinte, aber es sollte sich erweisen, dass Lilly mal wieder völlig recht hatte, außer dass *interessant* erheblich untertrieben war.

Im *Nachtwerk* war es noch nicht ganz so voll, wie es später noch werden würde, und bald trafen wir auf Horst und Jennifer. Eine kurze Weile standen wir etwas unschlüssig beieinander.

Aber nur solange, bis ich Susanne sah. Zu meinem großen Erstaunen sah sie völlig anders aus als zuvor im *Gontscharow*. Zu dem dunkelblauen kurzen Rock trug sie nun ein Top mit Spaghetti-Trägern in derselben Farbe wie ihre hellblauen Strümpfe. Ihr Gesicht wirkte noch ein wenig blasser als sonst, was ihre nun weinroten Lippen besonders hervorhob. Dazu trug sie silberne Ohrringe und das Haar offen, das lockig ihren Rücken umspielte und bis zu ihren Hüften reichte. Selbst Lilly wirkte beeindruckt, als sie sie sah, und Horst grinste mir aufmunternd zu.

Als Susanne uns entdeckte, kam sie auf mich zu, nahm lächelnd und wortlos meine Hand und zog mich weg von den anderen. Aus dem Augenwinkel sah ich noch, wie Horst und Jennifer sowie Lilly und die beiden Volleyballerinnen die Tanzfläche enterten.

Susanne zog mich hinter sich her, meinte, es sei schön, dass wir noch gekommen seien und dass ich Helga endlich hinter mir gelassen hätte.

Eigentlich wollte ich ihr erklären, dass Helga sich von *mir* getrennt hatte, aber das schien mir irgendwie jetzt nicht so wichtig. Überhaupt verstand ich so gar nicht, was hier gerade passierte.

Mir war jedoch deutlich bewusst, dass die spektakulärste Frau, die ich bislang getroffen hatte, ausgerechnet mich ausgewählt hatte, um mit mir nun in einer hinteren Ecke des Raumes zu verschwinden. In einer Art Nische, weit weg vom Getümmel, hielt sie an, drückte mich sanft an die Wand und stellte sich dicht vor mich.

Von Ferne hörte ich die Musik, konnte jedoch nicht sofort erkennen, was da gerade lief. Wie sie nun vor mir stand und ich in ihr Gesicht blickte, fiel mir ein, was ich damals im Park von Lilly gelernt hatte. Vorsichtig umfasste ich ihre Hüften, während sie zärtlich ihre Arme um meinen Hals legte. Mit ihren hochhackigen Schuhen war sie nur noch ein wenig kleiner als ich. Wie immer in diesen Momenten wurde mir schwindelig.

Dann flüsterte sie „sag nichts" und sehr plötzlich, aber nicht wirklich überraschend drückte sie ihre Lippen auf meine, öffnete sie ein wenig. Für einen Augenblick hielt sie inne und dann küsste sie mich in einer leidenschaftlichen Art, wie ich es bislang nicht erlebt hatte. Versunken und dabei äußerst konzentriert übernahm sie voll und ganz die Initiative.

Von der Tanzfläche drang ein stampfendes *„Heartbeat, increasing heartbeat"* zu uns herüber und mein Herzschlag echote dazu in meinem Kopf. Mir flatterten die Knie, Wellen mir bislang völlig unbekannter Hormone durchfluteten meinen Körper und endlich erkannte ich den Song *„This town ain't big enough for both of us"* [39], was sich wenige Monate später leider als völlig korrekt erweisen sollte.

Plötzlich, wie sie begonnen hatte, ließ sie von mir ab. Mit einer Kopfbewegung warf sie ihr Haar zurück und schenkte mir ein zuckersüßes Barbie-Lächeln.

„Okay, nachdem das geklärt ist, können wir nun zum gemütlichen Teil des Abends übergehen. Ich habe Durst. Besorg mir doch bitte mal einen Prosecco. Ich muss mich ein wenig frisch machen."

Damit stöckelte sie davon und ließ mich vollkommen überwältigt und ein wenig ratlos zurück. Was meinte sie nur mit *geklärt*?

An der Bar holte ich einen Sekt – Prosecco war aus – und ein Bier und wartete auf sie. Als sie nach einer gefühlten Ewigkeit zurückkam, sah sie aus wie vor unserer Knutscherei. Sie nahm den Sekt, trank ihn in einem Zug aus, fasste wieder meine Hand und zog mich auf die Tanzfläche. Den Rest der Nacht tanzte sie ausgelassen und mit einer beeindruckenden Ausdauer. Auch hier entfaltete sie große Leidenschaft und ich konnte mich nicht wirklich sattsehen an ihr.

---

[39] Der Opener des älteren Albums „Kimono My House" von den *Sparks*.

Irgendwann nach drei spielte der DJ ein paar langsamere Stücke. Ich stand schon seit Längerem am Rand und schaute ihr beim Tanzen zu. Nun kam sie zu mir und zog mich wieder auf die Tanzfläche, um ganz eng mit mir zu „Wicked Game" [40] Klammerblues zu tanzen. Erst jetzt fiel mir ihr Parfüm auf, das nur sehr dezent zu riechen war und von dem ich nicht wusste, ob es mir gefiel.

Horst und Jennifer waren irgendwann gegangen und Lilly schien sich mit den beiden Volleyballerinnen angefreundet zu haben. Die drei saßen an der Bar und waren in ein Gespräch vertieft.

Nachdem das Nachtwerk um halb fünf geschlossen und uns in den beginnenden Morgen entlassen hatte, gab Susanne mir einen flüchtigen Kuss auf die Wange, schlenderte zusammen mit ihren Freundinnen zu ihrem Auto und fuhr davon.

Lilly knuffte mich in die Seite.

„Na, hatte ich recht? Barbie steht auf dich, das war sonnenklar. Sie suchte nur eine passende Gelegenheit, deshalb habe ich auch gleich zugestimmt, hierher zu kommen. Und ich wette, dass sie nicht zufällig im Gontscharow war, denn ich habe sie zuvor nie dort gesehen."

Und auch hier sollte Lilly recht behalten. Wie ich später von Susanne erfuhr, war es tatsächlich kein Zufall gewesen. Von Helga hatte sie unauffällig in Erfahrung gebracht, wo ich meistens zu finden sei. Und dass Helga sich von mir getrennt hatte, wusste sie da ebenfalls bereits.

„Und wie findest du sie?", fragte ich noch.

---

[40] Oft gecovert, aber in dieser magischen Nacht im Original von Chris Isaac.

„Sie ist schon eine beeindruckende Erscheinung und sie weiß genau, was sie will und wie sie es bekommt. Und heute wollte sie dich. Genieß es, mein lieber Ole, solange es geht. Aber komm bitte nicht auf die Idee, dich ernsthaft zu verlieben."

Aber das war bereits geschehen.

In den folgenden Tagen hörte ich nichts von Susanne. Ich wusste weder, wo sie wohnte, noch, wo sie arbeitete, und Helga fragen konnte ich auch nicht. Susanne wusste zumindest, auf welche Schule ich ging, aber sie ließ sich dort nicht blicken.

Horst meinte, Susanne *spiele* mit mir. Überhaupt war er nicht ganz überzeugt, dass das mit uns beiden gut gehen würde, und er wirkte ein wenig besorgt. Zunächst hatte ich gedacht, er wäre nur neidisch, aber er war immer noch völlig vernarrt in Jennifer. Noch in der Nacht unseres Besuchs im *Nachtwerk* hatte er zum ersten Mal mit ihr geschlafen und war seitdem nur noch im *Traumland* unterwegs.

Die Lösung für mein Problem fiel mir selbst ein und so saß ich am nächsten Samstag wieder auf der Tribüne und schaute mir das gefühlt tausendste Volleyballspiel an. Inzwischen glaubte ich sogar, die seltsamen Regeln verstanden zu haben, was natürlich nicht stimmte, da ich immer noch häufig in den falschen Momenten jubelte, was böse Blick seitens der Umsitzenden provozierte.

Als Helga mich auf der Tribüne erblickte, staunte sie nicht schlecht und winkte mir freundlich lachend zu. Das Lachen verging ihr jedoch schnell, als Susanne mir ein halbes Dutzend Kusshände zuwarf, bevor sie ihren ersten Aufschlag zielgenau im Feld des Gegners versenkte.

Nach dem Spiel wartete ich vor der Halle. Helga kam mit einigen anderen Spielerinnen zusammen als erste heraus und warf mir einen vernichtenden Blick zu, sagte aber kein Wort, als sie an mir vorbei ging.

Kurz danach erschien Susanne vor der Tür, fiel mir um den Hals und gab mir einen Kuss auf die Wange. Ich hob sie ein Stück in die Höhe und wirbelte sie eine halbe Drehung herum. Helga war unterdessen stehen geblieben, hatte sich umgedreht und starrte fassungslos in unsere Richtung.

„Wo hast du gesteckt? Ich hab dich vermisst!", sagte ich ein wenig vorwurfsvoll, aber Susanne ging nicht darauf ein.

„Hast du heute Abend schon was vor?", fragte sie nur.

Auf ihren Vorschlag hin verabredeten wir uns für den Abend fürs Kino. Und so holte ich sie rechtzeitig ab und wir fuhren gemeinsam in die Nachbarstadt.

Zusammen mit zwei Freudinnen wohnte sie in einer WG und ich fühlte mich ein wenig komisch, noch zur Schule zu gehen und bei meinen Eltern zu wohnen. Und dann hatte sie auch noch ein altes blaues Auto und ich nicht einmal einen Führerschein.

Sie hatte vor der Haustür auf mich gewartet und sah wieder bezaubernd aus.

Ich wollte sie gleich küssen, aber sie hielt mich auf Abstand und meinte, ich solle ihr Makeup nicht gleich wieder ruinieren so wie beim letzten Mal.

Das sagte sie in den kommenden Wochen häufiger. Zwar war ich stets beeindruckt, wie sie immer anders aussah. Andererseits war sie akribisch darauf bedacht, immerzu perfekt auszusehen, sodass ich sie in der Öffentlichkeit immer nur sehr vorsichtig berühren durfte.

Ich selber hatte mir kürzlich von meinem Ersparten eine enge schwarze Lederhose gekauft, die ich häufig trug und mich darin so cool wie Jim Morrison[41] fühlte.

Der Film war ziemlich uninspiriert, sodass ich den Titel sowie den kaum vorhandenen Inhalt gleich wieder vergaß. Zudem hatte ich eigentlich gar keine rechte Lust, mit meiner wunderschönen neuen Freundin im dunklen Kino zu sitzen. Ihr hatte der Film gefallen, wie sie sagte. Danach schlug ich vor, noch irgendwo hinzugehen, aber sie wollte lieber nach Hause.

Meinen enttäuschten Blick konterte sie mit der passenden Aufforderung.

„Du kannst gern mit zu mir kommen. Ich hab aber nicht aufgeräumt."

Also fuhren wir zu ihr und mir war deutlich klar, was das zu bedeuten hatte.

„Jetzt ist mein Makeup auch egal", flüsterte sie im Hausflur angekommen in mein Ohr.

Dann drückte sie mich an die Wand und küsste mich wieder so wie vor einer Woche in der Disco. Diesmal überließ ich es ihr jedoch nicht allein, sondern übernahm schnell die Initiative. Und so küsste *ich sie* statt umgekehrt.

Dazu hatte Lilly mir eindringlich geraten, als ich ihr von meinen Erlebnissen in der Disco berichtet hatte. Lilly hatte gemeint, eine Frau wie Susanne würde gern mal den Ton angeben, aber ich würde ihr sicher schnell langweilig, wenn ich immer alles nur *mit*machen würde.

---

[41] Der coole, brillante, charismatische und viel zu früh (1971) verstorbene Sänger der Band *The Doors*, der auf fast allen Fotos, die es von ihm gibt, eine schwarze Lederhose trägt und den Horsts Vater geradezu anbetete.

Susanne schien das zu gefallen und so wiederholten wir es auf jedem Treppenabsatz, und oben an der Wohnungstür angekommen, war ihr Makeup tatsächlich ziemlich ruiniert.

Lachend und ausgelassen betraten wir die Wohnung und Susanne führte mich gleich in ihr Zimmer, das so aufgeräumt war wie meines noch nie. Ihre Mitbewohnerinnen waren zwar zu Hause, aber ich bekam sie an diesem Abend nicht zu Gesicht.

Ihr Zimmer war groß und hell und in der Mitte stand ein großes breites Bett aus weiß gestrichenem Holz, daneben ein gemütliches altes Sofa, ein kleines Regal mit Kram darin und eine altmodische Frisierkommode mit allerlei Schminksachen. Beherrscht wurde der Raum jedoch von dem Kleiderschrank, der fast über die ganze Wand ging.

Nachdem sie ihre Jacke ausgezogen hatte, öffnete sie eine der Schranktüren und deutete mit der Hand hinein.

Hinter der Tür hingen an die zwei Dutzend Dessous unterschiedlichster Art und Farbe, vom durchsichtigen hellblauen Babydoll bis hin zum eleganten Seidentop mit einem rosafarbenen, langen wallenden Tüllrock.

„Such dir was aus und leg es auf das Bett, ich geh mal kurz duschen." Damit ließ sie mich verdattert im Raum zurück.

„Und wofür hast du dich entschieden?", fragte Lilly neugierig und auch Horst wirkte plötzlich sehr aufmerksam.

Wir saßen am Sonntag zu später Stunde bei Giovanni in der Pizzeria. Den Abend über hatte ich Giovanni in der Küche geholfen und Lilly hatte gekellnert. Als das Restaurant sich merklich geleert hatte, war Horst dazu gekommen. Nun genossen wir Wein und Pizza und ich erzählte von meinem ersten Abend mit Susanne. Die pikanten Details sparte ich jedoch aus und ließ sie noch ein bisschen zappeln.

„Mann, Ole, jetzt zier dich nicht. Horst hat uns auch alle Details von seinem ersten Mal erzählt", lachte Lilly mich an.

„Es war nicht mein erstes Mal", versuchte ich eine Ausflucht.

„Auf diese Weise schon", konterte sie und hatte auch damit recht, aber woher wusste sie das schon wieder?

Zum Glück kam Jennifer dazu und ich machte eine Pizza für sie und war fürs erste vom Haken.

In den kommenden Wochen arbeiteten wir uns systematisch durch ihre gesamte Dessous-Kollektion. Meist trafen wir uns am Wochenende, seltener während der Woche. Häufig gingen wir in die Disco, in die Kneipe und hin und wieder ins Kino.

Wo sie auch auftauchte, fiel Susanne sogleich auf und es sammelten sich stets ein paar Jungen oder junge Männer und machten ihr Komplimente oder gaben ihr Drinks aus. Die meisten von ihnen ließ sie kaltherzig abblitzen, aber dem einen oder anderen schenkte sie dann doch ein wenig Aufmerksamkeit.

Seit Neuestem war nun noch der Kapitän der Männervolleyballmannschaft in sie verknallt und stellte ihr nach, was ihr durchaus zu schmeicheln schien.

Zunächst war ich mächtig stolz und genoss die neidischen Blicke, aber mehr und mehr fühlte ich mich wie in einem fortwährenden Abwehrkampf gegen alle, die mir meine Freundin wegnehmen wollten.

Zudem störte mich, dass sie mich in der Öffentlichkeit stets ein wenig auf Abstand hielt. Zum einem war sie immerzu besorgt um ihr Makeup, zum anderen schien sie die ständigen Avancen der Männer zu genießen, von denen die wenigsten zu bemerken schienen, dass sie zusammen mit ihrem Freund unterwegs war. Irgendwann sagte ich ihr das und warf ihr vor, zu sehr auf ihr Äußeres bedacht zu sein. Sie schien nicht überrascht, als hätte sie mit so etwas schon gerechnet.

„Da hast du völlig recht, mein Liebster. Und ich verrate dir mal ein Geheimnis." Mit gespielt leiser Stimme fuhr sie fort. „Ich bin klein, habe unreine Haut und eine nichtssagende Haarfarbe. Meine *natürlichen Ressourcen* sind sozusagen etwas eingeschränkt. Deshalb muss ich mich mehr anstrengen als andere. Aber zum Glück gibt es Schuhe mit hohen Absätzen und die Mode- und Kosmetikindustrie, die mir gute Dienste leisten."

„Aber das Äußere ist doch nicht alles", stammelte ich dazwischen.

„Natürlich nicht, aber es hilft ungemein. Oder willst du etwa behaupten, ich wäre dir aufgefallen, weil ich so geistreich und humorvoll bin? Du warst schon hoffnungslos in mich verknallt, bevor wir auch nur ein Wort miteinander geredet hatten!"

Da konnte ich nicht widersprechen, aber irgendwie gefiel mir nicht, was das über *mich* aussagte, obwohl ich das nicht wirklich wusste.

„Und dafür muss *ich* einen erheblichen Aufwand treiben. Die Prinzessinnen, mit denen du sonst unterwegs bist, die brauchen das alles nicht, die sind makellos und auf Rosen gebettet. Wie etwa dieses *Engelchen* von deinem Freund Horst. Die trägt die furchtbarsten Klamotten und sieht trotzdem immer irgendwie *süß* aus. Oder *deine* Lilly, mit ihrem leicht südländischen Teint und dem naturblonden Haar. Die ist einfach immer nur schön, eine echte *Kartoffelsackschönheit*."

In meinen fragenden Blick hinein folgte die Erläuterung. „Deine Lilly könnte auch einen alten Kartoffelsack anziehen, mit drei Löchern drin für Kopf und Arme, und sie sähe immer noch elegant und wunderschön aus."

Da konnte ich ihr nur von ganzem Herzen zustimmen, was ich natürlich nicht tat. Stattdessen schwieg ich verlegen und fragte mich, ob ich noch auf dem richtigen Weg war. Aber nur kurz, denn eigentlich war alles aufregend und spektakulär mit Susanne.

Sie ging gerne aus und wollte immerzu Neues ausprobieren. Mit ihr zusammen taten sich in einem fort ganz neue Welten für mich auf, die wir mit rasender Geschwindigkeit erforschten. So verflogen die Wochen und irgendwann ging mir die Puste aus.

Mit ihr allein war es ausnahmslos immer wunderschön. Nur wenn wir unterwegs waren, und das waren wir ständig, nervte es mich mit der Zeit dann doch ziemlich an, dass sie in einem fort belagert wurde.

Mitunter sehnte ich mir die entspannte Zeit mit Helga zurück. Helga war keineswegs unattraktiv und auch mit ihr bemerkte ich, vor allem in der Schule, häufiger neidische Blicke anderer Schüler, aber bei Helga war ich mir immer sicher gewesen, dass wir zusammengehörten, und das hatte sich gut angefühlt. Susanne schien immerzu *auf dem Sprung* und kurz davor, mir zu entgleiten.

An einem Abend lagen wir in ihrem großen Bett und sie rauchte *die Zigarette danach*, wie sie es nannte.

„Sag mal, spielst du mit mir?", fragte ich unvermittelt.

Das war natürlich eine bescheuerte Frage, aber sie war mir gerade durch den Kopf gegangen und Horst hatte mal so etwas gesagt. Susanne wusste offenbar sofort, was ich meinte, und auch eine passende Antwort.

„Natürlich spiele ich mit dir, mein lieber Ole! Genauso, wie du mit mir spielst. Wir sind jung und das Leben ist prall und wir versuchen, alles mitzunehmen, was wir bekommen können, und genießen es nach Kräften. Die Welt liegt uns zu Füßen und hält große Abenteuer für uns bereit, wir müssen uns nur darauf einlassen."

Das klang fast philosophisch und irgendwie passte es zu ihr. Aber ganz einverstanden war ich nicht.

„Schon klar. Aber ist das nicht etwas zu kurz gedacht? Immerhin haben wir ja auch eine gewisse Verantwortung für diese Welt."

Helga war in diversen Umweltgruppen aktiv und hatte mir häufig davon erzählt, was in der Welt alles gründlich schieflief.

Susanne lachte laut auf.

„Ach, ihr Jungs vom Gymnasium seid herrlich, aber immer so verkopft. *Ver-ant-wor-tung*", sie betonte das Wort auf jeder Silbe, „das ist was für die Erwachsenen. Ich meine die *richtigen* Erwachsenen. Um die Last der Welt kannst du dich später immer noch kümmern und meinetwegen Verantwortung für deine Familie oder was auch immer übernehmen. Aber jetzt sind wir jung, und das werden wir nur einmal sein, und was wir jetzt verpassen, das holen wir später gewiss nicht mehr nach."

„Aber es geht doch um mehr als nur um den Spaß. Ich liebe dich, Susanne!", erwiderte ich ein wenig ratlos.

„Ich weiß", antwortete sie nun ernst. „Aber dir ist doch auch klar, dass das hier nur eine Phase unseres Lebens ist. Später wirst du dich an mich erinnern als die Freundin *nach* Helga und *vor*, was weiß ich, vielleicht Silke oder so. So jemand wie *ich* fehlte noch in deiner Sammlung zwischen diesen hübschen, braven, blassen und soliden Gymnasiastinnen und später Studentinnen. Und ganz ehrlich: Jemand wie *du* fehlte auch mir noch in meiner Sammlung. Das war so süß, wie du immer brav auf der Tribüne gesessen und jeden Ball von Helga bejubelt hast und dabei *mir* verstohlene und sehnsüchtige Blicke zuwarfst. Da habe ich entschieden, dich auf meine Shortlist zu setzen, und Helga erst mal auswechseln lassen. Und dann warst du so herrlich verkopft und verklemmt, aber irgendwie auch ein klein wenig cool in deiner engen Lederhose."

„Ich bin nicht verklemmt!", erwiderte ich trotzig.

„Klar, jetzt nicht mehr", sagte sie mit einem breiten Grinsen. „Aber erinnere dich mal an unseren ersten Kuss, damals im *Nachtwerk*. Als wäre es das erste Mal für dich gewesen. Was hast du mit Helga eigentlich so gemacht? Habt ihr immer nur Händchen gehalten und dabei über Literatur gesprochen?"

Ich musste schlucken, aber bevor ich etwas antworten konnte, sprach sie schon weiter.

„Nach dem Kuss wollte ich dich eigentlich gleich wieder von meiner Liste streichen, aber dann saßest du plötzlich auf der Tribüne und Helgas Gesicht war so herrlich, als sie bemerkte, dass du gar nicht ihretwegen dort warst. Ich glaube, sie hat sich echt neue Hoffnungen gemacht, und das konnte ich ihr natürlich nicht durchgehen lassen. Du siehst, es ist alles ein großes Spiel. Also, Ole, spiel mit mir! Und genieße es, solange es eben geht." Bei den letzten Worten hatte sie langsam ihren Slip ausgezogen und blickte mich nun herausfordernd an.

Wie ich damals noch nicht wusste, schliefen wir da zum letzten Mal miteinander. Knapp zwei Wochen später gab sie dem Drängen des Kapitäns der Männervolleyballmannschaft nach und verließ mich mit den Worten „Ole, es war wirklich schön mit dir, aber jetzt ist es an der Zeit, weiterzuziehen. Da draußen warten noch so viele spannende Männer und Abenteuer auf mich."

Eigentlich hatte es mich nicht überrascht, dennoch war ich tief getroffen und eifersüchtig. Die erste Zeit vermisste ich sie sehr und es dauerte eine ganze Weile, bis ich mich erholte. Danach habe ich Susanne nur noch einmal zufällig wiedergesehen, und ein Volleyballspiel habe ich nie wieder besucht.

Und nun war auch noch Lillys Oma gestorben und Lilly war am Boden zerstört. Als sie nach einigen Tagen wieder nach Hause kam, waren Horst und ich sofort bei ihr, um sie nach Kräften zu trösten, was uns jedoch nicht so richtig gelingen sollte.

Lilly ging es so schlecht, wie wir es bei ihr zuvor noch nicht erlebt hatten. Sie weinte viel, was wir ebenfalls nicht von ihr kannten. Überhaupt fühlten wir uns sehr hilflos. Eigentlich hatten wir ja gedacht, schon ziemlich erwachsen zu sein, und wir wussten natürlich, dass Menschen, gerade alte Menschen, irgendwann mal sterben, aber so nah war es uns noch nicht gekommen. Obwohl – so nah war es ja auch wieder nicht, da wir Lillys Oma gar nicht gekannt hatten.

Christian hatte sich ebenfalls bemüht, Lilly zu trösten, dann aber bald die Geduld verloren, als sie auch nach Tagen, wie er meinte, immer noch spontan in Tränen ausbrach.

Damals wurden die ersten Risse in ihrer Liebe sichtbar, und zum ersten Mal überhaupt nahm Lilly ihn nicht in Schutz, sondern zeigte offen ihre Enttäuschung. Ich meinte damals, Lillys Gemütszustand gut nachzuempfinden, ging es mir doch wegen

Susanne ebenfalls sehr elend – und geweint hätte ich auch gern, was ich dann auch tat.

Nur Jennifer und Horst waren immer noch und immerzu im *Traumland der Liebe* unterwegs, hielten sich aber dezent zurück mit ihrem Glück. Stattdessen kümmerten sie sich um uns und mühten sich redlich, uns aufzumuntern, was ihnen mit der Zeit auch immer besser gelang.

Lilly *verarbeitete*, wie sie es nannte, ihre Trauer, indem sie uns unzählige Geschichten von ihrer Oma erzählte und damit ihre Erinnerung wachhielt. Die meisten davon habe ich vergessen, lediglich die Geschichte, wie Lilly und ihre Oma über mehrere Jahre hinweg gemeinsam den Rosenmontag verbrachten, ist mir lebhaft in Erinnerung geblieben.

Lilly liebte Karnevalsumzüge, die es jedoch in unserer Gegend nicht gab und auch nicht in der Gegend, in der Lillys Oma lebte. Also schauten Lilly und ihre Oma an jedem Rosenmontag gemeinsam den Rosenmontagsumzug in Köln im Fernsehen. Dabei saß Lilly immer in einem Sessel nahe vor dem Fernsehgerät und starrte gebannt auf das Geschehen. Ihre Oma saß auf dem Sofa direkt hinter ihr.

Immer, wenn im Fernsehen von einem Wagen Bonbons in die Menge geworfen wurden, landeten davon auch ein paar im Wohnzimmer. Meist knallten die *Kamelle*, wie der Kölner die Bonbons nennt, mit lautem Krachen hinten an die Wand oder gegen den Schrank im Wohnzimmer. Zwischendurch bat die Oma Lilly, doch mal zu prüfen, ob die Scheibe des Fernsehers noch ganz sei, und Lilly strich dann über das Glas und prüfte es sorgfältig.

Nach dem Umzug sammelte Lilly die Kamelle ein und zog damit durch die Siedlung, um den staunenden Nachbarn der

Oma zu zeigen, wie viele sie gesammelt hatte. Es dauert einige Jahre, bis Lilly das Mysterium der durch die Mattscheibe fliegenden Kamelle durchschaute.

Als sie Jennifer, Horst und mir diese Geschichte erzählte, bekamen wir eine Vorstellung vom Wesen und vom Humor dieser ganz besonderen Oma.

Und so verging die Zeit bis zu den Abiturprüfungen eher lautlos. Lilly und Christian hatten sich versöhnt, Jennifer und Horst waren immer noch verliebt und unzertrennlich und ich selbst fand langsam wieder in die Spur zurück, hielt mich vorsichtshalber aber erst mal noch von Mädchen und Frauen fern.

Hin und wieder unternahm ich etwas mit Helga, was mir nach der turbulenten Zeit irgendwie guttat. Helga hatte mir vergeben und es schien mir, als täte ich ihr ein wenig leid. Bis auf gelegentliches *Händchenhalten*, wie Susanne es herablassend genannt hatte, kamen wir uns jedoch nicht wieder näher. Auch vermied ich es, ihr irgendetwas von Susanne zu erzählen; schon gar nicht, was diese über Helga so alles gesagt hatte.

Schließlich kam die Zeit der Abschiede.

Natürlich wussten wir, dass das auf uns zukommen würde, aber wir hatten so lange, wie es irgendwie ging, verdrängt, uns darüber Gedanken zu machen.

Zudem waren wir voll und ganz mit unseren Prüfungen beschäftigt und als diese dann erledigt waren, genossen wir für einen sehr kurzen Moment eine große Erleichterung und dann wurde uns endgültig klar, dass sich nun alles ändern würde.

Horst und ich hatten den Kriegsdienst verweigert, gleichermaßen aus Überzeugung, aber natürlich auch, weil wir keine

Lust auf Bundeswehr hatten. Horst plante, Medizin zu studieren, und hatte in einem Krankenhaus in der Nähe eine Stelle gefunden und mir gleich eine mitbesorgt. Eigentlich hatte ich meinen Zivildienst in einem Jugendheim machen wollen, aber Krankenhaus schien mir auch interessant.

Horst hatte das beste Abitur unserer Stufe gemacht, was bei der feierlichen Übergabe unserer Abiturzeugnisse dazu führte, dass er gleich zweimal auf der großen Bühne eine kurze Rede halten musste: einmal in seiner Rolle als Schülersprecher und dann noch einmal als Jahrgangsbester.

Er machte das beides sehr souverän und wir waren alle mächtig stolz auf ihn. Lilly strahlte, wie nur sie es konnte, und Jennifer liefen Tränen über das Gesicht, als Horst zu Ende geredet und es nicht versäumt hatte, ihnen beiden für ihre Liebe und Freundschaft zu danken. Dabei hatte er offenbar bewusst offengelassen, was für wen galt.

Da Horst damit den Studienplatz in Medizin quasi geschenkt bekam, wie er es nannte, musste er nicht lange überlegen. Ich selbst war ganz froh, erst einmal den Zivildienst zu machen, hatte ich doch keinen blassen Schimmer, was ich mit meinem guten, wenn auch nicht überragenden Abitur machen sollte.

Jennifer hatte immer schon, wie sie sagte, davon geträumt, mal im Ausland zu studieren, und es war ihr tatsächlich gelungen, einen Studienplatz für ein Studium der *Romanistik* in Paris zu bekommen. Das Beste aber war, dass sie dazu auch noch ein Stipendium aus dem *Erasmus-Programm*[42] der Europäischen Union ergattert hatte.

---

[42] Das Erasmus-Programm fördert junge Menschen, die ein Studium im europäischen Ausland anstreben. Siehe auch: https://www.erasmusplus.de

Seit wir sie kannten, war Jennifer ehrgeizig und zielstrebig gewesen, und hatte neben einem sehr guten Abitur auch das harte Auswahlprogramm geschafft. Horst freute sich für sie, jedoch sorgte er sich, was denn nun aus ihnen werden würde.

Jennifer meinte, Paris sei gar nicht so weit weg und er könne sie jederzeit besuchen und sie würde in den Ferien auch häufiger zurückkommen. Trotz alledem lastete eine gewisse Schwermut über den beiden, zumal Jennifer zu Beginn des Sommers mit den Vorkursen an der Universität beginnen und daher schon sehr bald umziehen würde.

Helga hatte sich an diversen Journalistenschulen beworben, war aber nirgends genommen worden, und so begann sie erst einmal ein Studium der Germanistik und Theaterwissenschaft an der hiesigen Universität.

Und Lilly hatte Sehnsucht nach ihrer *zweiten Heimat*, wie sie es nannte, und sich daher entschlossen, für ein Jahr nach Rom zu gehen, um dort *au pair* zu machen. Sie hatte eine nette Familie gefunden, bei der sie ab dem Spätsommer in *Trastevere*, einem Stadtteil westlich des *Tibers*, wohnen und sich um die zwei kleinen Kinder der Familie kümmern würde.

Vor allem aber wollte sie die südländische Lebensart genießen und ihr Italienisch etwas aufpolieren. Horst und ich mussten ihr versprechen, sie Ostern in Rom zu besuchen. Sie selbst würde Weihnachten zu Hause sein und freute sich schon, uns dann wiederzusehen. Christian war von der Idee nicht begeistert. Er hatte gehofft, Lilly und er würden zusammenziehen, und nun musste er sich ebenso wie Horst auf eine Fernbeziehung einstellen.

Solche Probleme hatte ich zum Glück nicht.

Kurz nach Jennifers Abreise begannen Horst und ich unseren Zivildienst und schließlich wurde es auch für Lilly Zeit, sich auf den Weg in die Welt zu machen. Bevor sie am Montag den Zug nach Rom besteigen würde, hatte sie uns am Samstag zuvor in die Pizzeria eingeladen. Nur Horst und mich; für Christian hatte sie den Sonntag reserviert.

Nachdem wir ausgiebig gegessen und Wein getrunken hatten, gingen wir hinauf in ihr Zimmer, da sie dringend noch etwas Wichtiges mit uns hatte besprechen wollen und kleine Geschenke für uns hatte.

Auf dem kleinen Tisch neben ihrem Bett standen zwei Pakete mit Schleife. Seit der Abifeier kannte Lilly unsere zweiten Vornamen, die sie sehr lustig fand und die nun auch auf den kleinen Schildchen standen, die an den Paketen baumelten. Aber dazu kämen wir später, meinte sie und holte erst einmal ihre Gitarre hervor.

Und dann sang sie glockenrein und wunderschön und nur für uns „You've got a friend" von *Carole King*[43]. Horst und mir wurde ganz schummrig und wir verstanden sofort, was sie uns damit sagen wollte. Zur Sicherheit, wie sie meinte, erklärte sie es uns aber noch einmal auf Deutsch.

„Jungs, passt jetzt bitte gut auf!", sagte sie laut und deutlich. „Was vor vielen Jahren im Vorraum des Fahrradkellers so hoffnungsvoll begann, wird am Montag keineswegs enden. Auch wenn ich nun für eine Weile in einer anderen Stadt und sogar einem anderen Land sein werde, seid ganz gewiss: Ich werde euch niemals vergessen und ihr werdet immer in meinem Herzen sein." Sie holte kurz Luft und fuhr feierlich fort. „Und ich

---

[43] Der siebte Song auf dem Album „Tapestry" von *Carol King*.

verspreche euch: Ich werde immer eure Freundin und immer für euch da sein! Egal, was passiert und wo immer ich gerade bin."

Dann deutete sie mit der Hand auf das Lebkuchenherz, das Horst und ich ihr vor langer Zeit nach unserem ersten gemeinsamen Kirmesbesuch geschenkt hatten und das seitdem an einem Nagel an ihrer Wand hing.

Unvermittelt lachte sie laut los.

„Alles okay, Jungs? Ihr wirkt gerade echt gerührt. Gut so, das war auch meine Absicht."

Horst fand als erster seine Sprache wieder. „Gut gesprochen, Lilly. Genauso empfinden wir auch." Ich stupste ihn an, aber er ließ sich nicht beirren. „Ruhig, Ole, ich spreche jetzt auch für dich", erklärte er feierlich, bevor ich etwas einwenden konnte. „Liebste Lilly, und wir versprechen dir: Wir werden immer deine besten Freunde und immer für dich da sein! Nicht wahr, Ole?"

Ich konnte nur nicken, denn Lilly war uns beiden um den Hals gefallen und drückte uns, so fest sie konnte. Zur Sicherheit wiederholte ich es auch noch einmal.

„Okay, nachdem das geklärt ist, können wir nun zum gemütlichen Teil des Abends übergehen", meinte Lilly schließlich.

Irgendwie kam mir die Formulierung bekannt vor, ich dachte jedoch nicht länger darüber nach, da Lilly uns nun unsere Geschenke überreichte.

Horst durfte als erster sein Päckchen mit der Aufschrift *Horst Leander* auspacken. Darin befand sich ein Blumentopf mit einem Setzling für einen ganz besonderen Baum, wie Lilly sogleich erklärte. Horst freute sich wirklich sehr darüber und hatte auch schon eine Idee, wo er den Setzling einpflanzen würde.

Auf dem Schild des anderen Päckchens stand *Ole Stefan* und es war für mich bestimmt. Darin fand ich ein *Hard Rock Café* T-Shirt aus *Lummerland*. Vor einiger Zeit hatte ich mich darüber beklagt, dass es an so wunderbaren Orten, wie etwa dem *Lummerland* bislang kein *Hard Rock Café* gab.

Horst und ich sammelten seit Langem die T-Shirts aus den *Hard Rock Cafés* dieser Welt und wir hatten schon jeder eines aus Köln und Amsterdam, die wir von einem Klassenausflug mitgebracht hatten. Und bald würden wohl noch welche aus Paris und Rom dazukommen.

Am Montagmorgen trafen wir vier uns am Hauptbahnhof, um Lilly zu verabschieden. Lillys Eltern waren daheim geblieben, da Giovanni, wie er sagte, es nicht übers Herz bringen würde, am Bahnsteig zu winken, wenn seine einzige Tochter das Nest verließ. Lilly bemühte sich nach Kräften, so zu tun, als freute sie sich, und versuchte, uns drei aufzumuntern, die wir ziemlich schwermütig hinter ihr her trotteten.

Christian trug ihren großen alten Koffer und Horst ihren Rucksack. Als der Zug einfuhr, umarmte sie uns alle drei hintereinander und küsste uns wortlos auf den Mund; Horst und mich nur kurz und Christian etwas länger. Dann verschwand sie im Zug, öffnete ein Fenster und winkte uns traurig lächelnd zu, bis der Zug nicht mehr zu sehen war.

Christian, Horst und ich standen verloren und verlassen auf dem Bahnsteig und starrten dem Zug hinterher. Alle drei versuchten wir, so cool wie möglich zu bleiben, was Christian und mir nur mit großer Mühe gelang. Horst hingegen liefen die Tränen übers Gesicht, wie ich es bei ihm zuvor noch nie und danach nur noch zweimal erlebt habe.

やどかり

Wenige Tage nach unserem gemeinsamen Abend mit Sarah, Fabian und Horst platzte mitten in der Nacht Mareikes Fruchtblase, und so wurde es Zeit, sich von unserer Zweisamkeit zu verabschieden.

Intermezzo[44]

Die Geburt war lang und anstrengend für alle Beteiligten, aber Mareike tat ihr Bestes und Ole versuchte, sie nach Kräften zu unterstützen, und so kamen nach einer gefühlten Ewigkeit hintereinander zwei ein wenig verschrumpelte, jedoch gesunde Babys zur Welt. Ole war erschöpft wie selten zuvor, aber überglücklich wie noch nie in seinem Leben, als er die beiden in seinen Armen hielt. Mit einem Mal wurde ihm die *Bedeutung des Lebens* als solche bewusst. Das bildete er sich zumindest ein, denn eine Woge heftiger Euphorie hatte ihn überwältigt, die noch über Wochen andauern würde.

Wie vor langer Zeit verabredet, nannten sie ihre Tochter *Jule* und ihren Sohn *Jan* und obwohl Jule eine halbe Stunde älter war als ihr Bruder, wurden sie beide meist *Jan & Jule* gerufen und nach einiger Zeit nur noch kurz JJ, sprich *Jay-Jay*. Die ersten Wochen nach der Geburt waren wie erwartet sehr hart für alle vier. Als hätten JJ beschlossen, auf gar keinen Fall irgendetwas in ihrer neuen Welt zu verpassen, wechselten sie sich mit dem Schlafen ab. In der Folge war immer einer von beiden hellwach und die Eltern kamen eigentlich nie mehr zur Ruhe. Getrieben von seiner Euphorie versuchte Ole, sich um alles zu kümmern und die Dinge am Laufen zu halten, und entwickelte dabei eine auch ihn selbst überraschende Ausdauer.

Mareike hingegen war nur müde und erschöpft und verfiel sehr bald in eine sogenannte Wochenbettdepression. Damit hatte

---

[44] In den ersten beiden Jahren nach der Geburt hatte Ole einfach nicht die Zeit, selbst zu erzählen, daher scheint dieses Intermezzo notwendig.

niemand gerechnet, am wenigsten sie selbst. Bislang kannte sie jeder, vor allem Ole, nur voller Energie und Leidenschaft für die Dinge, für die sie sich entschieden hatte. Nun lag sie meist in ihrem Bett, die Decke über den Kopf gezogen und von tiefer Traurigkeit durchdrungen. Und sie hatte nicht die Spur einer Idee, wie es dazu hatte kommen können.

Mit den Babys, von denen meist eines schrie, konnte sie sich nicht wirklich anfreunden. Sie blieben ihr fremd und sie konnte sie nicht mit den Wesen zusammenbringen, die in ihrem Bauch gewesen waren. Einerseits war sie dankbar, dass Ole sich um die beiden kümmerte, andererseits war sie neidisch und wütend auf ihn und konnte es nicht ertragen, dass er bei alledem auch noch glücklich schien.

Tess war gekommen und half, wo und wie sie konnte, und blieb länger als geplant. Mit JJ kam sie schnell zurecht, zu Mareike fand sie jedoch keinen Zugang. Darüber war sie sehr verzweifelt, war Mareike doch, seit sie denken konnte ihre beste Freundin. Hin und wieder kam Horst vorbei, versuchte zu helfen und machte Tess schöne Augen. Wie er selbst war Tess seit Längerem zwar nicht allein, aber ohne Partner.

Und so machte er sich Hoffnungen, die in einem etwas holprigen und wohl nur halb ernst gemeinten Heiratsantrag mündeten. Er sagte ihr, sie beide seien füreinander bestimmt, und er wolle unbedingt auch so niedliche Kinder haben wie sein Freund Ole, und zwar nur mit ihr. Tess lehnte seinen Antrag umgehend ab und erklärte ihm, er wisse sehr genau, dass es in seinem Leben nur eine einzige Frau gebe, die für ihn bestimmt sei, und das sei nicht sie.

Sarah und Fabian waren ebenfalls stets zur Stelle, wie auch Juli und Frank. Alle taten, was sie konnten, und halfen, wo es ging. Und so kamen sie gemeinsam über die erste harte Zeit. Nach ungefähr einem halben Jahr hatten JJ ein Einsehen und fingen an, alles gemeinsam und gleichzeitig zu machen, auch zu schlafen. So gab es nun erst kürzere, später auch längere Phasen der Ruhe im Haus, in denen Ole meist ad hoc einschlief, egal, wo er sich gerade befand.

Zu dieser Zeit hatte auch Mareike das Schlimmste überwunden. Niemand wusste, ob wegen der Medikamente, die ihr die Ärzte verschrieben hatten, oder aus eigener Kraft, wie sie selbst glaubte, oder warum auch immer: Von einem Tag zum anderen verließ sie ihr Bett und erklärte, dass sie wieder gesund sei. Von nun an war sie fast wieder die Alte und nach und nach freundete sie sich auch mit JJ an, die darüber beide sehr glücklich schienen. Nur wenig später kehrte Mareike wieder in ihren Beruf zurück, und das glücklicherweise genau zum richtigen Zeitpunkt, um an dem Bewerbungsverfahren für die Rektorenstelle teilzunehmen.

Schon vorher hatte sich Oles Euphorie langsam verabschiedet und er war seinerseits voll und ganz im Elternalltag angekommen. Zwar liebte er JJ von Tag zu Tag mehr und genoss die zahllosen wunderbaren und die seltenen kostbaren, ganz besonderen Momente mit den beiden, etwa als sie zu krabbeln anfingen. Dennoch belastete ihn vor allem die fortwährende Rufbereitschaft, wie er es nannte, und so langsam kam er an die Grenzen seiner Leistungsfähigkeit, was man ihm deutlich ansah. Mareike wurde Rektorin ihrer Grundschule und war fortan noch seltener zu Hause als zuvor schon. Sie ging voll und ganz in ihrer neuen Aufgabe auf und war insgesamt wieder häufiger zufrieden und manches Mal auch glücklich.

So lebten Mareike und Ole nebeneinanderher und kamen sich nur selten in die Quere. Mareike überließ ihm während der Woche den *Kinderkram*, wie sie es nannte, und er war ganz froh, wenn sie ihn machen ließ und in ihre Schule verschwand. Selten, aber hin und wieder gab es Streit, vor allem wegen Oles *chaotischer Haushaltsführung*, wie Mareike es nannte. Ole machte das wütend und er wies sie dann darauf hin, dass das, was er hier mache, *Elternzeit* hieße und nicht etwa *Haushaltszeit*. Am Wochenende kümmerte sich Mareike vorwiegend um JJ und sie schloss sie tief in ihr Herz. Manchmal unternahmen sie alle vier etwas gemeinsam und dann hatten sie durchaus auch ihre schönen Momente.

Kurz nach ihrem ersten Geburtstag lernten JJ laufen und Ole war stolz wie Bolle, nun schon laufende Kinder zu haben. Es dauerte eine Weile, bis er verstand, dass der Trubel jetzt erst richtig losging. Nun konnte er die beiden nicht mehr einfach irgendwo ablegen, dafür tollte er jetzt mit ihnen draußen im Garten herum, was er sehr genoss, vor allem, wenn Horst dazukam und sie gemeinsam den Nachmittag verbrachten. Irgendwann hörte Ole ihre ersten Worte und später versuchten JJ alles nachzusprechen, was sie so aufschnappten, und manchmal brachten sie sich einzelne Worte gegenseitig bei.

Und so vergingen die ersten beiden Jahre zu viert so ganz anders, als Mareike und Ole sich das eigentlich vorgestellt hatten. Jeder ging seiner Wege, die sich nur noch selten kreuzten. Und beide hatten, jeder für sich, längst erkannt, dass Sabine völlig richtig gelegen hatte, was das Ende ihrer Zweisamkeit betraf. Jedoch waren sie beide viel zu sehr mit sich selbst und ihren täglichen Herausforderungen beschäftigt, als dass sie den nahenden Sturm hätten bemerken können.

Teil 2: Nachher

Kapitel 12: Glückstupfen

„Die Kurse sind leider alle ausgebucht!" Die Stimme am Telefon klingt höflich, aber bestimmt. Ich fühle mich ermuntert, noch nicht aufzugeben.

„Aber bis zum Beginn sind es doch noch sechs Wochen und die Anmeldung läuft doch erst seit Kurzem!"

„Tja, die Mütter melden sich normalerweise schon beim PE-KIP[45] zur Spielgruppe an. Da kann ich rein gar nichts machen."

Ich frage, ob sie vielleicht einen Tipp hätte, wo ich mit meinen beiden noch hingehen könnte, und bemerke ein stutzendes Zögern. Ich hab sie am Haken, jetzt bringe ich die *Zwillings-Mitleids-Nummer*.

„Ja, wir haben Zwillinge, Jan & Jule, gerade zwei geworden, und sie sind so aufeinander bezogen, dass wir nun dringend Kontakt zu anderen Kindern herstellen müssen."

Sie unterbricht mich etwas schroff. „Sie?"

Ich verstehe nicht. Bevor ich weiterreden kann, wiederholt sie „Sie? *Sie* möchten mit Ihren Kindern in die Spielgruppe?"

Die Zwillingsnummer scheint sie nicht zu beeindrucken, sie will auf etwas anderes raus, aber ich bin heute (heute?) etwas begriffsstutzig.

„Noch mal, Sie möchten mit Ihren Kindern in die Spielgruppe, Sie und nicht Ihre Frau? Ja, wenn das so ist, für Männer haben wir immer Plätze frei, in welche Gruppe möchten Sie denn?"

Ich bin sprachlos, komme ins Grübeln und wähle meinen Wunschtermin: freitags am Vormittag.

---

[45] PEKIP steht für *Prager-Eltern-Kind-Programm*, hat aber mit der Stadt Prag nicht wirklich etwas zu tun.

Am Abend berichte ich Mareike von meinem Erfolg, was sie aber nicht so wirklich zu interessieren scheint, da sie es nur knapp mit einem „Prima" kommentiert. Dann verschwindet sie in ihrem Arbeitszimmer im Dachgeschoss, sicher um noch super wichtige Rektorinnen Aufgaben zu erledigen.

Das stört mich heute aber nicht, denn ich habe Kindernudeln gemacht, mit einer nicht zu scharfen, aber dennoch schmackhaften Soße und es ist warm genug, um draußen auf der Terrasse zu Abend zu essen.

JJ sitzen schon erwartungsfroh in ihren Kinderstühlen und glucksen vor sich hin. Seit Kurzem schaffen sie es, selbst in die Stühle zu klettern, was zunächst waghalsig aussah, aber inzwischen sicher klappt.

Während des Abendessens unterhalten wir uns über das schöne Wetter und das gute Essen. Trotz ihres begrenzten Wortschatzes gelingt es ihnen schon sehr gut, auszudrücken, was sie sagen möchten.

Zumindest denke ich das stolz, obwohl Horst kürzlich meinte, die beiden würden einfach alle Worte sagen, die sie kennen und die irgendwie passen könnten, ohne sich mehr dabei zu denken. Aber ich glaube, Horst kennt sich nicht wirklich mit Kindern aus, und seine Bäume sprechen ja nicht.

Nach dem Essen räume ich die Teller in die Küche und zögere kurz, ob ich sie zumindest in die Spülmaschine packen sollte, um Mareike keinen Vorwand zu liefern für eine weitere Beschwerde über mein angebliches Haushaltschaos. Schnell verwerfe ich den Gedanken und wir drei spielen noch ein wenig Ball im Garten.

Danach sind die beiden ordentlich eingesaut, sodass sich der folgende Badespaß so richtig lohnt. Ich packe sie in die Badewanne und kippe noch einen Eimer Plastikenten und allerlei anderes Zeugs dazu. Die beiden bespritzen sich gegenseitig und setzen dabei das Badezimmer unter Wasser.

Als sie noch in Mareikes Bauch waren, hatte ich mir allerlei wirre Gedanken gemacht und mich auch mit der Frage beschäftigt, was wäre, wenn ich einen von beiden lieber haben würde. Zumindest diese Sorge war gänzlich unbegründet und ich staune selbst, wie sehr ich beide gleichermaßen lieben kann.

Trocken, satt und zufrieden liegen wir danach in dem weißen breiten Ehebett, Jule links und Jan rechts in meinem Arm und ich lese Pixi-Bücher vor. Ihr liebstes ist jenes von dem Ritter, der auszieht, um das Abenteuer zu suchen. Und obwohl beide eigentlich nicht wissen, was Ritter oder Abenteuer sind, lachen sie sich beide immerzu kringelig, wenn ich das vorlese.

Irgendwann schlafen sie in meinen Armen ein und ich trage sie nacheinander in ihre Kinderzimmer. Eigentlich hatte ich ein Etagenbett für sie gebaut, aber dann hatten sie sich nicht einigen können, wer oben und wer unten schlafen dürfe, und so stehen nun beide Betten nebeneinander.

Es ist noch nicht allzu spät und dankbar für eine geschenkte Stunde lege ich mich aufs Sofa im Wohnzimmer und höre in Ruhe ein wenig Musik. Auch mit über vierzig hat Musik noch eine große Bedeutung für mich.

In unseren Teenagerzeiten kannte ich niemanden, der sich nicht dafür interessierte. Zwar gingen die Geschmäcker weit auseinander, aber tanzen gehen, Konzerte besuchen und die neuesten Bands entdecken war für uns alle das Zweitwichtigste in unserem Leben. Horst und ich haben uns das erhalten und sind sehr froh darüber. Außer uns beiden kenne ich niemanden, der sich noch für Musik interessiert, mit Ausnahme der Söhne von Sarah und Fabian.

Horst ist dabei eher in der Vergangenheit unterwegs und vertritt die These, seit der Jahrtausendwende würde es in Sachen *Rock and Roll* nur noch bergab gehen. Und obwohl ich mich immer freue, wenn er wieder mit irgendeiner Entdeckung aus den Siebzigern um die Ecke kommt, vertrete ich die gegenteilige These und lasse keinen Versuch aus, ihn von der Qualität zeitgenössischer Musik zu überzeugen, worauf er sich manches Mal auch einlässt.

Und so bin ich immer auf der Suche nach neuen Entdeckungen. Heute freue ich mich auf das neue Album von *Other Lives*[46] sowie das letzte von *Steven Wilson*[47].

Zum Abschluss gönne ich mir noch die letzten beiden Stücke meines aktuellen Lieblingsalbums[48] von *Wolf Alice*, meiner absoluten Lieblingsband. Vier junge Leute aus London, die unfassbar geniale Musik machen und die schon seit langem meine *all-time-best-music-of-the-universe-list* anführen.

Vor nicht allzu langer Zeit hatten Horst und ich ein beeindruckendes Konzert von ihnen in Köln besucht.

Später liege ich allein im Bett und lese noch ein paar Seiten in einem Roman von Ian McEwan. Fabian hat ihn mir geschenkt und er handelt von künstlicher Intelligenz und Robotern.[49]

---

[46] „For their love" von *Other Lives*

[47] „To the Bone" von *Steven Wilson*

[48] „Visions of a life" von *Wolf Alice*

[49] „Maschinen wie ich" von *Ian McEwan*

Noch später kommt Mareike auch ins Bett. Sie hat bis jetzt gearbeitet und wirkt müde. Ich gebe ihr einen Gute-Nacht-Kuss und schalte das Licht aus.

Überraschend tastet sie nach meiner Hand, findet sie und fragt: „Bist du eigentlich glücklich, Ole?"

„Wieso fragst du?", antworte ich nicht sehr geistreich.

„Eigentlich nur, damit du mich fragst, ob *ich* glücklich bin."

Das tue ich natürlich nicht, sondern erkläre schon sehr viel geistreicher, wie ich finde: „Mit dem Glück ist das so eine Sache. Ich denke, wenn man es hat, bekommt man es manchmal gar nicht mit, weil man so mit *glücklich sein* beschäftigt ist. Wenn man es nicht oder nicht mehr hat, dann merkt man manchmal vielleicht, was einem fehlt. Aber vielleicht nicht mal das, manchmal ist man auch einfach nur unglücklich und weiß nicht, was einem fehlt."

„Da kam jetzt echt oft *manchmal* drin vor und ich hatte nicht um deine philosophische Lehrmeinung gebeten. Also nochmal: Bist du glücklich?"

„Nun, das hängt davon ab, wie du *glücklich* definierst. Zum Beispiel, in dem Buch hier sind die Roboter *unglücklich*. Das behaupten sie zumindest, aber …", antworte ich, nun hellwach.

„Vergiss es, Ole. Gute Nacht", unterbricht sie mich. Nach kurzem Zögern ergänzt sie: „Das war wieder so ein typisches *Ole-Gespräch*: Ich stelle eine einfache Frage, du antwortest erst mit einer Gegenfrage, flüchtest dich dann in unqualifizierte Allgemeinheiten und schließlich verlangst du mathematische Definitionen für die selbstverständlichsten Dinge."

„*Selbstverständlich* kann man nicht steigern", werfe ich ein.

Mareike gibt auf. „Gute Nacht, Ole."

„Entschuldige bitte, das war jetzt nicht ganz sachgemäß", lenke ich ein. „Heute war ich gleich dreimal glücklich: am Nachmittag mit JJ im Park, als sie Schmetterlinge jagen wollten, beim Rumtollen im Garten mit JJ nach dem Abendessen und beim zweiten Stück des neuen *Other Lifes* Albums. Ich sammle die kleinen Glückstupfer im Alltag auf."

„Und genügt dir das? Hast du keine anderen Erwartungen an dein Leben?", fragt Mareike, offenbar wieder etwas versöhnt.

„Weiß nicht. Was meine Erwartungen an das Leben angeht, bin ich vorsichtig geworden. Von den großen Zielen, die ich zu erreichen versucht habe, haben sich zu viele als *Scheinriesen* entlarvt.[50] Sobald ich sie erreicht hatte, schienen sie gar nicht mehr so großartig und es mussten neue Ziele her."

„Und du meinst, die Lösung ist, dies alles hinter sich zu lassen und sich aufzugeben?", wendet Mareike ein.

„Nein, ganz im Gegenteil. Ich denke nur, es ist wichtig, sehr genau zu prüfen, ob es sich lohnt und ob man das wirklich will, was man anstrebt. Was das dann genau ist, scheint mir gar nicht so wichtig. Nach meiner Beobachtung sind jene Menschen glücklicher, die sich für irgendetwas begeistern und sich dann dafür einsetzen können."

„Denkst du, Rektorin zu werden, war so ein Ziel, für das es sich gelohnt hat?", fragt Mareike und scheint ehrlich interessiert an meiner Meinung.

---

[50] Für jene, die „Jim Knopf und Lukas, der Lokomotivführer" von *Michael Ende* nicht kennen – was ein Fehler ist – zur Erläuterung: Auf ihrer Fahrt nach China begegnen Jim und Lukas dem Scheinriesen *Tur Tur*, der nur von Ferne riesig erscheint. Wenn man sich ihm nähert, schrumpft er auf eine normale Größe.

„Dazu würde ich jetzt gern mit *Ja* antworten, aber ehrlich gesagt, weiß ich das nicht. Rektorin zu *werden*, erscheint mir im Nachhinein sehr viel einfacher, als Rektorin zu *sein*. Wie sieht es denn mit *deinen* Glückstupfern aus? Bist du nun häufiger glücklich oder zufrieden als vorher?"

„Weiß nicht. Ich glaube, es sind nun weniger, aber das liegt wohl nicht an der Rektorin. Eher im Gegenteil", seufzt sie, zögert und fragt dann: „Ole, wie viele Glückstupfer hattest du in der letzten Zeit mit mir oder durch mich?"

Ich überlege und weiß es nicht und deshalb schweige ich.

„Das genügt als Antwort. Gute Nacht", flüstert Mareike nach einer Weile traurig, wie mir scheint.

Am Wochenende besuchen wir gemeinsam den Zoo. Mir hat nie eingeleuchtet, wie man auf die Idee kommen konnte, Tiere in Käfige zu sperren, um sie anzusehen. Es ist weniger, dass mir die Tiere leid täten, sondern eher die Frage nach dem Zweck des Ganzen, der sich mir nicht erschließt. Gerade heutzutage, wo man jederzeit jede Art von Tierfilmen ansehen kann, sofern man sich dafür interessiert, finde ich Zoos und Tierparks gänzlich überflüssig.

Aber JJ lieben den Zoo und entdecken dort ganz neue Welten für sich. Dabei entwickeln sie einen erstaunlichen Blick für Details, sei es ein brauner Punkt auf dem Fell des Eisbären oder drei braune Streifen am Hals der Giraffe.

Mareike ist auch dabei. Genau genommen ist es *ihr* Ausflug und *ich* bin auch dabei. Seit unserem Gespräch über das Glück ist sie noch reservierter, und so dachte ich, es sei gut, etwas zusammen zu unternehmen.

Das geht leider gerade ziemlich schief. Wir schlendern schweigend nebeneinander her und ich grüble immer noch über unsere letzten gemeinsamen Glücksmomente. Aber da ist nur ein Grundrauschen in meinem Kopf.

Am Abend bin ich mit Horst und Fabian zum Kino verabredet. Wir schauen *Avengers – Endgame*[51] und der Film ist unvorstellbar phantastisch. Wir sind völlig *geflasht*, wie man neuerdings sagt, und erleben in den drei Stunden zahllose Glückstupfer.

Einige Tage später stehe ich vor meinem Kleiderschrank und überlege, was ich am Freitag zum ersten Treffen der Spielgruppe anziehen soll. Ich werde dort der einzige Mann sein. Am Abend nach den *Avengers* hatten Horst, Fabian und ich im *Gontscharow* gesessen und uns ausgemalt, wie ein Dutzend hübscher, junger und von ihren Ehemännern vernachlässigter Frauen um mich herum sitzen und mich anschmachten würde.

Horst war neidisch gewesen, dass ich dort allein unter Frauen sein würde, und er malte sich die ungeahnten Möglichkeiten aus, die sich daraus ergeben könnten. Jovial bot ich an, er könne ja mal an meiner Stelle dort hingehen, aber erst einmal würde ich die Lage sondieren. Fabian bereute es ein wenig, diese Dinge immer Sarah überlassen zu haben.

Im Kleiderschrank finde ich mein *Hard Rock Café* T-Shirt aus Rom, das mir für den Anlass sehr passend erscheint. Dazu meine schwarze Lederhose, die hier auch noch irgendwo sein muss.

---

[51] Ein Film aus dem *Marvel Cinematic Universe*. Aktuell der kommerziell erfolgreichste Film der Filmgeschichte und dennoch einer der besten Filme der Filmgeschichte. Leider auch der Abschluss der Avengers-Reihe.

Ich ziehe das Shirt über, besser gesagt, versuche ich es, aber es passt mir nicht mehr. Ganz offenbar ist es beim Waschen eingelaufen. Wenn ich allerdings an mir herunterschaue, kann es auch an etwas anderem liegen. Die Hose muss ich gar nicht erst anprobieren. Ich starre auf das T-Shirt und erinnere mich an eine Zeit, in der die Glückstupfer wie Regentropfen aus einem Sommerregen auf mich herabfielen.

CʒƧꙨ

Nach dem vierten Mal Umsteigen, diesmal in Mailand, war ich völlig angenervt und steigerte mich in den Gedanken hinein, dass wir wohl niemals mehr in Rom ankommen würden. Horst war immer noch sichtbar entspannt. „Goethe ist damals mit der Kutsche nach Italien gereist. Ich denke, dagegen ist das hier höchst komfortabel", meinte er nur lapidar.

Es war kurz nach Ostern und wir waren schon seit fünfzehn Stunden unterwegs. Im letzten Sommer hatten wir Lilly versprochen, sie Ostern in Rom zu besuchen. Sie selbst hatte Weihnachten nach Deutschland kommen wollen, aber dann war sie kurz zuvor krank geworden und in Italien geblieben. In der Zwischenzeit hatten wir uns geschrieben und ein paar Mal telefoniert, Lilly aber seit einem dreiviertel Jahr nicht mehr gesehen.

Kurz vor Lillys Abreise hatten Horst und ich unseren Zivildienst, zum Glück im selben Krankenhaus, angetreten und hatten nun zum ersten Mal Urlaub. Nach der Schule war der Zivildienst eine vollkommen neue Erfahrung für uns beide und das in vielerlei Hinsicht.

Am ersten Arbeitstag waren wir verschiedenen Stationen zugewiesen worden und ich fühlte mich ein wenig mulmig, zum ersten Mal in der sogenannten *Arbeitswelt*. Am zweiten Tag kam ein etwas rundlicher Typ ungefähr in meinem Alter vorbei und stellte sich als Jörg und dienstältester Zivi vor. Er hieß uns offiziell willkommen, wie er sagte, und schlug vor, ihn gegen elf in der Cafeteria zu treffen.

Dort traf ich auch Horst und zwei weitere neue Kollegen. Wir holten uns einen Kaffee aus dem Automaten und setzten uns in eine Ecke. Sogleich begann Jörg, uns allerlei Wichtiges zu erklären, was wir wissen müssten, um hier klarzukommen, wie er es nannte.

Er beschrieb uns die sichtbaren und unsichtbaren Hierarchien in einem Krankenhaus und betonte, dass wir Zivis ziemlich weit unten zwischen den Praktikanten (unter uns) und den Unterkursschülern[52] (direkt über uns) stünden.

Aus dieser Hierarchie leiteten sich zahllose ungeschriebene Regeln ab. Kam es zum Beispiel vor, dass ein Patient am frühen Morgen seine Bettklingel betätigte, während sich das Pflegepersonal in der Küche versammelt hatte, so ging immer, und zwar ausnahmslos immer, der Rangniedrigste. Der Zivi hatte also in diesem Fall nur zu prüfen, ob ein Praktikant im Raum war.

Nach einer Reihe weiterer nützlicher Regeln kam Jörg endlich zum Wichtigsten.

„Nun zu den Mädels. Auch hier gibt er eine klare Revieraufteilung, die für euch aber auch wieder ganz einfach ist. Krankenschwestern sind tabu für uns Zivis, denn von denen halten

---

[52] Die Ausbildung zur Krankenschwester oder zum Krankenpfleger dauert drei Jahre und gliedert sich in Unter-, Mittel- und Oberkurs.

die meisten den Job nur so lange durch, bis sie einen Arzt heiraten. Praktikantinnen meidet ihr am besten auch, denn die sind meist minderjährig und das gibt nur Ärger. Ihr haltet euch demnach an die Schülerinnen und da habt ihr Glück, denn davon gibt es hier immerhin fast zwei Dutzend – gegenüber nur vier Pflegeschülern, die aktuell alle verpartnert sind."

„Was ist mit den Röntgenassistentinnen?", fragte ich, denn ich hatte kurz zuvor eine Patientin in die Röntgenabteilung begleitet und war sehr angetan gewesen von den Damen, die dort ihren Dienst verrichteten.

„Ganz dünnes Eis, Ole. Das sind die Grazien mit den Autos, wo sie in der Fabrik vergessen haben, das Dach zu montieren. Die sind sehr schön oder fühlen sich zumindest so, alle unter dreißig und den Oberärzten vorbehalten."

„Was passiert mit denen, wenn sie dreißig werden?", wollte Horst wissen.

„Entweder haben sie bis dahin einen Oberarzt geheiratet oder sie beginnen eine Umschulung", erklärte Jörg.

Dann lud er uns noch zu einer exklusiven Zivifete am übernächsten Wochenende ein. *Exklusiv*, weil dort ausschließlich Zivis und Pflegeschülerinnen zugelassen wären, wie Jörg noch erklärte.

Horst ließ das alles kalt, denn er hatte ja seine Jennifer. Ich hingegen fieberte der Fete entgegen, denn einige der Pflegeschülerinnen hatte ich schon getroffen oder zumindest gesehen, und war schnell überfordert bei meiner Vorauswahl.

Zuvor jedoch kam es zu einer Begegnung mit einer engelhaften Erscheinung, die meine Vorauswahl völlig über den Haufen warf. Eines Morgens kurz nach Dienstbeginn um halb sieben saß, wie jeden Morgen, die gesamte Frühschicht versammelt in der Kaffeeküche. Als es klingelte und ich geprüft hatte, ob ein Praktikant anwesend war, ging ich los.

Vor der Tür drehte ich meinen Kopf in beide Richtungen: links sah ich das Lämpchen über einer Tür leuchten und rechts einen Engel, der im dunklen Teil des Flurs stand und vom Licht des Fensters hinter ihr hell angestrahlt wurde. Blonde Locken fielen ihr leuchtend über die Schultern. Sie schaute in meine Richtung, schien mich aber nicht zu bemerken.

Bevor ich aus meiner Erstarrung erwachte, war sie verschwunden. War es eine Vision gewesen oder gab es sie wirklich und wohin war sie verschwunden?

Letzteres klärte sich schnell, denn am Ende des Flurs gab es eine kleine Seitentür, die in ein Fluchttreppenhaus führte.

Den Rest der Schicht schlafwandelte ich über die Station und träumte von dem Engel. Am Ende der Schicht war ich überzeugt: Wenn sie wirklich existierte, dann musste ich sie wiedersehen – unbedingt.

In den nächsten Tagen durchkämmte ich unter allerlei Vorwänden alle Stationen des Krankenhauses, jedoch ohne die geringste Spur von ihr.

In meiner Not wandte ich mich an Jörg und nach meiner etwas kargen Beschreibung überlegte er kurz.

„Ich glaub, ich weiß, wer das sein könnte. Vielleicht die Kleine aus der Badeabteilung", meinte er dann. und deutete mein verwirrtes Gesicht richtig. „In der Badeabteilung wird keineswegs gebadet, sondern massiert und physiotherapiert. Aber Vorsicht, Ole, das ist die Unterwelt: Badeabteilung, Wäscherei und Küche. Da halten wir uns fern und meiden jeden näheren Kontakt."

Seine letzten Worte hörte ich kaum mehr, denn ich war bereits auf dem Weg in die Badeabteilung, wo ich sie tatsächlich sofort fand. Sie saß in einem kleinen Kabuff und trank einen Kaffee und in echt war sie noch viel hübscher als bei unserer ersten Begegnung. Sie trug den üblichen knielangen weißen Kittel, hatte ein zartes, vielleicht etwas zu rundes Gesicht, riesige blaue Augen und blonde Locken.

Als hätte sie mich erwartet, erhob sie sich von ihrem Stuhl, kam auf mich zu, lächelte freundlich und gab mir die Hand.

„Hi, ich bin Lisa und du musst einer der neuen Zivis sein. Schön, dass du dich vorstellen kommst."

Dann lachte sie über mein verdutztes Gesicht und wir kamen ins Gespräch. Trotz ihrer Zartheit war sie tatsächlich Masseurin und wirklich sehr stark, wie sich noch erweisen sollte, als sie mich später einmal massierte.

Ermuntert von ihrer offenen Art lud ich sie kurzerhand zu unserer Zivifete ein. Sie war sofort einverstanden, mich zu begleiten, und meinte, dass bislang niemand aus der Unterwelt zu einer exklusiven Zivifete mitgenommen worden sei. Das war ja schon mal ein vielversprechender Anfang.

Die Zivifete verlief dann allerdings ganz anders, als ich mir das vorgestellt hatte.

Lisa und ich trafen uns am Eingang des Krankenhauses. Obwohl ich pünktlich war, wartete sie schon auf mich. Sie trug ein langes weißes Kleid aus Leinen. Das sah sehr hübsch aus und passte gut zu meiner schwarzen Hose und dem weißen *Lummerland* T-Shirt.

Sie umarmte mich kurz, gab mir einen flüchtigen Kuss auf die Wange und dann gingen wir Hand in Hand das kurze Stück zum Schwesternwohnheim, wo auch Pfleger wohnten. Als wir im Partyraum des Wohnheims ankamen, wurde dort bereits getanzt.

Jörg begrüßte mich an der Tür, deutete auf die Bar im hinteren Teil und schaute ein wenig sauer drein, als er meine Begleitung erkannte, die er aber freundlich begrüßte. Lisa wollte sofort tanzen und zog mich auf die Tanzfläche.

Die Musik war nicht überragend, aber ganz gut tanzbar. Zwischendurch tranken wir etwas, sprachen kurz miteinander und tanzten wieder. Der Abend schien einen guten Verlauf zu nehmen.

Bis sie irgendwann verschwunden war.

Ich schaute mich nach ihr um, dachte, sie wäre vielleicht auf der Toilette, und holte noch zwei Bier. Dann entdeckte ich sie in einer Ecke des Raumes, wo sie sich mit ein paar Zivis unterhielt.

Nachdem die Musik bislang ein wenig rockiger gewesen war, fand der DJ, es wäre nun Zeit für den gemütlichen Teil, wie er durchs Mikro ankündigte, und sofort erklangen die ersten Takte von „Avalon"[53].

Auf der Tanzfläche fanden sich sogleich einige Paare zusammen und ich machte mich schnell auf den Weg zu Lisa. Nach wenigen Schritten entdeckte ich sie jedoch bereits auf der Tanzfläche. Eng umschlungen tanzte sie mit Matthias, einem Zivi-Kollegen.

---

[53] Der dritte Song des gleichnamigen Albums der Band „Roxy Music", komponiert und gesungen von dem immer-jungen *Bryan Ferry*.

Okay, das musste jetzt noch nichts bedeuteten, redete ich mir ein. Am Ende des Songs begannen die beiden jedoch sofort damit, sich ausgiebig zu küssen, um dann gleich weiter eng vereint miteinander zu tanzen. Ich stand wie angewurzelt am Rand und starrte sie beide an.

Neben mir bemerkte ich eine junge Frau. Sie hatte wohl schon länger dort gestanden, war mir aber jetzt erst aufgefallen. Ich nickte ihr zu, sagte „Hi, ich bin Ole", und schaute wieder auf die Tanzfläche.

„Ist die nicht mit dir gekommen?", fragte sie und deutete mit der Hand auf Lisa.

Ich nickte und sie sprach weiter. „Na, das scheint ja heute nicht so zu laufen, wie du dir das vorgestellt hast."

Ich nickte wieder und sie sagte: „Die Püppi ist doch aus der Unterwelt. Hat dich denn niemand gewarnt?"

„Doch schon", antwortete ich matt. „Aber das habe ich nicht ernst genommen."

„Solltest du aber", erwiderte sie, hob ihre Bierflasche und stieß mit mir an. „Ich bin Vanessa aus dem Mittelkurs und zurzeit solo, nur für den Fall, dass du nicht fragen solltest. – Wo wir gerade drüber sprechen", fuhr sie unvermittelt fort, „der Typ da vorn, der mit dir zusammen angefangen hat, kennst du ihn?"

„Ja, das ist mein Freund Horst."

„Kannst du mich ihm vorstellen?", fragte sie und klimperte mit ihren Augen. Das sah drollig aus und ich fragte mich, ob sie mich veralberte.

„Vergiss es, er hat eine Freundin. Sie studiert in Paris", versuchte ich, ihr gleich die Hoffnung zu nehmen.

„Na, umso besser, dann ist sie ja weit weg." Sie ließ sich nicht entmutigen. „Geht aber gar nicht um mich, sondern um meine Freundin Kathi, die sich nicht traut, ihn anzusprechen. Ich steh eher auf dich, aber ich fürchte, das wird heute nichts mehr, wenn du weiter der Püppi hinterher glotzt", ergänzte sie nach kurzem Zögern.

Dann war sie verschwunden.

Kurz darauf stellte sich Jörg zu mir, tippte mich an und schien echt sauer, denn statt mich zu trösten, deutete er mit der Hand auf Lisa und hielt mir eine Predigt.

„Mann, Ole, ich hatte dich doch gewarnt, dich von der Unterwelt fernzuhalten, aber du musstest die Kleine ja gleich hier anschleppen. Hörst du denn gar nicht zu und hast du nicht verstanden, was *exklusiv* bedeutet? Na ja, zumindest Mattes scheint seinen Spaß zu haben, und du hast jetzt sicher einen gut bei ihm."

Ich fragte mich, was das bedeuten und was ich mit *einem gut bei ihm* anfangen könnte. *Vielleicht überlässt er mir bei der nächsten Fete seine Begleiterin*, dachte ich völlig verliebt und frustriert.

Die kommenden Wochen war ich verletzt und traurig, aber immer noch verliebt. Statt Lisa zu vergessen, steigerte ich mich mehr und mehr in die Sache hinein, wie Horst es treffend analysierte.

Die Badeabteilung versuchte ich zu vermeiden, was jedoch nicht immer ging. Lisa war freundlich zu mir, tat aber so, als ob nichts sei, und ich traute mich nicht, ihr etwas zu sagen.

Aber was hätte ich auch sagen sollen? Matthias und sie waren nun zusammen und wirkten sehr verliebt. Offensichtlich hatte sie schon länger ein Auge auf ihn geworfen, nur hatte sich bislang keine Gelegenheit ergeben.

Irgendwann begegnete ich Vanessa auf irgendeiner Station. Sie grüßte freundlich und wir sprachen kurz miteinander. Sie merkte sofort, was mit mir los war.

„Du wirkst echt bedrückt. Ist es immer noch wegen dieser Püppi?"

Ich nickte und sie schüttelte den Kopf. „Oh Mann, ihr Jungs vom Gymnasium seid echt doof wie Toastbrot."

Dann ging sie weiter und ließ mich stehen.

Auf der Party hatte ich sie mir gar nicht richtig angesehen. Heute war mir ihr hübsches Gesicht aufgefallen, das von ihren dunklen, fast schwarzen Haaren eingerahmt wurde. Sie trug einen kurzen Pagenschnitt und hatte meist das Haar hinter ihre Ohren geklemmt. Heute hatte sie einen sehr kurzen kleinen Zopf.

Zur nächsten Zivifete wollte ich eigentlich nicht hingehen, aber Horst meinte, ich wäre noch zu jung, um mich völlig aufzugeben. Diesmal hatte ich gar keine Erwartungen und sogar die wurden dann noch unterboten.

Das Setting war wieder dasselbe: Partykeller im Wohnheim, tanzen, Bier trinken; außer, dass ich diesmal ohne Begleitung war.

Lisa und Matthias waren auch da und knüpften dort an, wo sie beim letzten Mal aufgehört hatten.

Kathi hatte sich inzwischen getraut, Horst anzusprechen, und sie standen beisammen und unterhielten sich angeregt. Und Vanessa war auch da und stand ein Stück abseits. Heute war Oldie Disco und Horst war begeistert und tanzte ausgelassen.

Irgendwann kam Vanessa und wollte mich auf die Tanzfläche ziehen, aber ich wollte das nicht und schob sie ein wenig grob, wie mir später bewusst wurde, beiseite.

Wie beim letzten Mal kam auch heute der Moment, wo der DJ den gemütlichen Teil des Abends ankündigte. Lisa und Matthias fingen diesmal gleich an, zu knutschen, als das erste langsame Stück begann.

Ausgerechnet bei „Love hurts" von *Nazareth*[54] entdeckte ich Kathi und Horst ganz nah beieinander auf der Tanzfläche. Und direkt daneben erkannte ich Vanessa, eng umschlungen mit Malte, einem der anderen neuen Zivis. Das brachte mich nun alles völlig aus der Fassung. Fluchtartig verließ ich die Party und nahm mir fest vor, nie wieder dort hinzugehen.

Horst erzählte mir später, dass mit Kathi nichts weiter passiert sei, obwohl er sie, zugegebenermaßen, sehr süß fände. Vanessa und Malte wären sich jedoch nähergekommen und hätten die Party irgendwann gemeinsam verlassen. Das regte mich nun auf und ich fragte mich, warum Horst mir das auch noch erzählen musste.

Ich verstand mich selbst nicht, aber nun war ich eifersüchtig auf Matthias und auf Malte. Offenbar fand ich mich so gar nicht zurecht in der *Arbeitswelt*. Die kommenden Wochen war ich wieder verletzt und traurig und nun gleich doppelt unglücklich verliebt in Lisa *und* in Vanessa.

Bei Lisa hatte ich nie eine Chance gehabt und bei Vanessa hatte ich es ordentlich verkackt, wie Horst es treffend formulierte.

---

[54] Hier sei an Kapitel 7 erinnert.

Vanessa hatte schon ganz recht gehabt mit dem Toastbrot.

Bei Horst verhielt es sich im Grunde genau umgekehrt: Er war gleich doppelt glücklich verliebt. Von Kathi war er mehr angetan, als er zugeben wollte, und sie war offensichtlich schwer verliebt in ihn. Andererseits vermisste er Jennifer und hatte beschlossen, ihr auf jeden Fall treu zu bleiben.

Auf Dauer konnte das natürlich nicht gut gehen, aber das Problem löste sich dann auf überraschende Weise.

Von Beginn an hatten sich Jennifer und Horst regelmäßig geschrieben und hin und wieder miteinander telefoniert. In beidem ließ die Frequenz mit der Zeit nach.

Horst hatte sie in seinem ersten Urlaub im Herbst in Paris besuchen wollen, aber so weit kam es nicht, denn Jennifer trennte sich zuvor von ihm. Dafür war sie extra für ein Wochenende aus Paris zurückgekommen, weil sie ihm das schuldig sei, wie sie sagte.

Bereits kurz nach ihrer Ankunft in Paris hatte sie sich in einen jungen Mann aus dem Erasmus-Programm verliebt. Er kam aus Portugal und es hatte eine Weile gebraucht, bis er auf sie aufmerksam geworden war, aber dann war alles sehr schnell gegangen.

Jennifer hatte ein schlechtes Gewissen und es fiel ihr schwer, es Horst zu erklären. Der hatte so etwas schon irgendwie geahnt, dennoch traf es ihn härter, als er erwartet hatte. Er erzählte ihr von Kathi, versäumte es jedoch nicht, darauf hinzuweisen, dass er ihr treu geblieben sei.

Das konnte Jennifer von sich nun nicht gerade behaupten und hatte daher ein noch schlechteres Gewissen. Dann begann sie zu weinen und Horst tröstete sie, was er ein wenig absurd fand, denn schließlich machte *sie* gerade mit *ihm* Schluss.

Der *fliegende Wechsel*, wie Horst es nannte, gestaltete sich dann aber doch schwieriger als gedacht. Zum einen wollte er Kathi nicht das Gefühl geben, zweite Wahl zu sein. Zum anderen vermisste er Jennifer sofort, nachdem sie sich wieder auf den Rückweg nach Paris gemacht hatte.

Horst löste das auf die ihm eigene Weise, indem er es offen mit Kathi besprach und ihr die Verwirrung seiner Gefühle für sie und für Jennifer deutlich machte. Kathi sah die Sache eher pragmatisch und meinte, er müsse sie ja nicht gleich heiraten.

„Gib uns beiden einfach eine Chance und ich bin mir sicher, dass du deine Jennifer bald vergessen haben wirst", fügte sie selbstbewusst hinzu.

Und fast so war es dann auch. Zwar vergaß er Jennifer nicht gleich, aber seine Verliebtheit in Kathi gewann schnell die Oberhand.

Bei mir lief es hingegen so überhaupt nicht. Ich telefonierte nun häufiger mit Lilly und klagte ihr mein Leid. Sie meinte, ich sei zu sehr fokussiert und solle mich vielleicht ganz neu orientieren. Tatsächlich gab es da durchaus noch interessante Kandidatinnen, vor allem im Unterkurs.

Aber Lisa und Vanessa gingen mir nicht mehr aus dem Kopf – auch, oder vielleicht gerade, weil sie so vollkommen verschieden waren. Die Arbeit war auch nicht mehr so spannend wie in der ersten Zeit. Und so langsam wurde es echt anstrengend. Das frühe Aufstehen, die körperliche Arbeit und mein Liebeskummer setzten mir ziemlich zu.

Irgendwann verknackste ich mir dann noch den Rücken. Auch daran war ich selbst schuld, da ich die elementaren Regeln beim Heben mal wieder nicht beachtet hatte. Die Stationsschwester meinte, ich hätte offenbar ein Problem mit Regeln, und schickte mich in die Badeabteilung. Die sollten sich das mal ansehen. Ausgerechnet Lisa hatte Dienst, checkte die Lage und massierte mich gründlich. Danach ging es zumindest meinem Rücken etwas besser.

Aber so konnte es nicht weitergehen. Nun war es schon Herbst und ich kam so gar nicht voran. Seit Susanne hatte ich keine Freundin mehr gehabt und zudem hatte ich immer noch keine Idee, was ich nach dem Zivildienst machen wollte.

Bei Horst hingegen lief es mal wieder perfekt: Er schwebte im siebten Himmel, hatten seinen Studienplatz sicher und einen klaren Plan. Manchmal lernte er zusammen mit Kathi für ihre Prüfungen. Dabei lernte er selbst sehr viel und manchmal konnte er ihr sogar helfen.

Eines Morgens kam Jörg wieder auf die Station und lud mich zu einem Konzert ein. Er spielte Bass in einer stadtbekannten Band, von der ich sogar schon mal gehört hatte. Nun hatten sie einen Auftritt in einer größeren Halle und er lud jeden ein, den er kannte.

Ich sagte ihm zu und fasste einen Entschluss.

Zu meiner schwarzen Lederhose hatte ich mir vom ersten Gehalt noch die passende Lederjacke besorgt. Zusammen mit einem engen schwarzen T-Shirt und reichlich Gel in den Haaren sah ich aus wie ein *Rock-and-Roller* aus den Fünfzigern und fühlte mich hinreichend cool für den Abend.

Als ich die Halle betrat, entdeckte ich Kathi, Vanessa und Horst, die beisammen standen. Zielstrebig ging ich zu ihnen.

Vanessa beachtete mich nicht, aber Kathi begrüßte mich freundlich und deutete erst auf Vanessa, dann auf mich.

„Heute im Partnerlook. Habt ihr euch abgesprochen?"

Ich schaute Vanessa an: Sie trug ebenfalls eine enge schwarze Lederhose, elegante Schuhe mit hohen schmalen Absätzen und ein schwarzes hochgeschlossenes, ärmelloses Top, das hinten tief ausgeschnitten war.

Entschlossen sprach ich sie an.

„Hi Vanessa, schön, dich zu sehen. Wo ist denn Malte?"

„Der konnte heute nicht mitkommen", antwortete sie ein wenig widerwillig.

„Das freut mich", erwiderte ich selbstbewusst.

Horst zog Kathi ein Stück beiseite und Vanessa drehte sich nun doch zu mir und betrachtete mich ausgiebig. Dabei schien sie über etwas nachzudenken.

„Und, immer noch Liebeskummer wegen Püppi?", fragte sie spitz.

„Liebeskummer ja, aber nicht wegen Lisa", antwortete ich und machte einen Schritt auf sie zu.

Aber sie hob abwehrend die Hände in die Höhe und machte einen Schritt zurück. „Ne mein Lieber, jetzt komm mir bitte nicht mit *der* Nummer. Nur weil Püppi dich hat abblitzen lassen, suchst du nun Trost bei der Nächstbesten?"

„Na ja, *Nächstbeste* trifft es irgendwie überhaupt nicht", erwiderte ich. „Meine liebe Vanessa, ich weiß, ich war ein Idiot, und es brauchte eine Weile, bis ich verstanden habe, was völlig offensichtlich ist. Du bist wunderbar, siehst bezaubernd aus und bist das Beste, was mir passieren konnte."

„Erzähl keinen Unfug. Erstens bin ich dir nicht passiert und zweitens stehst du in Wahrheit auf die blonden Dummchen", antwortete sie schroff.

„Natürlich, bislang war das so", gab ich ihr recht. „Aber dann habe ich dich getroffen."

Ihr Blick verunsicherte mich und mir schwante Böses. „Oder ist es etwa doch ernst mit dir und Malte?", erkundigte ich mich vorsichtig.

Nun fing sie an zu lachen, was mich gleichermaßen beruhigte wie irritierte, dann schüttelte sie den Kopf.

„Oh Mann, ich weiß wirklich nicht, ob ich mich irgendwann noch an deine Doofheit gewöhne!

Mein verdutztes Gesicht deutete sie richtig und vergönnte mir nun doch noch eine Erklärung.

„Mit Malte war gar nichts. Das war nur ein kindischer Versuch, dich eifersüchtig zu machen. Hat aber auch nicht geklappt."

Die Halle hatte sich inzwischen gut gefüllt und auf der Bühne gab es Bewegung. Bald würde das Konzert losgehen. Unschlüssig stand ich nun ganz nah vor Vanessa. Ich musste an Lilly denken, wie eigentlich immer in solchen Situationen. Aber ich traute mich nicht, denn irgendwie hatte mich alles, was sie gesagt hatte, nur noch mehr durcheinander gebracht.

Schließlich schenkte sie mir ein bittersüßes Lächeln. „War noch was?"

Das brachte mich völlig aus der Fassung. „Ich denke, wir sollten uns jetzt küssen", stammelte ich, ohne zu wissen, wie das nun ausgehen würde.

Stille.

„Das denke ich nicht", erwiderte sie kalt, drehte sich um und verschwand.

Horst war sofort zur Stelle, reichte mir ein Bier und meinte, ich solle nun auf keinen Fall schon aufgeben.

Schon fand ich irgendwie unpassend und wollte wirklich umgehend fortlaufen. Aber Horst stellte sich vor mich und bemerkte, wir seien es Jörg schuldig, wenigstens die ersten Songs anzuhören. So stand ich nun bedröppelt vor der Bühne und wusste nicht, was ich hier noch tat.

Nach zu vielen schlechten Songs spürte ich mit einem Mal jemanden dicht hinter mir und ehe ich es verstand, hatten sich zwei kleine Hände unter mein T-Shirt geschoben. Ruckartig drehte ich mich herum und sah Vanessa ganz nah vor mir. Dann rief sie etwas, das ich nicht verstand, warf ihre Arme um meinen Hals, drückte blitzschnell ihre Lippen auf meine, küsste mich ausgiebig und wollte nicht mehr damit aufhören.

Nach einer gefühlten Ewigkeit war das Konzert zu Ende und die Leute verließen die Halle. Nur wir beide standen immer noch eng umschlungen mitten im Raum, bis mir jemand auf die Schulter klopfte und meinte, die würden jetzt die Halle schließen. Es war Horst, der neben einer grinsenden Kathi stand.

Vanessa meinte, wir seien noch lange nicht fertig, und küsste mich einfach weiter. Schließlich zog Kathi sie sanft von mir weg, legte ihr eine Jacke über die Schulter und führte sie aus der Halle.

Die folgende Zeit war traumhaft. Häufig unternahmen wir etwas zu viert und hatten dabei viel Spaß. Vanessa und Kathi waren beste Freundinnen seit der Grundschule und wie Horst und ich waren sie gemeinsam erwachsen geworden. Häufiger machte sich Vanessa einen Spaß daraus, ihre Sätze mit *Ich denke, wir sollten* zu beginnen. Dann lachte sie und ich wurde ein wenig rot.

Kathi und Vanessa waren Feministinnen, wie sie sagten, und sehr auf ihre Unabhängigkeit bedacht. Daher war es Vanessa auch wichtig, dass *sie mich* ausgesucht hatte und nicht umgekehrt. Ich sagte ihr, dass das bei allen meinen bisherigen Freundinnen so gewesen sei, was sie aber nicht gelten ließ.

Sie bewohnten jede ein Zimmer im Wohnheim und belächelten uns dafür, dass wir noch bei unseren Eltern lebten.

Häufig sprachen sie über Gleichberechtigung und wie weit der Weg dahin noch sei. Und einen Arzt zu heiraten, fiele ihnen nicht im Traum ein, meinte Kathi einmal und boxte Horst freundschaftlich in die Seite.

Ihre gemeinsame Hymne war „*Woman is the nigger of the world*"[55], die sie regelmäßig anstimmten, wenn sie irgendeine Geschlechterdiskriminierung erkannten.

Und nun waren wir auf dem Weg zu Lilly nach Rom. Ich hatte nicht mehr daran geglaubt, aber irgendwann trafen wir doch am Bahnhof *Termini* ein. Und gleich nach unserer Ankunft wurden wir für alle Strapazen belohnt. Noch bevor der Zug hielt, hatten wir Lilly flüchtig durchs Fenster auf dem Bahnsteig entdeckt.

Als wir dann ausgestiegen waren, war sie noch ein Stück entfernt und kam lachend und winkend auf uns zu. Sie trug ein knielanges, himmelblaues Sommerkleid. Ihr Gesicht war leicht gebräunt und das Haar ein wenig kürzer als früher. Ihre Lippen

---

[55] Vom Album „Some time in New York City" von *John Lennon*.

und Fingernägel glänzten in einem zarten Rosa und über dem Kleid trug sie ein *Hard Rock Café* T-Shirt mit der Aufschrift *Rome*. Im Angesicht ihrer Reinheit und Frische fühlten Horst und ich uns, übernächtig und verschwitzt, wie wir waren, ein wenig wie Landstreicher.

Ein Stück vor uns blieb sie stehen, knickste und deutete eine kurze Verbeugung an, dann fiel sie uns beiden lachend um den Hals und drückte uns, so fest sie konnte.

„Jungs, ihr könnt euch nicht vorstellen, wie sehr ich euch vermisst habe!"

Kapitel 13: Lila Regen über Rom

Nach dem Besuch im Zoo waren JJ ein paar Tage krank.

„Nichts Schlimmes, nur eine kleine Erkältung", hatte die Kinderärztin gemeint. Okay, da hätte ich bei laufender Nase und nächtlichem Husten vielleicht auch selber draufkommen können.

Aber nun sind sie beide wieder gesund, fit und unternehmungslustig. Ich selbst fühle mich nach drei Nächten mit nur wenig Schlaf noch etwas bleiern und bin frustriert darüber. Früher haben wir die Nacht durchgetanzt und danach ging es mir blendend. Heute dagegen?

Horst meint, ich würde die Vergangenheit verklären – aber das glaube ich nicht.

Die Sonne scheint und wir machen einen Ausflug. Heute gehen wir auf den Spielplatz im Stadtpark, auf dem schon ich den wesentlichen Teil meiner Kleinkindheit verbracht habe. Ich sitze auf einer Bank an der Stelle, wo früher meine Mutter gesessen hat, und halte ein Buch in den Händen.

Das habe ich sorgfältig ausgewählt. Was liest man als einziger Mann auf einer Bank auf einem Spielplatz?

Das ist gar nicht so einfach. Es muss so spannend sein, dass man die Welt um sich vergisst, sonst kann man es gleich lassen, auf einem Spielplatz im Sommer zu lesen. Gleichzeitig darf es nicht zu anspruchsvoll sein, da man jederzeit herausgerissen werden kann, wenn die lieben Kleinen mal wieder in einen Streit verwickelt sind. Vor allem aber muss es geeignet sein, die Damenwelt zu beeindrucken. Auch das ist gar nicht so einfach. Zu intellektuell ist nicht gut, Jerry Cotton geht aber auch nicht.

Ich habe mich für den „Ulysses"[56] entschieden, vor allem wegen der Größe. So ein dickes Buch kann man nicht übersehen, und so hoffe ich, hier irgendjemandem aufzufallen.

Früher habe ich es vermieden, mit Müttern in Kontakt zu kommen, weil ich dachte, Mütter wären nur auf ihre Kinder fixiert und hätten ihr Frausein abgelegt. Heute weiß ich, dass das meistens stimmt. Lediglich auf Mareike trifft das so gar nicht zu, aber die hat ja auch mich.

Dennoch: Seit JJ auf der Welt sind, steh ich auf Mütter! Vor allem fröhliche Mütter üben eine magische Anziehung auf mich aus und ich finde, sie leben eine ganz eigene Art von Frausein.

Leider hat die *Mutti-Selbsthilfe-Gruppe* ihr Wochentreffen heute auf den Spielplatz verlegt. Wie ich in einer Feldstudie selber festgestellt habe, gibt es neben den glücklichen Müttern noch die traurigen und die unzufriedenen Mütter. Letztere erscheinen meist in Gruppen und fallen vor allen Dingen dadurch auf, dass sie sich in einem fort beklagen. Die traurigen sind jene, die dieses Stadium hinter sich gelassen haben.

Als ich Horst meine Erkenntnisse einmal erläuterte, fand er sie keineswegs überzeugend. Genau genommen hielt er sie sogar für ziemlichen Unfug und schließlich fragte er mich, wie denn die Frauen *mich* wohl einordnen würden. Tatsächlich wusste ich darauf keine Antwort, denn meist reden die Mütter nicht mit mir.

Neben mir sitzt eine *traurige* Mittdreißigerin, die offenbar ihr Buch vergessen hat und ebenfalls keinerlei Anstalten macht, mich anzusprechen.

---

[56] „Ulysses" von *James Joyce* in der Übersetzung von *Hans Wollschläger*.

JJ sitzen im Sandkasten und sind jeder für sich in irgendetwas vertieft. Ich lasse meinen Blick über den Spielplatz schweifen.

An der Rutsche fällt mir eine Mutter auf, die so gar nicht nach Mama aussieht. Sie erinnert mich an *Susan Richards* von den *Fantastischen Vier*[57]. Susan fand ich schon immer ziemlich atemberaubend. Und meine ersten erotischen Träume mit elf oder zwölf handelten allesamt von Susan.[58]

Susan steht nun an der Rutsche. Natürlich nicht die Susan aus dem Comic, sondern ein Wesen, das ihr genau betrachtet dann doch nicht so ähnlich sieht.

Die kleine Tochter hat Probleme mit der Treppe zur Rutsche und so muss die Mama immer wieder von vorn nach hinten laufen, um ihr erst bei der Treppe zu helfen und sie dann am Ende der Rutsche aufzufangen.

Ich verschanze mich hinter meinem *Ulysses* und beobachte sie in aller Ruhe.

Mit dieser ist es jedoch schnell vorbei, denn Jan ist auf Jules Sandkuchen getreten und hat dafür ordentlich den Eimer über den Kopf gezogen bekommen. Jan weint und Jule schimpft.

Ich laufe zu den beiden, nehme Jan in den Arm und versuche, ihn zu trösten, worauf Jule ebenfalls zu weinen anfängt – offenbar will sie auch getröstet werden. Als ich Jan kurz loslasse, um Jule in den Arm zu nehmen, fängt dieser an zu schreien, woraufhin Jule ebenfalls zu brüllen beginnt. Sie weiß zwar nicht, warum, die beiden haben jedoch die Absprache getroffen, immer mitzuschreien, wenn der jeweils andere es tut.

---

[57] Dem Comic, nicht der Band – da gibt es keine Susan.

[58] Black Widow fand Ole übrigens auch ganz wunderbar, aber das würde hier zu weit führen.

Offensichtlich habe ich alles nur noch schlimmer gemacht und das sagen mir auch die Blicke der Mütter, die zu uns her- überschauen und sich fragen, wann endlich die Mutter wieder- kommt, um die Sache in die Hand zu nehmen.

Trotzig lasse ich JJ schreien und setze mich demonstrativ wie- der auf meine Bank.

Susan und ihre Tochter sind inzwischen fertig für heute. Ge- meinsam sammeln sie ihr Sandspielzeug ein und schicken sich an, zu gehen. Zum Abschied zwinkert sie mir kurz zu.

Ich merke, wie ich erröte, blicke schnell in mein Buch und wende mich wieder *Leopold Bloom* zu, der gerade Zitronenseife in Sweny's Drogerie kauft.[59]

Am Abend treffe ich Susan zufällig in meiner Lieblingskneipe wieder. Sie erkennt mich sofort und zwinkert mir wieder zu. Ich fasse meinen Mut zusammen und gehe zu ihr. Sie ist allein da, ich setze mich zu ihr und wir kommen ins Gespräch. Offen- kundig ist sie alleinerziehend und einsam.

Am Bahnhof gibt es ein großes anonymes Hotel. Ich miete ein Zimmer für eine Nacht. Dem Portier genügt mein natürlich fal- scher Name. Meine Begleiterin interessiert ihn nicht weiter. Ich habe so etwas noch nie gemacht und wundere mich, wie ein- fach es geht.

Sofort, nachdem ich die Zimmertür hinter uns geschlossen habe, beginnt sie damit, mir verheißungsvolle Blicke zuzuwer- fen.

---

[59] Bei Interesse: Siehe James Joyce, Ulysses; Kapitel 5, Lotophagen

Kurz bevor ich die Besinnung verliere, dringt Kindergeschrei an mein Ohr. Diesmal ist es Jan, der Jule eins mit dem Sandeimer mitgegeben hat. Jule weint und Jan hebt triumphierend den Eimer in die Höhe.

Ich bin noch ganz benommen von meinem Tagtraum und bleibe bewusst auf meiner Bank sitzen. Dann erklingen die ersten Takte von *Purple Rain* in meiner Hosentasche. Es ist Mareike, die nur eben mitteilen möchte, dass es heute später wird und wir mit dem Essen nicht auf sie warten sollen.

Das ist eigentlich keine Information. Kürzlich hatte ich ihr vorgeschlagen, sie solle nur noch anrufen, wenn sie planmäßig käme. Sie hatte so getan, als verstünde sie nicht, was ich meinte.

Tags darauf findet der erste Spielgruppenvormittag statt und ich bin schon sehr gespannt, vor allem auf die Mütter, von denen ungefähr ein Dutzend auch schon da sind, als wir ankommen.

„Sie müssen Ole sein", begrüßt mich eine kleine Frau, die sich mir als Susanne vorstellt.

Allein der Name weckt in mir zwiespältige Erinnerungen, die Frau selbst erinnert, von ihrer Körpergröße abgesehen, jedoch gar nicht an besagte Susanne.

„Ich bin hier die Spielgruppenleiterin", spricht sie weiter, „und wir treffen uns immer schon eine Viertelstunde früher für unser *warming-up*, bevor die eigentliche Stunde beginnt."

Das *warming-up* ist offenbar schon vorbei, denn ein Dutzend kleiner Kinder läuft wild schreiend im Raum umher, während in einer Ecke die zugehörigen Mütter auf kleinen Kinderhockern um einen Tisch herumsitzen.

„Jetzt sind wir gerade im *free-play*. Jan und Julia sollten einfach mitmachen und Sie können sich gern zu uns setzen. Wir machen gleich *Elternschule*", ergänzt sie.

Jan und Jule stehen neben mir und halten sich jeder an einem meiner Hosenbeine fest. Ich schiebe sie ein Stück in den Raum und zeige auf die kreischenden Kinder, aber JJ haben entschieden, heute schüchtern zu sein.

„Lassen Sie die beiden ruhig machen", sagt eine junge Frau, die an mir vorbei zu dem Tisch zu den anderen geht.

Ich folge ihr, setze mich auf ein freies Höckerchen und grüße kurz in die Runde.

„Hallo, die Damen, ich bin Ole."

Zwei der Mütter müssen lachen, die anderen schauen nur irritiert.

JJ folgen mir und setzen sich auf meinen Schoß.

„Und das sind Jan und Jule, genannt JJ", ergänze ich noch.

„So ist das nicht gedacht. Im *free-play* machen die Kinder, was sie möchten, und wir Erwachsenen sind am Tisch", tadelt Susanne mich sogleich.

„Jan und Jule haben mir gerade glaubhaft versichert, dass sie beide jetzt gern hier sitzen möchten, insofern kann ich keinen Verstoß gegen die *free-play* Regel erkennen", antworte ich freundlich.

Die zwei von eben müssen wieder lachen. Ich sollte mir ihre Gesichter merken. Susanne scheint irritiert und gibt fürs erste auf.

Der Lärmpegel in dem Raum ist kaum zu ertragen, es scheint sich jedoch niemand sonst daran zu stören. Zwei Kinder sind unterdes in Streit geraten und kabbeln sich.

Eine der Mütter springt auf und betritt den Teppich, aber Susanne pfeift sie zurück.

„Lass mal Sibylle, das machen die beiden schon unter sich aus."

Zu meiner Überraschung setzt sich Sibylle wieder auf ihren Hocker und schaut besorgt zu den Kindern hinüber. Inzwischen liegt eines der Kinder weinend am Boden, während das andere mit der Faust drohend darüber steht.

JJ haben das mitbekommen und klammern sich an mir fest. Auch ich beginne, mir Sorgen zu machen.

„Mir scheint, die Regel der Regellosigkeit kommt gerade an ihre Grenzen", bemerke ich an Susanne gerichtet.

Sybille hat inzwischen doch ihre weinende Tochter aus der Gefahrenzone geborgen und sie ebenfalls auf ihren Schoß gesetzt. Offenbar bereut es Susanne schon jetzt, einen Mann in die Spielgruppe aufgenommen zu haben. Zudem sieht sie ihre Autorität akut bedroht.

„Ole, ich hatte ganz vergessen, dass Sie im richtigen Leben ja Jurist sind", verkündet sie mit einem bösen Blick.

Langsam wird es mir zu bunt.

„Falsch. Im *richtigen* Leben bin ich Ole, ein Vater in Elternzeit, und früher einmal war ich ein kinderloser Patentanwalt."

Eine gefühlte Mehrheit der Frauen solidarisiert sich mit Susanne und macht ein ernstes Gesicht. Sibylle und die beiden, die vorhin gelacht haben, scheinen unentschlossen und unterdrücken nur mit Mühe ein Schmunzeln.

„Okay, dann beginnen wir mit der Elternschule", wechselt Susanne das Thema. „Sibylle, möchtest du darüber reden, wie du dich gerade gefühlt hast?"

Offensichtlich möchte Sibylle das nicht, aber Susanne lässt nicht locker.

„Kann es sein, dass du deine eigene Unsicherheit auf deine Tochter überträgst und ihr nicht zutraust, ihre Konflikte selbst auszutragen?"

Sibylle scheint völlig paralysiert. Wie ein scheues Reh starrt sie vor sich hin und streicht ihrer Tochter sanft über den Kopf.

Ich selbst bin ebenfalls paralysiert, allerdings wegen dieses ganzen Unfugs, den ich mir hier anhören muss. Zudem erwacht gerade eine Art Beschützerinstinkt in mir.

Bevor ich jedoch etwas sage oder tue, kommt mir eine der beiden Netteren zuvor.

„Lass mal gut sein, Susanne. Ich denke, wir sollten noch über das Sommerfest sprechen."

„Ja, vielleicht hast du recht, Katja. Danke, dass du mich erinnerst", geht Susanne darauf ein.

Sibylle sackt in sich zusammen und die anderen reden über irgendein Sommerfest, an dem *wir* sicher nicht teilnehmen werden.

Dann läutet Susanne mit einer Glocke und ruft zum Frühstück. Kinder und Mütter holen daraufhin allerlei Sachen zum Essen hervor.

Dass wir hier frühstücken würden, wusste ich nicht, daher haben wir nichts mitgebracht. Ich erwähne das entschuldigend, aber Susanne hat kein Problem damit.

„Na, beim nächsten Mal wissen Sie dann Bescheid. Wir haben hier eine präzise Abfolge und das Frühstück ist immer der Höhepunkt."

Zu meiner Überraschung beginnen nun alle gemeinsam, Kinder und Mütter, genau die Dinge zu essen, die sie jeweils selbst mitgebracht haben.

Ich war selbstverständlich, aber naiv, wie sich herausstellt, davon ausgegangen, dass alles Mitgebrachte auf den Tisch käme und dann jeder das nähme, was er möchte.

Aber so ist das nicht gedacht.

So sitzen wir nun am Tisch und schauen den anderen beim Essen zu. JJ stört das nicht, wie mir scheint, aber ich werde nun richtig sauer und frage mich, was ich hier mache. Auch kommt keine der Mütter auf die Idee, JJ irgendetwas anzubieten.

Während die anderen essen und dabei schweigen, schaue ich mir die Frauen genauer an.

Einige von ihnen wirken irgendwie grau und verloren. Augenfällig wird das an der Kleidung, die zuallererst praktisch zu sein hat. Mir wird bewusst, wie froh ich bin, dass Mareike da so ganz anders ist. Im Gegenteil ist sie stets bemüht, auf keinen Fall wie eine Mutti auszusehen, und gibt sich in modischen Dingen neuerdings besonders viel Mühe.

Die Frauen scheinen ganz froh, als die Kinder wieder auf dem Teppich sind und nun unter Susannes Anleitung allerlei Spiele spielen.

Dies ist wohl das Gegenstück zu *free-play* und ich überlege, wie diese Phase des Morgens wohl heißen mag, vielleicht *non-free-* oder *guided-play*. JJ sitzen inzwischen auch auf dem Teppich, halten sich an den Händen und schauen dem Ganzen interessiert, aber skeptisch zu. Die Frauen unterhalten sich und beachten mich nicht weiter.

Das fuchst mich dann doch irgendwie, vor allem wenn ich daran denke, was ich später Horst erzählen soll von meiner Spielgruppe mit einem Dutzend attraktiver junger Mütter, bei denen ich keinen Stich kriege. Obwohl ich mich auch frage, was ich eigentlich erwartet habe. Das große Abenteuer, eine Affäre oder tiefe Gefühle? Da bin ich hier offensichtlich völlig falsch. Die meisten scheinen sich irgendwie aufgegeben zu haben.

Genau genommen gilt das genauso auch für mich! Und das nicht nur äußerlich.

Bislang hatte ich darauf geachtet, dass mir genau das nicht passiert: In meinem Kopf bin ich immer noch sechzehn, zwanzig, dreiundzwanzig oder achtundzwanzig, und auch hier sortiere ich die Frauen unwillkürlich nach Attraktivität. Nur ist das hier nicht Schule, Krankenhaus oder Uni.

Möglicherweise ist das mit den *Glückstupfern* alles Unfug. Mir genügt das alles nicht und in Wirklichkeit bin ich noch immer auf der Suche nach den ganz tiefen Gefühlen.

Ich merke, wie ich langsam in eine sehr seltsame Stimmung komme, und bin ganz froh, als die Stunde endlich vorbei ist. Alle gemeinsam singen wir noch ein Abschiedslied und dann dürfen wir gehen.

Vor der Tür treffe ich auf Katja, die mit ihrer Tochter an der Hand auf irgendetwas wartet. Ich frage, ob ich sie irgendwohin mitnehmen könne, aber sie meint, sie würde gleich abgeholt. Bevor wir weiter ins Gespräch kommen, erklingen die ersten Takte von *Purple Rain* in meiner Hosentasche.

Katja zieht eine Augenbraue hoch. „Prince! Mein Gott, wie lange habe ich das nicht mehr gehört?"

Ich hole mein Handy aus der Tasche, gehe aber nicht dran, sondern lasse den Song weiterspielen.

„Dabei hat es mir einmal so viel bedeutet", ergänzt sie.

„Mir auch", antworte ich und fühle mich ihr irgendwie verbunden. Unwillkürlich sprudelt es aus mir heraus. „Es erinnert mich an eine Zeit, in der das Glück in dicken Tropfen einfach so vom Himmel fiel, ich mich in den Tiefen meiner Gefühle verlaufen konnte und die wunderbarsten Menschen traf, die ich nie wieder hätte loslassen dürfen."

Sie schaut ziemlich irritiert, lächelt mich dann aber freundlich an und nickt mir zu.

Auch sie hat etwas verloren, nach dem sie sich sehnt.

Am Abend erzähle ich Horst von meinen Erlebnissen. Er schüttelt den Kopf und empfiehlt mir, das mit der Spielgruppe nicht weiter zu verfolgen.

Dann erzählt er ungefragt von Lilly. Sie haben wieder regelmäßig Kontakt, nachdem sie sich vor knapp drei Jahren beim zwanzigsten Abitreffen wiedergesehen haben. Offenbar geht es ihr nicht gut.

Christian ist kürzlich aus der gemeinsamen Wohnung ausgezogen und hat sie mit den beiden Kindern alleingelassen. Er zahlt keinen Unterhalt und wohnt nun bei einer jungen Kollegin aus dem Schlachthof, mit der er wohl schon seit Längerem ein Verhältnis hat.

„Und seit ihrer Fehlgeburt vor zwei Jahren geht es ihr körperlich und vor allem seelisch immer noch sehr schlecht", schließt Horst seinen Bericht.

Zu meiner Verwunderung bin ich mehr betroffen, als ich zugegeben würde. Zwar hatte ich immer wieder etwas über Lilly gehört und auch von dem Kind, das tot zur Welt gekommen war. Dass es aber nun so dicke für sie kommt, kann ich nicht gut ertragen.

Bevor ich jedoch sentimental werde, frage ich: „Wie kannst du ihr nur verzeihen, was sie dir angetan hat?"

„Wieso kannst du ihr *nicht* verzeihen, was sie *mir* angetan hat?", antwortet er ohne Zögern.

Darauf weiß ich keine Antwort. In die Stille hinein klingelt mein Handy. Ich lasse es läuten.

Horst deutet darauf.

„Ist *das* dein Klingelton?" Er verzieht das Gesicht. „Das ist nicht dein Ernst!"

CℬﬁD

Die ersten Tage in Rom[60] verbrachten wir mit dem Touristenprogramm, wie Lilly es nannte. Sie hatte die Woche frei und führte uns zu den Sehenswürdigkeiten, die man gesehen haben muss: Kolosseum, Forum Romanum, Pantheon und die anderen Überbleibsel aus dem antiken Rom. Horst erläuterte uns die geschichtlichen Hintergründe und ich war sehr beeindruckt von alledem.

An den Abenden bummelten wir durch die Altstadt und entdeckten die anderen Dinge, die man gesehen haben muss: Spanische Treppe, Piazza Navona, Engelsburg.

Das Schönste jedoch war für mich der Trevibrunnen, der einen tiefen Eindruck auf mich hinterließ. Mitten in der Stadt

---

[60] Ein Hinweis zur zeitlichen Einordnung: Ole und Horst sind ungefähr 20 Jahre alt, machen gerade ihren Zivildienst und besuchen Lilly, die nach dem Abitur für ein Jahr nach Rom gegangen ist.

tauchte er wie aus dem Nichts hinter einer unscheinbaren Häuserreihe majestätisch vor uns auf.

Der kleine Platz davor war voller Menschen, ebenso wie die wenigen Stufen, die nach unten zum Becken führten. So war es nicht ganz leicht, ihn in seiner vollen Pracht sehen zu können. Aber mit etwas Geduld taten sich immer wieder Lücken in der Menschenmenge auf, was uns stets eine neue Sicht auf den Brunnen gab. Horst und ich waren über alle Maßen hingerissen und wollten den Ort nicht wieder verlassen.

Irgendwann knurrten dann aber doch unsere Mägen und Lilly führte uns zu einer dieser Pizzerien, die wie Eisdielen ihre Pizza aus einem Fenster heraus verkauften. Lilly hatte einige davon getestet und präsentierte uns die Nummer eins auf ihrer Bestenliste. Danach saßen wir wieder auf der Piazza Navona und redeten über die lange Zeit, die wir getrennt gewesen waren.

„Und wie läuft's im Krankenhaus und was machen eure Freundinnen und wie sind sie so? Ihr müsst mir alles über sie erzählen", sprudelte es aus Lilly heraus.

„Na, sie sind beste Freundinnen seit der Grundschule, beide im Mittelkurs und sie sind Feministinnen", erklärte Horst.

Dann erzählten wir ihr noch einmal ausführlich, wie wir mit den beiden zusammengekommen waren.

Bei meiner Geschichte musste Lilly immer wieder laut lachen. „Na, das war ja mal wieder so eine typische Ole-Aktion."

Danach berichtete Horst, dass er ihren Setzling in den Garten seiner Eltern gepflanzt hätte. Direkt hinter der Bank, auf der Lilly und er sich zum ersten Mal geküsst hatten, und Lilly meinte, das wäre ein sehr guter Platz für ihren gemeinsamen Baum.

Tags darauf gingen wir auf Vatikantour: Petersdom, Sixtinische Kapelle, Vatikanische Museen. Jetzt nach Ostern seien die Warteschlangen nicht so lang, erklärte Lilly. Dennoch dauerte es fast eine Stunde, bis wir im Petersdom waren.

Die schiere Größe war schon irgendwie beeindruckend, ansonsten aber war es halt auch nur eine Kirche mit allerlei *Klimbim* darin, wie Horst meinte.

In einer Nische rechts neben dem Eingang entdeckte ich jedoch etwas, das ich in dieser Art und von Nahem nie zuvor gesehen hatte. Zwar hatte ich schon von *Michelangelo* gehört und auch schon mal ein Foto von seiner *Pietà* gesehen, aber in echt war die trauernde Maria mit dem toten Jesus auf ihrem Schoß absolut atemberaubend.

Die gesamte Szene wirkte dabei so lebendig und erhaben, dass ich bis heute nicht wirklich glauben kann, dass sie aus Marmor ist. Jede kleinste Falte ihres Gewandes, jeder Muskel und jede Sehne des toten Jesus wirkten so lebendig. Vor allem aber sah und spürte ich in Marias Gesicht ihre ganz tiefe Trauer und Verzweiflung so intensiv, dass ich fast mit ihr geweint hätte.

Auf dem Rückweg überquerten wir den Petersplatz und liefen in den *Vicolo del Campanile,* wo wir nach einigen hundert Metern linker Hand auf den *Hard Rock Shop* trafen und dort unsere Sammlung erweiterten.

Den Abend verbrachten wir in unserem Stadtteil *Trastevere,* wo Lilly wohnte. Nur zwei Straßen entfernt von ihr befand sich die kleine Pension, in der Horst und ich ein winziges Doppelzimmer gemietet hatten.

In *Trastevere* gibt es neben den üblichen Restaurants zahllose kleine Trattorien und Osterien. Nachdem wir an den letzten Abenden Pizza im Stehen gegessen hatten, war uns heute nach einer gemütlichen Einkehr. Lilly führte uns daher zu einer kleinen Trattoria in der Nähe der *Piazza di Santa Maria*.

Zu unserem Entsetzen stand dort jedoch ungefähr ein Dutzend junger, gut gekleideter Menschen in einer langen Schlange vor der Tür. So etwas war uns schon zuvor aufgefallen.

„Vor den wirklich guten Trattorien warten die Menschen gern geduldig auf Einlass", erklärte Lilly und lachte über unsere enttäuschten Gesichter. „Keine Sorge, ich regle das schon."

Schnurstracks lief sie an den Wartenden vorbei, verschwand in dem Laden und kam einen Augenblick später wieder zurück, im Schlepptau einen freundlichen älteren Italiener, der Horst und mich überschwänglich begrüßte wie gute Freunde, die er lange nicht gesehen hatte.

Dann legte er seine Arme um uns und führte uns laut redend an der Schlange vorbei ins Innere. Dort wies er mit der Hand auf einen freien Tisch am Fenster und zwinkerte uns zu.

„Lillys Freunde, auch meine Freunde!", sagte er in gebrochenem Deutsch.

Lilly grinste und wir setzten uns an den Tisch.

„Wer ist das denn?" Horst fand als Erster die Sprache wieder.

„Das ist Lorenzo, der Chef hier und ein alter Freund meines Vaters", antwortete Lilly. „Ich komme öfter her und habe auch schon einige Male hier gekellnert. Über ihn habe ich auch die Au-pair-Stelle."

Eine italienische Schönheit brachte uns die Speisekarte, die vollständig auf Italienisch war. Lilly erklärte uns, dass hier fast nur Einheimische herkämen und es daher keine Touristenkarte gäbe. Für mich war das aber sowieso kein Problem, da ich die meisten italienischen Gerichte kannte und viele davon sogar kochen konnte.

Ohne dass wir sie bestellt hatten, brachte uns ein attraktiver junger Mann kalte Antipasti. Lilly sprang auf, begrüßte ihn sehr herzlich und küsste ihn auf beide Wangen.

„Lilly, bellezza mia", rief er und Lilly stellte ihn uns als Simone vor, der hier auch hin und wieder kellnerte.

Er schüttelte uns freundlich die Hand und strahlte Lilly dabei an.

„Netter Kerl", sagte Horst. „Ist er immer so freundlich oder steht er auf dich?"

Lilly wurde rot, was bei ihr äußerst selten vorkam, und wir beide wussten sofort, was Sache war.

„Wir hatten eine kurze Affäre, aber es ist vorbei", flüsterte sie und fühlte sich sichtlich unbehaglich.

„Warum ist es vorbei?", fragte ich freundlich. „Er wirkt echt nett und ist über alle Maßen attraktiv."

„Na, *über alle Maßen* ist jetzt vielleicht ein kleines bisschen übertrieben, Ole", meinte Horst. „Immerhin sind *wir* ja auch noch da."

Lilly hatte gar nicht hingehört und machte ein ernstes Gesicht.

„Ich hab so ein schlechtes Gewissen."

„Wegen Christian?", fragte Horst unnötigerweise.

„Nee, wegen euch", erwiderte Lilly leicht genervt. „Natürlich wegen Chris. Er war kurz danach hier in Rom bei mir zu Besuch. Ich wollte es ihm sagen, schaffte es aber nicht, und nun wird es für immer zwischen uns stehen."

Lilly schien echt bedrückt darüber und mir fiel irgendwie nicht ein, wie ich sie trösten könnte. Horst hingegen verstand das Problem nicht.

„Ich finde, du solltest dich nicht unnötig damit quälen. So etwas passiert schon mal."

„Ich bin katholisch", sagte sie und nun lächelte sie. „Nein, im Ernst. Ich war Chris immer treu, auch wenn es mir manches Mal schwergefallen ist. Das hätte nicht passieren dürfen."

„Ist es aber", schaltete ich mich nun in die Diskussion ein. „Und wichtig ist doch nur, ob du Christian weiterhin liebst und mit ihm zusammenbleiben möchtest."

„Das weiß ich leider nicht", rief sie ein wenig lauter. „Natürlich vermisse ich ihn. Aber hier ist alles wunderbar und ich fühle mich pudelwohl und eigentlich brauche ich ihn nicht. Sich über die Ferne zu lieben, ist viel schwieriger, als ich es erwartet hatte."

„Das kann ich nur bestätigen", klagte Horst mit müder Stimme. „Jennifer empfand das genauso wie du und sie hat daraus ihre Konsequenzen gezogen."

Bevor Lilly etwas erwidern konnte, kam Simone, räumte die Antipasti ab und nahm unsere Bestellung auf.

Für den nächsten Tag stand die *Villa Borghese*[61] auf dem Programm. Wir schlenderten durch die weitläufigen Parkanlagen, machten ein Foto von uns dreien im *Tempel der Diana* und besichtigten die Galerie in dem prunkvollen *Casino*.

---

[61] Sehr zu empfehlen, wenn man gerade mal in Rom ist.

Obwohl ich mich bislang nicht wirklich für Malerei interessiert hatte, beeindruckten mich einige der Gemälde, gerade jene von *Bellini* und *Caravaggio*, auf eine ganz eigene Weise.

Besonders angetan war ich von *Raffael*. Vor seinem Gemälde *Junge Frau mit Einhorn* meinte Horst, die Frau würde ihn stark an Lisa erinnern, und Lilly lachte sich kringelig, als Horst bildhaft beschrieb, wie Lisas Ur-Ur-Urgroßmutter dem Maler Modell gestanden haben könnte.

Der Abend zuvor war noch sehr schön geworden. Wir hatten sehr gut gegessen und nicht weiter über Simone oder Christian gesprochen.

Für den heutigen Abend wollte Lilly uns in das römische Nachtleben einführen und mit uns einen angesagten Club besuchen. Zuvor müsse sie jedoch noch nach Hause, die Kinder zu Bett bringen und sich frisch machen, wie sie sagte. Wir sollten uns ebenfalls ein bisschen Mühe geben, sie kenne zwar die Türsteher, aber *sicher ist sicher*, wie sie sagte.

Horst zog also seine neue enge schwarze Jeans und ich meine schwarze Lederhose an und dazu jeweils unsere neuen *Hard Rock Café* T-Shirts mit der Aufschrift *Rome*.

Gegen halb elf klingelte das Zimmertelefon und der Portier meinte, eine Dame würde uns unten erwarten. Es war schon dunkel und unter einer Laterne vor dem Haus wartete Lilly auf uns.

Als sie uns sah, kam sie auf uns zu, drehte sich um die eigene Achse und fragte: „Na Jungs, wie seh ich aus?"

Horst und mir blieb die Sprache weg. Lilly trug einen kurzen schwarzen Lederrock mit schwarzen Strümpfen und High

Heels, sowie ebenfalls ihr *Hard Rock Café* T-Shirt *Rome*. Ihre Lippen und Fingernägel glänzten tiefrot und ihr blondes Haar fiel in langen Locken über ihre Schultern.

Horst fasste sich als Erster. „Lilly, du siehst immer hinreißend aus, aber das ist zu viel. Jetzt sind wir beide für die Damenwelt endgültig verloren."

„Das tut mir leid, vor allem für eure Freundinnen. Aber die sind ja weit weg", lachte Lilly.

Wir nahmen sie in die Mitte, hielten uns an den Händen und liefen zur Straßenbahn, die uns zum Club brachte, der genau genommen nur eine gewöhnliche Disco war. An dem Türsteher kamen wir problemlos vorbei, nachdem Lilly sich noch einmal um die eigene Achse gedreht und dann lachend vor ihm geknickst hatte.

Der Laden gefiel mir sehr gut. Es gab mehrere Ebenen und lauschige Nischen zum Sitzen sowie eine Theke, die über zwei Seiten des Raumes ging. Dahinter standen junge italienische Schönheiten.

Hier gab es kein Bier, sondern man trank bunte Cocktails. Die schmeckten gar nicht schlecht und knallten ordentlich, wie Horst meinte. Er warnte mich jedoch, höchstens zwei davon zu trinken, andernfalls würde das eine kurze Nacht für mich. Ich hielt mich an seinen Rat und stieg nach dem zweiten Cocktail auf Cola um.

Die Musik war überraschend gut und zum Tanzen geeignet, was wir dann auch sogleich ausgiebig taten.

So tanzten wir die halbe Nacht und nur hin und wieder gönnte ich mir eine Pause und sah dem Treiben vom Rand aus zu. Lilly wirkte wie in Trance und tanzte mal wild, mal geschmeidig, mit vornehmer Anmut und großer Ausdauer.

Irgendwann leerte sich der Laden. Wir hatten aber noch lange nicht genug und sowieso die Angewohnheit, meist als letzte eine Disco zu verlassen. Gegen vier saßen wir in einer der Nischen und machten eine Pause. Dann hob Lilly ihr Glas und prostete von Ferne dem DJ zu.

Kurz darauf schepperte die sonore Stimme von *Lou Reed* aus den Boxen. *„Shiny, shiny, shiny boots of leather"*, die erste Zeile in dem Song *„Venus in furs"* von *Velvet Underground*[62]

Das war lange Zeit vor unserer Geburt entstanden, aber es hatte nichts von seiner Kraft eingebüßt. Horsts Vater hatte es uns empfohlen, wie so vieles. Aber *Velvet Underground* hatte uns gepackt, besonders Horst.

Lilly wusste das und hatte es sorgsam und nur für ihn ausgesucht. Sie zog ihn an der Hand auf die Tanzfläche. Er verstand sofort, nahm sie in seine Arme und sie beide tanzten eng umschlungen, fast allein und ganz versunken. In der Mitte des Songs fingen sie an, sich zu küssen, und auch als das Stück zu Ende war, standen sie allein und knutschend auf der Tanzfläche. Bevor sich eine Art von Eifersucht in mir regte, wurde mir klar, dass das alles nicht zufällig geschah.

Als dann wenig später die ersten Takte von *„Purple Rain"* von *Prince* erklangen, war ich überrascht und glücklich. Lilly schenkte mir ein zuckersüßes Lilly-Lächeln und zog nun mich an der Hand auf die Tanzfläche. Sogleich schlang sie ihre Arme um meinen Hals und schmiegte sich ganz nah an mich. Ich hielt sie sanft und fest in meinen Armen, spürte ihre Wärme, und sehr langsam drehten wir uns im Takt des magischen Stücks.

---

[62] Das vierte Stück auf dem Album „The Velvet Underground & Nico" von *Velvet Underground*; bekannt durch die Banane von *Andy Warhol* auf dem Cover.

Ungefähr in der Mitte des Songs hob sie ihren Kopf, strahlte mich an und schloss ihre Augen. Ohne Zögern drückte ich meine Lippen auf ihren Mund und sogleich begannen wir, uns zu küssen. Ich fühlte ihre Lippen, ihren Mund und ihre Seele, wie ich in diesem Moment glaubte. Es war mehr als vier Jahre her, als wir uns das erste und letzte Mal geküsst hatten, und dieser Kuss hier erinnerte nur noch entfernt an das Mädchen von damals.

Wenig später machte der DJ eine Durchsage auf Italienisch und Lilly erklärte, dass der Laden nun schließen würde. Die kühle frische Luft vor der Tür tat mir gut, vor allem aber fiel mir die Stille auf. Rom am Tag war wunderschön und lebendig, aber auch immer sehr laut.

Lilly meinte, sie hätte eine Idee und wir sollten ihr folgen. Hellwach und neugierig liefen wir hinter ihr her und nach wenigen Schritten erreichten wir eine Gegend, die mir bekannt vorkam.

Nachdem wir um eine Hausecke gebogen waren, standen wir vor dem *Trevibrunnen*. Es dämmerte bereits und ein erstes fahles Licht fiel auf die Meeresgestalten und die Pferde im Wasser. Das Einzigartige war jedoch, dass hier fast keine Menschen waren. Wir setzten uns auf die Stufen direkt vor dem Becken, schauten auf den Brunnen, genossen die Stille und mystische Stimmung. Lilly lehnte abwechselnd ihren Kopf an Horsts und an meine Schulter und so erwarteten wir den Tag, der sich zusammen mit den ersten Menschen seinen Brunnen zurückeroberte.

Irgendwann machten wir uns auf den Weg zurück nach *Trastevere*. Wir nahmen Lilly in die Mitte, liefen Hand in Hand durch die Straßen Roms und sangen *„Venus in furs"*, *„Purple Rain"* und so gut wir es eben konnten, *„Feeling Good"* von *Nina Simone.* [63]

Für den nächsten Tag waren wir zum Shoppen in der Stadt verabredet. Horst und ich suchten noch jeder ein kleines Geschenk für Kathi und Vanessa. Nach kurzem Schlaf trafen wir Lilly wieder, die nach der durchtanzten Nacht überraschend frisch aussah.

Unsere Stimmung war etwas gedrückt, denn dies war unser letzter Tag in Rom und morgen würden wir uns wieder auf den langen Heimweg machen. Schnell fanden wir, was wir suchten, schlenderten durch die Stadt und sprachen nicht viel.

Am Abend saßen wir am Brunnen vor dem *Pantheon* und aßen noch einmal Pizza auf der Hand.

Tags darauf brachte Lilly uns zum Bahnhof *Termini*. Zum Abschied umarmte sie erst Horst und dann mich und küsste uns auf die Wangen. Dann nahm sie uns beide zusammen in die Arme.

„Jungs", flüsterte sie, „ich glaube, die Tage mit euch waren die schönsten in meinem bisherigen Leben!"

---

[63] „Feeling Good" wurde von Anthony Newley und Leslie Bricusse eigentlich für das 1964 uraufgeführte Musical *The Roar of the Greasepaint – The Smell of the Crowd* komponiert. Ein Jahr später wurde es von Nina Simone gecovert und berühmt gemacht.

Kapitel 14: Ganz großer Kladderadatsch

[64] Ich lebe im Zwergenland. Mein Leben bewegt sich zwischen Playmobilfiguren, Pixi-Büchern und Kinderliedern.[65] Horst meint, ich hätte ein Hausmann-Burn-Out-Syndrom. Mareike hat heute Zeugniskonferenzen. JJ haben Magen-Darm-Grippe, seit zwei Tagen und, was schlimmer ist, seit zwei Nächten.

Mareike ist im Bad und hat die Tür hinter sich abgeschlossen. Jan hat gerade zum zweiten Mal heute *die Abgabe* gemacht. Die Schüssel ist gut gefüllt und stinkt. Ich hämmere an die Tür, sie soll gefälligst aufmachen, ich muss an den Klotopf, wo soll ich sonst damit hin? Meine Nerven liegen blank, ich habe die letzten Nächte kaum geschlafen und komme tagsüber nicht vor die Tür.

Den Kindern geht es zwischen den Übelkeitsattacken eigentlich ganz gut. Dann halten sie mich auf Trab, brauchen Fencheltee und Salzstangen und möchten Geschichten vorgelesen bekommen. Der Kinderarzt, den ich in meiner Panik angerufen habe, meinte, das käme in dem Alter häufig vor und würde nach ein paar Tagen von selbst weggehen.

Ich blicke in den großen Wandspiegel im Flur und mir gefällt nicht, was ich da sehe. Mein Gesicht ist grau, die Ringe unter

---

[64] Kladderadatsch war eine satirische Zeitschrift, die von David Kalisch herausgegeben wurde und 1848 erstmals in Bonn erschienen ist. Das hat aber hiermit gar nichts zu tun. Kladderadatsch ist ein lautmalerischer Berliner Ausdruck, der in etwa bedeutet *„etwas fällt herunter und bricht mit Krach in Scherben"*; so wird er zumindest 1867 in dem Artikel *Die Geschichte des Kladderadatsch* in der Zeitschrift „Die Gartenlaube" interpretiert (siehe: Heft 13, 1867, S. 203–206). Und dies fasst den Inhalt dieses Kapitels gut zusammen.

[65] Wie schon in der Überschrift angedeutet, wird an den Prolog angeknüpft.

den Augen sind unübersehbar und mein Bauch quillt über den Hosenbund. Alles in allem sehe ich richtig scheiße aus!

Die Tür geht auf und Mareike erstrahlt wie eine Erscheinung im Türrahmen. Es ist nicht zu übersehen, was sie eine halbe Stunde lang im Bad gemacht hat: Sie hat sich auf angenehme Weise aufgebrezelt und trägt die goldenen Ohrringe, die ich ihr vor zwei Jahren zu Weihnachten geschenkt habe. Dazu trägt sie das elegant-sportliche, himmelblaue Kostüm mit dem kurzen Rock, das sie zuletzt beim Empfang des Verbandes der Patentanwälte[66] vor zwei Jahren getragen hat, und sieht bezaubernd aus.

Ganz tief in meinem Innern regen sich letzte, längst verschüttete Ahnungen meiner Männlichkeit.

Mareike fuchtelt wild mit den Händen herum, da der Nagellack noch nicht trocken ist. Im Vorübergehen bemerkt sie knapp, ich solle nicht auf sie warten, da sie nach der Zeugniskonferenz noch in dieses schicke Restaurant gehen würden. Der neue Referendar gäbe dort seinen Einstand.

Von dem Restaurant hatte ich gehört. So ein eleganter Schuppen in der Vorstadt mit vornehmen Kellnern, die dort *Ober* heißen, und winzig kleinen Portionen auf den Tellern.

Horst war kürzlich mit Silke dort und man hat ihm unter dem Titel „Bratwurst an Safran und Johannisbeerconfit" tatsächlich einen Dessertteller gebracht, auf dem sich 2 (in Worten „zwei") von einer profanen Bratwurst abgeschnittene Scheibchen zusammen mit einem Klecks roter Marmelade befanden. Dafür wurden dann 9,90 Euro aufgerufen.

---

[66] Den gibt es wirklich: https://www.bundesverband-patentanwaelte.de

Horst hat mir am Telefon davon erzählt und wir sind darüber schnell ins Fachsimpeln geraten, mit welch wahnwitziger Gewinnspanne man solch ein Geschäft betreiben könne, und zwar davon ausgehend, dass man aus einer Bratwurst zirka zehn Scheiben schneiden kann und es die Bartwürste bei *Aldi* im Fünferpack für 1,99 gibt.

Kurz wundere ich mich, denn Einstände kenne ich sonst nur in Kneipen oder Kantinen. Von dem Referendar hatte ich auch schon gehört: jung, attraktiv, smart und ein Held, weil er ja sooo kinderlieb und ja auch wirklich etwas ganz Besonderes in so einem Frauenberuf ist.

Mareike klemmt sich ihre Lederjacke unter den Arm, greift nach den Autoschlüsseln und verschwindet durch die Haustür. Ich stehe immer noch wie angewurzelt und starre der Vision hinterher. Im Kinderzimmer höre ich Jule würgen.

Nach sieben Pixi-Büchern[67] und einem Pfund Salzstangen sind die Kinder endlich eingeschlummert und ich habe mich mit einem Glas Wein auf das Sofa zurückgezogen, sozusagen in Bereitschaft. Unfähig, irgendetwas Sinnvolles zu tun, blättere ich wahllos in einer von Mareikes Frauenzeitschriften herum.

Dabei stoße ich auf einen seltsamen Artikel über die Evolution des männlichen Geschlechts. Darin lerne ich, dass das Weibliche eigentlich zuerst da war und der Mann eine Mutation der Frau ist. Na ja, das ist jetzt etwas verkürzt wiedergegeben. Ge-

---

[67] „Pixi sucht ein Haus", „Pixi auf großer Fahrt", „Conny kommt in den Kindergarten", „Ein Tag auf der Burg", „Conny beim Zahnarzt", „Ich habe einen Freund, der ist Feuerwehrmann" und „Ich habe einen Freund, der ist Hausmann". (Anmerkung: Das letzte dieser Aufzählung gibt es nicht).

nauer verhält es sich nämlich so, dass das X-Chromosom sozusagen den perfekten Zustand darstellt, und davon haben die Frauen gleich zwei. Das Y-Chromosom hingegen ist nichts als ein kaputtes, irgendwie abgebrochenes X-Chromosom, von dem wir Männer wenigstens auch noch eins haben, sonst wären wir gar nicht überlebensfähig.

In dem Artikel wird dann schließlich die These aufgestellt, dass das Y-Chromosom und damit der Mann als solcher in spätestens fünfzig Generationen vollständig von der Erde verschwunden sein wird – ausgestorben.

Angesichts meiner letzten Tage kann ich mir das durchaus vorstellen.

Über den Artikel muss ich dann wohl in einen traumlosen tiefen Schlaf gefallen sein, denn als ich erwache, ist es stockdunkel und meine Frau steht vor mir. Sie sieht gar nicht mehr so elfenhaft aus, die Haare sind zerzaust und die Wimperntusche ist verschmiert. Sie wirkt leicht angetrunken, aber bestens gelaunt. Ganz offensichtlich ist irgendetwas geschehen, von dem ich ahne, dass es der Anfang von etwas ist, das nicht gut für mich ausgehen wird.

Mareike fragt, was los sei und warum ich auf dem Sofa schlafe und dass ich doch nicht hätte warten sollen. Ich frage sie freundlich, wie der Einstand war, und sie reagiert seltsam ungehalten.

„Na, wie Einstände halt so sind."

„Na ja, dieser war ja ein ganz besonderer", erwidere ich.

Mareike versteht nicht und reagiert komisch. „Wie kommst du darauf? Es war ein ganz normaler Einstand."

„In einem bekannten Sternerestaurant?", frage ich ironisch.

„Es geht dich gar nichts an, was ich in meiner Freizeit mache",
ätzt sie plötzlich los.

Ich werde misstrauisch und formuliere eine Vermutung.

„Kann es sein, dass es ein Einstand in sehr kleinem Kreis war,
oder waren außer euch beiden noch andere Kollegen anwesend?"

Offensichtlich habe ich den Nagel auf den Kopf getroffen,
denn Mareike fühlt sich ertappt.

„Es ist nicht, wie du denkst. Es ist nichts passiert", zetert sie
in einer Weise, wie ich es von ihr nicht kenne.

Und nun geht es richtig rund. In einer Mischung aus schlech-
tem Gewissen, Wut und Alkohol holt sie zum großen Rundum-
schlag aus.

Sie wirft mir vor, ich würde mich nicht die Bohne für sie interessieren, würde sie vernachlässigen und mich selber auch.
Schließlich schüttet sie noch ein paar Spottkübel über mir aus,
wirft mir allerlei Dinge vor und sackt irgendwann erschöpft in
sich zusammen.

Ich kann nicht streiten. Konnte ich noch nie. Vielleicht ist das
ein Problem. Mir wird immer ganz kalt in solchen Situationen
und mir fällt dann rein gar nichts ein, was ich sagen könnte.

Nicht, dass ich sonst im Leben irgendwie schlagfertig wäre,
aber im Streit fällt mein Hirn völlig trocken wie das Watt bei
Ebbe.

Zu meinem Glück mögen mich die meisten Menschen, zumindest ein bisschen. Und ich kenne eigentlich niemanden, der
mich so richtig blöd findet. Infolgedessen gerate ich höchst selten in Streit mit jemandem, und so fehlt mir einfach die Übung.

Ein einziges Mal in meinem bisherigen Leben hatte ich einen
sehr heftigen Streit, in dessen Verlauf ich vieles zerstörte, was

mir zutiefst wichtig und danach nicht mehr zu retten gewesen war.

Mareike weiß das alles und erwartet daher keine Reaktion von mir. Irgendwann steht sie auf, geht die Treppe hoch ins Bad und verschwindet dann in unserem Gästezimmer. Ich schaue nochmal nach JJ, die von all dem nichts mitbekommen haben, und gehe auch schlafen.

Und irgendwie genieße ich es sogar, mein großes weißes Bett heute Nacht ganz für mich zu haben.

Am nächsten Morgen spricht und frühstückt Mareike nicht, sondern geht direkt vom Bad zu ihrem Auto und fährt zur Schule. Am Abend begrüßt sie kurz JJ und verschwindet in ihrem Arbeitszimmer.

Später höre ich ein leises Schluchzen aus dem Schlafzimmer. Ich schaue nach und sehe Mareike auf dem Boden vor dem Bett sitzen; mit einem roten Karton auf den Knien.

„Was ist los? Warum weinst du?", frage ich freundlich.

Mareike schüttelt den Kopf und schluchzt. „Ich habe alle deine Briefe aus den verlorenen Jahren gelesen. Ole, du warst so ein Romantiker und du hast mich wirklich einmal sehr geliebt."

Die verlorenen Jahre, so nannten wir die Zeit, in der wir uns verloren und noch nicht wiedergefunden hatten. Vier Jahre lang hatte ich an Mareike gedacht, von ihr geträumt, sie vermisst, ihr geschrieben und auf sie gewartet.

Und dann stand sie irgendwann in meinem Flur. Mit einer Brötchentüte in der Hand.

CʒƧↃ

Der Abend war lang und die Nacht kurz gewesen und ein dumpfes Geräusch holte mich aus dem Tiefschlaf. Die junge Frau neben mir riss ihre Augen auf. Ich gab ihr einen Kuss und drehte mich wieder um. [68]

„Ole, es klopft an der Tür", rief sie und sprang aus dem Bett. In der Eile fand sie ihre Sachen nicht und zog kurzerhand mein T-Shirt über, das ihr nur knapp über die Hüften reichte. Dann verschwand sie im Flur.

„Ole, da ist eine Frau an der Tür für dich", rief sie kurz darauf.

„Wer ist sie und was will sie?", rief ich genervt und sah ein, dass es mit dem Schlafen nun vorbei war. In der Eile zog ich nur meine Hose über und trat in den Flur.

Inzwischen hatte Merle die Frau hereingebeten und die Tür hinter ihr geschlossen.

„Ist Horst bei dir?", fragte die Frau, und erst jetzt, wo ich ihre Stimme hörte, wurde mir klar, wer sie war.

„Nein, nicht, dass ich wüsste", erwiderte ich und verstand nicht, was das hier werden sollte.

„Weißt du, wo ich ihn finden kann?", fragte Mareike sichtlich genervt.

„Ich würde es mal in Groningen versuchen, denn da wohnt er seit einem halben Jahr", antwortete ich nun ebenfalls genervt. Merle schaute abwechselnd von mir zu Mareike und zurück und verstand ebenfalls nicht, was hier vor sich ging.

„Da komme ich gerade her", erwiderte Mareike.

Pause.

---

[68] Um keine Verwirrung aufkommen zu lassen: Ole ist hier ungefähr 27 Jahre alt und drückt sich offenbar immer noch an der Uni rum, wie sein Vater es kürzlich ausdrückte.

Dann lächelte sie und hob die Brötchentüte in die Höhe. „Ich schlage vor, ich koche einen Kaffee und mache Frühstück und ihr beide zieht euch mal was an."

Merle schaute mich fragend an, ich zuckte mit den Schultern und ging erst mal duschen.

Als ich in die Küche kam, saßen die beiden bereits einträchtig auf meiner Eckbank an dem gedeckten Tisch.

„Bist du Oles Freundin?", hörte ich Merle fragen.

„Das wollte ich dich auch gerade fragen", antwortete Mareike und die beiden schauten irritiert zu mir.

„Ole, stellst du uns vielleicht mal vor?", rief Mareike und bedeutete mir mit einer Handbewegung, ich solle mich setzen.

Ich tat, wie mir geheißen, und holte tief Luft. „Entschuldigt bitte, wie unaufmerksam von mir", begann ich ironisch. „Das ist Mareike, die Liebe meines Lebens, die seit vier Jahren nicht auf einen meiner Briefe geantwortet hat, aber heute offenbar mit uns frühstücken möchte", erklärte ich an Merle gerichtet, ohne Mareike dabei anzusehen. „Und das ist Merle von der Uni und wir haben uns gestern Abend auf der Erstsemesterfete kennengelernt."

Beide Frauen verzogen ihr Gesicht; offensichtlich waren sie mit meiner Erklärung nicht zufrieden.

Dann frühstückten wir ausgiebig und sprachen nicht viel. Nachdem Mareike noch einmal Kaffee gekocht hatte, sprang Merle auf, meinte, sie müsse nun zur Uni, und verabschiedete sich von Mareike.

An der Tür gab sie mir einen flüchtigen Kuss.

„Es war schön mit dir, rufst du mich an?"

Ich versprach es und hielt mein Versprechen, denn ich fand sie wirklich süß.

„Ist sie eigentlich schon volljährig?", fragte Mareike, kaum dass ich zurück in der Küche war.

„Ich hab nicht gefragt, aber sie studiert Medizin im ersten Semester, hat im Frühjahr ihr Abitur gemacht. Sofern sie keine Klasse übersprungen hat, müsste sie schon neunzehn sein", erklärte ich, obwohl ich mich fragte, was Mareike das anging.

„Tut mir leid, wenn ich dir deinen One-Night-Stand verdorben habe", antwortete Mareike freundlich.

„Ob es ein One-Night-Stand war, wird sich erst später herausstellen", erwiderte ich möglichst lässig. So langsam wurde mir die Sache hier aber doch zu anstrengend, zumal ich immer noch nicht wusste, was eigentlich los war. „Mareike, was soll das hier werden?", fragte ich sie schließlich.

Als wollte sie mich beruhigen, legte sie ihre Hand auf meine und erklärte mir, warum sie hier war.

Nach dem Zivildienst hatten Horst und ich an der hiesigen Uni unser Studium begonnen. Nach langem Ringen hatte ich mich für Maschinenbau entschieden und das gefiel mir ganz gut. Lediglich die seltsamen Mitstudenten sowie der eklatante Frauenmangel störten ein wenig.

Zum Glück gab es in der Medizin einen Frauenüberschuss und so legendäre wie sagenumwobene Studentenfeten und über Horst hatte ich Zugang zu beidem.

Horst hingegen hatte sich erst kurz vor unserem Interrail-Trip von Kathi getrennt und war seitdem mit Tess zusammen. Sein Medizinstudium klappte soweit ganz gut, obwohl er für keines der Fachthemen, mit denen er sich beschäftigen musste, so rechtes Interesse aufbringen konnte.

Tess liebte er sehr und immer, wenn es möglich war, fuhr er zu ihr nach Leeuwarden. Hin und wieder kam sie auch zu ihm, aber auf Dauer wurde die Distanz zu einer Belastung für ihre Liebe.

Aus Angst, Tess in der Ferne zu verlieren wie damals Jennifer, entschloss er sich, nach dem zweiten Staatsexamen sein Studium in Groningen fortzusetzen. Mit etwas Glück klappte das auch und so war er vor einem halben Jahr mit Tess zusammen in eine kleine Wohnung in Groningen gezogen.

Und nun, erzählte Mareike, war er vor zwei Tagen Hals über Kopf aus Groningen abgehauen. Es hatte einen Streit gegeben, aber das war wohl nur der Auslöser gewesen. Seitdem saß Tess weinend in Groningen und Mareike hatte beschlossen, sich der Sache anzunehmen, Horst zu finden und am Schlafittchen zurück nach Groningen zu zerren, wie sie sich bildhaft ausdrückte. Sie war sich sicher gewesen, Horst bei mir zu finden, und da sie die halbe Nacht durchgefahren und müde und hungrig war, hatte sie kurzerhand Brötchen besorgt und gehofft, die Sache bei einem gemeinsamen Frühstück zu klären.

„Und du hast keine Ahnung, wo er sein könnte?", fragte Mareike.

„Doch, schon. Da er nicht hier ist, kann er eigentlich nur bei Lilly sein oder bei der Fremdenlegion."

„Dann probieren wir es erst bei Lilly", antworte Mareike ernst. „Wohnt sie weit? Mein Auto steht vor der Tür."

Tatsächlich hatte sie ihren roten *Alfa Romeo Giulietta* direkt vor der Haustür im Halteverbot abgestellt. Als sie den Motor startete, schaltete sich der Kassettenrekorder automatisch ein.

Dream, dream away; magic in the air …

Es brauchte einen kleinen Moment, bis ich die Stimme und den Song erkannte.[69] Ich deutete auf den Lautsprecher und sang ein Stück mit, und Mareike stimmte gleich mit ein.

Ich wunderte mich darüber, dass sie noch einen Kassettenrekorder in ihrem Auto hatte, und sie erklärte, dass er schon darin gewesen sei, als sie den Wagen gekauft hätte.

Dann schwiegen wir eine Weile, bis ich fragte: „Was macht Cees?", obwohl ich von Tess wusste, dass er Mareike vor knapp einem Jahr verlassen hatte.

„Wieso fragst du? Tess hat dir doch erzählt, dass Cees mit mir Schluss gemacht hat!", entlarvte sie mein durchsichtiges Manöver.

„Und wie geht es dir damit?", sprach ich einfach weiter.

„Was macht dein Studium?", wechselte sie das Thema.

„Das geht so langsam auf die Zielgerade", log ich und versuchte, dabei möglichst entspannt zu wirken.

In Wahrheit hatte ich mein Studium bereits vor einem halben Jahr erfolgreich beendet, hatte es aber für mich behalten und drückte mich seitdem an der Uni herum. Durch einen Tutorenjob hatte ich ein bisschen Geld und so überhaupt keine Lust, mir eine ordentliche Arbeit zu suchen.

Lilly öffnete die Tür, sah uns und schien nicht wirklich überrascht.

„Hallo Mareike, hallo Ole, seid ihr nun doch endlich zusammen?"

„Ne, Ole steht gerade mehr auf Teenager! Ist Horst bei dir?", erwiderte Mareike unbeeindruckt.

---

[69] Offensichtlich sind wir hier am Beginn der zweiten Strophe von #9 *Dream* von John Lennon. Der siebte Song auf dem Album „Walls and Bridges".

Mareike und Lilly hatten sich nur einmal, vor zwei Jahren bei Horsts fünfundzwanzigstem Geburtstag getroffen, aber Lilly kannte die ganze Geschichte, was ihr Mareike nicht so wirklich sympathisch machte.

Sie wohnte mit zwei anderen Frauen zusammen in einer WG und Horst saß in der Küche beim Frühstück am Tisch.

„Möchtet ihr auch etwas?", flötete Lilly freundlich und forderte uns mit einer Handbewegung auf, uns zu setzen.

Ich schüttelte den Kopf, setzte mich und Mareike kam gleich zur Sache.

„Horst! Was ist los? Was machst du hier?"

Horst hatte bislang keine Notiz von uns genommen und starrte auf sein Brötchen. Stattdessen antwortete Lilly.

„Tess hat eine Affäre mit einem Arbeitskollegen!"

Mareike schien überrascht und hob fragend und entschuldigend die Schultern.

Endlich fand Horst seine Sprache wieder. Mit gesenktem Kopf und müder Stimme erzählte er von seinem Streit mit Tess. Er hatte sie *zufällig*, wie er beteuerte, mit dem Arbeitskollegen gesehen und Tess danach zur Rede gestellt. Sie hatte es zugegeben, aber gemeint, es hätte nichts zu bedeuten. Das fand er aber doch und war kurzerhand davongelaufen und in seiner Not zu Lilly gefahren.

Horst schaute nun auf und schüttelte ganz langsam den Kopf, als fürchte er, seine Gedanken könnten durcheinandergeraten.

„Die eigentliche Scheiße aber ist, dass ich, seitdem ich in Groningen bin, schreckliches Heimweh habe und mein einziger Trost eben Tess war", beendete er seine Klage.

Nun schaute Mareike betreten auf das Brötchen.

„Das tut mir leid. Davon wusste ich nichts, ehrlich. Tess sitzt zu Hause und weint den ganzen Tag und da habe ich beschlossen, dich zu finden und zurückzubringen."

Und so saßen wir nun zu viert an Lillys Küchentisch und waren ratlos. Horst wollte auf keinen Fall zurück nach Groningen, sah jedoch ein, dass er auch nicht einfach hierbleiben konnte. Zumindest eine Aussprache sei er Tess schuldig, meinte Mareike. Lilly hingegen fand, dass er Tess so rein gar nichts schuldig sei.

Nach einigem Hin und Her entschieden Horst und Lilly, dass er doch am Nachmittag mit Mareike nach Groningen fahren würde, um die Dinge zu klären, wie er sagte. Er schien entschlossen, seine Zelte dort abzubrechen, sich an der Uni abzumelden und Tess zu verlassen.

Nachdem das geklärt war, seufzte Mareike und meinte, sie bräuchte frische Luft. Lilly hatte noch etwas anderes vor und Horst wollte ein paar Sachen packen, und so gingen Mareike und ich in den Park in der Nähe.

Mareike war noch immer ganz aufgeregt, beruhigte sich aber langsam wieder. Sie entschuldigte sich, so eine Welle gemacht und mich damit reingezogen zu haben. Dann erzählte sie von sich aus ein wenig aus ihrem Leben.

Ihr Geschichtsstudium hatte sie, kurz nachdem wir uns auf Vlieland getroffen hatten, erfolgreich abgeschlossen.

Leider hatte sie damit keine passende Stelle bekommen und deshalb noch ein Lehramtsstudium drangehängt. Seit einem Vierteljahr unterrichtete sie in einer Grundschule in Heerenveen, einer kleinen Stadt nicht weit von Leeuwarden.

Mit Cees war sie verlobt gewesen und der Hochzeitstermin hatte schon festgestanden. Aber je näher der Termin kam, desto unsicherer wurde sie, ob das alles so richtig sei.

„In dieser Zeit habe ich häufig in deinen Briefen gelesen", sagte sie dann.

Ich fiel aus allen Wolken. „Echt jetzt? Ich war mir sicher, dass du sie alle ungeöffnet sofort weggeworfen hast!"

Sie blieb stehen, drehte sich zu mir und schenkte mir ihr ganz eigenes Mareike-Lächeln. Nach einem kurzen Augenblick gespannter Stille ging sie einfach weiter und erzählte, dass es Cees ähnlich ergangen sei und sie sich dann in aller Freundschaft, wie sie sagte, getrennt hätten.

Seitdem sei sie nicht allein, aber ohne Partner, und es ginge ihr gut damit. Die Schule mache sie glücklich und heute sei sie froh, nicht als Historikerin zu arbeiten.

Inzwischen waren wir wieder vor Lillys Haus und es wurde Zeit für die Rückfahrt. Nachdem wir Horsts Sachen in Mareikes Auto verstaut hatten, drückte Mareike mich fest.

„Na, zumindest ein Gutes hatte die beknackte Aktion dann ja doch: Es war schön, dich wiederzusehen, Ole."

Dann fuhren sie beide davon.

In der Woche darauf kam Horst zurück und Lilly und ich waren darüber sehr froh. Da es nicht so leicht war, eine bezahlbare Wohnung zu finden, und weder bei Lilly noch bei mir genug Platz war, zog er erst einmal in ein Zelt im Garten seiner Eltern.

Seine wenigen Möbel lagerte er in der Garage, was sein Vater erst nach einigem Gejammer akzeptiert hatte, da sein himmelblauer 911er nun immer draußen stehen musste.

Nach dem Einräumen der Garage saßen wir im Haus in der Küche und ich traf Horsts Eltern nach langer Zeit wieder.

Bert hatte noch längeres Haar als früher, trug ein T-Shirt mit dem Cover des *Deep Purple* Albums *Made in Japan* und war noch ganz aufgedreht, denn er und Victoria waren gerade von einem Wochenendtrip zu einem Wasserschloss[70] im Münsterland zurück. Es war ein Geschenk von Victoria an seinem fünfzigsten Geburtstag gewesen. Sie hatte in dem Hotel[71] des Schlosses für zwei Nächte die *Turmsuite* gebucht und die beiden hatten gut gegessen, waren gewandert und hatten die Ruhe genossen.

Das Besondere aber war, dass in eben jener Turmsuite *Ritchie Blackmore*, Gitarrist und Gründer der legendären Band *Deep Purple*, regelmäßig residierte, wie der Hotelbesitzer glaubhaft erklarte.[72] Bert hatte also im selben Bett wie *Ritchie Blackmore* geschlafen, was ihn vollumfänglich begeisterte.[73]

Sein Studium nahm Horst erst einmal nicht wieder auf. Er meinte, er brauche eine Auszeit und müsse sich erst über seine wahren Interessen im Klaren werden.

Victoria war damit nicht einverstanden und bedrängte ihn, sein Studium zu Ende zu bringen. Bert hingegen hatte Verständnis für die Sorgen und Nöte eines jungen, betrogenen

---

[70] Es handelt sich um das Schloss Lembeck in Dorsten.

[71] Das Hotel ist jedoch seit einigen Jahren leider geschlossen.

[72] Ritchie war mit zwei deutschen Frauen verheiratet, lebte lange Zeit in Deutschland und ist wohl begeistert von mittelalterlichen Schlössern. Insofern könnte die Geschichte des Hotelbesitzers vielleicht tatsächlich stimmen.

[73] Victoria und er hatten extra für die zweite Nacht die Seiten getauscht, da der Hotelbesitzer nicht wusste, auf welcher Seite Ritchie für gewöhnlich schlief.

Mannes und riet Horst, die Dinge in Ruhe anzugehen. Schließlich sei es noch immer nicht zu spät, ein Rockstar zu werden.

Die Sache mit Merle ließ sich gut an. Wir trafen uns häufig und ich genoss ihre Nähe und ihre Leidenschaft. Sie war jung, neugierig und begeistert vom Leben. Zudem bewunderte sie mich ein wenig, da ich an der Uni zu Hause war, eine Stelle als wissenschaftliche Hilfskraft hatte und hin und wieder den Professor in einer Vorlesung vertrat. Merle verkörperte für mich die junge Welt und die Freiheit der Studentenzeit.

Trotzdem ging mir Mareike wieder einmal nicht aus dem Kopf. Vor zwei Jahren hatte ich sie schon einmal auf Horsts Feier zu seinem fünfundzwanzigsten Geburtstag getroffen. Auch damals hatte es mich umgehauen und für eine Weile aus der Bahn geworfen. Und nun war sie wieder aufgetaucht und schien mir jetzt, ohne Cees, noch verlockender und schöner denn je.

Andererseits stand sie für das ganz andere Leben. Sie war richtig erwachsen, hatte eine Arbeit und das alles wirkte irgendwie bedrohlich auf mich.

Aber genau genommen waren all meine Gedanken zwecklos. Irgendwann würde ich mir einen richtigen Job suchen müssen und Mareike war sowieso unerreichbar für mich, egal ob mit oder ohne Cees.

Aber da sollte ich mich täuschen, denn irgendwann stand sie wieder in meinem Hausflur – diesmal ohne Brötchentüte.

Es war am frühen Abend, ein Vierteljahr, nachdem Horst zurückgekommen war. Ich wollte zu einer Uni Fete und Merle und Horst dort treffen, hatte geduscht und war fertig angezogen.

Ich sah gut aus: Mein Haar war nun lang genug für einen kleinen Zopf, meine neue hautenge Wildlederhose und das schwarze *Sisters of Mercy* T-Shirt standen mir ausgezeichnet.

Einen Moment später und wir hätten uns verpasst, denn ich hatte gerade meine Jacke gegriffen und stand vor der Tür, als es klopfte. Im selben Augenblick öffnete ich und war in einer Weise überrascht, wie danach nur noch zwei Mal in meinem bisherigen Leben.

Sie sagte nichts, schaute mich nur an und ich bat sie herein und sie schloss die Tür hinter sich. Und so stand Mareike nun in meinem Flur, schwieg und lächelte mich an.

Sie trug das grüne Kleid von damals am Strand, hatte sich dezent geschminkt und sah sehr elegant aus. Sie wirkte so nervös und aufgeregt, wie ich es nur dieses eine Mal bei ihr erlebt habe.

Schließlich hob sie ihren Kopf und schaute mir direkt ins Gesicht.

„Hallo Ole, du wolltest gerade irgendwo hin?", stammelte sie unsicher. „Keine Sorge, ich bin gleich wieder weg, aber ich muss eines unbedingt wissen."

Ich lächelte sie freundlich und aufmunternd an, sagte aber nichts.

„Hast du das damals ernst gemeint mit der *Liebe deines Lebens*?", fragte sie nun klar und deutlich. „Sei bitte ehrlich zu mir!"

Ich wusste sofort, worauf sie anspielte, und zögerte nicht mit meiner Antwort.

„Klar, was denkst du denn?"

Sie lächelte und machte einen Schritt auf mich zu.

„Ole, ich liebe dich! Ich liebte dich vom ersten Moment an und seit ich das letzte Mal genau hier stand, gehst du mir nicht mehr aus dem Kopf. Und es macht mich schier wahnsinnig, wenn ich an dich und diesen Teenager denke, und ich wünsche mir nichts mehr, als für immer bei dir zu sein!"

Ohne eine Antwort abzuwarten, fiel sie mir um den Hals und hielt mich ganz fest. Mir wurde – wie immer in so einer Situation, obwohl ich mich inzwischen damit auskennen sollte – schwindelig und ich wusste auch dieses Mal nicht genau, was das alles zu bedeuten hatte, ließ es aber gern geschehen. Ich fühlte sie ganz nah bei mir und erinnerte mich wieder, wie bezaubernd sie roch.

Viel später lag sie in meinem Arm in meinem Bett und ich sprach zum ersten Mal an diesem Abend.

„Vier Jahre! Musstest du wirklich vier Jahre darüber nachdenken?"

„Na ja, ich bin sehr sorgfältig und das dauert halt." Sie lachte. „Aber dafür bin ich jetzt ganz sicher und nun wirst du mich nicht mehr los."

„Das ist auch gut so", sagte ich erfreut. „Und was machen wir jetzt?", fragte ich nach einer Weile.

„Ich habe Ferien, ein paar Sachen im Auto und die ganze Woche Zeit. Am besten bleiben wir einfach hier bei dir, oder musst du an die Uni?"

„Nee, mit der Uni bin ich fertig. Und meine Stelle ist auch ausgelaufen und wird nicht mehr verlängert", erwiderte ich und küsste sie zum hundertsten Mal in dieser Nacht.

Zwischendurch musste ich dann aber doch noch etwas erledigen, immerhin hatte ich zurzeit zwei Freundinnen und das sollte kein Dauerzustand sein. Ich traf Merle im *Gontscharow*, erklärte ihr die Lage und entschuldigte mich ein halbes Dutzend Mal.

Merle hatte so etwas schon befürchtet, nachdem ich sie bei der Party versetzt und dann nichts weiter von mir hatte hören lassen. Sie nahm es überraschend gelassen und meinte, es wäre schön gewesen, mit mir zusammen das Uni-Leben zu beginnen. Und da meines ja nun zu Ende ginge, würde sie sich einen anderen Begleiter suchen. Genau betrachtet sei ich sowieso zu alt für sie, fügte sie noch hinzu.

Dann küsste sie mich ein letztes Mal, wünschte mir Glück und meinte, Mareike sei wirklich eine beeindruckende Frau, die gut zu mir passe.

Nach der Woche war mein Kühlschrank leer und Konserven gab es auch keine mehr. Mareike fuhr zurück nach Heerenveen und ich kümmerte mich um einen Job. Recht schnell fand ich eine Anstellung in einem kleinen Unternehmen, das Zentrifugen für die Herstellung von Olivenöl produzierte und weltweit vertrieb.

An den Wochenenden trafen wir uns abwechselnd bei ihr in Heerenveen oder bei mir. Rund um Heerenveen gibt es tolle Segelgebiete und ab und an machten wir Segeltörns durch die *Meere*, wie man die Seen in den Niederlanden nennt. Eigentlich war das Segeln nicht so meins, aber Mareike war eine erfahrene Seglerin und so fühlte ich mich sicher mit ihr als Skipperin.

Besonders beeindruckte sie mich, wenn sie Zwiesprache mit dem Wind hielt, wie sie es nannte, und wir dann genau dorthin gelangten, wo sie hinwollte.

Nach zwei Jahren hatten wir beide keine Lust mehr auf die Pendelei und Mareike entschied sich, Heerenveen hinter sich zu lassen und zu mir zu ziehen. Schnell fand sie eine Anstellung an einer Grundschule in der Nähe und kurze Zeit später zogen wir in unsere erste gemeinsame Wohnung.

Diese Jahre waren wunderbar: Wir fuhren mit einem Wohnmobil durch Norwegen, Irland und Schottland; verbrachten wunderschöne Sommer an der Nordsee und liebten uns sehr.

Irgendwann verlor ich die Lust an den Zentrifugen und begann die Zusatzausbildung zum Patentanwalt.[74] Für Mareike bot sich die Chance, stellvertretende Schulleiterin zu werden.

Dazu musste sie jedoch verbeamtet werden und hier gab es dann ein Problem mit ihrer Staatsbürgerschaft. Aber auch das ließe sich leicht lösen, wie sie sagte, als sie mir einen Heiratsantrag machte.

Und so heirateten wir vier Jahre, nachdem wir uns wiedergefunden hatten. Horst und Tess waren unsere Trauzeugen, was beiden nicht ganz leichtfiel, da sie sich erst auf unserer Hochzeit wiedertrafen.

Zwei weitere Jahre später bauten wir ein kleines Haus am Stadtrand und ließen von da an jede Art von Verhütung sein, da wir gern ein Kind bekommen hätten. Mareike wurde jedoch (erst mal) nicht schwanger, was wir eigentlich auch nicht schlimm fanden, da wir das Luxusleben und unsere Zweisamkeit sehr genossen.

---

[74] Um Patentanwalt zu werden muss man ein technisches oder naturwissenschaftliches Studium erfolgreich absolviert haben und eine gewisse Berufserfahrung vorweisen. Daran schließt sich eine dreijährige Ausbildung an, die mit einer Patentanwaltsprüfung abgeschlossen wird.

Kapitel 15: Verlorene Gewissheiten

„Ich habe mit Lilly geschlafen."

Seine Worte hallten laut und deutlich in meinen Gehörgängen nach, nur entfalteten sie, in meinem Gehirn angekommen, keinerlei Bedeutung.

Horst versuchte, mit ruhiger Stimme zu sprechen, um dem Inhalt seiner Worte einen Anschein von Belanglosigkeit zu geben, was ihm so gar nicht gelingen mochte.

„Na ja, genau genommen sie mit mir", redete er einfach weiter.

Nebel umgab meinen Geist und ich versuchte zu verstehen, was er mir sagen wollte. Dabei war das gar nicht so schwer: Lilly und er also, was immer das bedeuten mochte.

Wie so oft, seit Horst aus Groningen zurück war[75], saßen wir im *Gontscharow* und Horst legte eine Art Beichte ab.

„Nun, einigen wir uns darauf: *Wir* haben miteinander geschlafen."

„Einigen?", war das Erste, was ich sagte. „Was heißt hier *einigen*? Wer einigt sich mit wem? Hier geht es ja wohl eher ums *vereinigen*, und wer mit wem, das habe ich schon verstanden."

Das stimmte natürlich nicht. Verstanden hatte ich das nicht wirklich. Verstanden hatte ich nur, dass gerade die Wände des *Gontscharow* zu wackeln angefangen hatten und in mir eine sehr alte Gewissheit zerbrach. Was diese Gewissheit genau war, das konnte ich weder greifen noch begreifen.

---

[75] Irgendwie verwirrend das Ganze: Offenbar beginnt dieses Kapitel mit einer Rückblende. Wenn Horst gerade aus Groningen zurück ist, dann müssten Horst und Ole so ungefähr 28 Jahre alt sein.

Ein wenig fühlte ich mich wie Eddy Vedder[76], als er erfuhr, dass sein Vater nicht sein Vater war. Wobei ich keine Ahnung hatte, wie Eddy sich fühlte, ich kannte ihn ja nicht persönlich.

Horst schaute mich mit großen Augen an, als erwartete er eine Antwort. Vielleicht wünschte er sich eine Absolution von mir. Ich war jedoch erst einmal an der Banalität der Sache interessiert:

„Und? Wie war's?", versuchte auch ich, meiner Frage einen Anschein von Belanglosigkeit zu geben, was mir jedoch genauso wenig gelang.

Horst zuckte mit den Schultern. Wirkte er etwa ein wenig erleichtert?

„Na ja, phantastisch war's. Ich hatte es mir schon sehr lange vorgestellt, aber in echt war es unglaublich."

Bevor er in die Details ging, was ich nun wirklich nicht gebrauchen konnte, unterbrach ich ihn.

„Und was folgt nun daraus? War es eher so eine einmalige Sache, etwas, das du noch erledigen musstest, bevor du dreißig bist? Oder seid ihr nun zusammen und heiratet demnächst?"

„Heiraten vielleicht nicht gleich, aber zusammen sind wir schon. Und ich bin so verliebt, das kannst du dir nicht vorstellen!"

Doch, das konnte ich sehr wohl, aber das wollte ich jetzt gerade nicht. So langsam wurde ich echt sauer. Irgendetwas Einmaliges, ein One-Night-Stand oder so, das wäre vielleicht, aber auch nur vielleicht, noch halbwegs okay gewesen. Aber die ganz große Love-Story, das war echt zu viel für mich.

---

[76] Sänger der Band *Pearl Jam*.

Als Eddy das mit seinem Vater erfuhr, schrieb er einfach einen Song[77], der die Grundlage für eine spätere Weltkarriere bildete. Vielleicht sollte ich jetzt einen Song schreiben, ging es mir durch den Kopf. Nur, dass ich so etwas noch nie gemacht hatte. Aber vielleicht war es noch nicht zu spät für eine Musikerkarriere. Ich war noch keine dreißig – obwohl einige der Besten da bereits tot waren.

„Ole, tut mir leid, echt, aber es ist einfach passiert, musst du wissen. Bist du sauer?", riss Horst mich aus meinen Gedanken.

Natürlich war ich sauer und das wollte ich jetzt auch ordentlich rauslassen.

„Natürlich bin ich sauer, du Arsch! Was faselst du denn da für einen Bullshit? *Einfach passiert*, na klar, ihr kennt euch ja auch erst seit neulich und da kann so etwas schon mal *einfach passieren*."

„Mensch, Ole, jetzt krieg dich wieder ein", blaffte er zurück. „Denkst du, du hast einen Exklusiv-Anspruch auf Lilly?"

Klar dachte ich das, obwohl das natürlich Quatsch war. Dennoch sagte ich irgendetwas Gemeines und Horst stand mir nicht nach und so brüllten wir uns ordentlich an, wie wir es noch nie zuvor getan hatten. Was natürlich vor allem daran lag, dass wir nie zuvor *so* einen Anlass dafür gehabt hatten.

So in Wut hätte ich es fast nicht mitbekommen, aber mit einem Mal klopfte mir jemand unfreundlich auf die Schulter.

„Stopp, Jungs, es ist genug!"

Offenbar war das der Wirt, der an unserem Tisch stand und die Hände in seine Hüften stemmte. Seine muskulösen Arme waren voll mit Tätowierungen von Ankern und Jungfrauen

---

[77] *Alive* von dem Pearl Jam Debutalbum *Ten*.

und Herzen und sein Gesicht war von einem rauschenden Vollbart verdeckt.

Da wir den Wirt heute tatsächlich zum ersten Mal zu Gesicht bekamen, wollte ich ihm eigentlich ganz viele Fragen stellen. Etwa, ob er ein Fan des Dichters *Gontscharow* sei oder ob es eine Kleiderordnung für die Kellnerinnen gab.

Bevor ich jedoch irgendetwas fragen konnte, drückte er uns nun ein wenig sanfter auf unsere Plätze.

„Jungs, so kenne ich euch ja gar nicht", verkündete er mit klarer Stimme, die keinen Widerspruch duldete. „Ihr kommt regelmäßig her, seit ihr fünfzehn wart und euch euer erstes Bier erschlichen habt. Und bislang habt ihr euch stets gut benommen. Also was soll das jetzt?"

Offenbar kannte er uns wirklich.

„Wenn ich das richtig sehe, seid ihr dicke Kumpels seit *immer* und nun geht es offenbar um ein Mädchen und noch offenbarer hat *sie* sich bereits entschieden."

Da hatte er offenbar recht und mir fiel auf, dass mir das vorher nicht aufgefallen war. Zerknirscht sackte ich in mich zusammen.

Der Wirt hatte Mitleid, haute mir, diesmal freundlich, auf die Schulter und beendete seine Predigt.

„Also Jungs, hier mein Vorschlag: Entweder ihr klärt das wie echte Männer und prügelt euch um die Kleine. Das macht ihr dann aber bitte draußen. Oder ihr klärt das wie echte Freunde, respektiert die Gefühle des jeweils anderen und akzeptiert die Entscheidung des Mädels. In diesem Fall könnt ihr hierbleiben und ich gebe euch ein Bier aus. Eure Entscheidung!"

Horst und ich schauten uns an, er nickte mir zu und ich murmelte: „Okay, wir nehmen Option zwei."

„Alles klar, Jungs, Bier ist unterwegs", erwiderte der Wirt und verschwand so lautlos, wie er gekommen war.

Wieder allein, grinsten wir uns an. Ich dachte, es wäre an mir, sich einen Versöhnungspunkt zu verdienen.

„Pardon, Horst, tut mir leid. Vergiss, was ich gesagt habe."

„Weiß nicht, was du meinst", erwiderte er. „Der Wirt scheint ein echter Philosoph zu sein. Aber die Sache mit dem Respekt fand ich gut." Nach kurzem Zögern sprach er weiter. „Ich glaube, ich kann wirklich nachvollziehen, wie du dich fühlst, und ich weiß, was Lilly dir bedeutet. Du hast sie immer genauso geliebt wie ich, und mir ist sehr bewusst, dass ich eine Grenze überschritten habe wie schon einmal, als wir uns damals geküsst haben."

„Nur doof, dass wir nun das Problem nicht wie damals lösen können", warf ich ein.

„Das wäre mir auch nicht ganz recht", erwiderte er. „Aber vielleicht ist es diesmal anders, denn jetzt ist Mareike wieder da."

Irgendwie ärgerte es mich, dass er nun auf Mareike zu sprechen kam, vielleicht, weil er damit gar nicht so falsch lag.

Seit ich Mareike begegnet war, hatte sich in Bezug auf Lilly etwas geändert. *Liebe meines Lebens*, davon war ich wirklich überzeugt und dahinter trat selbst Lilly in den Schatten. Und seit Mareike zurück war, schwebte ich im siebten Himmel. Allein das letzte Wochenende mit Mareike und die acht davor waren nicht von dieser Welt gewesen.

Aber so einfach wollte ich es ihm dann doch nicht machen. „Willst du damit andeuten, du hättest nur gewartet, bis Mareike wiederauftaucht, um dich dann sofort an Lilly ranzumachen?"

Horst verdrehte die Augen. „Zwei Fehler sind im Bild. Erstens konnte niemand wissen, dass Mareike wiederauftaucht, wahrscheinlich nicht einmal sie selbst. Und zweitens habe ich mich nicht an Lilly herangemacht. Niemand macht sich an Lilly ran. Du kennst sie gut genug, um zu wissen, dass es *ihre* Entscheidung war."

Da hatte er schon wieder recht und selbst der Wirt hatte es sofort verstanden.

Nachdem Lilly damals aus Rom zurückgekommen war[78], hatte sie ein Studium der Romanistik begonnen wie Jennifer ein Jahr zuvor, allerdings mit dem Schwerpunkt „Italienische Sprache und Kultur" und nicht in Rom oder Paris, sondern an der hiesigen Universität.

Christian wollte gern mit ihr zusammenziehen, aber Lilly meinte, sie müsse erst einmal auf eigenen Beinen stehen, und so zog sie mit zwei ihr unbekannten Frauen in eine Wohngemeinschaft nicht weit von der Uni. Christian hatte ein wenig gemault und war dann in seinem Zimmer im Studentenwohnheim geblieben.

Eigentlich konnte er froh sein, dass Lilly überhaupt bei ihm blieb. Nach ihren Abenteuern in Rom hegte Lilly ernste Zweifel, ob Christian und sie eine Zukunft hätten.

Von alledem ahnte er jedoch nichts und sie diskutierte das auch nicht, zumindest nicht mit ihm. Horst und mir gegenüber sprach sie offen darüber und wir ließen keine Gelegenheit aus, ihr Christian möglichst madig zu machen.

---

[78] Das war ungefähr ein Jahr nach dem Abitur und Lilly müsste damals ungefähr 20 Jahre alt gewesen sein.

Aber es half alles nichts: Am Ende entschied sie, Christian und sich noch eine Chance zu geben.

Horst und ich begannen unser Studium im selben Herbst wie Lilly. Vanessa verließ mich, da sie sich in einen neuen Zivi verliebt hatte, und ich fand Trost bei Horsts Studienkolleginnen in der Medizin. Das dauerte aber meist nur kurz. Ein wenig ernsthafter und länger war es lediglich mit Anne, Horsts Tutorin im Sezierpraktikum.

Horst war noch eine ganze Weile mit Kathi unterwegs und daher immun gegenüber den Verlockungen und Avancen seiner Mitstudentinnen, denen er irgendwann dann aber doch erlag und danach mit Kathi Schluss machte. Und dann gingen wir auf Interrailtour[79] und seitdem war sowieso alles anders.

Während Horst und ich eine aufregende Zeit auf Vlieland erlebten, waren Lilly und Christian weiter bis nach Portugal gefahren und hatten im Atlantik gebadet.

Später hatte Christian recht unverblümt mit zwei Engländerinnen geflirtet, die sie auf dem Campingplatz in Lissabon kennengelernt hatten. Bei dem nachfolgenden Streit zwischen Lilly und ihm hatte er ihr seine Affäre mit einer Studienkollegin gebeichtet. Das hatte mit den Engländerinnen rein gar nichts zu tun, es war ihm einfach rausgerutscht. Und wo er gerade dabei war, gestand er auch noch einen One-Night-Stand zu Anfang seines Studiums, als Lilly noch zur Keksschule gegangen war.

Das war dann doch zu viel für Lilly. Mehr noch als über Christians Verfehlungen, ärgerte sie sich über sich selbst, vor allem

---

[79] Da waren Lilly, Horst und Ole ungefähr 23 Jahre alt.

über ihr unnötig schlechtes Gewissen wegen Simone[80], von dem sie Christian ihrerseits jedoch nichts erzählte.

Als Christian auf der Rückfahrt dann noch versuchte, das alles als völlig harmlos abzutun, machte Lilly kurzerhand zwischen Paris und Brüssel mit ihm Schluss, wie sie uns später ausführlich berichtete.

Noch im Zug brach sie den Kontakt zu ihm ab und wollte ihn nie wiedersehen. Zurück in Deutschland beauftragte sie Horst und mich damit, ihre Sachen bei Christian abzuholen, was wir mit Freude für sie taten.

In der folgenden Zeit[81] unternahmen Lilly und ich viel miteinander, während Horst ausgiebig mit Tess und seiner Pendelei nach Leeuwarden beschäftigt war.

Lilly vermisste Christian dann doch mehr, als sie erwartet hatte, und stürzte sich ins pralle Leben, wie sie es nannte. In der Hoffnung, Mareike zu vergessen, tat ich es ihr gleich.

Hin und wieder fragte ich mich, warum Lilly und ich es nicht miteinander probierten, fand jedoch keine rechte Antwort darauf und traute mich nicht, sie zu fragen. Nach außen wirkten wir sowieso wie ein Paar, da wir immer gemeinsam irgendwo ankamen, oft miteinander tanzten und uns hin und wieder küssten. Dazwischen hatten wir einige kurze Begegnungen mit anderen, die selten länger als wenige Wochen dauerten.

---

[80] Mit Simone hatte Lilly eine kurze Affäre, während ihrer Zeit in Rom. Er hatte einen kurzen Auftritt in der Trattoria von Lorenzo in Kapitel 13.

[81] Das waren wohl die sogenannten *verlorenen Jahre*, bevor Mareike wieder auftauchte.

Irgendwann schloss Lilly ihr Studium erfolgreich ab und fand eine Stelle als Dolmetscherin in einem größeren Unternehmen, das enge Geschäftsverbindungen nach Italien pflegte.

Obwohl sie nun ihr eigenes Geld verdiente, blieb sie erst einmal in der WG wohnen, da sie sich an ihre Mitbewohnerinnen gewöhnt und mit ihnen angefreundet hatte.

Das galt auch für mich, und mit einer von beiden war ich sogar kurz zusammen, was eines Morgens zu einer peinlichen Begegnung mit Lilly am Frühstückstisch der WG führte, wo sie mich in einem fort angrinste.

Und nun war Lilly mit Horst zusammen und ich fragte mich, was Horst richtig gemacht hatte.

Seit der Trennung von Tess und seiner Rückkehr aus Groningen war Lilly irgendwie anders zu ihm gewesen. Sie meldete sich häufig und verabredete sich mit ihm. Sie unternahmen allerlei gemeinsam und fast hätte man meinen können, sie flirte mit ihm.

Und dann erzählte Horst von der Uni-Fete am Wochenende, wo er mit Lilly erst sehr lange getanzt, dann noch länger rumgeknutscht und sie dann nach Hause gebracht hatte. Vor der Tür hatte sie ihn gefragt, ob er noch mit nach oben kommen wolle.

Und das wollte er sehr wohl, und dann ging alles wie von selbst.

Ich hatte sie stets von jedem unserer Ausflüge nach Hause gebracht und *mich* hatte sie nie gefragt, ob ich noch mit nach oben kommen wolle.

Einige Tage nach Horsts Beichte im *Gontscharow* war ich mit Lilly auf einen Spaziergang verabredet. Sie hatte darum gebeten, mich allein zu treffen, weil sie mir allerhand würde sagen wollen. Ich holte sie ab und wir gingen in den Park, in dem ich vor einiger Zeit auch mit Mareike gewesen war.

Lilly kam auch gleich zur Sache.

„Mein lieber Ole, du weißt, was ich für euch beide empfinde; immer schon empfunden habe. Und nicht nur als beste Freunde. Ihr seid nun mal sehr schöne Männer und fand euch beide immer schon sexy."

Ich zog die Augenbrauen hoch, aber bevor ich etwas sagen konnte, sprach sie schon weiter.

„Und ich hatte von Anfang an eine Heidenangst, mich irgendwann einmal für einen von euch beiden entscheiden zu müssen. Und so habe ich schon sehr früh – zu früh, wie ich heute weiß – entschieden, mich niemals zu entscheiden und dann kam Christian."

„Willst du behaupten, du hast dich damals nur in Christian verliebt, weil du dich nicht zwischen Horst und mir entscheiden konntest?", fiel ich ihr ins Wort.

„Ja, anfangs schon. Er schien mir damals die Lösung für meine Probleme. Erst war ich nicht sicher, ob er neben euch beiden bestehen könnte, aber mit der Zeit wurde es wunderbar mit ihm. Ich weiß, ihr mochtet ihn nie wirklich, aber er ist ein toller Mann und ich habe ihn sehr geliebt. Wir hatten viel Spaß miteinander, er tat mir gut."

Dann hakte sie sich bei mir ein und sprach weiter.

„Mein Vater hielt das alles für falsch und hatte mich schon früh gewarnt. Er meinte, irgendwann würde ich mich entscheiden müssen und das wäre mit sechzehn sicher einfacher als später, zum Beispiel jetzt mit Ende zwanzig. Aber ich denke, es war mit sechzehn schon zu spät dafür."

„Da hatte Giovanni wohl recht", entgegnete ich. „Aus heutiger Sicht wäre es sicher besser gewesen, wenn du dich schon viel früher entschieden hättest. Spätestens seit Horsts sechzehntem Geburtstag standest du immer zwischen mir und meiner jeweiligen Freundin. Das hatte Helga schon verstanden und es war letztlich ihr Grund, mit mir Schluss zu machen. Und nach Rom war auch zwischen Vanessa und mir alles anders."

„Da magst du recht haben, aber mit Mareike ist alles anders geworden. Ich bin mir sicher, zu keiner Zeit zwischen dir und ihr gestanden zu haben."

Auch das hatte sie wieder einmal sehr präzise analysiert. Und eigentlich fand ich das auch wieder irgendwie schade.

„Nachdem ich mich von Chris getrennt hatte, habe ich ihn sehr vermisst. Und in den Jahren danach habe ich allerlei ausprobiert. Kurze und längere Beziehungen, schlaue Männer, jüngere und ältere. Für kurze Zeit habe ich es sogar mal mit einer Frau probiert. Aber das alles fühlte sich nie so an wie mit Chris in der Schule oder mit euch in Rom", erklärte sie ausführlich und ich begann zu ahnen, worauf das hinaus lief.

„Und dann kamst du irgendwann auf die Idee, es mal mit Horst zu versuchen", führte ich ihren Gedanken zu Ende.

„Ungefähr so. Aber *versuchen* trifft es nicht. Und ich kam auch nicht auf eine *Idee*, sondern ich weiß und fühle ganz tief in mir, was Horst mir bedeutet und dass ich ihn sehr liebe."

Das klang überzeugend und wäre ein schwerer Schlag für mich gewesen, wenn ich nicht gerade ausschließlich Gedanken und Gefühle für Mareike gehabt hätte.

Und auch das wusste Lilly ganz genau.

Und nun waren sie zusammen und verhielten sich wie verliebte Teenager, was ich in der Folgezeit noch leidvoll miterleben musste. Aber genau genommen war nun alles perfekt. Wir waren alle überzeugt, endlich mit den Menschen zusammen zu sein, die für uns bestimmt waren, und wir verlebten eine glückliche Zeit miteinander.

Hin und wieder unternahmen wir etwas zu viert, ließen es aber bald wieder, da Lilly und Mareike sich nicht so recht miteinander anfreunden konnten. Mareike hatte ein schlechtes Gewissen gegenüber Tess, wenn sie etwas mit Horst und seiner neuen Freundin unternahm. Und Lilly trug es Mareike immer noch nach, dass sie mich vier Jahre hatte warten lassen, wie sie es ausdrückte.

Mit Lilly fand Horst wieder in die Welt zurück, suchte sich eine kleine Wohnung in der Stadt, brach sein Medizinstudium endgültig ab und begann ein Studium der Forstwirtschaft. Darauf hatte Lilly ihn gebracht, als sie unter ihrem Baum auf der Bank im Garten von Horsts Eltern saßen und darüber sprachen, was ihnen das Wichtigste im Leben sei. Und da waren Horst, direkt nach Lilly, mir und seinen Eltern, die Bäume eingefallen.

Bis heute gibt es für Horst kaum etwas Schöneres, als sich im Wald aufzuhalten, und so hat er dann doch noch den perfekten Beruf für sich gefunden.

So ging es fast zwei Jahre lang. Die Welt war bunt und wir hatten alle vier unser größtes Glück gefunden, wie wir dachten. Und wir waren entschlossen, es festzuhalten und nie wieder loszulassen. Aber dann wurde Lilly schwanger und jede Gewissheit ging verloren.

ჩოცპ

Einige Tage nach unserem Streit kommt Mareike am Abend zu mir in die Küche. JJ liegen bereits friedlich in ihren Betten und ich räume noch ein wenig die Küche auf. Mareike hatte die letzten Nächte im Gästezimmer geschlafen und kaum ein Wort mit mir gesprochen.

Nun stellt sie eine Flasche Wein, die sie offenbar aus dem Keller mitgebracht hat, auf den Küchentisch, öffnet sie und setzt sich auf den einzigen Stuhl. Wortlos nehme ich zwei Weingläser aus dem Schrank, stelle sie auf den Tisch, schenke uns beiden ein und setze mich auf die lange Seite der Eckbank, ihr direkt gegenüber, wo JJ sonst sitzen.

Irgendwie erwarte ich ein Versöhnungsgespräch, eine Erklärung und vielleicht eine Entschuldigung, aber Mareike seufzt nur und sagt nichts weiter. Ich hebe mein Glas, stoße mit ihr an und wir trinken beide einen Schluck.

Dann fragt sie mit müder Stimme: „Ole, kannst du mir sagen, wann wir beide uns verloren haben?"

Ich zucke mit den Schultern und schweige.

„Ich war mir so sicher mit uns, aber heute fehlt mir jede Orientierung", spricht sie weiter. „Und nun zerrinnt mir alle Gewissheit zwischen den Fingern."

Mir ist vollkommen unklar, worauf sie hinauswill und was das hier werden soll. Genau genommen interessiert mich mehr, was denn nun mit dem Referendar war, aber das scheint heute nicht ihr Thema zu sein. Aus Sorge, etwas Falsches zu sagen, schweige ich.

„Hast du noch mal über die Glückstupfen nachgedacht?", fragt sie schließlich.

„Nachgedacht schon ...", beginne ich zaghaft, aber sie fällt mir brüsk ins Wort.

„Ganz falsche Antwort, Ole. Gute Nacht."

Ehe ich etwas erwidern kann, hat sie die Küche verlassen und ist nach oben gelaufen. Erst viel später wird mir klar, dass ich gut daran täte, ihr nachzulaufen und mit ihr zu reden, aber da ist es schon zu spät dafür.

Kapitel 16: Die dunkle Seite

Am nächsten Morgen reißt mich ein Gerumpel über mir aus dem Schlaf. Ich öffne vorsichtig die Augen und starre an die Decke. Wenige Augenblicke später springe ich aus dem Bett, trete auf den Flur und entdecke Mareike, die die kleine Stiege vom Speicher herunterkommt.

Mit zwei alten Koffern in der Hand marschiert sie direkt ins Schlafzimmer und reißt eine der Schranktüren auf. Nicht nur morgens, aber da ganz besonders, bin ich ein wenig schwer von Begriff und verstehe in diesem Moment wirklich nicht, was hier vor sich geht. Mareike stopft wahllos irgendwelche Klamotten in einen der Koffer und ich beginne zu ahnen, was da gerade passiert.

„Mareike, was tust du da?", frage ich, um sicherzugehen.

„Ich packe ein paar Sachen in den Koffer", antwortet sie ein wenig hektisch.

„Okay, ich präzisiere meine Frage: Was soll das werden?", versuche ich, ironisch zu klingen, dabei ist es mir mit einem Mal völlig klar in meinem Kopf. Meine Knie beginnen zu schlottern und ich setze mich auf die Bettkante.

Mareike wendet den Kopf zu mir, sieht mir ins Gesicht und versucht ruhig zu sprechen, was ihr nicht so ganz gelingen mag.

„Ich habe deinen Rat befolgt und glaube, etwas gefunden zu haben, für das ich mich begeistern kann. Und nun gehe ich Glückstupfen sammeln."

Mir wird flau und auf eine unangenehme Weise schwindelig.

„Soll das heißen, du willst uns verlassen?"

Nun spricht sie ganz ruhig.

„Das weiß ich noch nicht. Aber jetzt muss ich erst einmal hier weg, sonst werde ich wahnsinnig."

Spontan kommen mir Szenen mit ähnlichen Situationen aus verschiedenen Filmen in den Sinn, in denen der Mann nun beginnt, herumzubrüllen oder freundlich, aber vergeblich versucht, die Frau zum Bleiben zu überreden. Ich hingegen schweige und starre vor mich hin. Mir fehlt für eine solche Situation jedes Verhaltensrepertoire.

Absurderweise kommt mir Vincent Vega aus *Pulp Fiction*[82] in den Sinn und ich frage mich, was er wohl jetzt tun würde, obwohl mir klar ist, dass Vince gerade jetzt sicher kein Vorbild wäre.

Inzwischen ist auch der zweite Koffer voll. Mareike verschließt sie und trägt sie beide nach unten in den Flur. Ich gehe ihr hinterher und zermartere mir das Gehirn, was ich nun am besten sagen sollte, aber mir fällt rein gar nichts ein.

Mareike zieht eine Jacke über, dreht sich kurz um und nickt mir zu.

„Ich bin jetzt für ein paar Tage weg und wenn ich wieder da bin, dann sehen wir weiter."

Sofort nimmt sie die beiden Koffer und verschwindet durch die Tür. Noch lange stehe ich auf der ersten Stufe der Treppe und horche in die Stille.

Dann gehe ich hoch und wecke JJ.

ভ৪৩

---

[82] Vincent Vega, gespielt von John Travolta, ist eine Figur aus dem Film *Pulp Fiction* von Quentin Tarantino aus dem Jahr 1994, den Horst und Ole mehrfach gesehen, aber nie verstanden haben.

Mareike war für das Wochenende zu mir gekommen[83] und wir hatten eine schöne Zeit miteinander verbracht. Am Samstag waren wir zu viert, Mareike, Lilly, Horst und ich, in der Stadt unterwegs gewesen. Horst war seit einer Woche von einem sechswöchigen Praktikum in Thüringen zurück und freute sich, uns nach der langen Zeit alle wiederzusehen. Während des Praktikums war er nur einmal kurz an einem Wochenende zu Hause und bei Lilly gewesen, aber da hatten wir uns nicht getroffen.

Zunächst waren wir im Kino, dann kurz im *Gontscharow* und ab Mitternacht in der neuen Disco im *Wartesaal* des alten Vorstadtbahnhofs. Mareike hatte der Film gefallen und sie freute sich, endlich das *Gontscharow* kennenzulernen, von dem sie schon viel gehört hatte.

Nachdem die hübsche Kellnerin mit dem Pferdeschwanz und dem blauen Rock unter der Schürze vier Biere vor uns abgestellt hatte, grinste Mareike und erklärte mir, dass sie nun wisse, warum Horst und ich gern hierherkämen.

Später im *Wartesaal* tanzte sie ausgelassen und hatte offensichtlich viel Spaß.

Lilly wirkte den Abend über auf eine ungewohnte Weise bedrückt. In der Kneipe sprach sie nur wenig und tanzen mochte sie später auch nicht wirklich. Als sie es doch probierte, wirkte es irgendwie hölzern, wie wir es von ihr nicht kannten.

In einem unbeobachteten Moment fragte ich Horst, ob etwas nicht in Ordnung sei, aber er zuckte nur mit den Schultern und wusste auch nicht, was los war. Gegen zwei brachte Horst Lilly nach Hause.

---

[83] Hier beginnt die letzte Rückblende in Oles Erzählung. Ole und die anderen müssten ungefähr 30 Jahre alt sein.

Mareike und ich blieben bis zum Morgengrauen und gingen direkt von der Disco ins *Tick-Tack* zum Frühstück. Gegen Mittag fuhr Mareike zurück nach Heerenveen und ich legte mich erstmal schlafen.

Am Abend rief Lilly an und wollte mich sprechen. Es klang dringend und so machte ich mich auf den Weg zu ihr. Ihre Mitbewohnerinnen saßen in der Küche und schauten betreten drein, als ich ankam. Lilly begrüßte mich knapp und zog mich in ihr Zimmer.

Dort hockte sie sich auf den Boden und fing an zu weinen. Ich setzte mich zu ihr, nahm sie in den Arm und streichelte ihr Haar. Ich hatte keine Idee, was los sein könnte, fragte aber nicht, denn früher oder später würde sie sicher sprechen.

Nach einer Weile hob sie den Kopf und sah mich aus ihren verweinten Augen an.

„Ole, es ist etwas Schreckliches passiert!"

Mehr sagte sie nicht und so langsam fing ich an, mir Sorgen zu machen. Hatte sie Krebs? Oder war was mit ihren Eltern?

„Lilly, du weißt, du kannst mir alles sagen, wie schlimm es auch ist", sagte ich ruhig und freundlich und während ich es aussprach wurde mir klar, dass *ich* hier saß und nicht Horst.

Mir wurde unwohl, denn möglicherweise hatte es etwas mit Horst zu tun.

Lilly spürte meine Unruhe und rückte endlich mit der Sprache heraus.

„Ich bin schwanger!"

Erleichtert lachte ich auf.

„Aber das ist doch wunderbar. Okay, ihr seid vielleicht noch etwas jung, aber demnächst werdet ihr dreißig, da haben andere auch Kinder. Was sagt denn Horst dazu? Er ist bestimmt ganz aus dem Häuschen", redete ich mich in Rage, fühlte jedoch deutlich, dass hier ein Fehler in der Matrix war.

Lilly fing wieder an zu weinen. „Horst weiß nichts davon und das Kind ist nicht von ihm", presste sie mühsam hervor.

Stille!

Ihre Worte hallten im Raum nach. Mir wurde schwindelig und mir war sofort bewusst, dass ich in meinem gesamten bisherigen Leben noch niemals so überrascht gewesen war. Für meine Verhältnisse echt schnell, begriff ich die Tragweite dessen, was Lilly gerade gesagt hatte, obwohl ich keine Idee hatte, wie es dazu hatte kommen können.

Eine Weile schwiegen wir beide und dann begann Lilly zu erzählen. Mit Horst war alles wunderbar und sie hatten zwei traumhafte Jahre miteinander verlebt. Hin und wieder hatten sie kleine Streitereien, aber zu keiner Zeit wirkliche Probleme.

Als er vor knapp zwei Monaten nach Thüringen gefahren war, hatte sie ihn sehr vermisst. Am liebsten wäre sie mit ihm gefahren, aber in der Firma gab es gerade wichtige Vertragsverhandlungen mit einem italienischen Partnerunternehmen und so hatte sie keinen Urlaub bekommen.

Am dritten Abend hatten ihre Mitbewohnerinnen gemeint, Lilly müsse mal auf andere Gedanken kommen, als nur *Arbeit* und *Horst vermissen*. Und sie müsse mal wieder *unter Leute*, wie sie sagten. Und so gingen sie am Abend zu dritt in den *Club am Berg*. Und es tat ihr tatsächlich gut, sie trank viele bunte Cocktails und hatte noch mehr Spaß.

Und dann traf sie Christian.

Nach mehr als sechs Jahren stand er plötzlich vor ihr und grinste sie an. „Hallo Gwen. Schön, dich zu sehen", flirtete er sofort mit ihr. „Du siehst bezaubernd aus und bist noch viel hübscher als damals."

Nach der Trennung hatte sie ihn sehr vermisst und auch später tauchte er immer wieder in ihren Träumen auf, erzählte Lilly. Und an diesem Abend fand sie es einfach nur mystisch, ihn wiederzutreffen.

Infolge einer toxischen Mischung aus Alkohol, Nostalgie, Faszination und Leidenschaft begehrte sie ihn immer noch und besonders an diesem Abend. Und so nahm sie ihn mit zu sich und verbrachte die Nacht mit ihm.

Ihre Mitbewohnerinnen hatten sich redlich bemüht, sie davon abzubringen, hatten jedoch keinen Erfolg damit gehabt. Ich schaute zu ihrem Bett hinüber und stellte mir vor, was sich hier zugetragen hatte. Und damit war der Keim einer Wut in mir gelegt, die ich für eine lange Zeit nicht mehr loswerden sollte.

Christian hatte bereits vor Jahren sein Studium erfolgreich abgeschlossen und arbeitete nun im Schlachthof. Seit drei Jahren wohnte er mit einer Frau zusammen, die er im Schlachthof kennengelernt hatte und die dort in der Verwaltung arbeitete.

Das alles erfuhr Lilly jedoch erst am folgenden Morgen, bevor er sich im Morgengrauen von ihr verabschiedete. Beiden war klar, dass es One-Night-Stand war und niemand davon erfahren sollte.

Infolge der zu vielen Cocktails sowie der Verwirrung ihrer Gefühle musste sich Lilly in den beiden folgenden Tagen häufiger übergeben und dabei war dann offenbar etwas mit der Pille schiefgegangen, wie sie später erkannt hatte.

Und nun war sie schwanger.

„Und es kann sicher nicht von Horst sein?", fragte ich mit einem letzten Funken Hoffnung.

Lilly schüttelte den Kopf.

„Als Horst zwischendurch hier war, haben wir nicht miteinander geschlafen, weil es mir da schon schlecht ging. Und so kann das Kind nur von Chris sein."

„Was willst du jetzt tun?", fragte ich hilflos.

Lilly zuckte mit den Schultern. „Ich weiß es nicht. Ich kann Horst nicht anlügen, schon gar nicht in dieser Sache. Ich weiß nicht, wie er reagieren wird. Ausgerechnet Chris! Ihr beiden konntet ihn nie wirklich leiden. Horst wird zutiefst verletzt sein und ich fürchte mich davor, was dann passiert", jammerte sie.

„Hättest du dir das nicht vorher überlegen können?", erwiderte ich unwirsch, denn die Wut in mir wuchs mit jedem Satz, den sie sagte.

Lilly schaute entsetzt zu mir auf. „Ole, ich weiß, es ist alles meine Schuld und es tut mir unendlich leid. Aber du musst jetzt bei mir sein und mir helfen. Du bist der einzige, dem ich mich anvertrauen kann. Bitte, sei nicht sauer auf mich!"

Aber da war es schon zu spät. „Lilly, so einfach geht das nicht. Ich bin auch Horsts Freund, und du bist gerade dabei, sein Leben zu zerstören! Hast du über eine Abtreibung nachgedacht?"

Lillys Blick wurde starr und sie hatte Mühe, zu sprechen. „Ja, habe ich. Aber ich kann das nicht! Ich habe nicht grundsätzlich etwas dagegen, aber für mich selbst kann ich mir das überhaupt nicht vorstellen. Ich weiß sicher, dass ich das nicht verkraften würde."

Ich schüttelte den Kopf, sah jedoch ein, dass ich das jetzt nicht mit ihr diskutieren sollte. „Und wenn es doch unser Geheimnis bleibt und niemand erfährt, wer der Vater ist?", machte ich einen letzten Versuch, die Welt zu retten, wie ich mir damals einbildete.

„Das würde dann immer zwischen uns stehen und ich glaube, ich könnte das nicht durchhalten. Ich bin nicht immer ehrlich, aber euch beide habe ich niemals belogen oder euch etwas vorgemacht."

„Ich fürchte, dann kann ich dir nicht helfen", antwortete ich unfreundlich und ahnte, dass in diesem Moment etwas überaus Wertvolles in tausend Stücke zerbrach.

Lilly begann wieder zu weinen. Anstatt sie in den Arm zu nehmen und zu trösten, starrte ich an die Wand. Irgendwann entdeckte ich das Lebkuchenherz, das wir ihr vor sehr langer Zeit einmal geschenkt hatten.

Freunde für immer.

Das kam mir jetzt so zynisch vor und ich wollte nur noch weg von hier.

Ich stand auf, verließ ihr Zimmer und lief wütend auf die Straße, wo ich mit voller Wucht gegen eine Mülltonne trat.

Der Mülltonne war es egal und mir schoss für einen Augenblick ein Gedanke durch den Kopf: Ich sollte zu ihr zurückgehen.

Stattdessen lief ich davon. Ich lief und lief, und erst, als ich völlig aus der Puste war, hielt ich an. Dann trottete ich kraftlos nach Hause, legte mich aufs Bett, starrte an die Decke und schlief irgendwann ein. Zwischendurch hörte ich mehrfach das Telefon, ließ es aber klingeln.

In den folgenden Tagen hatte ich Probleme mit einer Zentrifuge, die nicht richtig funktionierte. Meine Gedanken waren jedoch nur bei Lilly und Horst.

Am Wochenende rief Horst bei mir an und verkündete die frohe Botschaft.

„Ole, du wirst es nicht glauben: Lilly ist schwanger! Wir bekommen ein Kind. Ist das nicht großartig?"

Ich brauchte einen Moment und wusste nicht, was ich antworten sollte.

„Ole, alles okay? Du sagst ja gar nichts."

„Ähm, ja, alles gut, ich bin nur überrascht. Herzlichen Glückwunsch. Ich freu mich für euch", erwiderte ich matt.

Horst war ganz aus dem Häuschen und hörte nicht mehr auf, zu erzählen. Irgendwann sagte ich ihm, ich müsse nun los, und legte auf. Lilly hatte sich also doch entschieden, ihm nur den schönen Teil der Wahrheit zu sagen.

Aber da sollte ich mich täuschen.

Einige Tage später stand Horst vollkommen aufgelöst vor meiner Tür.

„Du kannst dir nicht vorstellen, was passiert ist?" stammelte er und fiel mir in die Arme.

Ich zog ihn in die Küche, setzte ihn auf die Eckbank und kochte einen Kaffee. Er saß schluchzend da und sagte nichts. Mit dem Kaffee setzte ich mich zu ihm und wartete ab. Dann schaute er mich an und begann zu sprechen, brach aber nach wenigen Worten ab und riss seine Augen weit auf.

„Du weißt es?"

Ich nickte.

„Wie lange schon?", schob er nach.

„Lilly hat es mir vor zwei Wochen erzählt, Horst. Und es macht mich auch völlig fertig", antwortete ich.

Ich konnte sehen, wie es in seinem Kopf arbeitete. Dann haute er mit der Faust auf den Tisch und seine Kaffeetasse schwappte über.

„Und du hast es nicht für nötig befunden, es mir zu sagen?",
schrie er und lief rot an vor Wut. „Du hast mir gratuliert, obwohl du wusstest, dass sie von Christian schwanger ist? Ihr
wolltet mich beide in dem Glauben lassen, es wäre mein Kind?"

„Horst, bitte beruhige dich. Was sollte ich denn machen? Lilly
musste entscheiden, was sie dir sagt und was nicht", versuchte
ich, mich rauszureden.

Aber das ließ Horst nicht gelten. Er stand auf, machte einen
Schritt zur Tür, drehte sich zu mir um und sagte laut und klar
und deutlich: „Ich bin fertig mit dir. Mit euch beiden!"

Dann verschwand er aus meiner Küche.

Scheiße, schoss es mir durch den Kopf. Konnte denn alles
wirklich immer noch schlimmer werden? Aber Horst jetzt nachzulaufen, war zwecklos, das sah ich ein. Nur – irgendetwas
musste ich tun.

Ich war wütend und ratlos und fasste einen Entschluss, genauer gesagt, zwei Entschlüsse: Unter gar keinen Umständen
würde ich Horst jetzt ziehen lassen. Er brauchte mich und ich
brauchte ihn und wir mussten das wieder hinkriegen und es
war an mir, für ihn da zu sein.

Lilly hingegen war an all dem schuld und ich war scheißwü-
tend auf sie und wollte sie endgültig hinter mir lassen. Vorher
jedoch wollte ich meine Wut noch einmal an ihr auslassen und
ihr klarmachen, dass ich voll und ganz zu Horst stehen würde.

Tags darauf traf ich Lilly und es gab einen großen Streit, der
mich sehr verstörte. Es war der einzige wirkliche Streit in meinem bisherigen Leben und ich war dem allen nicht gewachsen.
Ich sagte (zu) viele sehr hässliche Dinge, für die ich mich später
schämte. Lilly weinte und schrie und war außer sich. Am Ende

sagte ich ihr, dass ich sie nie wiedersehen wolle, und verschwand. In den folgenden Tagen rief sie mich mehrfach an und wollte mich sehen, mich sprechen, sich versöhnen. Aber ich ließ sie abblitzen und irgendwann gab sie es auf.

Mit Horst war es nicht einfacher. Er wollte mich nicht sehen und zog sich in sein Schneckenhaus zurück. Später erfuhr ich, dass er hin und her gerissen war. Eigentlich wollte er sofort mit Lilly Schluss machen. Andererseits hatte er darüber nachgedacht, Lilly zu verzeihen und mit ihr zusammen zu bleiben. Bevor er jedoch zu einer Entscheidung kam, hatte Lilly das Problem auf ihre Weise gelöst, wie Horst erst erfuhr, als alles zu spät war.

Nachdem wir sie beide im Stich gelassen hatten, dachte sie zunächst noch einmal über eine Abtreibung nach. Dann jedoch entschied sie sich, das Kind allein zu bekommen und Christian einzuweihen. Sie hatte keinerlei Erwartungen an ihn, wollte ihm aber auch nicht verschweigen, dass demnächst ein Kind von ihm auf der Welt sein würde.

So traf sie ihn und erzählte ihm offen und ausführlich, was geschehen war. Christian hörte sich das in aller Ruhe schweigend an, dann lächelte er und überraschte sie mit weihevollen Worten.

„Meine liebste Gwen, mit dir zusammen ein Kind zu haben, war immer mein großer Traum, und ich bin echt überrascht, aber gleichermaßen überglücklich darüber. Ich verspreche dir: Ich stehe zu dir, werde bei dir sein, zahle natürlich Unterhalt und unterstütze dich, so gut ich kann, bei allem, was auf dich zukommt!"

Das wiederum hatte Lilly über alle Maßen überrascht und gerührt. Und wie in einem schlechten Film geschah es tatsächlich, dass die beiden sich näher- und nach einer Weile wieder zusammenkamen.

Christian verließ seine ebenfalls überraschte Freundin und zog noch vor der Geburt mit Lilly in eine gemeinsame Wohnung. Vorher machte sie offiziell mit Horst Schluss und es gab noch einigen Streit deswegen zwischen Horst und ihr, ebenso wie zwischen Horst und Christian. Am Ende jedoch brachte Lilly eine Tochter zur Welt und im Jahr darauf heirateten Lilly und Christian, aber da waren wir schon aus ihrem Leben verschwunden.

Horst litt sehr unter dem Ganzen und es brauchte mehr als ein Jahr, bis er wieder einigermaßen zurück im Leben war. Ich bemühte mich nach Kräften, für ihn da zu sein und ihm irgendwie zu helfen. Das gelang mir nicht immer, aber mit der Zeit fanden wir wieder zueinander und irgendwann konnte er mir verzeihen.

Inzwischen lebte ich mit Mareike zusammen und Horst fand eine neue Freundin und dann noch eine und noch eine. Er schloss sein Studium ab und wurde Bezirksförster in einem nahegelegenen Waldgebiet.

Vor einigen Jahren zog er dann in sein Elternhaus, nachdem seine Eltern sich einen lang gehegten Traum verwirklicht und ein altes Anwesen im Tal der Loire in einem kleinen Ort namens Bléré in der Nähe von Tour gekauft hatten. Dort lebten sie nun und betrieben eine kleine Pension.

Von Lilly hörten wir für lange Zeit nichts mehr. Wir trafen sie auch nicht zufällig. Bis zu dem Tag, als das zwanzigjährige Abitreffen war und Lilly spontan entschied, hinzugehen. Dort trafen sich Lilly und Horst nach mehr als zehn Jahren wieder.

Horst verschwieg es mir zunächst, erzählte später aber dann doch von ihrer Begegnung. Einerseits schmerzte es ihn, sie zu sehen, und er wusste nicht, ob es klug war, mit ihr zu sprechen. Andererseits fühlte er sich ihr trotz der langen Zeit sofort vertraut und sie brauchten beide nicht viele Worte, um schnell wieder auf derselben Wellenlänge zu sein.

ఏ౦ෆ

In den Tagen, nachdem Mareike mich verlassen hat, durchlebe ich die ersten vier Phasen der Trauer[84] im Schnelldurchlauf. Erst will ich es alles nicht wahrhaben und rede mir ein, sie würde sicher bald wiederkommen. Sie würde einfach vor der Tür stehen, gestehen, dass sie mich vermisst hat, und mich um Verzeihung bitten.

Danach bin ich wütend und sauer und ärgere mich maßlos über sie. Ich male mir aus, was ich ihr alles an den Kopf werfen würde, wenn sie nur hier wäre. Den Tag über höre ich „Mechanical Animals" von Marilyn Manson und gröle jeden einzelnen Song lautstark mit. Eigentlich ist das der ideale Sound, um meine Wut auf Mareike und die ganze Welt herauszuschreien. Danach fühle ich mich nicht besser.

Später komme ich ins Grübeln und mich beschleicht eine leichte Ahnung, dass ich vielleicht auch meinen Anteil an unserer

---

[84] Laut der bekannten Sterbeforscherin *Elisabeth Kübler-Ross*, können fünf Phasen für den Prozess der Trauer unterschieden werden: Leugnen, Wut, Feilschen und Verhandeln, Depression und Annahme. Bis zur „Annahme" schafft es Ole leider nicht.

Krise habe. In virtuellen Gesprächen, die ich mir vorstelle, gelobe ich Besserung und mache allerlei Vorschläge, wie wir neu anfangen könnten.

Schließlich übermannt mich eine tief empfundene Einsamkeit und am Ende vermisse ich sie nur noch. In vollumfänglicher Melancholie versunken, kommen mir ungezählte wunderbare Erinnerungen mit ihr in den Sinn. Oft sitze ich nur da und denke an sie und träume von ihr.

JJ bekommen voll all dem zum Glück nichts mit und vermissen Mareike auch nicht. Sie sind es gewohnt, in der Woche mit mir allein zu sein und ihre Mutter nur am Wochenende zu erleben.

Das Wetter ist schön und wir verbringen viel Zeit in unserem Garten oder auf dem Spielplatz. Wenn ich mit JJ zusammen bin, versuche ich, mir nichts anmerken zu lassen und *den Laden am Laufen zu halten*. Beides fällt mir jedoch von Tag zu Tag schwerer.

Neben den melancholischen Erinnerungen an die Zeit mit Mareike leide ich unter Schwindelanfällen und falle immer wieder in kurze Tagträume.

Ich treibe in einem trüben Gel, das mich völlig umgibt. In der Ferne erkenne ich eine Gestalt im Licht. Durch das Gel komme ich nur sehr langsam voran und die Gestalt entfernt sich mit jedem Schritt. Ich versuche, zu rennen, werde jedoch immer langsamer, je mehr ich mich anstrenge. Obwohl ich durch das Gel nur verschwommen sehe, glaube ich, Mareike in der Gestalt zu erkennen. Sehr langsam komme ich ihr näher und schöpfe Hoffnung. Als ich sie fast erreicht habe, zieht ein Sog mich nach unten. Ich falle langsam durch das Gel und die Gestalt entgleitet mir, ist fast nicht mehr zu sehen. Ich falle tiefer und tiefer und tiefer und mit einem Mal verschwindet das Gel und ich falle schneller und schneller. Vor dem Aufprall höre ich ein schrilles Geräusch und es erscheint eine leuchtende Schrift im Nebel, die ich nicht entziffern kann. Ich falle und falle …

Tilt! [85]

---

[85] Beim Spielen mit einem Flipperautomaten kann es zu einem *Tilt* kommen, wenn man regelwidrig auf die Seiten des Flippers haut oder ihn anhebt, um den Lauf der Kugel zu beeinflussen. Im Fall eines *Tilt* erscheint eine leuchtende Schrift, begleitet von einem schrillen Geräusch und es werden sofort alle Spielelemente außer Kraft gesetzt. Etwas Ähnliches ist gerade eben mit Ole passiert.

Teil 3: Danach

Kapitel 17: Erwachen

Ich blinzle und versuche, meine Augen zu öffnen, aber meine Lider fühlen sich an, als lägen dicke Pflastersteine auf ihnen. Überhaupt fühlt sich mein ganzer Körper an, als wäre er zu lange durch eine Mangel gedreht worden. Mit großer Mühe gelingt es mir dann irgendwann doch, meine Augen ein Stück zu öffnen, und langsam kommt mir auch ein wenig Erinnerung wieder ins Bewusstsein.

JJ und ich waren im Park auf dem Spielplatz, es war warm und irgendetwas ist passiert, ich weiß nur nicht was.

Wo sind JJ?

Ich schrecke hoch und sehe mich um. Offenbar liege ich in einem Krankenhausbett und bin allein im Zimmer. Neben meinem Bett finde ich einen Knopf, von dem ich hoffe, dass er für eine Klingel ist. Nach einer Weile erscheint eine junge Krankenschwester in der Tür.

„Guten Morgen, Herr van de Meer. Schön, dass Sie wach sind."

„Wo bin ich, wie spät ist es, wie lange bin ich hier, wo sind meine Kinder?", stammle ich.

Die Krankenschwester kommt herein und auf mich zu und lächelt mich freundlich an.

„Da sind aber eine Menge Fragen. Also der Reihe nach: Sie sind in der Uniklinik, es ist kurz vor neun, Sie wurden gestern Nachmittag hier eingeliefert und von Kindern weiß ich nichts."

„Was ist passiert?", presse ich hervor.

„Sie sind auf dem Spielplatz im Stadtpark kollabiert. Zu Ihrem Glück kam der Rettungswagen schnell und hat Sie hierhergebracht. Machen Sie sich keine Sorgen, hier sind Sie in guten

Händen. Ach so, ein gut aussehender, junger Mann war gestern hier und hat den ganzen Abend an ihrem Bett gesessen. Er sagte, er würde heute Vormittag wiederkommen."

Dann verschwindet sie wieder aus dem Raum und ich schaue ihr nach.

Tatsächlich kommt kurze Zeit später Horst durch die Tür. „Mann, Alter, hast mir echt einen Schrecken eingejagt und du siehst wirklich Scheiße aus, aber immerhin bist du wach. Hier, hab dir was zu lesen mitgebracht", flötet er mir freundlich entgegen und legt grinsend einen *Playboy* auf meinen Nachttisch.

„Wo sind JJ?", belle ich ihn an.

„Mach dir keine Sorgen, alles in Ordnung, den beiden geht es gut!", antwortet er etwas zu entspannt, wie ich finde.

„Sie sind bei dir?", entgegne ich, nicht wirklich beruhigt.

„Nein, ich sagte doch, es geht ihnen gut, was nicht unbedingt der Fall wäre, wenn sie bei mir wären."

„Können wir das Ratespiel bitte abkürzen und kannst du mir endlich sagen, wo JJ sind?", frage ich genervt.

Horst zögert und spricht dann ganz leise. „Die beiden sind bei Lilly."

Mir stockt der Atem und ich weiß nicht, ob ich sauer oder beruhigt bin – irgendwie beides. Bevor ich etwas sagen kann, sprudelt es aus Horst hervor.

„Sei bitte nicht sauer, aber was sollte ich tun? Die Sanitäter machten ein ernstes Gesicht und meinten, sie würden dich schnell hier hinbringen müssen. Und JJ saßen in einem dieser hölzernen Spielhäuser und weigerten sich, wieder herauszukommen – ich habe doch keine Ahnung von kleinen Kindern. Zuerst wollte ich Sarah anrufen, aber dann fiel mir ein, dass sie Probe hatte. Schließlich sagte ich mir *Keine Panik! Was machen*

wir, wenn wir nicht weiterwissen? Und dann habe ich Lilly angerufen."

„Wie hat sie reagiert?", presse ich hervor.

„Na, was denkst du? Sie ist sofort los, war kurze Zeit später
auf dem Spielplatz, lockte JJ mit guten Worten und Schokolade
aus dem Spielhaus und meinte dann, die beiden kämen jetzt
besser erstmal mit zu ihr. Und seitdem sind sie bei Lilly und sie
fühlen sich bei ihr sehr wohl. Ich war gerade bei ihr, soll dich
grüßen und sie kommt nachher mal mit den beiden vorbei."

„Nachher mal vorbei", wiederhole ich seine letzten Worte.
„Ist sie gar nicht mehr sauer?"

„Keine Ahnung, hat sie nix zu gesagt. Aber offensichtlich
fühlt *sie* sich an unser Versprechen gebunden."

Ich muss schlucken und gerate leicht in Panik bei der Vorstellung, sie nachher zu treffen.

„Keine Angst." Horst errät meine Gedanken. „Sie wird dir
schon nicht den Kopf abreißen."

Die junge Krankenschwester steht wieder in der Tür. „Herr
van de Meer, wir müssen jetzt Fieber und Blutdruck messen
und der Herr wartet bitte draußen."

Horst wollte sowieso gehen, meint er. Die Schwester lächelt
ihm hinterher. Beim Fiebermessen entdeckt sie den *Playboy* auf
meinem Nachttisch und grinst.

„Na, Ihnen scheint es ja schon wieder ganz gut zu gehen!"

Nachdem sie wieder weg ist, werfe ich mich in mein Kissen
und starre eine Weile an die Decke. Es geht mir nicht mehr so
schlecht, vielleicht sollte ich meine Sachen packen und einfach
verschwinden.

Während ich noch darüber nachdenke, öffnet sich die Tür und
JJ stürmen herein und werfen sich auf mein Bett.

Sie lachen und offenbar freuen sie sich, mich zu sehen.

Horst steht in der Tür und direkt vor ihm: Lilly.

Sie trägt eine alte verwaschene Jeans und einen weiten Pullover in einer undefinierbaren Farbe, ihr blondes Haar fällt strähnig auf ihre Schultern, dennoch ist sie so strahlend schön wie in meiner Erinnerung. Irgendwer hat vor langer Zeit einmal gesagt, Lilly sei eine *Kartoffelsackschönheit,* und das ist sie nach wie vor.

Sie lächelt ein wenig verlegen und wagt sich einen kleinen Schritt hervor. Horst pfeift kurz auf zwei Fingern.

„Jan und Jule, habt ihr den Spielplatz unten im Hof schon gesehen? Ich schlage vor, den schauen wir uns mal genauer an."

Dann bewegt er sich auf JJ zu, geht in die Hocke und breitet seine Arme aus. Zu meiner Überraschung laufen sie zu ihm und verschwinden mit ihm aus dem Zimmer.

Nun bin ich mit Lilly allein. Ein wenig zaghaft macht sie noch einen Schritt auf mich zu und steht nun fast vor meinem Bett.

„Hi Lilly, schön, dich zu sehen. Wie geht es dir?", flüstere ich.

„Schlecht Ole. Aber dir geht es offenbar noch schlechter."

Erst jetzt fällt es mir auf: Ich bin strubbelig, habe Übergewicht, liege in einem Krankenhausbett und mache gerade keine gute Figur. Eine denkbar schlechte Ausgangslage für unser erstes Date seit so vielen Jahren. Vor jeder anderen Frau wäre mir das sehr peinlich.

Vor Lilly erst recht und ich wende mein Gesicht ab. „Lilly, es ist so lange her und es tut mir alles schrecklich leid. Ich war so ein Arsch und habe alles falsch gemacht", flüstere ich nun schon etwas lauter.

„Da kann ich dir leider nicht widersprechen."

„Warum tust du das dann alles für mich?"

„Mensch, Ole, jetzt mach da mal keine große Sache draus. Du hast einen Berg von Problemen, kommst offensichtlich so gar nicht mit deinem Leben klar. Deine Frau ist dir weggelaufen, du bist auf dem Spielplatz kollabiert und jetzt sitzt du erst einmal auf der Ersatzbank und schaust dem Spiel von draußen zu. Du kannst nur froh sein, dass du Horst hast, der immer für dich da ist. Nur mit zwei kleinen Kindern ist er ein klein wenig überfordert und da helfe ich halt ein bisschen."

Ich kann das alles nicht glauben. „Trägst du mir denn gar nichts nach?"

„Natürlich tue ich das, du Idiot. Hast du gedacht, du fällst einfach mal so um und dann ist alles wieder gut? Vergeben und vergessen? Ole, ich bin immer noch stinksauer auf dich und mir fällt auch nicht wirklich etwas ein, was mich wieder versöhnen könnte. Und dass ich mich nun um deine Kinder kümmere, verbuche einfach auf deinem fetten Schuldenkonto bei mir."

Irgendwie bin ich jetzt echt in der Defensive, andererseits tut mir ihre Offenheit auch gut. Ich presse ein „Danke" hervor und weiß gleich, dass das mal wieder gar nicht an diese Stelle des Dialogs passt, aber mir fällt gerade nichts Besseres ein.

Lilly scheint aber genau *darauf* gewartet zu haben. Ein wenig versöhnlicher spricht sie weiter.

„Die beiden sind übrigens super niedlich, sehr anhänglich und echt gut erzogen! Hätte ich nicht erwartet bei einem Chaoten-Vater wie dir. Sie können so lange bei mir bleiben, bis du wieder bei Kräften bist. Also lass dir Zeit und werde erstmal wieder fit. Wir kommen zurecht!"

Bevor ich etwas erwidern kann, streicht sie mir fast ein wenig zärtlich über die Wange.

„So, genug gequatscht. Du musst dich ausruhen und ich muss los. Hol die beiden einfach irgendwann ab, wenn es passt. Horst hat meine Adresse!"

Dann macht sie auf dem Absatz kehrt und verlässt mein Zimmer. Ich schaue ihr hinterher und verliere mich in verwirrenden und widerstreitenden Gefühlen. In drastischer Weise ist mir das alles sehr unangenehm. Gleichzeitig wühlt es mich über alle Maßen auf, Lilly wiedergesehen zu haben.

Später kommt noch ein Arzt und meint, es sei alles in Ordnung mit mir. Es sei nur ein kleiner Schwächeanfall gewesen, nichts Ernstes. Morgen würde ich entlassen, solle mich aber noch ein paar Tage schonen.

Noch später rufe ich Horst an.

„Hi, Ole hier. Der Arzt meint, es wäre alles in Ordnung mit mir, was natürlich Unfug und lediglich seiner sehr eingeschränkten Betrachtungsweise geschuldet ist. Aber auf jeden Fall kann ich morgen hier weg. Daher brauche ich Lillys Adresse, um die Kleinen abzuholen."

Horst räuspert sich. „Ole, offenbar hast du nicht richtig zugehört. Der Arzt hat gesagt, dass du dich noch ein paar Tage schonen sollst."

„Woher weißt du das denn?"

„Weil Ärzte das in so einem Fall immer sagen. Ich kenne mich da aus, ich wäre ja auch fast mal Arzt geworden. Und Lilly hat entschieden, dass JJ solange bei ihr bleiben, bis du wieder auf dem Damm bist und man sie dir wieder anvertrauen kann."

„Lilly hat hier gar nichts zu entscheiden. Sag mir jetzt endlich ihre Adresse", erwidere ich nur ein wenig gereizt.

„Da hast du schon wieder nicht aufgepasst. Lilly sagte dir, ich *hätte* ihre Adresse, nicht, dass ich sie dir geben soll. Aber im Ernst, Ole. Ich hol dich morgen früh ab, dann fahren wir erst mal zu dir, frühstücken danach ausführlich im *Tick-Tack*[86] und dann ruhst du dich das Wochenende über aus. Und wenn du dich am Montag besser fühlst, dann fahren wir beide zusammen zu Lilly und holen JJ ab."

„Ich fühle mich jetzt schon besser", erwidere ich matt, weiß aber genau, dass das überhaupt nicht überzeugend klingt. „Okay, Horst, du hast mich überredet", ergänze ich. „Und übrigens danke für alles! Ich weiß nicht, wie ich ohne dich klarkäme."

„Musst du auch nicht", antwortet er freundlich.

„Nein, ehrlich. Und die Idee, JJ zu Lilly zu bringen, war goldrichtig. Entschuldige bitte, dass ich mich so blöd aufgeführt habe." Eins interessiert mich dann aber doch noch. „Wie kam es eigentlich, dass du so schnell auf dem Spielplatz warst?"

„Eine nette junge Frau hat mich angerufen und mir knapp berichtet, was geschehen war und dass ich bitte schnell kommen solle, wenn das ginge. Sie würde so lange warten und auf JJ achtgeben. Einer der Sanitäter hatte einen Zettel in deiner Brieftasche gefunden, auf dem du unter *Im Notfall bitte benachrichtigen* meine Telefonnummer vermerkt hast. Zum Glück war ich in der Nähe und schnell vor Ort. Und die junge Frau hat tatsächlich gewartet. Sie war es auch, die den Rettungswagen gerufen hat."

„Hast du ihre Nummer, damit ich mich bei ihr bedanken kann?", unterbreche ich seinen Redeschwall.

---

[86] Im *Gontscharow* gibt es kein Frühstück, die öffnen erst am Nachmittag.

„Klar doch, denn die war echt sehr nett und noch attraktiver. Sie sieht übrigens Susan Richards sehr ähnlich, du weißt schon, die von den *Fantastischen Vier*. Sie kennt dich auch vom Sehen, da sie häufiger mit ihrer kleinen Tochter auf dem Spielplatz ist."

Mir ist sofort klar, wen er meint, und die ganze Sache ist mir gleich noch viel peinlicher.

„Sie ist übrigens alleinerziehend und wir sind für heute Abend im *Gontscharow* verabredet", führt er weiter aus.

Ich fasse es nicht. „Echt jetzt?"

Horst lacht laut auf. „Ne, war nur Spaß. Sie hat mir nur ihre Nummer gegeben, damit *du* dich bei ihr bedanken kannst."

Am späten Vormittag sitzen wir im *Tick-Tack* und genießen das üppige Frühstücksbuffet. Nach dem Krankenhausessen habe ich richtig Hunger und genieße es, mal ohne JJ unterwegs zu sein. Rein körperlich geht es mir erstaunlich gut und nach einer Dusche und einer Rasur am gestrigen Abend sehe ich auch wieder einigermaßen wie Ole aus.

Na ja, wie Ole 42 halt, alleinerziehend, ohne geregelte Arbeit, ein wenig übergewichtig und insgesamt ziemlich am Arsch. Nach dem zweiten Brötchen gerate ich dann auch in elegisches Gejammer. Der arme Horst tut mir fast leid, dass er sich das alles von mir anhören muss. Aber er wirkt ganz entspannt und lässt es stoisch über sich ergehen.

Nachdem ich mein Herz vollends vor ihm ausgeschüttet habe und mir Tee nachschenke, holt er tief Luft.

„Mensch, Ole, wann bist du nur zu so einem Lappen geworden? Du warst doch immer der größte Exzentriker unter der Sonne. Ich erzähl dir mal, wie ich das sehe, denn mir scheint, dass sich dein *Koordinatensystem* erheblich in Schieflage befindet. Der Reihe nach: Zuallererst einmal hast du zwei wunderbare Kinder. Inzwischen habe ich die beiden richtig liebgewonnen und ich bin ziemlich neidisch auf dich, denn die Sache mit den Kindern habe ich wohl verpasst und offenbar habe ich da wirklich etwas verpasst. Das hast du schon mal richtig gut gemacht, vor allem, wenn ich bedenke, dass du Maschinenbau und ein bisschen Jura studiert hast, da ist es nicht unbedingt zu erwarten, dass du auch noch gut mit Kindern umgehen kannst – und dann auch noch mit zweien auf einmal."

Ich nippe an meinem Tee und versuche, etwas zu erwidern. Aber Horst hebt die Hand und bedeutet mir, zu schweigen.

„Nun zu deinem Job. Tief in deinem Inneren weißt du ganz genau, dass es eine deiner besseren Entscheidungen war, die Kanzlei zu verlassen, und ich rate dir dringend, keinen einzigen Gedanken daran zu verschwenden, wieder dorthin zurückzukehren. Du hast noch knapp ein Jahr Zeit, dir in aller Ruhe zu überlegen, was du in Zukunft wirklich machen möchtest."

„Du hast gut reden", unterbreche ich ihn nun doch, aber er redet einfach weiter.

„Nun zu deiner Mareike. Irgendwann musst du dich mal entscheiden. Willst du weiterhin mit ihr zusammen sein oder willst du das nicht? Falls nicht, dann kläre das mit ihr und zieh mit einer der Kellnerinnen aus dem *Gontscharow* los. Falls aber doch, dann solltest du ihr das klarmachen und ihr zeigen, dass es dir wirklich auch weiterhin ernst mit ihr ist. Mann, Ole, hast du denn alles vergessen, was Giovanni dich gelehrt hat? Du kennst meine Meinung über Mareike, aber hier noch einmal exklusiv für dich zum Mitschreiben: Mareike ist der absolute Glücksfall für dich! Und wenn du damals auf Vlieland nicht blitzschnell zugegriffen hättest, während ich noch unschlüssig die Lage sondierte, wer weiß, vielleicht hätte *ich* dann heute zwei süße kleine Kinder und eine sehr attraktive blonde Frau."

Jetzt schneidet er sein drittes Brötchen auf, ist aber noch nicht fertig mit seinen Ausführungen.

„Und schließlich hast du ja noch uns: zuerst einmal natürlich mich, aber auch Fabian und Sarah, Juli und Frank, deine netten Nachbarn und ein paar freundliche Bekannte und schließlich auch noch Lilly."

Ich verziehe mein Gesicht, aber Horst lässt mich nicht zu Wort kommen.

„Ja, auch Lilly, mein Guter! Nachdem der Rettungswagen mit dir darin abgefahren war und ich hilflos auf dem Spielplatz stand und nicht die geringste Idee hatte, was ich nun tun sollte, habe ich eher meiner Intuition folgend sofort Lilly angerufen. Sie hat nicht den kleinsten Moment gezögert und ist sofort gekommen. Sie hat auch kein großes Gewese gemacht, sondern einfach nur getan, was getan werden musste. Und jetzt kümmert sie sich so rührend um JJ, dass die anderen beiden schon neidisch sind."

Er holt Luft und ich grätsche schnell dazwischen.

„Aber Lilly wird mir sicher niemals verzeihen. Im Krankenhaus hat sie auch so etwas angedeutet."

„Ach Ole, das darfst du nicht so ernst nehmen. Es wäre sicher das zweitgrößte Glück für sie, wieder mit dir versöhnt zu sein, aber sie will es dir auch nicht *zu* leicht machen."

Bevor ich nach dem *größten* Glück fragen kann, beendet er seine Ausführungen.

„Versuch einfach mal, nett zu ihr zu sein, und überlege, wie du ihr vielleicht auch helfen kannst."

Darüber habe ich tatsächlich schon nachgedacht, als Horst mir erzählte, dass Christian sie nun wohl endgültig verlassen und etwas mit einer jüngeren Frau aus dem Büro des Schlachthofs angefangen hat.

Unterhalt zahlt er wohl nur sehr sporadisch, sodass sie sicher auch finanzielle Schwierigkeiten hat. Wie ich sie kenne, würde sie unter gar keinen Umständen ihre Eltern um Geld bitten, und auch sonst niemanden. Aber irgendwie muss sie dann doch ihre Miete bezahlen. Von mir würde sie sicher auch kein Geld nehmen, aber vielleicht fällt mir ja noch etwas anderes ein.

Irgendwie werde ich nicht schlau aus Lilly und Horst und frage mich, was da gerade abläuft. Aber nach all dem traue ich mich nicht, es offen anzusprechen. Sicher geht es mich auch nichts an und ich sollte mich da raushalten.

Für morgen Abend bin ich mit Sarah und Fabian verabredet. Sie hatten sich bei mir gemeldet, als sie von meinem Unglück gehört hatten, und waren besorgt um mich. Insgesamt bin ich gerührt und froh, dass sie sich alle um mich sorgen und kümmern. Vor allem aber fühlt es sich gut an, Lilly wieder in meinem Leben zu wissen.

Ich hoffe nur, dass sie das auch so sieht.

Kapitel 18: Lebenshungrig

Nur ein klein wenig verspätet erreiche ich das Restaurant. Der Kellner deutet mit der Hand zu meinem Tisch und zu meiner Überraschung sitzen dort nicht Sarah und Fabian, mit denen ich hier verabredet bin, sondern Mareike.

Sie sitzt kerzengerade, wie nur sie das kann, an einem Zweiertisch und wendet mir den Rücken zu. Das Haar fällt in blonden Locken auf ihre Schultern und einen Moment lang möchte ich dem Impuls folgen, schnell wieder zu verschwinden. Wie so oft bin ich zu langsam im Denken und stehe noch mitten im Raum, als sie ihren Kopf zur Seite dreht und mich entdeckt.

Auf ihrem Gesicht spiegelt sich Überraschung wider, mehr kann ich nicht deuten. Sie trägt einen knielangen hellblauen Rock, eine weiße Seidenbluse und ihr Gesicht ist dezent geschminkt, nur der blaue Lidstrich unter den Augen sticht hervor. Sie sieht sehr schön aus. Ganz offenbar hat sie nicht mich erwartet.

Da ich immer noch wie angewurzelt mitten im Raum stehe, winkt sie mir freundlich zu. Doch bevor ich mich entscheide, kommt ein anderer Kellner von hinten und fragt, ob er mir helfen könne.

„Darf ich Ihnen die Jacke abnehmen?", sagt er, nachdem ich meinen Namen gestammelt habe. „Sie werden schon erwartet." Dabei deutet er mit der Hand dezent auf Mareike.

Ich gebe mich geschlagen und dem Kellner meine Jacke und steuere, all meinen Mut zusammenraffend, auf Mareikes Tisch zu. Sie steht kurz auf, umarmt mich sehr zurückhaltend und distanziert.

„Offenbar hast du auch nicht mit mir gerechnet!", mutmaßt sie.

Und schon sitzt sie wieder, nippt an einem Glas Sekt und ich setze mich ihr gegenüber.

Erst jetzt realisiere ich, dass hier nur zwei Stühle sind, und bevor ich den Kellner auf den Irrtum hinweisen kann, dämmert mir langsam, dass da wohl niemand mehr kommen wird.

„Wo sind die Kinder und wie geht es ihnen?", fragt sie freundlicher, als ich es erwartet habe.

„JJ sind bei Lilly und es geht ihnen gut", antworte ich.

Mareikes Mine verfinstert sich. „Lilly? Habt ihr wieder Kontakt?"

„Nein … doch … irgendwie schon", stottere ich. „Du hast mitbekommen, was passiert ist?"

„Sarah hat es mir am Telefon erzählt", antwortet Mareike.

Eigentlich sehe ich überhaupt nicht ein, warum ausgerechnet *ich* mich hier rechtfertigen muss, mache es aber trotzdem.

„Als der Rettungswagen mit mir darin auf dem Weg ins Krankenhaus war, stand Horst mit JJ allein auf dem Spielplatz und wusste nicht, was er tun sollte. Du warst nicht erreichbar, meine Eltern zu weit weg und er selber sah sich nicht in der Lage, sich um zwei Kleinkinder zu kümmern, die ihn kaum kennen. Einem fast schon archaischen Impuls folgend, rief er Lilly an, und ich bin ihm sehr dankbar dafür, denn das war und ist immer noch das Beste, was man machen kann, wenn man so gar nicht weiter weiß!"

„Oh, Super-Lilly rettet die Welt!", fällt mir Mareike ins Wort.

„Sicher nicht die Welt, aber uns alle im Moment", antworte ich sehr ruhig.

Bevor wir richtig in Streit geraten können, steht der Kellner an unserem Tisch und stellt je einen kleinen Dessertteller vor uns ab, auf denen sich 2 (in Worten „zwei") von einer profanen Bratwurst abgeschnittene Scheibchen zusammen mit einem Klecks roter Marmelade befinden.

„Das ist ein Gruß aus der Küche", flötet er uns fröhlich entgegen. Mir scheint, er muss dabei selber sein Lachen unterdrücken.

Ich verstehe nicht ganz, was hier vor sich geht. „Wir haben doch noch gar nicht bestellt. Können Sie uns bitte die Karte bringen, und für mich ein Bier?"

Der Kellner verzieht sein Gesicht. Bier ist offenbar zu profan für das vornehme Essen.

„Das Bier bringe ich gleich, mein Herr, aber die Karte benötigen Sie nicht. Für Sie wurde das Fünf-Gänge-Überraschungs-Menü geordert – inklusive begleitender Weine."

„Wer hat das geordert?", frage ich entgeistert.

Der Kellner deutet auf Mareike, aber bevor er dazu mehr sagen kann, schüttelt sie heftig ihren Kopf, dass ihre Locken umherfliegen.

„Ich war das nicht."

Der Kellner zuckt mit den Schultern. „Die Bestellung kam gestern telefonisch von einer jungen Dame."

Ich ahne nun, wer das gewesen sein könnte und bedeute dem Kellner mit einer Handbewegung, dass wir das selber klären und er nun gehen kann.

„Mit wem warst du denn hier verabredet?", erkundige ich mich.

„Sarah und Fabian haben mich hierher bestellt. Sie meinten, sie müssten etwas Wichtiges mit mir besprechen. Es ginge um dich, besser gesagt, um uns, und sie wollten dafür einen neutralen Ort, wie sie es ausdrückten."

„Deshalb bist du so schick", erwidere ich und sie zieht ihre Augenbrauen ein Stück in die Höhe. „Mich haben sie mit derselben Geschichte hierhergelockt", führe ich weiter aus.

„Deshalb bist du so schick", äfft Mareike mich nach.

Ich deute auf die Bratwurstscheiben, die bislang unberührt auf ihren Tellern liegen.

„Wollen wir zumindest für den *Gruß aus der Küche* einen Waffenstillstand vereinbaren, um in Ruhe die Bratwurst zu genießen?", fragt sie lächelnd.

„Vielleicht schaffen wir ja sogar den ersten Gang", antworte ich optimistisch, spieße eine Bratwurstscheibe auf und tunke sie in die Marmelade. Es schmeckt ein wenig ungewohnt, aber durchaus interessant.

Als der Kellner mein Bier bringt, überlege ich kurz, ihn nach etwas Senf zu fragen, verwerfe die Idee aber gleich wieder und spüle den Bratwurst-Marmelade-Geschmack mit einem kräftigen Schluck Bier hinunter.

Nachdem der Kellner die leeren Dessert-Teller abgeholt hat, lehne ich mich zurück und schaue Mareike in die Augen. Sie lächelt und fragt: „Und was machen wir nun, nachdem wir uns beide haben hierherlocken lassen?"

„Ich denke, wir sollten das Essen so gut es geht genießen und das Beste daraus machen. Wir könnten uns ein bisschen unterhalten und versuchen, nicht gleich wieder in Streit zu geraten. Ich habe so viele Fragen an dich, dafür werden fünf Gänge sicher nicht reichen."

Mareike ist einverstanden und so sprechen wir beide miteinander, wie wir es sehr lange nicht mehr getan haben. Geschickt umschiffen wir die kritischen Themen wie den Referendar oder Lilly und so schaffen wir es immerhin bis zum Fischgang, ein nach außen normal wirkendes Gespräch zu führen. Natürlich sind wir beide nicht so naiv zu glauben, dass ein einziges, wenn auch langes und vertrautes Gespräch all die Probleme, die sich in den Jahren aufgestaut haben, in Luft auflösen würde, aber es tut gut, Dinge offen auszusprechen und zumindest zu versuchen, die Sicht des anderen zu verstehen.

Mareike erläutert mir ausführlich, wie sie sich schon seit Jahren vernachlässigt und ausgeschlossen fühlt. Sie fühlte sich weder begehrt noch ernstgenommen, weder als Freundin, Vertraute noch als berufstätige Ehefrau.

„Ole, weißt du noch, wann du mir zuletzt ein ehrliches Kompliment gemacht oder mir Blumen geschenkt hast? Oder wann hast du zuletzt etwas nur für mich gekocht – kannst du dich daran erinnern?"

Das konnte ich sehr wohl, es war an dem Tag, an dem Mareikes Schwangerschaft offiziell, wie sie es damals nannte, bestätigt wurde.[87] Das war nun fast drei Jahre her und auch das letzte Mal, dass wir richtigen Sex miteinander hatten. Zwar hatten wir zwischendurch immer mal wieder miteinander geschlafen, aber das war meist zwischen *Tür und Angel* gewesen, wenn die Kinder endlich schliefen.

---

[87] Der aufmerksamen Leserin wird nicht entgangen sein, dass Ole auch an dem Abend vor der ersten Ultraschalluntersuchung, also später, noch einmal für Mareike gekocht hat. Aber Ole ist heute nicht ganz bei sich, sodass er sich daran nicht erinnert.

Und da war er wieder, der Dreiklang: Komplimente, Blumen, Essen. Das hatte Giovanni mir schon beigebracht, als ich sechzehn gewesen war. Später hatte er ergänzt, dass Respekt und Wertschätzung gegenüber einer Frau, die man liebt, auch nicht schaden würden. Und ich, Ole, der Superexperte, hatte natürlich alle fünf Regeln komplett aus dem Blick verloren.

So ähnlich sage ich das auch, natürlich ohne Giovanni zu erwähnen.

Aber Mareike genügt das nicht, denn sie findet, dass man das Zusammenleben von Mann und Frau nicht auf fünf einfache Regeln reduzieren könne.

„Auf wie viele denn?", frage ich und stibitze mir einen kleinen Knödel von ihrem Teller.

Das Essen wird mit jedem Gang besser. Vielleicht ist das der Trick des Kochs: von Beginn an die Erwartungen niedrig halten und sie dann Gang für Gang übertreffen. Inzwischen hatten wir die zweite Vorspeise – an sich schon eine herausragende Idee, gleich zwei Vorspeisen vorzusehen.

Neben einer wirklich sehr kleinen, aber dafür wunderbar zarten Scheibe von der Entenbrust lagen drei winzige Knödelchen, nur wenig größer als eine Kirsche, jedoch von erhaben exotischem Geschmack. Vier dünne glasierte Scheibchen von der Möhre, sowie ein Hauch von einer sämigen Pflaumensoße rundeten das Kunstwerk ab. Zum Ausgleich für den stibitzten Knödel überlasse ich Mareike zwei Möhrenscheibchen und nehme den Faden wieder auf.

Aber zunächst mache ich ihr ein Kompliment, wie gut sie heute aussehe, und dann streite ich erst einmal alles ab, was sie mir vorwirft. Ich sage ihr, dass ich immer nur sie geliebt und begehrt habe, obwohl ich genau weiß, dass das nicht stimmt.

Und dass ich bewundere, wie sie ihren Job macht und das so sehr wertschätze, dass ich ihr zuliebe sogar meinen Job aufgeben habe, um mich in der Elternzeit um unsere Kinder zu kümmern, obwohl auch das gelogen ist. Weder habe ich etwas aufgegeben, noch aus Respekt vor ihrer Arbeit.

Mareike durchschaut das natürlich alles sofort und gerät so langsam in Wut, was man deutlich daran erkennt, dass sie immer wieder, ohne es recht zu bemerken, für halbe Sätze ins Niederländische gleitet.

Mit wenigen knappen Sätzen zerlegt sie meine Argumentation. Aus dem Stand nennt sie mir drei Situationen der jüngeren Vergangenheit, in denen ich fremde Frauen angeschmachtet habe, dann erwähnt sie kurz Sarah und schließlich führt sie aus, dass ich sie sofort mit jeder, wirklich ausnahmslos jeder der Kellnerinnen im *Gontscharow* betrügen würde, wenn sich die Gelegenheit dazu böte.

„Es ist ein Glücksfall, dass es in diesem Laden hier nur männliche Kellner gibt, sonst würde dich so ein Gespräch wie dieses hier völlig überfordern."

Besagter männlicher Kellner erscheint erneut an unserem Tisch und serviert den Fischgang. Leider können wir diesen nicht angemessen genießen, da ausgerechnet ich nun, in einem unbedachten Moment einen entscheidenden Fehler begehe und den Referendar erwähne.

Nicht wirklich zu Ende gedacht, erscheint mir der Referendar ein gutes Argument gegen jede der Kellnerinnen, mit denen ich nie etwas gehabt habe. Und so erkläre ich ihr, dass ihr ausgerechnet in dem Moment, wo ich ganz unten bin und mich für unsere Familie und unsere Kinder weit über meine Kräfte hinaus vollkommen verausgabe, nichts Besseres einfällt, als mit dem Referendar durchzubrennen.

Nun ist Mareike richtig wütend. Sie springt auf und überschüttet mich mit einem Schwall übler Kraftausdrücke. Zu unserem Vorteil kann nur ich diese verstehen, da sie nun vollends Niederländisch spricht, genauer gesagt, brüllt. Eine der vielen schönen Seiten der niederländischen Sprache ist, dass auch die übelsten Schimpfwörter allesamt irgendwie *niedlich* klingen, was verhindert, dass wir sofort aus dem Restaurant geworfen werden.

Dennoch kommt der Kellner angelaufen und fordert uns höflich auf, uns bitte zu beruhigen. Dann erkundigt er sich, ob mit dem Fisch alles in Ordnung sei, und ich frage mich, ob er uns veralbert oder ob er das auf der Schule für Kellner so gelernt hat.

Obwohl Mareike es war, die hier rumbrüllte, murmle ich eine Entschuldigung und wir setzen uns wieder und essen schweigend den Fisch. Inzwischen hat Mareike sich wieder etwas gefasst und während wir auf den Fleischgang warten spricht sie leise, langsam und wieder Deutsch.

Sie erläutert mir, dass der Referendar einen Namen hat und ich nicht immer von dem *Referendar* sprechen solle. Er heißt Jochen und ist nicht unser Problem, sondern nur ein Symptom unseres Problems. Es sollte mich doch nicht wirklich überraschen, dass sie sich geschmeichelt fühle, wenn ein deutlich jüngerer, attraktiver Mann sich für sie interessiert.

Schließlich sei sie jenseits der vierzig, zweifache Mutter und von ihrem Ehemann seit Jahren vollkommen vernachlässigt.

Bei dem Stichwort *vierzig* kommt mir plötzlich der Song von Udo Lindenberg in den Kopf: *Sie ist vierzig und sie fragt sich, war das jetzt schon alles, was für mich vorgesehen war...* oder so ähnlich. Horsts Vater war oder ist ein ausgewiesener Lindenberg-Experte und großer Fan und er hat häufig versucht, uns zu bekehren.

Ein bisschen kann ich Mareike sogar verstehen, dennoch folge ich einem weiteren destruktiven Impuls und frage: „Hast du mit ihm geschlafen?"

Mareike nimmt einen Schluck aus ihrem Weinglas und schaut mir tief in die Augen. „Das tut hier doch überhaupt nichts zur Sache. Warum ist das für euch Männer immer von so zentraler Bedeutung?"

„Hast du oder hast du nicht?" Ich lasse nicht locker, obwohl ich es eigentlich gar nicht wissen möchte.

„Ole, wenn du ehrlich bist, möchtest du das eigentlich gar nicht wissen. Dich interessiert doch nur, ob er besser war als du."

Das hat sie mal wieder sehr präzise analysiert, daher frage ich gleich nach.

„Und war er das?"

Mareike ist unschlüssig und zögert einen Moment. „Natürlich war er das, was denkst du denn? Er ist siebenundzwanzig Jahre alt und Sportlehrer, alles an ihm ist noch frisch, er hat kein Gramm zu viel und in der Liebe ist er erfahren genug, um zu wissen, was Frauen sich wünschen, und ausdauernd genug, ihnen ihre Wünsche zu erfüllen."

Ich muss schlucken und habe plötzlich einen Kloß im Hals. So genau wollte ich das tatsächlich nicht wissen, aber was hatte ich erwartet? Dass Mareike eine Woche lang mit ihm Händchen gehalten hat und er im Bett der totale Loser war?

Irgendwie hatte ich schon länger so eine Ahnung, dass ich – satt über vierzig, übergewichtig, erfolglos und verwirrt – nicht der feuchte Traum der versammelten Damenwelt war, aber dass es so schlimm ist, haut mich dann doch aus dem Sattel.

Der Kellner bringt den Fleischgang. Das Ganze zieht sich hier echt lange hin und innerlich verfluche ich Sarah und Fabian für diese bescheuerte Idee. Was haben die sich nur dabei gedacht?

Glaubten sie, Mareike und ich würden hier schön zusammen speisen, uns ausführlich aussprechen und dann wäre wieder alles gut?

Mareike wirkt irgendwie erleichtert.

„*Kijk nu niet zo gekwetst.* Mir ist klar, dass du das nicht hören wolltest, aber du hast gefragt."

„Warum bist du zurückgekommen?", presse ich hervor.

„Na, zuallererst mal wegen JJ, die habe ich echt vermisst, und es tut mir unendlich leid, dass ich nicht da war, als ihr mich so dringend gebraucht hättet. Und es pisst mich echt an, dass in der größten Not ausgerechnet Super-Lilly auftaucht, um für mich einzuspringen."

„Bitte, das hatten wir doch schon beim *Gruß aus der Küche* besprochen", erwidere ich müde.

„Okay, zurück zu deiner Frage", lenkt sie ein. „Ich bin nicht so naiv, wie du es von einer blonden Holländerin erwartest. Mir ist sehr bewusst, was ich für Jochen bin, auch wenn er mir täglich seine Liebe gesteht und verspricht, für immer bei mir zu bleiben, aber fünfzehn Jahre sind echt viel – viel zu viel, um genau zu sein. Aber das ist irgendwie auch wieder egal, denn Jochen spielt eigentlich gar keine Rolle in meinen Träumen und Wünschen."

Bislang habe ich aufmerksam zugehört, aber nun schneide ich ein Stück von dem zarten Rehrücken ab und schiebe es in meinen Mund. Mit etwas Mühe gelingt es mir, den Geschmack in mich aufzunehmen, obwohl meine Gedanken Karussell fahren und nicht zur Ruhe kommen.

Mir dämmert, dass gerade etwas für mein weiteres Leben sehr Entscheidendes passiert, und bislang ist für mich überhaupt nicht erkennbar, wie dies hier alles ausgehen wird. Die Sache mit diesem Jochen macht mich echt fertig. Aber irgendwie finde ich es auch nicht wirklich fair, gegen einen jugendlichen Superstecher im Ring zu stehen. Und dann muss es auch noch ein Sportlehrer sein, der ganz gewiss jede Art von bescheuerten Ballspielen liebt.

Mareike schaut mich an, als erwarte sie, dass ich irgendetwas sage, obwohl sie gar keine Frage gestellt hat. Zum Glück habe ich einen hellen Moment.

„Und was spielt eine Rolle in deinen Träumen und Wünschen?"

Nun muss Mareike schlucken, bevor sie antwortet. „Mein lieber Ole, wir beide hatten so viele gemeinsame Träume und Wünsche und wir hatten so viel Spaß dabei, sie uns zu erfüllen – oder an ihnen zu scheitern. Egal. Wir waren so lebenshungrig und füreinander gemacht und nichts konnte uns aufhalten und unser Leben war leicht und alles war gut und wir liebten einander und es konnte nicht mehr schöner werden."

Sie zögert und wischt sich eine Träne aus dem Auge, bevor sie weiterspricht.

„Und dann haben wir uns irgendwann einfach verloren! Du warst so oft so weit weg und dann bist du irgendwann in einem dichten Nebel verschwunden und ich hätte dich fast nicht wiedergefunden."

Während der letzten Worte ist ihre Stimme immer leiser geworden. Nun führt sie das Weinglas zum Mund und leert es in einem Zug. Dann holt sie tief Luft und spricht laut und deutlich.

„Und dann sind wir auf die bescheuerte Idee gekommen, dass ausgerechnet ein Kind uns wieder zusammenbringen würde. Dabei wurde es dann erst richtig schlimm! Bitte versteh mich nicht falsch: Ich liebe JJ über alles! Aber für unsere eh schon kaputte Beziehung war das der Todesstoß! Und irgendwann wollte ich nur noch weg."

Das Paar am Nachbartisch schaut schon wieder irritiert zu uns herüber. Diesmal haben sie jedes Wort verstanden. Ich möchte etwas sagen, aber mein Kopf ist ganz leer.

Sie hat in allem recht und ich bin genauso ratlos wie sie. Mareike fasst sich wieder und konzentriert sich auf das Essen. Schweigend verzehren wir den Fleischgang und auch das abschließende vorzügliche Dessert.

Zwischendurch versuche ich, zu lächeln, was mir nicht recht gelingen mag. Auch Mareike scheint nun verlegen, als hätte sie ein Geheimnis preisgegeben. Irgendwann nimmt sie meine Hand in die ihre und schaut mir lange in die Augen. Und dann erkenne ich sie: meine Mareike, so wie sie in meinem Herzen lebt.

Der Kellner kommt an unseren Tisch, um die Dessertteller abzuräumen.

„Darf es noch etwas sein?"

Kopfschüttelnd und schnell die letzte Himbeere zerkauend ordere ich die Rechnung. Der Kellner verbeugt sich steif und näselt vor sich hin.

„Die Rechnung ist bereits beglichen, das wurde mit der Bestellung erledigt. Zudem soll ich ausrichten, dass die Hochzeitssuite in der zweiten Etage für Sie reserviert ist."

Der Kellner entfernt sich dezent. Ich schaue ihm nach und bemerke, wie er in einer Ecke des Raumes nach einem Telefonhörer greift und jemanden anruft.

„Auf gar keinen Fall gehe ich mit dir auf ein Hotelzimmer", stellt Mareike klar, als der Kellner außer Hörweite ist.

„In – es muss *in* ein Hotelzimmer heißen", erwidere ich.

„Auch das nicht!"

Im selben Moment erklingen die ersten Takte von *Purple Rain* aus meinem Handy und zeitgleich schrillt auch Mareikes. Aus der Sorge heraus, noch mehr Aufsehen zu erregen, gehen wir beide an unsere Handys. Der Kellner grinst von der Theke aus zu uns herüber.

Es ist Lilly.

„Ole, mein Lieber, pass bitte gut auf", erklärt sie mir knapp. „Es gibt etwas zu lernen. Du gehst jetzt zusammen mit Mareike nach oben in die Hochzeitssuite, die wir für euch reserviert haben. Und dann tust du, was ein Mann in einer solchen Situation tut. Also mach das Beste draus und sei kein Lappen! Dein Gepäck ist übrigens bereits auf dem Zimmer."

Bevor ich ihr erklären kann, dass es *im* Zimmer heißen muss, hat sie schon aufgelegt.

Mareikes Gespräch ist ebenfalls bereits beendet. Sie wirkt verwirrt, ein wenig aufgeschlossener, jedoch nach wir vor unschlüssig.

„Wer war das?", frage ich.

„Das war Horst. Er sagte er sei Horst 50 und er käme aus der Zukunft. Deshalb wisse er Bescheid und er rate mir dringend, auf ihn zu hören, sonst würde ich es in aller Zukunft für immer bereuen! Ich solle einfach mit dir gehen und den Dingen ihren Lauf lassen. Mein Gepäck sei zudem bereits auf dem Zimmer."

„Mir hat es Lilly gerade ähnlich gesagt. Offenbar haben die beiden das Ganze so geplant. Sarah und Fabian waren wohl nur die Lockvögel", ergänze ich.

„Was soll das denn mit *Horst 50*, kannst du dir darauf einen Reim machen?"

„Das ist ein sehr altes Spiel, das Horst und ich schon als Teenager gespielt haben. Dabei geht es darum, sich selbst oder jemanden in einem anderen Alter – älter oder auch jünger – anzurufen", erkläre ich. „Und jetzt hat er dich aus der Zukunft angerufen um dir einen wichtigen Rat zu geben."

Mareike schüttelt den Kopf, lächelt aber dabei. „Ihr beide seid auch nie erwachsen geworden! – Und was machen wir jetzt?", ergänzt sie nach kurzem Zögern.

„Na ja, da wir nun schon mal hier sind, gut gegessen, getrunken und uns alles Schreckliche, was uns einfiel, an den Kopf geworfen haben, spricht eigentlich nichts dagegen, sich diese Hochzeitssuite einmal anzusehen", lasse ich einen Versuchsballon steigen.

Mareike überlegt einen Moment, dann fasst sie offenbar einen Entschluss. „Ole, sei bitte ehrlich zu mir. Hast du irgendetwas mit der ganzen Sache zu tun und spielst mir deine Ahnungslosigkeit nur vor? Bitte, ich muss das wissen."

Mit meinem treuherzigsten Blick versichere ich ihr, dass ich in keiner Weise in die Sache verwickelt bin und rein gar nichts davon wusste oder auch nur ahnte.

Mareike scheint noch nicht ganz überzeugt.

„Und es geht auch nicht darum, mich auf billige Weise ins Bett zu kriegen?"

„Ins Bett vielleicht schon, aber keine Sorge. Nach deinen sehr bildhaften Ausführungen über den Sportlehrer-Referendar ist meine Libido so dermaßen gestört, dass ich gewiss für eine sehr lange Zeit nicht mal mehr an Sex denken kann."

Mareike scheint überzeugt. „Na, dann schauen wir uns mal an, welche Überraschungen noch auf uns warten."

Die Hochzeitssuite ist tatsächlich beeindruckend groß und luxuriös mit je zwei großen Fenstern an zwei Wandseiten, die von schweren roten Samtvorhängen umrahmt werden. Inmitten des Raums thront auf einem hölzernen Podest ein Himmelbett aus Eichenholz mit einem Baldachin aus dem Stoff der Vorhänge. Auf der dafür vorgesehenen Ablage stehen unsere beiden Reisetaschen. Für einen Moment bin ich überrascht, dann fällt mir ein, dass Horst einen Schlüssel für unser Haus hat.

Mareike und ich stehen etwas unschlüssig in dem großen Raum. Dann verschwindet sie im Bad und ich ziehe die Vorhänge zu und mache es mir in einem der beiden Sessel zwischen den Fenstern gemütlich.

Irgendwie weiß ich immer noch nicht, wie das alles enden soll. Mir fallen Lillys Worte wieder ein: *Sei kein Lappen* – was meinte sie damit? Was erwartet sie von mir? Und was erwartet Mareike?

Lilly und Horst haben unsere Reisetaschen sehr sorgfältig gepackt. An einigen Gegenständen und Kleidungsstücken haben sie kleine Schilder festgeklebt oder mit einer Sicherheitsnadel befestigt.

Zwischen meinen Klamotten finde ich eine Weinflasche. Daran kleben ein Korkenzieher und ein Zettel mit der Aufschrift *Falls ihr noch nicht genug hattet!*

Der Zettel, der auf meinem *Ulysses* klebte, ist abgefallen. *Für den Fall, dass du doch allein auf dem Zimmer bist!* Und auf meinem Kulturbeutel steht *Zähneputzen nicht vergessen!*

Mareike zieht vorsichtig das blaue Negligé aus Seide aus ihrer Tasche. Auf dem Schildchen daran steht *Für alle Fälle!*

Dann holt sie ihren alten grünen Frotteeschlafanzug hervor: *Falls ihr doch nur reden möchtet!*

Mareike kramt weiter in ihrer Tasche und lacht, fast ein wenig fröhlich. „Die beiden haben wirklich an alles gedacht."

Sie verschwindet noch einmal kurz im Bad, entscheidet sich für den Schlafanzug und macht es sich dann unter der Federdecke gemütlich.

Mit einer fragenden Geste halte ich die Weinflasche in die Höhe, aber Mareike schüttelt den Kopf.

Im Bad blicke ich ernst in den Spiegel und bekleckere meinen Schlafanzug mit Zahnpasta.

„Versau es jetzt nicht, Ole, und sei kein Lappen!", flüstere ich meinem Gegenüber zu.

Frisch geduscht schlüpfe ich zu Mareike unter die Decke. Vorsichtig lehnt sie sich an meine Schulter. Ihr alter grüner Frottee-Schlafanzug ist ausgewaschen und leicht kratzig. Irgendwie passt das zu der Situation. Wir sind beide zu aufgewühlt, um zu schlafen. Stattdessen reden wir die ganze Nacht und schaffen es sogar, nicht wieder in Streit zu geraten.

Mareike beschreibt sehr anschaulich die schlimmsten Etappen unserer Entfremdung und wie sie sich immer häufiger allein fühlte, auch, oder gerade, wenn ich da war. Sie berichtet von ihrer Eifersucht und der Unsicherheit, nie genau zu wissen, ob ich noch zu ihr stehe oder irgendwie auf dem Sprung bin. Irgendwann war sie vollends davon überzeugt, mich verloren zu haben.

Und dann kommt sie wieder auf Lilly zu sprechen, von der sie sich eigentlich von Anfang an irgendwie bedroht gefühlt hat. Mareike meint, ich wäre niemals einem Menschen so nah gewesen wie Lilly und nie von Lilly losgekommen. Auch wenn ich mehr als zehn Jahre keinen Kontakt zu ihr hatte, steht sie wie ein Phantom zwischen uns.

An dieser Stelle muss ich Mareike sehr deutlich widersprechen. Ich erkläre ihr, dass dies wahrscheinlich dann für alle meine Freundinnen vor ihr gelten mag. Als Jugendliche haben wir drei niemanden zwischen uns gelassen, und ich erzähle, wie schon Helga sich stets beklagt hatte, eigentlich nur meine *Ersatzfreundin* zu sein, wie sie es ausdrückte.

Aber seit meinem allerersten Besuch auf Vlieland hat sich das grundlegend geändert. In den verlorenen Jahren hatte es vielleicht die eine oder andere Gelegenheit mit Lilly gegeben, aber letztlich hatte sie sich damals für Horst entschieden, und das war genau richtig.

Schließlich erkläre ich, dass Lilly in den letzten zehn Jahren in all ihren Facetten in mir mehr und mehr verblasst ist.

Plötzlich fällt mir etwas ein und ich hole ein kleines rotes Notizbuch aus meiner Jackentasche, lege mich wieder ins Bett und
schlage es an der richtigen Stelle auf.

Mareike ist neugierig. „Was ist das für ein Buch? Das habe ich
in letzter Zeit häufiger bei dir gesehen."

„Darin schreibe ich auf, was mir gerade so einfällt, und hier
habe ich etwas, das dich vielleicht interessiert." Ich lächel sie
freundlich an und fahre fort. „Deine Frage nach den Glückstupfen, die ich mit dir oder durch dich erlebt habe, hat mich nicht
mehr losgelassen, und so habe ich eine Liste begonnen und inzwischen habe ich zweiundvierzig Glückstupfen allein in den
letzten sechs Monaten gefunden und ich bin noch lange nicht
fertig."

Dann lese ich ihr die ersten Einträge vor und sie muss zunächst schmunzeln und später laut lachen, als sie sich an die
beschriebenen Situationen erinnert.

Irgendwann beginnt sie, *ihre* Momente zu erzählen, und ist
schnell selbst überrascht, wie viel ihr einfällt. Schließlich nimmt
sie mir mein Notizbuch aus der Hand und ergänzt meine Liste
um etliche Einträge.

Als wir den siebzigsten Eintrag zählen, fängt es draußen an
zu dämmern. Ich klappe das Buch zu und wir liegen noch eine
Weile schweigend da. Ich fühle ihren Atem, spüre ihre Wärme
und bin ganz ruhig und möchte nie wieder etwas anderes tun,
als sie in meinen Armen zu halten.

Später genießen wir noch ein üppiges Frühstücksbuffet, bei
dem wir uns meist schweigend anlächeln. Dann holen wir unsere Sachen und treten vor die Tür des Hotels.

„Und wie geht es jetzt weiter?", frage ich ein wenig hilflos.

„Das weiß ich nicht", antwortet sie, „ich muss jetzt ein paar Entscheidungen treffen und dann sehen wir weiter."

Dann fährt sie mit ihrem Auto davon und ich fange sofort damit an, sie zu vermissen.

Kapitel 19: Hoffnungen

Es ist Dienstagvormittag, ich stehe vor Lillys Haustür und zögere, zu klingeln. Ich weiß nicht, was mich erwartet, und auch nicht, was ich erwarte. Gern möchte ich einen guten Eindruck machen und habe mich so gut es geht hergerichtet und einen großen bunten Blumenstrauß besorgt. Aber eigentlich will ich auch nur JJ abholen, also drücke ich kurzerhand den Klingelknopf.

Die Tür geht auf und ich traue meinen Augen nicht. Vor mir steht Lilly und lächelt mich an. Sie trägt ein rotes Sommerkleid, ihr Haar ist blond wie die Sonne und fällt in großen Locken über ihre Schultern. Aber sie ist zwölf und es braucht eine Weile, bis ich begreife.

„Hallo, ich bin Lydia und du musst Ole sein. Hab schon viel von dir gehört. Komm rein, JJ erwarten dich schon", begrüßt sich mich freundlich und ruft nach hinten: „Ole ist das!"

Sofort kommen JJ auf mich zugelaufen und fallen mir in die Arme. Ich drücke sie ganz fest und will sie nicht wieder loslassen.

„Geht dir wieder gut, Papa?", fragt Jule.

„Alles in Ordnung, meine Kleine. Papa geht es gut und wir gehen nun wieder nach Hause", antworte ich gerührt.

„Aber schön hier", plappert Jan und ich erwidere, dass wir ja nicht gleich gehen müssen und vielleicht mal wiederkommen dürfen.

Dann führen JJ mich an den Händen in die Küche zu den anderen. Im Flur fallen mir zwei große Koffer und ein paar Kisten auf. Auf dem Weg treffen wir einen blonden Jungen, der mich ansieht, sich aber offensichtlich nicht traut, etwas zu sagen. Er ist ungefähr acht und muss Leander sein, was Jule gleich darauf bestätigt.

In der Küche steht Lilly am Herd und kocht irgendetwas. Sie trägt das gleiche Sommerkleid wie ihre Tochter, nur in Himmelblau, ist barfuß und hat sich ein klein wenig die Augen geschminkt, offenbar um die Müdigkeit darin zu verbergen. Ihre Augenlider glänzen silbrig und die nicht mehr ganz blonden Locken werden von einem blauen Haarreifen mit weißen Punkten gebändigt. Am Hals trägt sie eine dünne Kette mit einem kleinen silbernen Kreuz daran. Sie sieht hübsch aus, dennoch sieht man ihr deutlich an, dass sie übernächtigt ist und es ihr nicht gut geht.

Sie grüßt kurz und flüchtig und fragt, ob ich mitessen wolle, warnt mich jedoch.

„Aber Vorsicht, kochen kann ich immer noch nicht wirklich."

Ich zucke mit den Schultern.

„Horst kommt auch gleich, er holt nur noch ein paar Sachen", ergänzt sie.

„Was für Sachen", frage ich, obwohl mich das sicher nichts angeht.

„Horst zieht für eine Weile zu uns", antwortet sie ein wenig unsicher.

Etwas hölzern überreiche ich ihr den Blumenstrauß und bedanke mich mehrmals in verschiedenen Variationen für alles. Lilly verdreht die Augen und hebt abwehrend beide Hände nach oben.

„Jetzt mach da bitte keine große Sache draus. Die beiden waren ein paar Tage hier bei uns, wir hatten viel Spaß miteinander und immer noch genug zu essen. Leander ist ganz vernarrt in die zwei und fühlt sich fast wie ein großer Bruder. Also alles gut, Ole."

„Okay, aber wenn ich mal etwas für *dich* tun kann, dann sag mir bitte Bescheid", erwidere ich hilflos.

„Das kannst du vielleicht wirklich demnächst", antwortet sie lächelnd. „Horst und ich würden gern mal für ein Wochenende irgendwo hinfahren, und da wäre es schön, wenn Lydia und Leander für zwei Tage bei dir sein könnten."

„Du würdest mir deine Kinder anvertrauen, nach all dem, was passiert ist?", frage ich überrascht.

Sie lächelt, öffnet die Tür eines Hängeschranks und deutet auf Teller und Gläser. „Du kannst den Tisch decken; wir sind sieben. Und dann schlage ich vor, wir reden heute nicht über die Vergangenheit."

Das tut sie dann aber doch, während ich mit einem Stapel Teller vor ihr stehe.

„Ole, du hast mich im Stich gelassen, als ich dich am dringendsten gebraucht hätte, und ich weiß nicht, ob ich mehr wegen dir oder Horst geweint habe."

Tatsächlich kommen ihr jetzt die Tränen und ich würde sie gern in den Arm nehmen, traue mich aber nicht und stelle stattdessen erst einmal den Tellerstapel auf den Tisch.

Lydia kommt in die Küche, bleibt kurz stehen, wendet sich um und verlässt den Raum. Mit der Hand wischt sich Lilly über ihr Gesicht.

„Aber trotz allem bist du immer *mein Ole* geblieben und ich vertraue dir, wie nur sehr wenigen anderen Menschen – ich weiß auch nicht warum."

Nun kommen auch mir die Tränen und ich nehme sie doch in den Arm. Ganz vorsichtig drücke ich sie an mich und sie lässt es geschehen.

Ich kann nur flüstern. „Es tut mir alles unendlich leid und ich schäme mich so vor dir und gleichzeitig bin ich glücklich, hier zu sein. Ich habe dich niemals vergessen und ich hätte schon vor vielen Jahren an deiner Tür klingeln und dich um Verzeihung bitten sollen."

So stehen wir eine Weile, mir ist ganz flau zumute und ich habe ernsthafte Sorge, noch einmal zu kollabieren.

„Ich störe ja nur ungern, aber ich fürchte, auf dem Herd verkochen gerade die Nudeln!"

Horst steht in der Tür und lacht. Lilly lässt mich los, geht zu Horst, haucht ihm einen Kuss auf die Wange.

„Es ist nicht das, wonach es aussieht", sagt sie.

Horst kommt auf mich zu und umarmt mich herzlich. „Schon okay, ich freu mich für euch."

Später sitzen wir zu siebt am Tisch und essen sehr weiche Spaghetti mit Tomatensoße. Und obwohl Giovanni mit uns allen ordentlich über unseren Koch-Dilettantismus geschimpft hätte, schmeckt es vorzüglich.

Irgendwann fragt Horst, wie es mit Mareike im Restaurant gelaufen ist, und ich erzähle ausführlich und bedanke mich noch ausführlicher.

Lilly erzählt, wie sie sich das alles ausgedacht und akribisch vorbereitet hatten, während ich im Krankenhaus lag.

„Und was wird nun?", möchte Horst noch wissen.

Ich zucke mit den Schultern. „Mareike muss jetzt ein paar Entscheidungen treffen und dann sehen wir weiter, sagt sie."

Nach dem Essen verschwinden die Kinder in ihren Zimmern. Jule hatte sich bei Lydia eingerichtet und auf einer Matratze auf dem Boden geschlafen. Jan war bei Leander eingezogen.

Horst hatte schon immer einen Schlüssel zu unserem Haus und so haben JJ so ziemlich alles mitgenommen, was sie nicht entbehren konnten, also ungefähr alles, was sie besaßen. JJ möchten mir alles zeigen und ziehen mich an den Händen hinter sich her.

Im Vorbeigehen werfe ich einen kurzen Blick durch die halboffene Tür in Lillys Zimmer. Nachdem Christian ausgezogen ist, hat sie umgeräumt und für sich allein neu eingerichtet, hat Horst mir erzählt. Nur das große breite Bett steht noch in der Mitte des Raumes und an der Wand entdecke ich das Lebkuchenherz, das Horst und ich ihr vor langer Zeit nach unserem ersten gemeinsamen Kirmesbesuch geschenkt hatten.

Mir wird wieder schummrig zumute und ich kann nicht glauben, dass es dieses Herz noch immer gibt. Es sieht zwar nicht wirklich frisch aus und es fehlt eine Ecke, aber es macht mich total fertig, dass Lilly es die ganze Zeit über aufbewahrt hat.

Lilly möchte sich kurz hinlegen und Horst und ich spülen das Geschirr, da sie keine Spülmaschine hat. Wir schweigen und hängen unseren Gedanken nach, wie wir es oft tun. Ich bin immer noch überaus verwirrt und habe den Eindruck, dass alles um mich herum ausgesprochen zerbrechlich ist. Dennoch fühle ich mich seltsam wohl hier in Lillys Wohnung, die viel von ihrem Flair verströmt.

Nachdem wir noch die Küche aufgeräumt haben, sitzen wir auf dem kleinen Balkon, der zu der Altbauwohnung gehört und einen weiten Blick über die Stadt bietet. Das ist der Lohn für den Aufstieg in den fünften Stock – ohne Aufzug, meint Horst.

Als Lilly wieder wach ist, mahne ich JJ zum Aufbruch. Immerhin müssen wir unseren halben Hausstand wieder zurückbringen. JJ maulen herum und möchten gern noch bleiben.

Horst schlägt vor, noch ins *Gontscharow* zu gehen und den Umzug auf morgen zu verlegen. JJ jubeln, Lilly lächelt und Horst und ich ziehen los.

Nachdem die hübsche Kellnerin mit dem Pferdeschwanz und dem lilafarbenen Rock unter der Schürze zwei Biere vor uns abgestellt hat, beginnt Horst zu erzählen.

„Lilly geht es echt schlecht. Sie versucht, sich nichts anmerken zu lassen, allein schon wegen Leander, aber sie hat immer wieder Angstzustände, vor allem nachts. Die gehen dann auch wieder weg, aber sie kann im Moment nicht allein sein", erklärt Horst mir ausführlich. „Ich hatte ihr angeboten, zu *mir* zu ziehen. Platz habe ich genug, aber sie wollte Lydia und Leander nicht aus ihrem gewohnten Umfeld reißen."

Mir wird ganz mulmig zumute und für einen Moment vergesse ich all *meine* Probleme und empfinde tiefes Mitgefühl.

„Und so hat Lilly mich gefragt, ob ich eine Weile bei ihr wohnen könne", schließt Horst seinen Bericht ab.

Endlich finde ich die Sprache wieder.

„Und wie geht es dir damit? Schläfst du mit ihr im selben Zimmer?"

„Ja und sie wacht fast jede zweite Nacht weinend und verängstigt auf und ich tröste sie, bis sie in meinen Armen wieder eingeschlafen ist", erzählt er weiter. „Sie weiß, was ich immer noch oder vielleicht wieder für sie empfinde, und ich weiß, dass jetzt nicht die Zeit für Romantik ist, und so bleibt mir nur, einfach für sie da zu sein."

„Und hast du keine Angst, dich selbst in all dem zu verlieren?", frage ich besorgt.

„Natürlich habe ich Angst. Aber was hab ich schon zu verlieren? In den Jahren, nachdem sie mich verlassen hat, hatte ich kurze Affären und auch längere Beziehungen und durchaus meinen Spaß. Einmal habe ich es sogar mit einem Escort-Girl versucht, das war auch eine spektakuläre Erfahrung. Aber nichts von alledem habe ich je so tief empfunden, wie wenn ich Lilly in der Nacht in meinen Armen halte, ihr Haar rieche, ihren Atem spüre, sie einfach nur anschaue, bis sie beruhigt wieder einschläft." Horst wischt sich eine Träne aus dem linken Auge.

„Und wenn ich Lydia anschaue, könnte ich sofort losheulen, dass sie nicht meine Tochter ist, obwohl sie das eigentlich sein müsste. Aber sie weiß von all dem nichts und wir kommen gut miteinander aus."

Er zögert kurz, als überlege er, ob er mir das Folgende erzählen soll.

„Nachdem das Baby tot zur Welt gekommen war, wurde Lilly gründlich untersucht und dabei wurde ein Tumor an ihrer Gebärmutter entdeckt, der sich, nachdem sie die Gebärmutter entfernt hatten, zum Glück als gutartig herausstellte." Für einige Augenblicke schaut Horst ins Leere, dann spricht er weiter. „Das bedeutet aber auch, dass wir beide niemals ein gemeinsames Kind haben werden."

„Das tut mir sehr leid", murmle ich vor mich hin, da mir jetzt gerade nichts Besseres einfällt. „Und Leander?", frage ich dann, um das Thema zu wechseln.

„Leander ist ein Super-Typ und wir sind echt dicke Freunde. Er hat sehr unter Chris und der Trennung gelitten und scheint wirklich froh zu sein, mich zu haben. Ich weiß, dass ich ihm den

Vater nicht ersetzen kann, aber im Moment braucht er sowieso mehr einen Freund. Und ich selbst kann unbefangen mit ihm umgehen, weil er für mich einfach nur Lillys Sohn ist."

„Und was ist mit Christian?" Ich bin neugierig.

„Christian hat inzwischen die Scheidung eingereicht. Ich habe ihn kürzlich getroffen, als er ein paar Sachen bei Lilly abholte, und du wirst staunen, aber wir haben kurz miteinander gesprochen. Er meinte, im Grunde wäre er erleichtert, dass ich mich jetzt um Lilly kümmere. Und dann sagte er noch, dass ihm das alles dann doch irgendwie leid täte und er heute wisse, dass Lilly bei mir besser aufgehoben sei, als sie es bei ihm jemals war. Und während ich noch sprachlos vor ihm stand, erwähnte er noch, dass er bis heute irgendwie betroffen ist, dass ich ihm einmal gesagt hätte, er wäre *Gottes größter Fehler*. Das würde ihn heute noch gruseln, obwohl er gar nicht an Gott glaubt."

„Oh Mann, was für ein Idiot. Ich konnte ihn nie leiden und auch nicht verstehen, was Lilly an ihm fand", ergänze ich.

„Na ja, er hat sie wirklich mal geliebt und das glaube ich ihm auch. Und als wir beide sie im Stich gelassen haben, war er zur Stelle und übernahm Verantwortung. Aber nun erträgt er sie einfach nicht mehr mit ihrer ganzen Trauer und Wehmut, wie er sagt. Fast hilflos fragte er sie kürzlich, wo seine kleine Gwen geblieben sei, die würde er so vermissen", nimmt Horst ihn noch in Schutz.

„Und wie soll das nun alles werden?", frage ich, obwohl mir die Frage sofort doof vorkommt.

Aber Horst gibt sich optimistisch. „Ich kann nur hoffen, dass sie wieder in die Spur kommt, und versuchen, sie dabei zu unterstützen. Sie bekommt Medikamente, die ihr helfen, und nach meiner Einschätzung geht es ihr in sehr kleinen Schritten besser. Der Arzt, bei dem sie seit ihrer Fehlgeburt in Behandlung ist, sagt, es sei durchaus nicht selten, dass es zwei bis drei Jahre dauert, ein traumatisches Erlebnis dieser Art zu verarbeiten."

„Und hat sie sonst niemanden, der sich um sie kümmert?", erkundige ich mich.

„Ein paar wenige Freundinnen hat sie noch. Die beiden, mit denen sie damals in der WG zusammenwohnte, trifft sie hin und wieder. Andere haben es, ähnlich wie Christian, nicht gut mit ihr ausgehalten und sich zurückgezogen. Alles in allem sieht es ziemlich mau aus. Aber jetzt hat sie ja uns."

Ich stutze und schüttle langsam den Kopf. „Nun, sie hat dich. Ich weiß nicht, ob das vorhin schon in Richtung Versöhnung ging."

„Sah aber ganz so aus, wie ihr beiden da vertraut und eng beieinanderstandet." Horst grinst mich an und ergänzt: „Hab ein bisschen Geduld mit ihr, dann wird das schon."

Und auch hiermit sollte Horst recht behalten.

Am folgenden Tag ziehen JJ wieder bei mir ein und wir verleben einige schöne sonnige Tage im Garten.

Und dann steht Mareike eines Morgens wieder einmal vor meiner Tür. Mit einer Brötchentüte in der Hand.

„Hi Ole, ich bin bei Jochen ausgezogen, kann ich für eine Weile bei euch wohnen?", fragt sie und schenkt mir ihr ganz eigenes Mareike-Lächeln. „Ich hab auch Brötchen mitgebracht", ergänzt sie und hält die Tüte in die Höhe.

Ich freu mich fast tot und versuche, mir nichts anmerken zu lassen, was mir aber so überhaupt nicht gelingen mag.

„Klar, solange du willst."

Mit der Hand fordere ich sie auf, hereinzukommen.

Später sitzen wir gemeinsam am Küchentisch, frühstücken und trinken den Earl-Grey Tee, den sie so gerne mag und den es nur in Holland zu kaufen gibt.

Ihre Augen sind ein wenig geschwollen, als hätte sie geweint, und überhaupt ist sie ein wenig strubbelig – innen wie außen, wie mir scheint. Aber ich finde sie wunderbar.

„Sehe ich das richtig? Du hast den Sportlehrer für mich verlassen?", frage ich ein wenig übermütig.

„Nein, Ole", erwidert sie lächelnd. „Den Sportlehrer habe ich für *mich* verlassen! Wer nun mein neuer Lover wird, das weiß ich noch nicht."

Ich muss grinsen, doch sie nimmt mir gleich den Wind aus den Segeln.

„Aber übergewichtige alte Männer gehören eigentlich nicht in mein Beuteschema." Mit dem Finger deutet sie auf mein enttäuschtes Gesicht. „Andererseits erfüllst du schon mal einige der zentralen k-Anforderungen. – Kochen, küssen, kuscheln, kinderlieb", erklärt sie in meinen fragenden Blick hinein. „Deine Liste mit den Glückstupfen hat mich übrigens wirklich beeindruckt. Und je länger ich darüber nachdachte, umso mehr Dinge fielen mir ein, die mich mit dir verbinden. Ich weiß, dass wir nicht mit einem Fingerschnipp alles wieder ins Lot bringen, aber vielleicht …"

Plötzlich beginnt sie zu lachen und kriegt sich fast nicht mehr ein. Mit der Hand deutet sie auf mein T-Shirt, das ihr offenbar erst jetzt aufgefallen ist. „Das hast du immer noch?", prustet sie hervor.

„Klar, das trage ich seit Tagen und jetzt passt es mir endlich", erwidere ich grinsend. „Und die Aufschrift ja nun auch: *Fietsverhuur van de Meer.*"

Kapitel 20: Nicht wirklich ein Ende

Und dann geht alles ganz schnell. Am Wochenende feiern JJ ihren dritten Geburtstag und inzwischen weiß ich es sehr zu schätzen, dass sie beide am selben Tag Geburtstag haben. Da beide Omas und beide Opas sehr weit weg wohnen, sie aber ein richtiges Fest feiern wollen, haben sie kurzerhand jeden eingeladen, den sie kennen.

Zuallererst natürlich ihren besten Freund Leander und dessen Schwester Lydia sowie Lilly und Horst, Sarah und Fabian, die Jarne und Ben mitgebracht haben.

Und so feiern wir ein schönes Fest im Garten. Die Kinder haben ihren eigenen Tisch auf der Wiese und die Erwachsenen sitzen auf der Terrasse und genießen das Kuchenbuffet.

Lydia und Ben haben sich zu uns auf die Terrasse gesellt, während Jarne unschlüssig war, sich dann aber doch zu den Kindern setzte. Obwohl er ein wenig älter ist als Leander, nehmen ihn die drei freundlich in ihre Mitte.

Lydia schickt ihrer besten Freundin ein Handyfoto von den vieren auf der Wiese und steckt sich sogleich Ohrstöpsel in die Ohren. Ein wenig schüchtern fragt Ben, was sie da höre woraufhin sie ihm wortlos einen der Ohrstöpsel hinhält.

Er holt jedoch eigene Kopfhörer und einen Splitter aus seiner Hosentasche hervor. Mit dem Splitter können sie beide ihre Kopfhörer an dasselbe Handy anschließen. Und so hören sie einträchtig gemeinsam dieselbe Musik.

Das erregt meine Neugier und zu gerne wüsste ich, was die beiden hören. Horst hingegen hat keine Hemmungen zu fragen.

Später erzählt er mir, dass er gern mit Lydia über Musik spricht und in ihr eine kompetente Ansprechpartnerin findet, die ihr *Ohr am Puls der Zeit* hat.

Weil wir es im Feuilleton unserer Zeitung gelesen haben, glauben wir Erwachsenen ja, junge Menschen, vor allem junge Mädchen, würden allesamt nur *Billie Eilish* hören. Lydia hingegen ist ein großer Fan von Frauenbands wie *Skating Polly* oder *The Regrettes*. Von denen habe ich nie gehört und ich nehme mir vor, das mal auf YouTube zu recherchieren.

Später zeigen JJ stolz ihre Butterbrottaschen mit der Aufschrift *Abi 2035*, die Sarah vor ihrer Geburt für sie beide genäht hatte und mit denen sie am kommenden Montag zum ersten Mal in den Kindergarten gehen werden.

Jan hat sich für die blaue entschieden und Jule ist mit der grünen zufrieden. Später verkrümeln sie sich zusammen mit Leander und Jarne in dem kleinen Baumhaus, das Horst und ich im Frühling im hinteren Teil des Gartens für sie gebaut haben.

Mareike und Sarah haben je zwei verschiedene Kuchen gebacken und ich kann mich nicht entscheiden und esse von jedem ein Stück. Dazu trinken wir Vanille-Tee mit Erdbeeren. Das hatte Lilly als Jugendliche erfunden: schwarzer Tee mit Vanille-Aroma und Erdbeeren aus der Dose – ein wenig ungewöhnlich, aber lecker.

Lilly geht es offenbar besser. Sie lacht viel und sieht frisch und fröhlich aus. Horst erzählte kürzlich, dass sie inzwischen in sechs von sieben Nächten durchschläft und auch wieder zu arbeiten angefangen hat.

Nach Lydias Geburt hatte sie ihren Job als Dolmetscherin gekündigt und vor einigen Jahren angefangen, als selbstständige

Übersetzerin tätig zu sein. Aktuell übersetzt sie einen Kriminalroman aus dem Italienischen ins Deutsche. In zwei Monaten ist der Scheidungstermin und danach plant sie, mit Lydia und Leander zu Horst zu ziehen. Schon jetzt sind sie manchmal am Wochenende dort und genießen den großen Garten.

Horst übernachtet dann zusammen mit Leander im Zelt im Garten, während die Damen es sich im Haus gemütlich machen.

Abends sitzen sie oft auf der Bank, auf der sie sich das erste Mal geküsst haben. Dahinter hat der Baum, den Lilly ihm damals nach dem Abitur vor ihrer Abreise nach Rom geschenkt hat, inzwischen eine ordentliche Größe erreicht.

Mit Mareike ist es nicht mehr so wie vorher, sondern meistens richtig schön. Wir reden wieder viel miteinander, streiten auch hin und wieder und versöhnen uns dann schnell.

Dabei ist es mir im vergangenen halben Jahr gelungen, fast doppelt so viele *Versöhnungspunkte* zu sammeln wie sie. Aber Mareike meint, auf die gesamte Zeit unseres Beisammenseins gerechnet hätte ich keine Chance, sie jemals einzuholen.

Unsere Alltagsaufgaben haben wir ein wenig umverteilt. Mareike kocht jetzt häufiger für uns. Zudem habe ich mich im Fitnessstudio angemeldet. Beides zusammen hat erfreulicherweise dazu geführt, dass mein BMI[88] nun wieder deutlich unter dem Durchschnitt der Männer in meinem Alter liegt.

Aber das Beste ist, dass mir mein *Lummerland* T-Shirt wieder passt und sogar meine alte Lederhose. Da ich das *Lummerland* T-Shirt aus gegebenem Anlass heute angezogen habe, erzählt

---

[88] BMI steht für Body-Mass-Index und berechnet sich als Quotient aus dem Gewicht und der quadrierten Körpergröße in Metern. Hierbei ist ein Wert von 23, wie Ole ihn nun hat, ganz ordentlich.

Lilly den anderen, wie sie es mir vor sehr langer Zeit einmal geschenkt hat.

Lilly und Mareike sind immer noch keine besten Freundinnen, verstehen sich aber inzwischen ganz gut und helfen einander, wenn es nötig ist.

Als unsere Gäste aufbrechen, dämmert es schon und JJ sind erschöpft und glücklich und müssen dringend in ihre Betten. Mareike packt noch schnell den restlichen Kuchen für unsere Gäste ein und vor dem Haus verabschieden wir uns alle ausgiebig und herzlich voneinander.

Während Horst mir auf die Schulter klopft und mir alles Gute für Montag wünscht, sehe ich aus dem Augenwinkel, wie Ben schüchtern vor Lydia steht und ihr zum Abschied seine Hand reichen möchte. Lydia hingegen zögert keinen Moment, macht einen Schritt auf ihn zu und umarmt ihn lang und fest und flüstert ihm etwas ins Ohr.

Am Montag wecken JJ mich, noch bevor Mareikes Wecker das tun kann. Beide sind angezogen und Jule rüttelt an meiner Schulter. Offenkundig können es beide nicht erwarten, in den Kindergarten zu kommen.

Heute sagt man Kita statt Kindergarten, da es offenkundig nicht viel mit einem *Garten* zu tun hat, zumindest nicht hier in der Großstadt. Mareike ist inzwischen auch wach und wundert sich, dass JJ sich allein angezogen haben. Wir haben das seit Tagen geübt, aber Mareike hat es nicht mitbekommen. Meine Versuche, JJ zu überreden, noch ein wenig zu kuscheln, scheitern, denn sie wollen unbedingt die ersten in der Kita sein.

Mareike lacht und meint, nun wäre die Zeit des langen Schlafens für mich wohl vorbei.

Also gebe ich dem Drängen nach, schlüpfe in meine Lederhose und streife mein *Wolf Alice* T-Shirt über. In der Küche mache ich ein paar Brote, damit JJ etwas in ihren Butterbrottaschen haben, obwohl das Frühstück in der Kita zentral organisiert wird und daher so schöne Erfindungen wie Butterbrottaschen gänzlich überflüssig geworden sind.

Wir gehen zu Fuß und als wir an der Tür der Kita angekommen sind, schlüpfen JJ hindurch, winken mir noch kurz zu und sind verschwunden. Das irritiert mich ein wenig, da mir die Kita-Leiterin im Vorgespräch ausführlich erklärt hatte, dass es oft vorkäme, dass die Kinder sich am ersten Tag nicht gut von den Eltern trennen könnten.

Dieses Problem haben wir offenkundig nicht und ich fühle mich ein wenig verlassen. Aber nur kurz, denn an meinem ersten freien Vormittag seit drei Jahren habe ich einiges zu erledigen.

Wieder zu Hause setze ich mich an meinen Computer, lade die Datei mit dem Namen „Kladderadatsch" hoch und schicke sie zusammen mit weiteren Unterlagen an *Books on Demand*. Schon seit Längerem habe ich allerlei Erlebnisse in mein Notizbuch geschrieben, und nachdem Mareike wieder bei uns eingezogen ist, habe ich angefangen, alles aufzuschreiben. Vor einer Woche bin ich dann damit fertig geworden.

Horst hat mir mal geraten, über etwas zu schreiben, mit dem ich mich auskenne. Da gibt es nicht viel, aber mit verwirrten, mittelalten und vermeintlich modernen Männern, die sich in ihrem Leben verlaufen und von dem ganzen Kladderadatsch um sie herum völlig überfordert sind, kenne ich mich ziemlich gut aus.

Exposé und Probekapitel habe ich vor einem halben Jahr mal testweise an ein halbes Dutzend Verlage geschickt. Nachdem ich von keinem je wieder etwas gehört habe, entschied ich, es selbst zu veröffentlichen. [89]

Nachdem das erledigt ist, schnappe ich mir den vorbereiteten Umschlag, verstaue ihn in meiner Umhängetasche und fahre mit dem Rad in die Stadt. Da es keine Radständer gibt, parke ich mein Fahrrad auf dem Chefparkplatz der Kanzlei. Am Empfang begrüßt mich die Sekretärin lächelnd und versäumt es nicht, mich darauf hinzuweisen, dass ich spät dran bin.

Ich erkläre ihr, dass das nicht zutrifft, überreiche ihr den Umschlag mit meiner Kündigung und bitte sie, mir den Empfang zu quittieren. Sie wirkt irritiert, kommt meiner Bitte aber schweigend nach.

Da mein Tagwerk damit für heute erledigt ist, suche ich mir ein Straßencafé, setze mich nach draußen und bestelle mir einen Milchkaffee. Neben mir sitzen zwei junge Frauen, von denen eine den Kinderwagen neben sich hin und her schaukelt. Aber es hilft nichts, denn das Baby darin möchte nicht aufhören zu schreien.

Ich lehne mich zurück und genieße meine neu gewonnene Freiheit. Dann hole ich mein Buch hervor und lege es vor mich auf den kleinen Tisch.

---

[89] Dieses ungewöhnliche Gebaren ist in der Verlagsbranche (leider) durchaus üblich. Tatsächlich versenden Verlage und auch Literaturagenturen, bis auf sehr wenige löbliche Ausnahmen, keine Absagen. Dank der Digitalisierung benötigt man heutzutage, für Veröffentlichungen, zum Glück, weder Verlage noch Agenturen.

Nach dem ich den Milchkaffee getrunken habe, bestelle ich einen zweiten und schlage den *Ulysses* auf. Die letzten fünf Seiten habe ich mir für diesen Tag aufgespart und so lese ich das Ende „*... und das Herz ging ihm wie verrückt und ich hab ja gesagt ja ich will Ja.*"[90]

Wie Leopold Blum fühle auch ich mich ein bisschen wie von einer langen Irrfahrt heimgekehrt.

Und dann sitze ich noch lange vor dem Café, lasse mir die Sonne ins Gesicht scheinen und spüre einen ungeheuren Lebenshunger in mir aufsteigen. Aus dem Innern dringen leise bekannte Klänge an mein Ohr *Lazing on a sunny afternoon.*

Der alte Song von den *Kinks*, den Bert oft im Garten vor sich hin gesungen hat und der diesem perfekten Vormittag einen ganz eigenen Glanz verleiht.

---

[90] Aus: „Ulysses" von *James Joyce* in der Übersetzung von *Hans Wollschläger*, Kapitel 18, *Penelope*

Epilog: Verlorene Jahre

Den Sommer des folgenden Jahres verbringen wir wieder auf Vlieland. Aber diesmal sind Lilly, Horst, Lydia und Leander dabei. Lilly war noch nie an der Nordsee und scheint ein wenig enttäuscht, als wir mit der Schnellfähre über das Wattenmeer gleiten. Aber Horst erklärt ihr, dass das richtige Meer auf der anderen Seite der Insel ist.

Am Hafen empfängt uns Henk. Als er Horst erkennt, haut er ihm freundschaftlich auf die Schulter und murmelt etwas Unverständliches, das freundlich klingt. Das hat er bei mir noch nie gemacht.

Zur Begrüßung gibt es erst einmal *Thee met appeltaart* bei Mareikes Eltern. JJ möchten bei Oma und Opa übernachten und Mareike und ich freuen uns schon auf eine entspannte Zeit. In dem Hotel am Strand haben wir ein schönes Doppelzimmer nur für uns zwei gebucht.

Lilly und Lydia wohnen auch dort, während Horst und Leander ihr Zelt auf dem Campingplatz aufschlagen.

Im *Fietsverhuur van de Meer* leihen wir uns Fahrräder mit Kindersitzen vorne und JJ haben einen riesen Spaß daran. In den Kurven quietschen sie vor Vergnügen und sonst zeigen sie auf alles, was sie entdecken und ein Wort dafür wissen. Im ersten Kindergartenjahr hat sich ihr Wortschatz erstaunlich erweitert, sodass man sich inzwischen ziemlich gut mit ihnen unterhalten kann.

Für Lilly und Horst wie für Lydia und Leander gibt es je ein Tandem. Es dauert eine Weile, bis die vier das mit dem Gleichgewicht hinbekommen und dann fahren wir erst einmal zum

Posthuis. Dort sitzen wir auf der Terrasse, lassen uns die Sonne ins Gesicht scheinen und essen Unmengen an *Poffertjes*.

Horst fragt, wie die Geschäfte laufen, und ich zucke mit den Schultern und berichte von meinen Projekten. Vor dem Ende meiner Elternzeit hatte ich so gar keine Lust, wieder in die Kanzlei zurückzukehren, und so beschloss ich, mich selbstständig zu machen.

Nach meiner Kündigung in der Kanzlei gründete ich ein kleines Start-up und kümmere mich seitdem um die rechtlichen Angelegenheiten anderer kleiner Start-ups, die versuchen, ökologische und nachhaltige Produktionstechniken zu entwickeln und zu etablieren.

Das macht mir viel Freude, gibt mir ein gutes Gefühl und wirft bislang keinerlei Gewinn ab. Zu meinem Glück habe ich jedoch eine verbeamtete und gutbezahlte Ehefrau.

Mein Buch ist nicht unbedingt ein Bestseller, verkauft sich aber doch hin und wieder. Kürzlich habe ich es in der Buchhandlung im Stadtteil ganz hinten im Regal entdeckt und gleich stolz gekauft. Das war natürlich Unfug, da ich im Keller noch eine ganze Kiste davon habe, aber Spaß gemacht hat es trotzdem.

Der Verkäufer hat sich sicher über mein seltsames Verhalten gewundert, denn obwohl er mich mit Namen kennt, ahnte er nicht, wer vor ihm stand, denn den Roman habe ich unter meinem zweiten Vornamen und Geburtsnamen veröffentlicht.

Mareike fand die Geschichte *ganz nett, wenn auch ein wenig flach* und beschwerte sich sogleich, dass sie nicht so gut wegkäme und die Leser sie sicher für eine Rabenmutter halten würden. Am Ende drohte sie sogar, sie würde die ganze Geschichte mal aus ihrer Perspektive aufschreiben.

Das wäre sicher spannend. Dennoch möchte ich hier noch einmal betonen, dass Mareike ganz sicher die beste Mutter ist, die JJ sich wünschen können!

Lilly fand das Buch *ganz schön, ihr fehlte jedoch die literarische Tiefe.* Zudem meinte sie, ich hätte sie idealisiert.

Horst widersprach ihr sogleich. „Lilly, dich kann man überhaupt nicht idealisieren!"

Lilly schenkte ihm dafür ihr ganz eigenes Lilly-Lächeln und beschwerte sich trotzdem bei mir. „Meine Depression hast du aber etwas übertrieben und die Sache mit meiner Gebärmutter war nun wirklich nicht nötig."

„Okay, das habe ich mir ausgedacht, wie auch noch das eine oder andere. Das war halt eine Art literarischer Kunstgriff, um dem ganzen Setting in Kapitel 19 eine gewisse Dramatik zu verleihen", rechtfertigte ich mich.

Lilly überzeugte das nicht, aber sie trug es mir auch nicht weiter nach. Stattdessen strich sie mit einem versonnenen Blick über ihren Bauch.

„Na, zum Glück ist in Wirklichkeit zumindest mit meiner Gebärmutter alles in bester Ordnung."

Später bot sie an, den Roman ins Italienische zu übersetzen, aber Giovanni meinte, dass kein italienischer Mann so ein Buch schreiben, geschweige denn lesen würde. Giovanni hatte es sowieso nicht gefallen, weil *er* fand, seine Tochter käme nicht gut darin weg.

Nur Horst fand es *rund heraus gut* und meinte, er wäre gern auch nur halb so cool, wie ich ihn beschrieben hätte. Besonders freute er sich darüber, dass er das letzte Wort im Buch hat, wie er meinte. [91]

Lediglich an Susanne aus Kapitel 11 konnte er sich nicht erinnern. Stattdessen meinte er, ich wäre doch bis zum Abi mit Helga zusammen gewesen. Okay, genau genommen war das auch so. Aber irgendwie erschien mir das dann doch etwas langweilig und so habe ich mir halt noch Susanne ausgedacht.

Und Sarah, die es wirklich gibt, schaut mich jetzt immer ein wenig irritiert und nachdenklich an, seit sie das Buch gelesen hat.

Lilly ist inzwischen geschieden und *offiziell* wieder mit Horst zusammen. Eine ganze Weile hatte sie sich geziert, weil sie immer noch ein schlechtes Gewissen hatte wegen damals. Sie meinte, das würde immer zwischen ihnen stehen und sie könne sich nicht vorstellen, dass Horst ihr jemals verzeihen würde.

Das tat er aber und mit viel Liebe, Geduld und endlosen Gesprächen gelang es ihm dann irgendwann, ihr deutlich zu machen, dass er sich, trotz allem was geschehen war, nichts sehnlicher wünschte, als bei ihr zu sein – wenn sie das auch wolle.

Das wollte sie unbedingt und so verbrachten sie erst einmal ein romantisches Wochenende miteinander in Paris und danach zog Lilly mit Lydia und Leander zu Horst.

Lydia und Leander waren an dem Wochenende bei uns und besuchen uns seitdem regelmäßig. Leander freut sich, nach den Ferien auf die Keksschule zu gehen und die Tradition seiner Eltern fortzuführen.

---

[91] Wie sich noch herausstellen wird, hat Mareike das letzte Wort in diesem Buch. Offenbar hat Horst nicht bis zum Ende gelesen.

Lydia ist auf ihrer alten Schule geblieben und fährt nun täglich mit dem Bus. Nach wie vor hört sie coole Musik und hatte auch schon den einen oder anderen Tipp für mich. Zudem hat sie sich mit Ben angefreundet und die beiden treffen sich häufiger.

Zwischen Lilly und mir ist es zwar nicht wieder wie früher, aber auch wir beide hatten zahllose Gespräche an langen Abenden und versuchen nun, das alles hinter uns zu lassen und uns wieder gernzuhaben. Und das klappt soweit schon ganz gut.

Am Abend treffen wir uns alle am Hafen zu *Kibbeling und Patat.* Danach bringen wir JJ zu Oma und Opa und fahren zum Strand.

Lydia und Leander laufen zum Wasser und tollen darin herum. Wir vier setzen uns in die Dünen und beobachten, wie die Sonne hinter einer Wolke verschwindet und dann wohl im Meer versinkt. Mareike lehnt ihren Kopf an meine Schulter.

Die Stimmung berührt mich irgendwie. „Und die Sonne ergießt sich wie Honig über den Strand"[92,] sage ich in einer romantischen Anwandlung.

Horst lässt meine Worte verklingen. „Sehr poetisch, Ole", bemerkt er süffisant.

„Ich fand's schön", meint Mareike und streicht mir sanft mit ihrer linken Hand über die Wange.

Dann schweigen wir und schauen den Kindern am Wasser zu.

---

[92] Das hat sich Ole nicht ausgedacht, sondern (mal wieder) aus einem Song zitiert, aber das verrät er den anderen nicht. In der Wirklichkeit ist das aus „Suzanne" von *Leonard Cohen* – in der dritten Strophe heißt es dort: „And the sun pours down like honey on our lady of the harbour"

„Wie nennt ihr noch die Zeit, bis ihr euch wiedergefunden habt?", fragt Horst irgendwann in die Stille hinein.

„Die verlorenen Jahre", antworte ich.

„Das trifft es gut. Ich glaube, Lilly und ich halten den Rekord, was *verlorene Jahre* angeht", bemerkt Horst mit einem versonnenen Lächeln im Gesicht und gibt Lilly einen Kuss.

Nachwort

Hier endet nun unsere Reise durch Oles Leben und ich wünsche ihm viel Glück für die zweite Hälfte.

Für die Leserinnen und Leser noch ein paar Hinweise. Die Geschichte ist frei erfunden. Und auch wenn einige Szenen so ähnlich in meinem Tagebuch stehen, sind Ähnlichkeiten mit lebenden Personen mehr oder weniger zufällig.

Gern hätte ich einen Soundtrack zum Buch herausgegeben, aber das scheitert an den Rechten Dritter. Stattdessen habe ich eine Playlist im Anhang sowie diverse Links, vor allem zu den Songs, in den Fußnoten eingefügt. Aber Achtung: Für die Inhalte aller angegebenen Webseiten übernehme ich keine Haftung und mache sie mir nicht zu Eigen.

Wer mag, kann sich die Songs zu den jeweiligen Szenen beim Lesen anhören. Ich habe das während des Schreibens ebenso gemacht und es steigert das *look and feel* der Story erheblich.

Sehr gern würde ich auch Riechkarten zu dieser Geschichte herausgegeben, da Riechen noch intensiver wahrgenommen wird. Und tatsächlich plane ich das für die zweite Auflage.

Dann noch ein Hinweis an potenzielle Filmproduzentinnen unter den Leserinnen dieses Buchs. Einer Verfilmung dieses Romans stehe ich sehr aufgeschlossen gegenüber. Tatsächlich habe ich während des Schreibens stets die passenden Filmszenen mitgedacht und in meiner Schublade liegt eine vollständige Besetzungsliste, sodass wir uns das Casting komplett sparen können, was die Produktionskosten erheblich senken sollte.

Gern mache ich auch eine Serie. Also scheuen Sie sich nicht, sich diesbezüglich bei mir zu melden.

Zum Schluss möchte ich noch meinen Dank aussprechen.

Mein erster Dank geht an Marc für die Gestaltung des Covers, das mir besser gefällt als das Buch selbst. Sollte dieses Buch überhaupt irgendjemand kaufen, dann ganz gewiss ausschließlich wegen dieses unfassbar schönen Covers.

Ein besonderer Dank geht an Sabine, die einige Hundert Fehler in der ursprünglichen Fassung gefunden und mit ihren Korrekturen, Anregungen und Vorschlägen dem Text insgesamt sehr gutgetan hat.

Schließlich danke ich Fabian[93] für die Idee, dass man Texte auch selber, ganz ohne einen Verlag, veröffentlichen kann sowie für seine wertvollen Hinweise rund um das Selfpublishing.

Ein eigener Dank geht an meine Freundinnen und Freunde und an meine Familie für ihre Zugewandtheit, Geduld und Liebe.

Und ganz besonders danke ich meinen Figuren, die sich von mir haben erfinden und anziehen lassen, die jede Wendung der Handlung oder ihres Charakters klaglos hingenommen und bis zum Schluss meine verdrehten Einfälle mitgetragen haben – danke. Ich werde euch vermissen!

---

[93] Fabian schreibt übrigens spannende und außergewöhnliche Science-Fiction Romane. Bei Interesse, siehe: www.fwgt.de

Playlist

David Bowie	„Heroes"
Depeche Mode	„Enjoy the silence"
Simple Minds	„New gold dream"
The Cure	„Boys don't cry"
Faith no more	„Epic"
The Kinks	„Victoria"
Udo Lindenberg	„Cello"
Linkin Park	„Hybrid Theory" (Album)
Jeff Buckley	„Grace"
No doubt	„Don't speak"
David Bowie	„Scary monsters"
Heart	„Barracuda"
Bangles	„Walk like an Egyptian"
Prince	„Purple Rain"
The Swamp	„Running backwards" (unveröffentlicht)
Phillip Boa and the Voodooclub	"Container Love"
Led Zeppelin	„Stairway to heaven
Nazareth	„Love hurts"
Bangles	„Eternal flame"
Chris Isaak	„Wicked game"
No doubt	„Just a girl"
Paul Weller	„You do something to me"
Comedian Harmonists	„In der Bar zum Krokodil"
Leonard Cohen	„Suzanne"
Sparks	„This town ain't big enough …"
Carole King	„You've got a friend"
Other Lives	„For their love" (Album)

Steven Wilson	„To the bone" (Album)
Wolf Alice	„Visions of a life" (Album)
Roxy Music	„Avalon"
John Lennon	„Woman is the nigger of the world"
Velvet Underground	„Venus in furs"
Nina Simone	„Feeling Good"
John Lennon	„#9 Dream"
Pearl Jam	„Alive"
Marilyn Manson	„Mechanical Animals" (Album)
Skating Polly	„The make it all show" (Album)
The Regrettes	„Feel your feelings fool!" (Album)
The Kinks	„Sunny afternoon"
Pink Floyd	„Free Four"

Post-Credit

„Ole, jetzt mach voran, das Flugtaxi wartet", ruft Mareike und hämmert an die Tür.

Seit geraumer Zeit stehe ich im Bad, schaue in den Spiegel und traue mich nicht hinaus.

„Papa, jetzt mach schon, wir kommen zu spät zur Abifeier", schaltet Jule sich ein.

Abifeier – wie kann das sein? Meine eigene ist doch erst ein paar Jahre her.

„Und du musst mir noch mit der Krawatte helfen", meldet sich Jan.

Abifeier – früher wären wir da niemals mit einer Krawatte hingegangen.

Rückblickend kommt mir die Zeit mit Kindern wie ein (viel zu) kurzes Intermezzo in meinem Leben vor.

Inmitten meiner elegischen Gedanken kommt mir eine Zeile aus einem sehr alten Floyd-Song[94] in den Sinn. Leise beginne ich zu singen.

Life is a short, warm moment, and death is a long cold rest …

Vorsichtig klopft Mareike noch einmal an die Tür. Sanft und ruhig beginnt sie, mich zu trösten.

„Ole, du musst noch nicht sterben. Wir müssen lediglich zur Abifeier unserer erwachsenen Kinder. Ich weiß, wie du dich fühlst. Komm jetzt raus und lass es uns **gemeinsam** angehen."

---

[94] Ein Zitat aus dem Song „Free Four" aus dem weithin unterschätzten Album *Obscured by clouds* von *Pink Floyd*.

Über den Autor

Stefan Schumacher (der vor seiner Heirat tatsächlich so hieß) lebt im Ruhrgebiet und schreibt Geschichten über Menschen, die sich in ihrem Leben verlaufen haben. Nicht ganz zufällig, handelt es sich dabei meist um mittelalte Männer, die an akuter Daseinsermüdung leiden oder sich um die Träume ihrer Jugend betrogen fühlen.

In seinem Brotberuf als Mathematiker, beschäftigt er sich mit künstlicher Intelligenz, konkret mit Data Science und maschinellem Lernen. Bis zu dem Tag, an dem er seinen bescheidenen Lebensunterhalt aus seinen Bucheinnahmen bestreiten kann, wird er weiterhin als Angestellter in einem Softwareunternehmen tätig sein.